跨度传记文库

KUADU ZHUANJI WENKU

跨度传记文库

三国猛将赵云传

曹伟◎著

中国文史出版社

代　序

三国时代是中国历史上一个令人着迷的时代，英雄辈出，名将如云。曹操、刘备、诸葛亮、孙权……一个个人物故事即便是妇孺，也能说得一二。人们根据《三国志》或《三国演义》的故事制作了大量的戏曲、电视剧、动画等题材作品，如戏曲《空城计》《虎牢关》《龙凤呈祥》等。不仅如此，中国周边国家，如韩国、日本、越南等也对三国时代的英雄们推崇备至，如日本制作的三国题材的游戏在东亚拥有大量的玩家。

若问三国英雄谁最受欢迎，赵云肯定能排进前三甲。试问哪个男孩儿少年时代没有一个赵云梦呢？听《三国演义》评书时，最喜欢的就是赵子龙七进七出救阿斗及甘夫人、简雍等人，当时就常常幻想自己就是那个白袍银甲的孤胆英雄。戏曲中关于赵云的故事就有《长坂坡》《借赵云》《截江夺斗》等。著名评书艺术家袁阔成先生尤其喜欢赵云，专门给他编了一部评书叫《长坂雄风》，评书中我们的大英雄，终于有了自己的另一半樊氏。评话艺术家张国良先生也非常喜欢赵云，专门有评话《长坂坡》一部。辛亥革命后，北洋军师第四军的军歌首句就是称颂赵子龙的——“三国诸将勇，首推赵子龙”。韩国（前）总统朴槿惠曾在其自传中透露自己特别喜爱赵云，甚至觉得心目中的初恋对象就是他。毛泽东熟读《三国》，在他的谈话、写作中常引用其中典故。一九四四年十月一日，延安《解放日报》发表了题为“新四军的胜利出击与中国的救国事业”的社论。其中谈到：“华中的伪军士兵，呼新四军为‘四老爷’，比之为赵子龙。他们常常对着自己的枪说：‘枪呀！我是替四老爷保存的！’”其中“比之为赵子龙”这一句，是毛泽东修改时亲自加上的。由此可见毛泽东对赵云的欣赏。

历史上的赵云不仅勇猛，而且非常有仁义之心，的确如评书、小说中所说的那样，是一位仁勇兼备的武将。赵云，字子龙，常山真定（今河北石家庄正定县）人，生卒年不详。原来是公孙瓒的部下，后跟随刘备，两次救回后主刘禅，在攻取益州的过程中，平定了犍为、江阳等郡。平定益州后被封为翊军将军，去世后被追谥为顺平侯。当平定益州后，当时大臣们讨论要把成都的屋舍和田地分赏给诸位大臣和将领时，赵云反驳说："当年霍去病说匈奴未灭，无以为家，我们需要等天下都平定了，再各自归耕故土，才比较合适。当今，益州刚遭兵祸，我们应归还他们的田宅，让益州人民安居乐业，团结他们，取得民心。"刘备听从了他的意见，才避免了战后蜀地人民流离失所的灾难。

我是在百度赵云贴吧读到曹伟兄的小说《三国猛将赵云传》的。该书在文笔和故事情节方面，可以说是众多关于赵云的小说中的上乘之作。作品从赵云儿时起笔，直写到他于长坂坡一战成名，叙述了他这一段时期的人生经历。书中的赵云在幼年时机缘巧合，结识了枪神童渊，后拜于童渊门下，习得枪法。下山后成为真定郡骑兵的大统领，参加了虎牢关之战，后在界桥一战中跟随公孙瓒，被公孙瓒派去帮助刘备救徐州，后来又救了吕布的女儿吕雯，在公孙瓒败亡后，跟随刘备去荆州，后来为刘备去西凉买马，结识了马云鹭，一起回到新野，最后在长坂坡一战中救出阿斗。

曹伟兄以如椽巨笔，给我们刻画出了一个有血有肉的英雄赵云，经历了挫折、困惑，最终扬名天下。书中不仅赵云，其他人物如吕布、马超、张郃等人，均刻画生动，即使配角如韩浩、张绣等，也为一时豪俊，不可以反派视之，正所谓以英雄托英雄，则更显英雄。

《三国猛将赵云传》作为现代第一部正式出版的关于赵云的小说，受到了广大赵云迷的欢迎，许多网友对此书进行了校对和批改。曹伟兄也非常虚心地听取了大家的意见，并征集了许多关于赵云的传说或资料，数易其稿，终于付梓成书。我能够受到曹兄委托，为此书作序，深感荣幸，只是怕文笔粗陋，辱没将军英魂，辜负曹兄期望。但是从一个赵云迷的角度来说，我相信广大读者不会对这部作品失望。我也非常期待曹伟兄能够出版长坂之战之后的后续故事，给我们呈现出一个完整的赵云将军的一生。

吉海明

2015 年 3 月

目　　录

第一章　童渊遇赵云

将者，智、信、仁、勇、严也！

——《孙子兵法》

夫为将之道，军井未汲，将不言渴；军食未熟，将不言饥；军火未然，将不言寒；军幕未施，将不言困。夏不操扇，雨不张盖，与众同也。

——《将苑》

东汉末年，宦官与外戚相继专权，朝政腐败，加上西羌战争持续数十年，消耗大量国力，徭役兵役更加繁重，人民苦不堪言。

“苍天已死，黄天当立，岁在甲子，天下大吉。”

汉灵帝中平元年（公元 184 年），不堪压迫的农民大众在太平道主张角的带领下揭竿而起，拉开三国时代的序幕。

常山郡真定县（今河北曲阳恒山正定县）是个不入流的小县，已是落叶的季节，突起的风中夹杂一丝寒意，土黄的墙坯上几张通缉画像被风吹得哗啦啦地响，大道上也无几个闲人，天色未黑，便已家家关门闭户，只有不时几声犬啸。

“咚咚咚！”

空寂的官道传来一阵有序的声响，有胆大者探出头来，见一老者，身材高大，鹤发童颜，手拿一根木制拐杖。

“老朽云游四海，今日偶过贵地，不知可有人家能让老朽暂住一夜？”

老者见有人探头，便发声喊道。他的声音洪亮，铿锵有力。

好奇探头的人急忙缩回头，这兵荒马乱的年代，谁又敢私自收留陌生人进家。

老者又接连喊了两声，见仍是无人应答，便自嘲般地笑了笑，就准备继续前行。

“吱嘎！”

一扇木门打开了，一个四十多岁的中年汉子在屋里说道：“老丈，如若不嫌，进屋来吧。”

老者双手一作揖，也不多礼，径直走入屋里。隔壁的邻居从窗里探出头，朝中年汉子招手。汉子走过去问道：“夏侯兄，何事叫我？”

邻居小声说道：“你怎么敢让陌生人进屋，不怕是贼人装扮？”

汉子笑道：“我家一贫如洗，还怕有贼惦记？况且他一个老人，孤家寡人在外，难道我们不该去可怜吗？”说完便进屋去了。

邻居哑然，苦笑着摇摇头，便关门回屋。

汉子迎入老者，便唤屋内人，内屋走出一个妇人，大约四十多岁，皮肤黝黑，四肢粗壮，面目带笑，十分和善。

“今日多准备些酒菜，再把客房收拾了。”

汉子说完便招呼老者坐在一张木桌前，妇人闻言便进了厨房。

老者环顾屋内，见家具简洁朴素，唯一的亮点便是堂角有一个枪架，上面有两把已然生锈的长枪。

“老丈，不知您哪里人士？这兵荒马乱的日子，怎敢一个人出来云游？”男子关心地问道。

老者面带笑容说道：“老朽是出来寻人的，结果人没有寻到，幸遇小哥收留，还不知小哥贵姓？”

汉子急忙道：“晚辈姓赵名空，字定德，刚才那是我内人。不知道前辈该怎么称呼？”

老者点点头道：“老朽姓童，你就叫我童老好了。”

“饭好了，老人家饿了吧？”此时妇人端出一盘子酒菜，笑吟吟地说道。

赵空接下酒菜，打个帮手，向童老介绍一番。这时屋里跑出两个小孩，大的男孩大概有七岁左右，剃着小光头，白嫩的脸蛋透出一丝红润，两只眼睛机灵地打转，十分机灵可爱；小的是个女孩，穿着红色碎布花衣，头扎两根羊角辫，一笑脸颊就浮现出两个酒窝。

赵空对童老介绍说他有三个孩子，老大赵天，字子虎，在汝南城里铁匠铺当学徒没有回来，眼前这男童是老二赵云，女童是老三赵霞。

童老从怀里掏出几颗小糖，笑着招呼两个孩子。小赵云拉着妹妹，没有立即过来拿糖，而是昂着圆圆的小脑袋，只有赵霞却是死死地盯着小糖。

赵空怕童老尴尬，忙叫两个小孩过来拿糖。赵霞蹦跳着跑过去拿糖然后道谢后坐到父亲腿上，赵云拿到糖后却是很好奇地睁着眼睛看着童老。

童老慈爱地抱起小赵云笑道：“怎么？爷爷脸上有花猫吗？”

“咯咯……”

小赵云被逗得笑起来，脸上挂着尽是童真的笑容。童老似乎很喜欢小赵云，吃饭时一直在逗他玩耍。

吃完饭后，赵夫人收拾完碗筷便带着孩子们早早入睡，小赵云对童老依依不舍，俨然把老者当成自己的爷爷，硬是要和童老睡。

有时候人不得不相信缘分，童渊和赵云这一对师徒就此因为各自命运相互交织，而紧紧连在一起。

第二章　终有离别时

第二天清晨，气温骤降，牛毛细雨从空中落下，整个县城一片雾蒙。

赵空站在枪架前，轻轻抚摸着生锈的枪头，脸上除了失落外更多的是一种憧憬。

“赵小友，也喜好使枪？”

童老不知何时，已来到他身旁。

赵空转身笑道：“晚辈家三代人都以卖艺为生，到我这代做了点小买卖，却是把这门武艺给冷落了，只可惜先人去世时未能留传下来，现在我时常自责，追悔莫及。倒是让童老取笑了。”

童老笑道：“生在乱世，不能不懂武艺防身。老夫对枪术略懂皮毛，若是赵小友有兴趣学习，我可以指点一二。”

“可惜我年纪大了，又得打铁换钱养家，没有时间去学习了。”赵空的神色非常无奈，语气中也透出遗憾。

童老点点头，人生就是这样，有时候想抓住的东西偏偏没有机会，当你有机会时，却偏偏没能力去把握，这就是机缘。

“等雨停了，老夫就准备走了，多谢赵小哥一家热情照顾。”童老望着窗外的细雨，说道。

赵空问道：“童老要走，莫非是晚辈怠慢了？”

童老摇头道：“赵小哥这是哪里话？只因有要事在身，急于赶路。”

赵空劝道：“天气不好，这细雨最是奇怪，不知道何时能停，童老不妨多住几日，等雨过天晴，再走不迟。”

此时赵夫人已准备好早餐，出来正闻两人谈话，也劝道：“童老就多住几日吧，我家中已无长辈，小儿赵云很是喜欢您，您就留下多陪他几日吧。”

童渊见推辞不了，加上小雨确实不知何时能停，也便点头留下。

早饭后，赵空便去开门打铁，赵夫人唤醒赵云赵霞，做了饭给两个小孩吃后，便去后院洗衣。两个小孩便在屋檐下数落下的水滴。

水珠通透晶莹，每落地都溅起无数小水珠，如此纯净。每当这时，赵霞总喜欢摊开双掌，想把水珠装在手心。

童老见两个小孩玩得正欢，便走过去，赵云见到童老，非常高兴，软磨硬泡地要他给自己讲故事。

自此每日童老都会给两个小家伙讲故事，他讲了春秋战国，说了楚汉争霸。从此以后，故事中的英雄们在小赵云心中留下了深刻的印象。

每日白天两个小孩都围在童老身边，晚上赵空总爱与他喝上几杯，加之童老为人谦虚礼貌，赵家人很是喜欢他这个长辈，渐渐把童老当成家中一分子。但是天下没有不散的筵席，一周后，天气好转，晴空万里，童老终于要走了。

赵家人一直送到了县城大门口，赵夫人将给童老织的新衣和一些干粮拿蓝碎布包好，硬是不顾童老推辞，塞在他手中。临别之际，童老与他们道别后便准备离开，这时小赵云却抱着他的腿，就是不舍得让他走，赵空夫妇哭笑不得。童老蹲下抱起小赵云，道："小云，为何不让爷爷走？"

小赵云抹去鼻涕哭道："我要听爷爷说故事。你走了，就听不到了。"

童老笑道："爷爷已经把故事说完了，没有可以说的了。"

赵云嘟着小嘴，说："我要跟爷爷学本事，长大后我也要做个顶天立地的男子汉。"

童老慈爱地摸摸他的额头，笑道："云儿长大后，成家立业，孝敬父母，就是男子汉了。"

赵云摇摇头，说："我想成为爷爷故事里的英雄。"

童老闻言，沉思一阵后，似乎下定决心，便对赵空说道："我与你儿有缘，如果你信得过我，就把这孩子交我带走，我定悉心培养，日后必然成大器。"

这一句话让赵家夫妇吃了一惊，一时不知该如何回答。

童老笑道："你们可是不信我？"

赵空摇头道："不是我们不信童老，只是小儿年幼，怕拖累您老人家。"他与童老也只是相识几日，怎敢答应。

童老笑道："我知你心有疑虑，老夫全名童渊，膝下只有一子，早年失散，而老伴早逝，一人也是无聊，本来不想再招徒弟，但见云儿有大志，且你赵家人待我如家人，今日破例要收云儿为徒。"

“童渊！莫非便是蓬莱枪神散人？”

赵空闻言惊得张大嘴巴。

童渊朗声大笑道：“蓬莱枪神散人只是江湖中人胡乱喊的，老朽只是个普通老人而已。”说罢，就用手中木制拐杖使出一套枪术，只见他人枪如一，行云流水，赵空看得目不暇接，遂喜道：“云儿能得老师收为徒弟，是我赵家之幸，刚才有什么冒犯，还请老师海涵。”

赵夫人疑惑地看着丈夫，虽然不知道童渊是什么人，但从丈夫的态度可以看出他绝不是寻常人。不过爱子心切，她又怎么舍得让才七岁的儿子离开母亲的怀抱，于是说道：“孩子还小，还未到取名之年，能不能过些年大点，再寻童老拜师？”

童渊知赵夫人不舍儿子，自己也不便强求。虽然赵空立即反驳了妻子，但他已暗下决定，于是说道：“这样吧，此子既然还未取字，而你长子为虎，所谓风从虎，云从龙，老朽就给他取个名儿叫作子龙，待我留下一套枪术入门套路给他，待其十岁之后，若是想学更高深的枪法，可来太行山寻我，到时报赵子龙，我便知晓。”

赵妻喜道：“多谢童老成全。”

“谢谢爷爷，以后我就叫赵子龙了。”

小赵云蹦蹦跳跳，很是高兴。

赵空见妻子不愿赵云跟去，虽然心有不悦，但见木已成舟，也不便多语。

童渊从怀里拿出一张羊皮卷交给小赵云说道：“子龙，人总是要分开的，因为每个人都有自己不同的天空，不同的梦想，爷爷相信你，也会有一段不同的人生。这是爷爷手绘的枪术入门基础，等你长大了，学会了，再来找爷爷，我会教你更深层次的枪术。去吧，回到你母亲身边，男子汉不可以任性。”

小赵云知道爷爷今日非走不可，不再哭闹，乖巧地回到母亲身边。

童渊又从怀里掏出一个小饰品，递给赵霞，并慈爱地摸摸她的头，道：“爷爷也没什么礼物送你，这是前几日在街坊看到的，买下权且给霞儿做个留念。”说完便向赵空夫妇道辞离去。

“大风起，尘卷云，大道东去归故里。踏浪行，百涧间，天苍地大任我行。”

童渊高声吟唱，豪迈的身影渐渐消失在地平线，虽然没有带走赵云，但他相信，该来的总会来，不会来的，确是强求不得。

第三章　少年出豪言

大雁北归，冬去春回，年复一年，皆是如此。

童渊离去已是三年，其间赵空给赵云赵霞请来教书先生，让两童读书习文。初始赵云顽劣，常逃课与邻家好友夏侯兰在外游玩，每日不是上山捉蜻蜓，便是下河摸鱼。赵空知道了怒不可言，小赵云受了一顿皮鞭之苦后，方才静下心，老老实实地同赵霞一起跟着老师学习四书五经，却不觉渐渐地对学习充满信心，步入正轨，半年后居然也能写出一手好字。随着认识的字越来越多，赵云终于能够看懂童渊临走时所赠枪谱上的文字，这些文字就如有魔力般让他如痴如醉，从此，每日清晨邻居们总会看到小家伙拿着一根木头棒子，在院坝里疯疯癫癫地乱舞。不久连隔壁家的小孩夏侯兰也被他感染了，每早也跟着他一起拿着木棍子，依葫芦画瓢乱打一通。后来的日子里，无论艳阳高照还是大雨漉漉，无论雷电火闪还是白雪纷飞，小赵云瘦小的身体总会准时在院子里出现，他知道自己并不是天才，所谓的天赋都是靠自身努力换来的，夏侯兰时常会来跟他学习，后来大概觉得无趣，来的次数渐渐少了。

春天是最令人心旷神怡的季节，蔚蓝的天空中零碎地飘浮着几朵白云，阳光懒洋洋地洒向大地，不冷不热。赵家后院里，小赵云手持木棍，用力刺向稻草人，他拼着全力，每刺中时，稻草人都会前后摇晃。

“子龙，你还在练武啊！你是不是忘了昨天和萱萱约好，今天要一起去逛街买糖葫芦吃？”

夏侯兰人还未到，声音却早从院外传入。

“刚才练扎枪入神了，居然忘了约定，还请稍等片刻。”

赵云收了枪势，将木棍靠在墙角，拿葫芦瓢舀水洗去脸上汗渍，便进里屋，唤上妹妹赵霞，与夏侯兰一同出门。

“你们怎么这么慢？”

门外一个红衣女童，见三人出门便用略带责备的语气问道。

这女童长得皮肤白皙，大眼小嘴，非常可爱，她便是夏侯兰口中的萱萱。别看她身穿布衣，家世背景可不一般。她姓王名月萱，字子月，据说她爷爷是朝里的大官，为人正直不阿，不屑与宦官内戚为伍，被奸人诬告参了一本，灵帝贬了他官职，现在举家告老还乡，不问国家之事。

“对不起，我练扎枪，一时痛快，忘了时间。”

赵云右手挠着脑袋，一副尴尬表情。夏侯兰则是准备在旁边看好戏。

“子龙哥就是这样，一练武艺就什么都忘了，我都以为今天吃不成糖葫芦了。”赵霞嘟着嘴，加入声讨哥哥的行列。

“算了，我们赶紧去吧！晚了就要散集了。”

王月萱最不喜赵云那副不温不火的表情，也懒得继续责备。

一行四人来到街市，本来由于黄巾起义，战乱不断，像这样传统的赶集大多都取消了，所幸这里是河北士族袁家的管辖地，倒也算是平安。

四个小孩吃着甜蜜的冰糖葫芦，各自有各自的乐趣，唯有赵云，一直盯着卖艺耍枪的汉子。由于童老留给他的仅是枪术的基本功，而枪术的套路，正是他梦寐以求的，所以虽然江湖卖艺的枪术并不是什么高深的套路，他却暗自记在心里……

已是中午，四个小孩各自满足地朝家方向走去，突然一阵马蹄声从后方传来，只见一队骑兵呼啸而来，当中一员白马小将，银甲铁枪，甚是英武。身后一面“张”字大旗，众骑兵紧跟其后，鱼贯而过。

赵云看得有些呆了，旁边有人说道：“这小将军真是威武，当做人间英杰。”

“大丈夫，亦当如此！”赵云突然说道，这样的豪言出自他幼稚的语气，让王月萱、夏侯兰、赵霞怔怔地看着他。

夏侯兰也被他感染了，心中也充满了向往。

此时赵云回想起童老离去时所说之话，太行山，他必定要去。

命运就是这样，朦胧中自有归宿，当命运的齿轮开始转动，人生就会有新的开始。

第四章　太行山寻师

古人云：五朵危崖五指开，亭亭玉立绝尘埃。惊涛忽涨清泉水，是否翻云覆雨来。

自从那日与夏侯兰集市归来后，赵云便暗下决定，将有意去太行寻童老的事告诉父亲赵空。赵空知道妻子定然舍不得赵云远去，一是年龄尚小，二是爱子心切，索性不告诉妻子，只留下口信，偷偷带着儿子去了太行山。

一路奔波，好在河北乃袁家治下，还算太平，不几日便来到太行山下。在山脚一家酒馆歇脚时，向小二打听上山之路。

小二劝道："这年头世道不太平，山上常聚集一些土匪响马，我劝二位还是不要上去了，莫为了一丝景色丢了性命。"

赵空说道："我父子并非来游山观景，而是要找一位故人，姓童名渊的老前辈。"

小二闻"童渊"二字，脸色骤变，他呼道："莫不是名震江湖、有蓬莱枪神散人之称的童渊？"

见赵空点头称是后，小二又说道："太行主峰半腰有个竹林村，据说正因为童大侠住在里面，寻常山贼强盗经过时都恭恭敬敬，连大声喧哗都不敢的。"小二的神色充满崇敬。

赵空谢过小二，吃了饭便在这里安顿下来，购得充足干粮，待第二天清晨再上山。

巍巍太行，山高林茂，多有奇珍异兽。山路两旁，树木枝叶繁茂，山固然高，路固然险峻，却阻止不了赵云拜师学艺的决心。

赵空带着儿子，爬过一座座山峰，路途上更是遇到几拨山匪，这些山匪倒也实在，在父子二人交了过路费后，便任由他们前进，如此不几日便来到主峰脚下。往上看去，只见那山巅斜插云霄，云雾缭绕，翠竹成林，好一个避世之境。步上百余阶梯，立一石碑，上书"竹林村"三个大字，写得龙飞凤舞，张牙舞爪，飘逸中透出一道杀气，似乎是在警告山贼土匪，莫在此为害。竹林村，是个与世隔绝的小村子，居民并不多，大概全部只有不到三十户，也都零散地居住着，村里长满竹子，原始而又优美的景色处处充满了和谐。

刚进村口，两个光屁股的小孩惊异地打量着赵空父子，赵云见到比自己还小的孩子，也觉得有趣。

“你们是什么人？来我竹林村有何贵干？”

突然冲出几个人来，为首说话的是个身材矮小的白发老者，他背着双手，身后几个年轻人手中各拿着刀枪棍棒，警惕地瞪着二人。

“各位乡邻，鄙人赵空，常山人士，并非歹人，来贵地是为了带小儿寻童渊老师。”赵空急忙解释道。

“你儿莫非就是赵云？”老者的目光转移到赵空身旁的小赵云身上。

赵云上前抱拳说道：“我就是赵云，不知老爷爷可是听说过我？”才十岁的他装作老成的样子，令在场众人忍俊不禁。

老者笑道：“童老早有吩咐，若是有叫赵云的小孩寻访，便带去见他。走吧，我来带路。”

赵空父子拜谢后，便跟着老者一行前往竹林深处。

翠竹林处，绿叶纷飞，一条山泉潺潺而下，一圈篱笆环绕着一间茅屋，一个老人正站在屋门前的草坝上。屋檐下一把银枪斜在墙边，在阳光的照耀下发出闪烁光芒。

赵云见到老人，兴奋地大声叫喊，童老闻言抬头，苍老的脸颊浮现一抹笑容，他知道：该来的总会来……

天苍地盛，潜龙终入海。惊涛骇浪，浮沉乱世间。赵云终于开始学艺之旅，来日当成天下英豪。

第五章　枪术初成

驰痕若流年，回盼转瞬间。

光阴似箭，日月如梭，时间转瞬而过。翠竹林中茅屋前，一个强壮的少年，手舞长枪，但见枪影难觅，梨花点点如繁空星宿，翻枪突刺如龙行入海，一挑一拨，如猛虎入林，时而飞跃压枪，时而蹲步横扫，整个过程行云流水，刚柔相济。

童渊站立一旁，不时点头露出满意的微笑。他虽然名满江湖，但是收徒却极为谨慎，一生仅有三个徒弟，中年收一徒唤作张绣，资质过人，传了百鸟朝凤枪，师成即四方挑战，江湖人称“北枪王”，却喜功名，跟随并州刺史董卓部将张济。几年前童渊正是去西凉劝他不要跟从董卓，以免遗恶后世，不料张绣甚好功名，见劝说无效后，童渊独自归来，才路过常山借宿赵家。后来果然董卓入京挟天子，张绣用童渊所传百鸟朝凤枪一马当先，充当了暴虐爪牙。童渊极其恨之，早起清理门户之心，只叹年岁已大，心有余而力不足。二徒张任，蜀中人士，资质比张绣有过之而无不及，也传了百鸟朝凤枪。此子性格同样好大喜功，却又善伪装，出师回蜀后，一年间便挑战打败蜀中众高手，被誉为蜀中第一枪，成为益州刺史刘璋手下头号大将。这三徒赵云，资质也是聪慧，特别是对武艺的喜爱，更是深入骨子，且悟性极高，上山五年，便习得百鸟朝凤枪，并领悟枪法精髓所在，比之张绣、张任，却是更胜一筹。

平日闲时，童渊便会督促赵云读书写字，他常告诫赵云，只有多学习才能明事理，这让赵云养成了做事严谨、不骄不躁的性格。

一套枪术演罢，赵云抱拳对童渊行礼，上山一晃五年有余，当年的小童如今已是身高八尺、仪表堂堂的英俊少年。

童渊点头赞道：“好一个子龙，能将百鸟朝凤枪使得如此得心应手。”

赵云作揖道：“子龙幸得师父悉心传授，方有今日习得百鸟朝凤枪。”

童渊正色道：“大丈夫立于天下，山崩而不色变，心如止水方是正道，你枪法虽成，仍须不懈努力。”

赵云再作揖道：“师父教训得是，子龙不敢妄生骄心，日后更当努力，定不辱师父之威名。”

童渊点头道：“明日村里人要带竹笋等山货下山换些食盐布匹等日常用品，以往都是为师前去护送，今后便由你代替为师前去，也算是一种磨炼。”

赵云上山五年有余，每日舞枪练剑，不曾下山半步，忽闻童老要他下山一趟，心中欣喜，忙点头称是。

童老知他少年心性，笑道：“去吧！好好准备一番。”说完便拂袖而去，他知道，此时的赵云已不再是当年的雏鸟，已然成为一条正欲入水的青龙。

正是初生之犊不怕虎，赵云学艺初成，年轻气盛，此趟护送村民下山所经之路又是山贼横行之地，他又会惹出什么祸事？说实话，童渊心知肚明，但是玉不琢不成器，若此时不让赵云吃点苦头，他何时才能成器？自己年事已高，没有太多的时间来等待赵云慢慢成长，只有拔拔这根幼苗。

晚饭时，赵云与几个同龄少年谈得甚欢，还允诺回来时给孩子们带些礼物。饭后又独自练了一个时辰枪术，方才给童老道声晚安，回房休息，谁想却兴奋得大半夜才昏昏欲睡。

清晨，拂晓破空，晨光如慈母般轻柔地将沉睡的大地唤醒。竹林村口，一队人马正准备远行，赵云一袭灰布劲装，绑腿布鞋，真是少年英雄，春风得意时。

村长正是当年引赵空父子寻童渊的老人，姓张，由于年事大，人皆称张老。他与童渊亲自到此送行，对众人一阵嘱咐后，这队人马便出发了。其实马不多，也就三匹，均背满山货，而同去的人加赵云在内，也就六个人，皆是村里壮实的汉子，都带有武器防身。

山路坎坷，大约半天脚程，便来到一处窄口，只见十几个带刀大汉挡在路口，面目凶恶，鼻梁高耸，一看便知是山贼流寇……

第六章　枪败宣花斧

翻江倒海拍礁石，一杆长枪显威名。

十几个山贼中，当先一个人高马大，身体强壮，就像座铁塔，手提一把开山大斧，重百斤，寻常人受不了一斧，江湖人称宣花斧王刚，荆州人士。有传他自幼臂力过人，能轻易举起一头牛，其心性凶残，早年在家乡杀人，潜逃到河北，拜入黑山贼张燕手下，闲来无事便四处为恶，前几日来到太行，强行收编了原先此处的山贼团伙，声势也算浩大。

赵云一行人中，带队的中年男子姓杨名义，显然时常路过此地，便上前说道："各位好汉，我们是竹林村人，带点山货下山换点平常用品，还请高抬贵手，放我们过去。"

王刚这类为非作歹之人，对杨义的话显然不屑一顾，他暴躁地吼道："大爷不管你什么狗屁村子，现在留下马匹山货，给老子滚蛋。"

杨义闻言，脸上尽是尴尬之色。

"大人，这竹林村可是蓬莱枪神散人的村子，我们抢他人马，安能与我们罢休?"

一个瘦小的汉子，在王刚耳边小声说道，他原是此地山贼，对太行山上非常熟悉。

王刚是个粗人，闻言后，他手中举起大斧，大笑道："大爷可不认识什么蓬莱枪神，你们是留下马匹滚蛋，还是等着给大爷的大斧喂血?"

杨义也怒道："你这大汉，怎么这样不讲道义?"一行人尽皆亮出兵器。

王刚两目圆瞪，满脸横肉尽是凶恶之色，他手一挥，四周高草丛中又冒出二十几个大汉，把杨义等人围在中间。他提着开山大斧便朝圈内走去。

此时只见人影一闪，原来是一直在旁不发一语的赵云，他二话不说，长枪一出，直取王刚。王刚也不含糊，双手握斧迎面砍去，赵云见其力蛮，不易力敌，虚晃一枪，表面是直刺面门，实际上后招为下盘撩腿。王刚不曾反应过来，便被撂倒在地，铁塔般的身体狠狠地砸在地上，疼得嗷嗷直叫。山贼们先是吃惊，接着便是胆怯，宣花斧王刚居然被一个名不见经传的少年打败，而且两人交手仅仅一个回合。

赵云侧身背枪，雪亮的枪头只离王刚喉咙不到一寸，山风拂起他的头发和衣襟，犹如战神。赵云时常与童渊实战对练，童渊要求他以命相搏，当时他还暗怪童渊严酷，今日实战，才发现自己战斗力丰沛，与当初童渊的严酷训练密不可分，可见童渊在这个徒弟身上下足了功夫。

赵云示意杨义等五人带着马匹货物先走，自己断后。

“你小子耍诈，敢不敢让大爷起来再打。”

王刚双眼欲喷出怒火，被一个不知名的精瘦少年打败，要是传出去，他可没脸在道上混了，所以今天拼了手段，也要把这少年杀死在这里。

见杨义等人鱼贯穿过窄口，赵云这才收回抵近王刚喉咙的枪头，并斜提长枪，面向众人缓缓退去。四周山贼皆不敢动，王刚却是怒吼一声，从地上爬起，疯狂地抡起大斧。赵云见状，改退为进，翻身枪出，一杆长枪如狂龙出海，激起万重浪。

这次王刚收起轻视之心，不想两人仅战三回合，便被赵云一枪刺倒，再也爬不起来。

“我未杀他，你们速速给他上药包扎，晚了便没救了。”赵云说完，不再多话，转身就走。

山贼谁也不敢阻拦赵云，纷纷退开，为赵云让开路。有人急忙扶起王刚一看，离心脏不到一寸处，有一个枪扎的半大窟窿，却没有伤到他性命，可见赵云扎枪之精妙，众贼皆骇然。

正是：

百鸟朝凤鸣，枪霸太行巅。

自此太行山上，无人敢小看童渊之徒，赵云之名。

第七章　乱世枉善良

夜起无名火，枪荡无义贼。

杨义等人见赵云赶来，总算放下心中一块大石，又见他全身没有一处伤口，杨义高兴地赞叹道："子龙真是少年英雄啊。"

六人三马继续前行，后面遇到的几拨人马都是相熟面孔，知道是竹林村人，也不来为难他们，杨义和这些绿林中人客套几句，就可以带着大家顺利通行。不过夜里生火休息时，大家轮流守夜，以防不测。

就这样总算是安全地来到太行山脉外围，走了四天，大家都是风餐露宿，好不容易来到酒馆，必然是大吃一顿。赵云见景生情，回想起当年父亲带他上太行山拜师，也是在这里投宿休息，五年间一晃而过，物是而人非，他心中有种难以言语的思念。

晚饭过后，众人都早早歇息了，赵云背着枪独自走出房间。周围的田坝里蛙声一片，他寻到一处宽敞的田埂，躺在地上，杂乱的蛙声听起来格外亲切。他仰望着夜空，繁星点点让他想起幼时常和妹妹赵霞一起数星星的日子，想着想着，眼皮渐渐沉重，不知不觉间便睡着了。

不知睡了多久，一阵哄闹将他从酣睡中惊醒，顺眼看去，酒馆方向火光冲天，浓烟滚滚，夹杂着各种呼救的声音。

赵云提枪便奔去，只见十几个骑士绕着酒馆欢呼，有人还在继续往屋里扔火把。

赵云见状，想到酒馆里的所有人，肯定已经没命了，一股怒气从他心底升起，身体在冲力的惯性下，用力前跃，一名还在扔火把的贼人只觉得背心一凉，便被雪白的枪头透胸而过。赵云一把将尸体拉下，翻身骑上马背，单手把握枪身，枪头微微触地，双眼透出冷酷的杀意。

十几个骑士见状纷纷拍马来战，赵云迎面而去，刚一接触，起枪便又挑下一人。贼人们凶恶地叫嚷着，赵云的长枪就如死神的镰刀，冷酷地收割着他们的生命。不到半炷香的时间，除了一个被他活捉外，其余全部躺在地上，变成一具具冰冷的尸体。

赵云从剩下这人口中得知，原来这批人正是王刚派来的，他们一路跟踪，见竹林村一行人到了酒馆便放松了警惕，于是便痛下杀手，他们的目标正是赵云的人头。

闻言赵云大怒，为了杀他一人，这些人不但杀了杨义等人，就连无辜的过往路人及酒馆一众人都惨遭杀害。在详细问了王刚所在地后，他就毫不犹豫地一枪结果了这个贼人。若不是前几日他心软放过了王刚，杨义等人又岂会命丧火海？如果不是自己鬼使神差地在田坎睡着了，他又如何能逃过一劫？

大火越来越烈，由于是木质建筑，三层的小楼已经倒塌，木头的断裂发出噼噼啪啪的声音。赵云对着酒馆双膝下跪，丧生的五人都是村里的长辈，五年来对他都很照顾，都是他心中的亲人，此刻他的内心更多的，是对王刚的仇恨。

“各位叔叔，子龙一定会给你们报仇。”

赵云重重地磕了三个响头，站起身，留下这句话后，便从山贼留下的十几匹马背上搜走干粮细软，全部放在自己抢来的这匹马背上，然后策马远奔。他不敢久留，因为这么大的动静，附近的官兵肯定会过来察看，要是看到自己在此，必然会引起不必要的麻烦。他现在要做的，就是用王刚的人头来拜祭死去的人们。

赵云提着带血的长枪，坐下高马被他双腿一夹，奋力朝太行山脉深处奔驰。血债需要血来还，他手中之枪，将是伸张正义之枪。

第八章　黄粱一梦

太行山，自古便是大自然的宠儿，这里有着各种珍稀的植物，飞禽走兽更是数不胜数。天下太平时，文人墨客常常来这里欣赏奇峰异石，而一旦天下大乱，大量的人会涌进这里，除了少数避世的人，更多的人却是聚在一起，成为打家劫舍的山贼土匪。

聚义寨本盘踞了一伙普通山贼，不久前宣花斧王刚不但占据了这里，就连原来的山贼们也被他收编了。大堂唤作聚义堂，两旁放着两排八仙凳，而正中只有一张铺着虎皮的太师椅。

“派去跟踪的人还没有消息吗？”

此时太师椅上坐着一个干瘦的汉子，三角眼，八字胡，皮肤黝黑，若不是身上穿着战甲，更像是个算命先生。

此人可不一般，他名徐杨，手持长柄双钩，善使日月钩魂，不知杀了多少人，被绿林人士给了个“钩魂太保”的外号。宣花斧王刚是他的结拜兄弟，前几日重伤而归，徐杨就派出了人马追踪，像他这样的人，从来是有仇必报。

“二当家，派出去的人还没有消息。”

山贼们摇着头，他们也不知道派出去的人马，正在何方。

此时寨门跑进一个看门的山贼，正气急败坏地喊道：“不好了，那个赵云杀到寨门了。”

众山贼吃了一惊，前几日抬着王刚回来的那部分人都感到一股寒气从心中升起，只有徐杨的手下不知天高地厚地叫嚣道：“一个毛小子，宰了晚上下酒吃！”

徐杨冷笑着，一对三角眼露出两道残酷的精光，他带领众人走出大堂。

只闻山寨内鼓声大作，寨门缓缓打开，徐杨手持双钩，骑着高头大马，马鞍左边是把长弓，右边套着一个装满羽箭的箭袋，他一马当先，身后跟着十几个骑士，走出寨门。

赵云见状，毫不胆怯，一拍马臀，单人单骑便直取徐杨。

徐杨暗道此人好没规矩，他双钩放下，左手抓起长弓，右手架箭，唰地射出一箭，赵云一枪挑下，不等他射出第二箭，长枪已到徐杨身前，徐杨丢去弓箭，双钩又在他双手里挥起，他本想用左钩架枪，右钩反击，不想只感到一道劲风，显然低估了赵云的臂力，连忙拍马疾退，想避过枪刺。

一心想着报仇的赵云，岂能让他后退，枪法一变，由刺枪变为横扫，这一枪扫在马后蹄上，徐杨坐下高马被扫翻倒地，压在他的大腿上，徐杨发出一声撕心裂肺的惨叫。

见徐杨倒地，其余骑士急忙策马来救，赵云收枪平举胸前，单枪匹马冲入众骑士中，起手便贯穿一名骑士。众人拍马组织冲锋，只一个回合，又折了两人，剩下的骑士皆胆寒，没有一人敢继续与赵云交手。

赵云面露冷笑，用鄙夷的眼光斜瞄了一眼，便策马朝徐杨走去。

徐杨虽是恶人，却也是条汉子，他忍住脚上传来的剧痛，双手一抛，把双钩扔向赵云，赵云一枪挑下双钩，策马在徐杨面前停下。

“王刚在哪里？”

赵云送枪，枪头顶在徐杨喉咙。

徐杨不惧反笑道：“若不是我被马压倒，必然会让你好好品尝我的日月双钩。”

赵云眉头一皱，手中长枪正要落下，却听寨里传来王刚的喊声。

“我王刚在此，你既已伤我，为何还要苦苦相逼？”

王刚铁塔般的身子被两个山贼扶着走出，他摇晃的样子，表明伤还未好。

赵云收回枪身，平指王刚道：“我饶你一命，你却派人来取我的性命，不但害了我的五位长辈，就连酒馆里无辜的人也不放过，今日我不杀你，愧对地下亡灵。”

王刚惊道：“我一直昏迷，刚才被惊醒，何时派出人跟踪你们？”

徐杨仰天大笑道：“是我派去的，要杀要剐悉听尊便。”

赵云怒道：“既然如此，那你就偿命吧！”

言毕，一枪刺入徐杨胸膛，王刚见状，悲恸欲绝，顾不得身上伤口，夺下旁人佩剑，便疯狂地砍来。赵云再起一枪，枪头已近王刚胸口，心中却不忍刺下，王刚毕竟不是指使人，杀之无益，他改扎为挡，架下王刚的长剑。

王刚吼道：“为何不杀我？”

“你并不知情，我怎会杀你，我见此人是条汉子，就留他全尸吧。”

赵云收枪斜背，策马转身离开，身后几具尸体躺在地上，如此凄凉。他心中有一丝莫名的失落，这些人也有亲人，他们也会难过吧？

突然他眼睛一花，看不到前路。赵云睁开眼，童渊和一名陌生的老者正站在他的床边，原来一切只是黄粱一梦。

只听童渊对老者说道：“这次又麻烦于吉老哥了！”

老者一身朴素道服，面善眉和。此人便是于吉，自幼修道，道成云游天下，素有仙人之誉，善使人产生幻觉，与童渊素来交好，此次是第三次受童渊邀请，测试赵云，前面二人分别是张绣、张任，两人杀心甚重，都没有通过测试。

于吉笑道：“恭喜童老弟的百鸟朝凤枪终于有真正的传人了。”

童渊抚摸胡子，笑而不语。两人随后便谈笑着走出屋子，只留下赵云一人独自回味着幻境里的一切。

正是：

一梦多杀意，醒时空自责。

戎马四十载，不争名与功。

第九章　凤翼与龙胆

竹林村上，是太行主峰，山耸入云，视野开阔。赵云斜持长枪，站在崖边，任由山风拂起他的发丝，清凉的感觉从皮肤传递到他心中。

自从上次的幻境事件后，他的心智更加成熟了，毕竟从另一个角度体验过一次生死，在乱世，生命显然是如此的脆弱。

“子龙，在想些什么？”

童渊和于吉不知何时，已经站在他的身后。

赵云转身作揖道：“师父、师伯，弟子在思考生命的意义。”

于吉在一旁笑道：“看来你在幻境中感悟了很多，能不能说出来给我和你师父听听？”

赵云闻于吉言，又见童渊点头，便继续说道：“弟子在幻境中，被仇恨蒙蔽了眼睛，杀人如切瓜，但是大仇报了，却是心中难过。这些人也是人生父母养，若不是天下大乱，也不会落草为寇，贼与平民其实只是一线之间，所以真正的祸害是这个乱世。弟子愚笨，只知皮毛，还请师父师伯指导。”

童渊点头问道：“天下已乱，你可有志向？”

赵云答道：“我辈武人，当精忠报国，保卫天下太平，还百姓一个安稳的生活。”

于吉满意地点头。童渊又问道：“子龙好功名否？”

赵云摇头道：“人生匆匆几十载，功名不过尘与土，何来好与不好？”

于吉在一旁赞道：“子龙少年，便有如此觉悟，可赞！可叹！”

童渊也笑道：“你有如此觉悟，不枉为师这几年呕心栽培，现在为师将传你百鸟朝凤枪的最后一招‘凤翼’，你可看好了。”

言罢，童渊平拿手中长枪，只见此枪长一丈有八，杆子由深海玄木制成，枪身雕刻一条长龙，螺旋而附，蓝色枪缨，丝丝分明，特别是那玄铁枪头，黑亮中透出一丝银光。童渊手起枪动，刺如疾风，梨花绽放，如浩瀚苍穹中流星点点，一闪即逝，忽而枪势大变，扎、拨、挑、压、扫、崩、劈、绞等全部完美地凝聚其中，直如其名。童渊为使赵云看得明白，故意放慢了速度，等枪路使完，凤翼即成，直看得赵云如痴如醉。

童渊毕竟年老，一势舞罢，已是气喘吁吁，汗如珠连。

“子龙，为师年事已高，这招凤翼也只能示范一次，你可记牢？”

“徒儿记住了。”

赵云起枪，凭记忆又舞一势，毕竟基本功深湛，枪起枪落，虽然没有童渊舞得娴熟，但也能全部舞完。

童渊甚是满意，他突然双手平摊爱枪，对赵云严肃地喊道：“吾徒赵云下跪接枪。”

赵云闻言在童渊面前双膝而跪。

“此枪唤作‘龙胆亮银枪’，由你祖师玉真子偶得天降玄石，打造此玄铁枪头，刃利可破重甲。枪杆由深海玄木所造，韧度极高，不畏水火，寻常刀剑皆不能伤。今日你既习得完整的百鸟朝凤枪，我便将此枪传你。”

童渊的言语中带着一丝悲哀，毕竟他也曾在年少时，从师父玉真子手中接过这把龙胆枪，光阴似箭，日月如梭，一切如镜花水月，蓦然回首，已是残阳待西下。

赵云恭敬地平抬双手，接过这把龙胆枪，天气虽热，这把枪却将一丝丝凉意传到他手心。

“此枪既入你手，日后若碰到一个叫张绣的，且会百鸟朝凤枪，你便拿这把龙胆枪把他挑了，替为师清理门户。”

“弟子谨遵师命，若遇此人，必定让他命丧龙胆。”赵云有些不明白，但童老的话，自然有他的原因。

“好，以后你要勤练凤翼，不然，到时反被其杀死，被夺去了龙胆，你好自为之吧。”

童渊说到这里，眼睛稍微有些湿润，脑海中浮现出一个面目冷峻的少年，他用枪挑着行李背包，朝着山脚一步步走去，背影在夕阳下显得格外孤单。画面一转，少年已是一身戎装，银甲玉缕，正是风姿潇洒时，背后一大旗，上书大字“张”，只见他神色决绝，丝毫不听自己所劝。

“绣儿，你真的走错路了。”

童渊摇摇头，头脑里的画面如过眼云烟，他暗叹一声，便与于吉离开了。赵云觉得师父的背影非常失落，像是有什么苦楚，却又不愿意吐露。不过习得完整的百鸟朝凤枪，又获龙胆亮银枪却让他兴奋无比，待两人走远，方才开始练习凤翼。

再说童渊、于吉二人缓步在山道上，一路无语，于吉发话劝道："人终有不同理念，对张绣而言，跟随董卓，便是他的道路。你又何必伤感？"

童渊面露惋惜道："绣儿七岁上山，十七岁下山，我与他情如父子，谁知道他下山后真如于老哥所言，太执着于对功名的追求，我真不愿见他日后受世人唾骂。"

于吉道："当年我启周武王所创易术为其占过一卦，将来必不得善终，这也是他的命数。"

童渊再叹一声，话锋一转问道："子龙如何？"

于吉摸着白色胡须赞道："忠肝义胆，名流千载。"

"我一生名震天下，不想晚年才收到一个可传衣钵的徒弟，真是苍天垂怜。"童渊紧绷的脸终于露出一丝笑容，他想起了在赵家第一次逗小赵云的情景，也想起了赵云拜师，由爷爷改口为师父时的情景。

于吉见童渊心情缓和，便说道："走，今日陪老哥一醉方休，再待几日我又要云游去也。"

童渊笑道："不如多待一个月，我泡制的刺梨酒也就到了时辰。"

两人谈笑着朝山腰村寨走去，只留下山巅的赵云，完全沉浸在枪术的乐趣中。

正是：

太行之巅传凤翼，龙胆无声震当阳。

待到凤舞龙腾日，七进长坂名天下。

第十章　师徒情谊

中平六年（公元 189 年），汉灵帝逝，十常侍诱杀大将军何进，见习司隶校尉袁绍、洛阳北部尉曹操等人入宫杀十常侍，同年西凉刺史董卓入京，废幼帝立献帝，并收猛将吕布，杀丁原，逐袁绍等人，横行京城，挟天子以令诸侯，自此四百年汉家天下终于走到了末路。

这年赵云艺成，奉童渊之命，护送马队下山买卖已一年有余。初始有绿林中人欺他年少，以言语相逗，云不以为意。若是武力相逼，往往被赵云轻易击败，加上赵云宅心仁厚，且生性豪迈，出手教训点到即止，不曾伤过一人。时间一长，太行山上的山贼无不真心折服，隐约间，赵子龙之名，响彻太行山脉。

这日，赵云护送归来，一下马他便兴冲冲地去找童渊。

“子龙，此行顺利乎？”

童渊见赵云归来，面露关怀之色。

赵云跪倒童渊身前，平举一套崭新衣裳恭敬地说道：“徒儿一路平顺，只是下山途中遇到一头白额大虎，奋力杀之，一是为民除害，二是拿虎皮换置了一些衣物分发给村里人，这套衣裳便是孝敬师父的。”

童渊接过衣裳，见是上好的丝绸，心中不由一暖，他关怀地说道：“你且起身，我问你：下山之虎，必是饥饿难耐，想你能胜之，必有一番恶战，可有受伤？”

赵云起身禀道：“师父切莫担心，这白额大虎虽然凶猛，皮厚骨硬，被龙胆刺中，仍伤其骨。我仗龙胆之利与它大战三十回合，终将它杀死，好在子龙身形轻盈，未受其伤。”

童渊点头道：“无事便好，日后不得万全准备，还是不要去招惹这种恶兽。”

“师父的教诲，徒弟谨记在心。”赵云点头称是，心知师父担心自己，也是感动。

童渊从怀里掏出一张羊皮卷说道：“当年你父赵空下山回家时，

我曾送他一只信鸽便于联系，前日信鸽归来，带来你父加急家书一封，说你大哥赵天下月完婚，我见你已艺成，就回去吧。若是遇到功名，自行把握，不必急于归来。”

赵云接过家书，看了一遍说道：“徒儿明日便返乡，等大哥完婚后，我便回来侍奉师父。”

童渊正色道：“大丈夫，有可为，有可不为！当今天下大乱，汉家已衰，百姓流离失所，苦不堪言。正是我辈武人将天下引向正轨之时，不必儿女情长，去准备一下衣物，吃过饭早些歇息，养足精神，明日你一人独行，万事多加小心。”

赵云点头称是，辞过童渊便回到自己小屋，收拾一下便去村中吃晚饭。村人早已从马队领得衣裳，马队中人更是添油加醋把赵云杀虎的事迹吹捧一番，众人见到赵云走来，更是围上来问长问短。得知赵云明日就要回乡，众人都依依不舍。

翌日，天色未亮，赵云独自来到山巅，今日即将离开，他要再在这里练一次枪。伴随着朝阳初升，他的身形越加灵动，百鸟朝阳，欢乐雀跃，人行枪抖，如此潇洒飘逸……

竹林村口，童渊和全村之人都来送行，赵云与众人一一作别，最后对童渊跪地一拜，听了师父嘱咐后，便肩扛龙胆，向山下走去，走了十几步阶梯，他不舍得回头观望，只见一向严厉的童渊，此时正微笑着朝他挥手道别。赵云跪地一拜，一是跪别师父，二是感谢这些年竹林村人的照顾，拜罢，方才大踏步地朝山下走去。

正是：

深山雏龙终涉水，千里征途忆师恩。

第十一章　龙胆与虎头

话说赵云别了恩师，返乡探亲。由于路途熟悉，没几日便走出太行山脉。

长平镇，位于太行山脚下，这里便是竹林村马队的目的地。赵云对这里并不陌生，他在这里短暂地停留半日，补充旅途所需的干粮清水，然后就继续赶路。一路上风餐露宿，披星戴月，希望能早日回到常山。

这日，顺着官道来到牛头山，这山虽不及太行山庞大，却也是险峻无比。赵云尚未来得及欣赏美景，官道两旁冲出一群身穿军甲的士兵，前后将他夹在中间。

赵云抱拳喊道："各位军爷，不知在下有何冒犯之处？"

前方士兵左右让道，一个身穿甲胄的男子提着长铁枪，骑着大马缓步走出，他见到赵云笑道："守了几天，总算是等到一个黄巾贼寇。"

赵云急辩道："在下只是过路人，从太行山回常山探亲，并非黄巾乱党。"

男子冷笑道："我看你形迹可疑，身上还带有武器，不是贼人还会是什么？"

赵云苦笑道："大人，这兵荒马乱的，我带着兵器只为防身，若是仅凭携带武器便要给我定罪，岂不是有违王法？"

"王法？这里是袁家的地盘，袁家的话就是王法，既然你不肯束手就擒，就吃我一枪吧。"甲胄男子显然被赵云的话语激怒了，他一向霸道惯了，此时怎肯罢休，提枪就朝赵云刺去。

赵云反手起枪拨开刺击，他怒道："素闻袁氏三公，乃天下名门望族，谁想手下军士如此霸道，视人命如草芥，我看袁家也不过如此。"

"黄毛小子，今天看爷不扒了你的皮。"

甲胄男子一击不成，怒气更盛，他手一挥，两边士兵左右夹击。

赵云知今日不能善了，龙胆起手，但见枪影闪烁，一时间无人能近他身，几个回合下来，赵云毫发无伤，而对方却折了十几个军士。甲胄男子大怒，策马举枪狂刺，赵云侧身抡枪，枪刺带起劲风从他耳边穿过，只听一声惨叫，甲胄男子被龙胆枪头直接砸在头盔上，顿时头昏眼花，重心不稳，摔下马来。赵云上前几步，一脚踏在他护心镜上，此时突感一道劲风，赵云本能躲避，回头一看，见五十米开外，一银甲将军策马前来，手中搭弓，又是一箭。

赵云起枪挑落，心中暗道："此人百米之外便能搭弓射箭，可见臂力之大，武艺必不寻常。"

他翻身坐上甲胄男子的大马，左手握缰绳，右手平持龙胆枪，迎向来人。来人见两箭不能胜，也换了长枪攻来。

来人策马平扎，赵云翻枪挡去，顺势反手挑去，白甲将也不慌张，回手使出枪绞，两人长枪你来我往，又战三十回合，不分胜负。白甲将勒马后退，喊道："这位英雄，我俩暂且停手，可否？"

赵云闻言，勒马站立，这才仔细观察对方，只见此人正值青年，手提一杆虎头精钢枪，身穿锁子银甲，后背黑色披风上绣着一头正扑食猛虎，在风中呼呼作响，甚是威武。此时一队骑兵奔来，站在此人身后，一杆大旗随风摆动，上书大字"张"。

赵云心中一震，原来此人正是儿时在常山偶遇的白甲小将。

"在下河间张郃，不知阁下是何人？"

白甲将军抱拳问话，语气谦逊，可见赵云虽年少，但其精湛的枪法已经获得他的尊重。要知此人可不简单，姓张名郃，字儁乂，河间人士，自幼拜入韩荣门下（韩荣与童渊并称汉末两大名枪），习得"风花雪月寒梅枪"。此人不但武艺高强，且用兵机变无双，懂得战术变化，善于排兵布阵，自出师以来，先投韩馥平黄巾，后投袁绍，一杆虎头精钢枪威震河间，被誉为河间枪王。

赵云见张郃客气，也抱拳道："我乃常山赵子龙，回家探亲路过此地，无奈贵军咄咄逼人，硬是诬我为贼人，我不得已而反击。"

张郃道："幸而我来得及时，不然赵兄弟可闯下大祸了，此人乃袁大将军之子——袁尚，若是你将他杀了，河北之地，安能容你？"

赵云斜背龙胆笑道："谢张兄好言，我只是打晕他们，并无取命之心。"

"赵兄有如此仁心，值得赞叹！若兄弟身无功名，我可推荐予袁公，日后你我共保袁家天下，岂不美哉？"

张郃见赵云勇猛，有心收为部将。

赵云摇头说道："我无功名之心，只想速回家乡，多谢张兄苦心。"

"既是如此，我也不为难你，日后若有难处，可来找我。"张郃话中带着惋惜之意。

赵云一抱手，说道："此马我就借去，日后有机会必然相还。"说罢便策马离开。

"此子日后必是个人物，只可惜不能为袁公所用，日后若是战场相遇，定是大敌。"张郃目送赵云远去，惋惜之感渐渐散去，他令人将被打晕的袁尚扶上马车，亲自护送回军营。

正是：

英雄之战心相惜，龙胆虎头无胜负。

第十二章　演武场上遇故人

马踏青山行绿水，晚霞朝露故人回。

自从赵云夺得大马，恐有追兵至，一路狂奔，不几日便来到常山郡内。随便寻家客栈，吃过饭后，将大马寄放客栈马厩，便独自上街，准备购买一些布料当作送给哥哥赵天大婚的礼物。

由于战乱，各地商贾不能相通，街市上商品种类很单一，基本就是本地所产。好在赵云也不挑剔，在布坊购买了两匹红布，用草绳捆好，提着就准备回客栈。

此时有旁人见赵云身背长枪，且相貌不凡，便开口说道："那壮士眼生得很，必是来郡府参加比武的。"

赵云闻"比武"两字，饶有兴趣地问道："敢问兄台何处比武？"

那人答道："不就在府衙演兵场处！顺大路直走便是。"

赵云拜谢后，便朝府衙方向走去，还未到演兵场，便听到鼓声阵阵，只见宽阔的演兵场被士兵重重围住，禁止围观群众进入。靠左一座双层小阁楼，一个身着文官服的中年男子坐在上面，又有几个级别稍低文官立于两旁。

比武已进入尾声，演兵场上，尘土飞扬，两名壮汉，各骑一马，争夺晋级的名额。左边一人生得人高马大，手提木质长剑，右边一个满脸横肉，手持一对木锤，正相持不下。两人皆是绿林人物，平素也有些恩怨，此刻都恨不得将对方打下马背。两人奋力相击，又杀了六十回合，仍不分上下，但是精彩程度却是让围观群众不时大声喝彩。

赵云也感兴趣，由于在后排，便也跟着旁边的人踮着脚观看，不时也跟着拍掌，想他在太行山这么多年，何时见过这么热闹的场景。

场上两人都见力乏，阁楼端坐之人喊道："两位英雄武艺高强，不分上下，再战也无益，还是先下场休息，等恢复后再战如何？"

场中两人闻言，皆向着阁楼抱拳行礼，然后互瞪一眼，方才下场休息。

“今有国贼董卓入京，乱朝坏纲，淫乱后宫，圣上之命朝不保夕。我常山一郡乃大汉之地，子民乃大汉之民，今起义军，招我常山英雄，望凡我子弟，踊跃报名，为大汉江山出一份绵薄之力，我王义代表汉室在此拜谢乡亲了。”原来此人正是郡守王义，他的话语极富感情，人群中当下就有人被煽动得立即就想报名参加义军。

“我来参加比试。”

此时一个壮汉，生得五大三粗，想走入演武场，却被士兵拦住。

“报名早就结束，你且退下吧。”

一个白袍小将立于壮汉跟前，只见他头戴羽翎，身穿铁甲，披着白色披风，面目冷峻，右手轻握腰间佩剑之鞘，威风凛凛。

赵云一看这白袍将军，甚感眼熟，脑海里搜索一番，顿时一笑，原来此人便是发小——夏侯兰。

“乡亲说，比赛赢了就可以吃饱，我是不走了。”

大汉一屁股坐在地上，揉起脚来。

夏侯兰劝道：“你也可以报名参加义军，保证可以吃饱。”

大汉瞧夏侯兰一眼说道：“你这文弱小子都可以当军官，我一身本事为何不可？”话毕，继续低头揉腿肚子。

不料却引起周围的人一阵喧笑。

阁楼上的王义也笑道：“我就在此改规矩，只要是自认为一身武艺者，皆可以上场。”

大汉闻言高呼“多谢”，然后对夏侯兰说道：“你看，我可以进去了。”

夏侯兰冷哼一声，脸色铁青，他反身向王义禀道：“这厮参加进来，差一对手，小将愿凑数上场。”

王义点头同意，为表公平，夏侯兰卸下衣甲佩剑，从士兵手中接过一把木枪，翻身上马，只见他英俊高傲，配上一身白色劲装，风度翩翩。

大汉从武器柜中选得一柄长杆木斧，也上了士兵为他准备的战马。

夏侯兰抱拳礼道：“我乃本郡义军统领夏侯兰，请多指教。”

大汉笑道：“打架哪有这么多礼数，小白脸，吃爷一斧。”话毕，就拍马而起。

“你这莽汉，休得无礼。”

夏侯兰被气得大怒，也拍马迎去，他手中木枪直指大汉。

两马相迎而来，掀起黄沙点点，大汉见枪刺来，也不躲避，挥出一斧便荡开枪头。夏侯兰顿感手臂微麻，可见这汉子气力甚大，他急忙拍马前进，不料大汉已然起斧，横面拦腰砍来，夏侯兰骑术也不一般，俯身贴在马背，躲过攻击。这一精彩变故，让本为他捏一把汗的观众们，爆出一阵阵喝彩之声。

夏侯兰的表现虽然精彩，人群中观战的赵云似乎不为所动，场上两人看似杀得难解难分，他却心知肚明，这个汉子是在戏弄夏侯兰，不然三回合内，夏侯兰必然落败。

演兵场内，两人枪来斧去，不觉已是二十回合。夏侯兰头发有些凌乱，额头有汗珠落下，出气声粗，很明显已是力竭。

大汉却是气定神闲，连大气也没有喘一口，每看似轻描淡写地挥出一斧，都让夏侯兰暗暗叫苦。

又战两个回合，大汉见夏侯兰已是气力尽失，大声笑道："你这小白脸武艺太差，这义军统领还是不要当了，让我来吧！"话毕，便虚晃一斧，夏侯兰全力挺枪，不想大汉招式一变，砸飞手中长枪，他还未回神，便被大汉伸手生擒夹于腋下。大汉顺势拍马而行，绕着演武场奔跑一圈后，方才勒停坐骑，将夏侯兰扔到沙地上。

众军士急忙扶起夏侯兰，此时夏侯兰已是灰头土脸，羞愧难当，哪里还有刚才出场的风头。

大汉右手举起长柄木斧，高喊："还有谁敢与我一战？"

此言一出，阁楼上有官员想说什么，王义却摆手让他退下，默认大汉的猖狂行为，他需要的正是这种气质来感染义军。

不久人群中又相继走出几个汉子，不想都没有人能在大汉手下走过十回合。

大汉连续取胜，心已是骄傲，骑着马在演武场上走来走去，不时拿眼睛瞟向休息区的其余参赛者。同样，这些参赛者皆冷眼相对，跃跃欲试。

"如果没有人上来挑战，我就要宣布这位壮士成功晋级。"

王义很是满意此人武勇，言语很是平缓。

赵云也是少年心性，他脸上挂笑，大喊一声：

"且慢！"

人们朝出声之处望去，只见一个身背长枪的布衣少年，大步走上演武场。

王义从阁楼向下望去，只见来人虽然衣着朴素，但仪表堂堂。

大汉见来者虽然年少，但步伐稳健，心知来者不凡，他用长柄斧指向来人吼道：“来者何人？”

赵云将手中布匹绑在背后龙胆尾端，从士兵处接过木枪，翻身上马，右手斜提木枪放于背心，说道：“我乃常山赵子龙！”

正是：

　　演武场上风波起，子龙长枪震英豪。

第十三章　暴雨梨花枪

已是正午，火辣的阳光烘烤大地，干燥的演武场上只有偶尔风吹带起的沙粒。

无名大汉策马便行，一杆长柄木斧，被他舞得虎虎生风，马匹身后，尘沙滚滚。

赵云见其来势凶猛，也不退让，拍马迎去。

两人你攻我挡，缠斗在一起，大汉勇猛，只见斧光连连，旁人只能见斧影，不能见斧身。在休息区内的诸位选手，皆露出惊骇之色，特别是夏侯兰，更是脸色惨白，心知自己被这大汉戏耍了，他已然认出童年玩伴，不得不为赵云担忧。

赵云手中这杆长枪，也是使得出神入化，刺中带挑，挑中藏拨，招式极其精妙。

仅三十回合，大汉便被赵云的枪法逼得连连招架，他心中苦闷无比，自己有力无处使，反处处被动，他心中一动，一斧挡开长枪，拍马便逃。

赵云一夹马背，紧追不舍，眼见相隔不到五丈，突然大汉回马就是一斧，赵云虽然吃惊，但却没有丝毫停滞，危急时他左手猛勒马缰，坐骑被惊得前腿踏空，半站起来，正好避开大斧，大马前脚落地，赵云趁势一枪压下，正好劈在还来不及收招的大汉左肩。

“啪!”

怎奈大汉身体壮实，木枪反被折断，不过大汉一吃痛，身体也被劈得有些下坠。赵云岂会让他有机会调整，手中半截枪杆再击，终将他挑落下马。

此时演兵场上，欢呼四起。

赵云却在欢呼声中，下马扶起倒地的大汉，大汉苦笑道：“不打了，不打了，你这小子枪路刁钻，爷打不过你，这统领让你罢了。”

赵云笑道：“打了这么久，还不知道你的名字。”

大汉拍去身上尘土，说道：“我叫徐晃，乃游侠，今日经过贵郡，凑凑热闹。本想搞个义军统领当当，不想却遇到你这号人物，罢了！罢了！”

大汉言毕，便在众人的注视中摇摇晃晃地离去了。

阁楼上的王义面露喜色，他高声宣布赵云获胜晋级。

人们的欢呼声此起彼伏，赵云却是谦逊地向王义推辞，王义怎肯同意，最后赵云只得无奈地答应留下参加明日的决赛。

最后一对选手就是刚才分不出胜负的两人，奇怪的是两人纷纷抱拳向王义辞行，表示愿意放弃比赛，临走前都礼貌地与赵云打招呼，之后方才离开。

“你这家伙，一别多年，现在才出现。”

赵云刚下场，夏侯兰便走到他跟前，一拳打在他肩膀上，笑骂着。

赵云也笑道：“我正打算回家，还想着去找你玩耍，没想到你居然也到了郡府。”

夏侯兰拉着他说道：“走！找家酒楼，边喝边谈，当我给你接风。”

两人随便找家酒楼，点了酒菜，对饮几杯后，赵云问道：“你怎么来到郡府，还做了义军统领？”

夏侯兰一杯酒下肚后说道：“自从你走后，我便恳求父亲送我去习武，父亲不干，想叫我习他手艺，我心不甘，正巧萱萱之父，郡守大人派人来接她到郡府，我就跟着来了。此后便一直在义军中长大，每日跟着士兵操练，上月统领大人带着义军去投袁绍大人，王大人便令我担任新的统领，招兵买马，重新组建义军。”赵云点点头，道：“这些年也苦了你，有空我可以教你一套枪法，日后有危险也可用以保命。”

“真的？”

夏侯兰闻言，两眼放光，直勾勾地看着赵云，多是期待之色。赵云的枪法精妙，今日他是在演武场亲眼见识过了，若是自己能学上，日后定可在沙场得些功名，光宗耀祖。

赵云见他急不可耐，便笑道：“走！找个好场地，今日便教你。”

夏侯兰激动地叫道：“爽快，等的便是这句话。”

说完，给了酒钱，便领着赵云来到义军军营，虽然叫作军营，但是人去营空，空荡荡的，没有一个人。

军营内有块空地，是原来义军士兵操训之处，赵云站在中间，摘下绑在龙胆末端的布匹，双手一挺龙胆，枪影四起，枪头荡漾似梅花朵朵。夏侯兰直看得如痴如醉，只感枪影阵阵，如暴雨倾泻，好不勇猛。

赵云一气呵成，一套枪法使罢，说道：“这路枪法名曰暴雨梅花枪，也算上乘，你今日起便跟我练吧。”

夏侯兰心中欣喜，记忆甚好，立即起枪学习，两个小伙伴似乎又回到童年时在后院习枪的日子。

正是：

龙啸演武尘飞扬，故人相逢沙场中。

第十四章　威震演武场

翌日清晨，演武场上鼓声大作，随着一声锣响，王义在阁楼重申规则，再起三声鼓，最终决赛便拉开序幕。

“单马比试有何意思，不如大家齐上场，最后剩下不落马者胜，岂不妙哉？”

正待王义宣读比试分组，参赛者里传出这么一句话，且其余参赛者纷纷应和，以示支持。

王义闻言，沉默片刻，道：“此议甚好，但不知所有参赛者是否都同意？”

参赛八人，除赵云既不赞成，也不拒绝外，其余七人皆表支持。

王义见状，便顺势修改比赛规则，允许这个提议。

众人闻言，皆露喜色，士兵牵来八匹大马，一人一骑，众人上马各持武器而立。

演武场上，各人自站一位，赵云环顾四方，见七人所立之位，正将自己夹于中间。

“赵兄枪术精妙，令人佩服，若是单打独斗，我等定不能胜。昨日思索一番，我等七人与其不战而退，不如协力一战，赵兄可愿应战？”

场上一人言毕，众人皆对赵云抱拳，以示歉意。

赵云闻言，也抱拳回礼，道：“蒙诸位抬爱，子龙必当全力以赴。”

此时战鼓猛地响起，比试开始。

只见有两骑左右包抄而来，一人拿木枪，一人持木刀，赵云拍马冲出，与两人战在一起。他手中一杆木枪使得出神入化，不到三个回合，两人抵挡不住，拍马后退。一直游走四周的五骑中冲来两骑，换下败走两人。

换上两人，皆是使枪，两人相互配合，互相协作，两条长枪如大蟒，一攻一防。赵云手中枪式一变，使出暴雨梅花枪，一时间枪影随形。

三把木枪只发出一阵阵清脆的击打声，战了几个回合，赵云使出枪崩，一人不察，被这枪崩震得双手发麻，赵云再复一枪，将他挑下马，剩下一人受惊后退，想退出战圈换人支持，赵云追来，一枪将他刺落马下。

见折了两人，剩下五人大惊，顾不得江湖道义，皆拍马来战。赵云手起枪落，在五人中穿梭，又战三十回合，终感气力不继，使出百鸟朝凤枪，杀出一个缺口冲出，拍马便跑。五人先后追逐，赵云心中暗喜，昨日徐晃所使招数，今日可在他手中重现。

赵云低头装作狼狈而逃，偷眼看去，见最近一人已不到一丈，反身一枪斜刺，将此人刺下马。

见又折一人，剩下四人甚是惊愤，四人平排而上，又围住赵云，一阵攻防，五回合后，赵云感到手臂有麻痹感，知道继续被围攻，必会力竭而败，只有全力一击，出奇制胜！他手中枪式忽然大变，四人只见枪影大作，速如疾风，连忙群起而攻，互相分担战友压力，不想终有人反应不过，被劈到胸口落马。

还剩三人，赵云的压力大减，策马又走，三人不知虚实，也不敢跟近。赵云见三人总与自己保持一段距离，心中暗喜，这是平白给他恢复体力的时间。

三人似乎有所觉察，分三个方向同时进攻，赵云气力恢复五成，浑然不惧，反向其中一人冲去，一交手便将他挑下。

最后两人，已是士气大降，赵云前去，以一战二，只三回合便将两人击败。

王义喜得站起身喊道：“此人真是我常山豪杰啊。”

赵云发丝轻扬，汗水顺着脸庞落到地上，说不出的洒脱。

阁楼上，有一个纤细的身影，偷偷看着场中赵云，略有所思。

演武场上，鼓声如雷，四周军士、群众争相而告，喝彩声声。

正是：

身轻一鸟过，枪过万人呼。

第十五章　义领骑兵

演武场上，呼声震耳，热闹非凡，王义已下阁楼，立于场外。

赵云下马后，躬身行礼，王义喜道："子龙武艺高强，恐乃我常山第一，日后能为国出力，是我大汉之幸。"

赵云道："常山能者甚多，云能摘桂，实乃运气所使，不敢妄自尊大。"

王义笑道："子龙勇猛，今日在此之人，无不亲眼目睹，就不必推辞。今日，我在此任命你为骑兵统领，统率常山郡五百骑兵，可否？"

赵云辞道："赵云年弱，不敢担当此大任，且归家心切，望大人容我归家。"

王义闻言，劝道："今天下大乱，匪患横行，朝廷名存实亡，无力清剿，我郡常受土匪山贼侵扰，郡府空有精骑五百，却无得力之人统率，如子龙能担此大任，必能震慑群贼，保我一郡百姓安宁。"

赵云心中暗道：我虽不喜功名，但家乡百姓常受贼患之苦，自己若是置之不顾，非大丈夫所为，更是有负师父教诲。

想到这里，他抱拳说道："云虽不才，愿领本郡骑兵，游走郡内，以抗山匪流寇，保一方百姓。"

王义喜道："正待你此言，我代表全郡百姓，在此谢过。"说罢便躬身一拜。

赵云忙扶住王义说道："保百姓平安，乃我辈武人之责，只是子龙要先回趟真定家中，待长兄大婚后，再来任职。"

王义问道："子龙也是真定县人？可与步军统领夏侯兰相识？"

赵云点头道："我与德义（夏侯兰，字德义）自幼相识，情同兄弟。"

王义哈哈大笑道："子龙可知真定王家？"

赵云答道："王家世代入朝为官，名望甚大，怎会不知？"

王义笑道："你我皆同乡，此是缘分，郡府离真定不过半天马程，你统骑兵，时去真定巡视，既能保民安居，又可归家探亲，岂不美哉？”

赵云答道：“若是如此，云便领命。”

王义见说通赵云，大喜，命人牵出一匹朗骏白马。只见此马高大，全身雪白无杂，时常骚动，似是不甘，牵马人拉着马绳，极其费力。

王义对赵云说道：“此马乃我遣人去西凉收马，无意遇到，当地人称‘白龙狮子驹’，奔跑如风，虽不及名马赤兔，却也非寻常马匹所能及。我花重金购来，不想至今府内无人能驯服，今日子龙若能收服，便赠你如何？”

赵云见此马，心中非常喜欢，他接过马缰，爱怜地轻抚马头，白马大头一拽，拒绝赵云抚摸，眼中尽是傲然之色。

赵云也不动怒，翻身骑上马背，白马大怒，活蹦乱跳，见甩不下赵云，便张腿狂奔。赵云只觉双耳有风呼呼直响，也不心慌，只勒紧了马缰，任它挣扎，绕着演武场跑了百圈，白马气力不济，放缓了脚步，低头而行，放弃了抵抗，像是默认了背上的赵云成为它的主人。赵云双腿一夹，白马张开四蹄，奔驰如飞，又回到王义跟前，此时军士们又发出一阵喝彩之声。

王义见赵云驯服了白马，又令一军士照赵云身材去打造铠甲。

赵云得了白马，心中甚是喜欢，对王义道：“多谢大人赠马。”

王义笑道：“宝马赠英雄，此马也算找到归宿了。”

赵云和王义客套一阵，王义便安排士兵领他去驿馆休息。赵云刚到驿馆，还未上楼，忽闻有女声唤他名字，转眼一看，只见一个妙龄少女，身穿红衣，看那长相，犹如梅花初开，娇嫩粉白，又如出水芙蓉，不染尘埃。

少女见赵云愕然，嗔怪道：“子龙，多年不见，你就把我忘记了。”

此时夏侯兰也来寻赵云，一进门就听到两人谈话，他便笑道：“正所谓女大十八变，子龙莫非忘了萱萱？”

闻言，赵云这才反应过来，再次打量，终于从她美丽的面孔上依稀找到昔日的痕迹。

“原来是萱萱，多年不见，你又变化太大，确实是认不出来，我实在没有得罪之意。”

赵云在山上多年，今日第一次和年龄相仿的美丽少女搭话，心中难免有些慌张。

王月萱轻笑道：“今朝德义告知我，我便在阁楼上观看，子龙勇猛，无人能敌，我真不敢相信你还是昔日的子龙。”

赵云被她这么赞叹，有些不好意思。

“萱萱就不要戏弄子龙了，饭菜准备好没有？肚里的馋虫已经叫个不停。”

夏侯兰见赵云窘迫，忙出言转移话题。

“早就叫人备好酒菜，只等你俩入席，今日我们三个发小，定要好好唠叨一番。”

王月萱边说边推开身后房门，里面一张木桌已摆满酒菜。

赵云与夏侯兰入了房间，三人尽是讲些童年趣事，不觉间已是天黑，直到王义之妻派侍女来催促，王月萱方才依依不舍地离开，只剩赵云与夏侯兰把酒畅言，酒到酣处，人亦醉！直到天明。

正是：

为民义统五百骑，故人相逢不吝醉。

第十六章　两枪平叛乱

时光飞逝，比武已过去三日。这天，晴空万里，骄阳之下，五百戎装骑兵整齐地列成方队，威武地立于演武场内，面朝一个新搭建的小高台。

王义带郡内大小官员立于台前，赵云骑着白马，头戴银盔，身穿银白铁甲，肩披乳黄色披风，右手斜提龙胆亮银枪，立于百骑之前，真是英姿飒爽，气宇轩昂。

王义上前一步说道："今天下危急，国贼弄权，大汉江山已危，遂组义军投于袁绍，以讨国贼，不想山贼流寇却顺势而祸我常山郡，百姓受尽欺凌。今招天下英雄，校场比试，选出一人，其武艺高强，可统我常山五百精骑，以抗匪患，保百姓一方平安。"

此话说完，众骑兵把目光投向队列前方的白甲小将，见其年少，心中尚有疑虑。

赵云在众人目光注视中，面色不改，只是坐下白马，左前蹄轻点地面，荡起微弱的小沙尘。

王义从身前桌案上拿起一把精致长剑及一块兵符，大声喝道："赵云上前听令。"

赵云勒马上前，跳下马背，弯膝半跪。

王义道："我令你为本郡骑兵大统领，统全郡五百精骑，此剑、符作为信物。"

"谢大人。"

赵云伸手正要去接剑符，骑兵方阵中有人喊道："此子何能，敢统骑兵？"

王义眉头微皱，循声望去，原来是一个分队统领，此人叫作张陆，武艺出众，猎户出身，善使长叉，平常就自恃武艺高强，不服管束。

王义叱道："赵都统是通过比武选出，你有何不服？"

张陆道："我们又无参与比试，谁知道又是何人家公子，怕是造了声势，晋级便是。"

王义闻言大怒，道：“本官一向清正廉明，岂容你出言不逊？来人，速将其拿下。”

王义命令虽下，五百骑兵无一响应。夏侯兰见状，亲自带领义军步兵上前捉拿张陆，不料有百骑将张陆护在中间。剩下数百骑则是退到一边旁观。

一时间张陆所统骑兵与夏侯兰所统步兵各持武器，相互对峙。

见两边剑拔弩张，情势甚是紧张，王义怒不可遏，拍案道：“尔等要造反乎？”

张陆笑道：“依你所言，大汉倾覆，你又为何朝之官？我又造何朝之反？今丞相董卓，入京侍奉皇帝，正是大汉忠臣，我带骑兵去投，众兄弟也可图个前途，倘若是谁敢阻挡，定斩不赦。”

众骑兵闻言，纷纷转头望向王义，一部分心中疑惑，一部分早已打定主意。

夏侯兰怒道：“张陆贼子，今日我就算拼了这命，也要杀你。”

张陆笑道：“好个不知死活的小子，我就成全你。”说罢，提叉冲出，直指夏侯兰，两边所属军士也随之混战起来。

赵云见状，伸手自行拿起案上剑符，翻身上马，双腿一夹，奔入战场。

张陆已把夏侯兰逼得连连后退，却见一把长枪斜刺而来，他弃了夏侯兰，长叉直取赵云。

赵云手起龙胆，一枪翻出，如过江龙，惊涛骇浪。张陆只觉虎口一麻，长叉脱手而出，正自惊诧，不想又来一枪，他躲避不及，被龙胆透胸而过。对待国贼，赵云绝无留手之理。

见张陆被斩，参乱的骑兵一时不知所措，赵云高举兵符喝道：“反贼张陆已伏诛，此皆他一人之罪，与尔等无关，若不放下武器速归正途，与其同罪。”

言罢，众骑兵纷纷停止抵抗，将武器丢在地上。赵云策马缓行，怒视一边旁观的骑兵，四个小队统领皆露惊骇之色，一人突然策马就逃，赵云拍马追去，此人回身尚想反抗，赵云一枪刺入其后，挑下马背，只见血珠斑斓，透出死亡之美。

赵云返回众骑兵前，剩下三个小队统领下马而跪，浑身战栗。

“尔等还有谁不服？”

赵云斜背长枪，银白战甲在阳光下闪烁刺眼，披风随风飘扬。

“我等皆服，愿听从都统之命！”

所有骑兵皆下马而拜，无人复敢有异声。

赵云转身下马，对王义禀道："叛逆已平，请大人指示。"

王义急忙上前扶起赵云，赞道："就算张陆是本郡骑兵中武艺第一人，也不是你一合之将，我常山有子龙，何惧山匪流寇?"

赵云道："请大人暂且回府休息，小将当立即整顿骑兵。"

王义点头道："有劳子龙了，德义精于律法，我留他协助于你。"

赵云抱拳道谢，送走王义后，便令三个小队统领集合所有骑兵，将原来五个小队，合为四个，自己独领一个，其余三个仍由原统领管理。

自此，常山郡内最精锐的骑兵都由赵云统辖，不敢再有异心。

正是：

两枪平叛逆，众骑皆归心。

大义抗贼寇，引兵保民安。

第十七章　七探盘蛇

自赵云领兵，每日亲自观摩三位统领操练军士，并虚心向他们讨教学习。由于他为人忠厚，善待下属，三人很快就放下芥蒂，打心里佩服。

夏侯兰为副手，负责执行军规，对犯错军士，不论职务高低，绝不姑息，众人皆心服。

赵云见军营已稳，便准备回真定探望父母家人，于是将大小事务交给夏侯兰代理。夏侯兰不能一起回去，心中很是遗憾。

赵云向郡守请假后，就解甲归家，白马神骏，不到半日，真定县城便隐隐地出现在视野中。进了县城，景色如故，赵云心中一阵感慨，离去时他尚是垂髫之年，归来却已是一身武艺。

穿过熟悉的街道，来到赵家铁铺，赵云下马走入铺内，赵空正拉扯着风箱，汗水顺着他额头滴落下地。

赵云轻声唤一声“爹爹”，赵空抬起头，仔细打量一番，这才认出儿子，他放下手中活计，激动地说道：“前些日子童渊老师已经飞鸽回信，说你已经下山返乡，你母亲每日都念叨着你，赶紧进屋去，让她见见你。”

赵云也激动地连连点头，任由赵空拉着进入内屋。赵空边走边喊道：“子龙回来了，子龙回来了。”

赵母闻言，从内屋跑出，顾不得儿子已是身高八尺的英武少年，一把抱住，哭道：“我的儿，这一去多年，你受了多少苦？娘不在身边，你是否能照顾好自己？”

赵云拍着母亲的后背，道：“孩儿不孝，这些年不能陪在母亲身边，倒让母亲牵挂了。”

赵母拉赵云坐下，问长问短。

屋内又来一少女，长相端庄，虽无沉鱼落雁之姿，却有纯洁之美。赵云一见便知是赵霞，说道：“霞儿，还记得我否？”

赵霞抿嘴轻笑，道：“二哥虽多年不归，五官却没有多大变化，我又怎会认不出你，你们先叙，待我去准备些酒菜。”

赵云点头，又向母亲询问大哥赵天何在，赵母告之赵天去给客人送货未归。又摆谈一阵，赵天归来，长相与赵云神似，只是稍带些秀气。正好赵霞做好饭菜，一家人围坐饭桌，其乐融融。

余下几日，赵云在家里闲得无聊，每日陪母亲垦地耕种，也是乐在其中。这天早上，他还未到后院，便听到一阵猫叫，原来菜地旁有只野猫，毛发竖立，正与一条粗壮的花蛇相持不下。

赵云饶有兴趣地在旁观看，见猫儿伸爪试探，花蛇昂首，箭般射去，猫儿急忙退开，花蛇也不追赶，又恢复了昂首警戒。猫儿在蛇四周游走，一旦试图攻击，都被花蛇瞬间反击而退。赵云心道：这猫看似占主动，却不能占丝毫便宜，空耗气力，反观这蛇，以静制动，平时养精蓄锐，一旦攻击，便勇不可当，这猫今日必然难以取胜。

野猫久战不胜，有些恼怒，尖叫一声，便张爪扑去。花蛇反击，被猫一爪压住，看似无力反击，不想花蛇身体虽被压住，大嘴一张，射出一股毒液。猫儿躲避不及，被轻微溅到一点，刺痛之感惊得它落荒而逃。花蛇昂着头，恶狠狠地吐着蛇芯，扭头钻入草丛。

赵云自语道："这蛇的攻击方式，甚是奇妙，若是演化为一套枪术，岂不美哉？"

他进屋拿出龙胆，心中想着花蛇对敌的每一个动作，手中龙胆也随之舞动，每到感觉不妥之处，他总会停下仔细揣摩。

正午，赵霞来唤赵云吃饭，见他独自沉浸在研究中，便拿碗盛好饭菜，放在一旁，心想待赵云饿时，自然会吃。

赵云苦想一天，终于有所悟，他斜拿龙胆，一枪刺出，枪头已至射程，他身形突变，在不收枪的基础上，让枪头继续旋转前刺，若是临阵对敌，对手岂能反应？

赵云再练几遍，业已熟悉，随即又平持枪身，身形蓄力而变，如花蛇蓄力一击，快如闪电，干净利落。

两个招式都是他从今日猫蛇之战中领悟而来，便自行命名，一招为"枪中枪"，另一招为"蛇咬"。随后又继续练到晚饭时分，方才心满意足地冲凉换衣，陪家人共进晚餐。

饭毕，赵空对赵云说道："还有几日便是黄道吉日，明日你陪我去趟郡府，购些食材。"

赵云点头道："我那白马脚力甚好，驮我父子，最多半日可到。"

赵霞笑道："爹爹是叫你和他去买些食材回来办酒席，你那白马如何拿得回来？”

赵云有些尴尬地笑道：“这个我不曾想到。”

赵天接道：“今早爹爹已叫我雇好马车，你们不必担心。”

“今日子龙早些休息，明日走得早，可别误了时辰。”赵空见安排妥当，便与赵母回内屋休息，赵母临走时也催促三兄妹早些歇息，三人虽满口答应，但待父母走后，又摆谈一阵，才各自回屋。

正是：

无意七探出二探，枪中枪杀蛇颚咬。

第十八章　偶获匪讯

第二日，租来的马车天未亮就早早停靠在赵家铁铺前，虽说是马车，实际就是一匹大马拖着块拖板。车夫是个白胡子范姓老者，素与赵空相识。

赵空与车夫打声招呼，又唤赵云出来认识，赵云牵出白马，礼貌地称呼车夫为范老。赵空见准备妥当，就叫出发，一车一马，就朝城门走去。

一路上赵空与老范扯些家常，聊聊世道，赵云则提着龙胆，护在车旁，马车行进缓慢。已是正午，三人找个阴凉处歇脚，顺便给马儿喂些草料。

赵空把准备好的干粮拿出，正待分发，忽闻不远处传来一阵急促的马蹄声。赵云一望，见一人骑马奔驰，这人虽然身穿布衣，手中却提一把长剑，且神色慌乱，不时向后望去，极为狼狈。再前行一些，赵云见其眼熟，分明就是那日演武场上抱拳退出的二人之一。

后面突然射来一箭，正中此人左肩，这人落下马背。一个壮汉手握长弓，从后方策马奔出，到了这人身前，抽出腰间长剑，一剑削下。

这人翻身滚开，回手一剑刺去，马上之人不退反进，再次一剑挥来，将攻来之剑击飞，回手直刺倒地这人。

赵云见这倒地之人和他有过一面之缘，拍马去抢，出枪拨开长剑，救得这人性命。

这人定眼一看，见是赵云，急忙呼道："赵兄弟救我，此人叫张柳，乃绿林之人，约人去抢真定县，被我听到，正要去通知郡府，却被追杀至此。"

赵云闻言，心中无名火起，枪指张柳道："我乃郡府骑兵都统，你是下马受降，还是我亲自擒你？"

张柳冷笑，他曾跟随黄巾军，不知多少官军死于他手。自从黄巾军被镇压后，他便率部下落草此处。今见一个小小郡府骑兵都统，岂会放在眼里！他不屑搭话，举剑就砍。

赵云见张柳剑术确实有些门路，正好用来实践自创招式，却不想仅三个回合便惊得张柳舍了长剑，掉转马头，撒腿就逃。赵云心中生疑，这张柳剑术不弱，虽不是自己之敌，也不至于如此不济，正待追赶，却听地上之人喊道："小心暗箭。"

赵云暗记在心，拍马急追。张柳见赵云追来，心中暗喜，反身拉弓搭箭，只闻"嗖"的一声风响，满弓之箭，锐不可当。

幸亏赵云早有准备，只见他身子倒下，躺在马背上，躲过暗箭。

张柳见一箭不中，正待射出第二箭，怎料赵云白马神骏，奔驰如飞，已来到他身后，见情势不对，他提起弓就朝赵云扔去。赵云身子一侧，躲过弓的同时，反手用枪砸在张柳腰间，趁张柳吃痛俯身，再复一枪，将他拍落下马。

张柳倒地，正要挣扎爬起，赵云又是一枪拍在头上，力度把握得很好，只把他打昏，却不伤他毫毛。

赵云扯下张柳腰带，将他手脚捆绑，放于马背，便拍马返回。

赵空和范老爹正拿随身携带的刀伤药物给那汉子涂抹，听马蹄声起，见是赵云擒了张柳归来，总算放下心中忧虑。

那汉子急忙对赵云抱拳道："在下李志，字之国，多谢赵兄相助之恩。"

赵云也下马抱拳还礼，道："云要谢李兄才是，我家便在真定，若不是李兄识大义赶来通报，我又如何能擒此贼。"

李志道："你我皆是常山儿女，乡民有难，岂有不助之理？"

赵云点头，问道："李兄身上伤势可重？"

李志道："只是被箭伤了肩膀，幸亏两位长辈备有刀伤药，不妨大碍。"

赵云笑道："李兄有为民之心，何不加入我郡义军？"

李志道："自那日见赵兄武艺超群，便知难而退，第二日赵兄果然威震校场，我本有意投之，但恐赵兄嫌我武艺低下，不敢前来。"

赵云抱手道："子龙岂敢？李兄既然有意，便在我帐中，同我保常山百姓。"

李志闻言，十分欣喜。赵空见儿子武艺居然如此高超，心道童渊果然名不虚传，又知赵云身居本郡骑兵都统，心中更是激动难言。而车夫老范，对待赵云的态度，不再倚老卖老，反而毕恭毕敬起来。

赵云心知张柳同伙尚不知其被擒，定然会依计划前往真定，就叫李志解了马车拖板，速去真定报信，自己先回郡府率骑兵去援，赵空、范老二人也是担忧家人，不断嘱咐。赵云带上张柳，快马加鞭朝郡府奔去，身后只留下烟尘滚滚。

第十九章　计划制订

上回说到，赵云带了张柳，快马加鞭，赶回郡府，将张柳交与夏侯兰，大刑伺候一番。张柳这才交代与同伙约定后天午时，扮作百姓，瞒过城内官兵，混入城内，然后里外同时发难，杀了县官衙役，抢走财物妇女。此计划甚是歹毒，倘若成功，真定县必成人间地狱。

赵云令军士将张柳移送郡衙关押，随后调集兵马，分兵为二。一队四百人听令于夏侯兰，加强郡府的治安防范并每日上街巡视，倘若有探子在，可以给他们造成骑兵都在郡府的假象；另一队一百余人每人分发两天口粮，随自己赶往真定。既然已经知道了贼人们的计划，赵云决定在城外将这股丧心病狂的贼子消灭。

入夜，郡府大门突然打开，一队骑兵悄然离去，在夜幕的掩护下，朝真定赶去。天还未亮，便赶到真定县外，这里的环境赵云非常熟悉，他选择了一片密林，将人马藏在其中，并命令不许喧哗，不许生火做饭。命令传达后，除暗哨军士外，其余人马休息待命。

天色渐明，一夜奔波，军士疲乏，此时业已进入梦乡。赵云却无睡意，巡视慰问站岗士兵，有一人年纪不大，眼皮上下打架，已是疲惫之极，赵云正好巡视至此，见这士兵斜靠树干，居然睡着了。旁边人见赵云到，暗道不妙，正待去唤醒，赵云摇手阻止，伸手解下后背披风，轻披在这个士兵身上。

周围士兵都露出一种奇异的眼神，赵云却走到这个士兵的岗位上，观察外面情况。

真定县城已经大门紧闭，县府衙役也站上城墙，看来李志的消息已经带到。赵云虽想在城门埋伏突袭，但第一次制订作战计划，他总觉得事情不会那么顺利。

一个多时辰后，轮岗的军士到来，这才唤醒正酣睡的那名士兵。士兵醒来，见是赵云，惊得连忙跪倒求饶。

赵云严肃地说道："我知昨夜赶路至天明，大家都很疲倦了，你们又是第一个岗，更是辛苦。只是哨兵关系全军安危，如有差池，将会陷全军于险地，但念你情有可原，这次就不追究了，不过下次可不能再犯。”

士兵感恩，忙磕头认罪，赵云扶起他，拍拍他肩膀，便离去了。留下这个士兵双手抱着赵云的披风，异常感动，其余众人窃窃私语，不久此事便传遍骑兵营。赵云不知道，他不仅无意间获得士兵的赞赏，更为他日后率整个骑兵营从袁绍帐下，转投公孙瓒打下基础。

赵云巡视一圈，回到中军大帐。这次随他而来的分队统领，仍在熟睡，赵云待到午时，方才将他唤醒。

这统领姓杨名昆，字尚德，醒来见赵云唤他，急忙问道：“都统有何事吩咐属下？”

赵云笑道：“我是有问题要向杨统领请教。”

杨昆略感意外，忙道：“都统有事，问就罢了，如此礼遇，属下不敢当。”

赵云道：“我等军中之人，皆是弟兄，杨统领不必在意。子龙年少，不懂布兵打仗，此次剿匪，还望指教一番。”

杨昆道：“指教不敢当，属下只是发表个人看法。据张柳交代，同伙多是黄巾残党，这些人都是久经厮杀的狂徒，战斗经历极为丰富，明日先遣过来，见城门突然增强守卫，必然心中生疑，立即撤走，本队不至，我们就白埋伏了。”

赵云闻言，喜道：“我总觉伏击计划不妥，幸得杨统领提醒，依你看，我们该如何完成伏击？”

杨昆道：“命人乔装入城，知会县官，将门大开，撤下墙头差役，看似与常无异。我部兵分为二，一部由我带领，今夜先入城，埋伏于进城之后的第一个路口，等待乔装的山贼入城。都统则率另一部埋伏此地，待敌本队到来，你我前后夹击，必能全歼贼寇。”

赵云听罢，连声赞扬，起身对杨昆一拜，道：“此行幸有杨统领跟随，赵云日后还要多向你学习。”

杨昆忙回礼道：“都统真是折杀小人了。”

赵云笑道：“我俩立即就去安排妥当，撒开网，明日待大鱼入网。”

赵云立即传令集合队伍，依杨昆所言，分军为二。又亲写一封羊皮书信，约好半夜进城时间，署名处将兵符印在其上，交给杨昆，命他寻机会，将此信用箭射上城门。

一切安排就绪，半夜赵云亲送杨昆出发。下午时杨昆已将书信射入城内，里面已然做好接应准备，见城下信号起，立即开门迎接，整个行动极其隐秘。

赵云斜抱龙胆，坐在大营外，夜风袭来，拂起发丝，他昂起头，月牙发出惨淡的光芒，像是控诉这个残酷的乱世。夜晚甚宁静，只能听到树叶哗哗的声响，赵云突然想到下山前，师父曾说过，生活在乱世的武人，其职责就是将这乱世重新引导回正轨，但当今天下，谁又是那个能将乱世终结的人？

从太行回常山的路途中，他亲眼见到战乱的破坏性，大批百姓流离失所，就如羊群避狼，一步步被蚕食。

赵云闭上眼睛，右手食指在泥土中刻出一个“仁”字，这就是他的信念，是深藏在他心中的渴望。慢慢地，思绪已被强烈的睡意所代替，他不知不觉地埋头酣睡，直到天明，太阳高挂，才有士兵将他唤醒。

做好准备后，赵云骑上白马，五十名骑兵统一排在身后，此时，众人精神饱满，士气高昂，就等贼寇前来。赵云知道这次必须全灭来犯贼寇，杀鸡儆猴，才能威震常山，令其余流寇不敢欺我常山无人。

第二十章　扬名绿林

风雨欲来，真定县却与平常无异，城墙上的衙役已然撤下，大门洞开，只有十几个衙役盘查着过往百姓，一切看起来都是那么寻常。

正午时分，城门一下子热闹起来，一群百姓蜂拥而入，有挑菜的，有扛柴的，各式各样。衙役十分敬业，检查得甚是仔细，每检查完一个，才放行一个。

这些人进一个，杨昆便抓一个，不露声息地将这伙人全部抓获，并从他们口中问得约定行动的信号。又叫几个军士换成百姓衣裳，假装杀死守门衙役，一切准备妥当，便放出贼人信号。

城外贼人探子，收到行动信号，立即前往本队报告。

吴正雄，原大贤良师张角的贴身护卫之一，善使长槊，有万夫不挡之勇，曾与汉将皇甫嵩在阵前大战百合，不分胜负，令大将军何进极为忌惮。自张角在冀州病逝后，黄巾军士气大降，随之兵败如山倒，张宝兵败身亡，吴正雄奋力厮杀，终于冲出重围，落草为寇。前些日子流窜到此地，正好遇到同是黄巾残军的张柳，两人一拍即合，略一合计，便做出了袭击防御薄弱的真定县的决定。

吴正雄得到探子报告，城里信号起，便带领二百多贼人，奔向真定。

只见烟尘滚滚，二百多骑同时狂奔，声势浩大，到了城门，见城门大开，几个穿着百姓衣裳的人见他们到来，立即低头拱手而拜，而地上躺着十几具身着衙役衣裳的尸首。

吴正雄笑道："弟兄们，入城去，有什么抢什么，最好是每人抢个媳妇儿上山吧。"

众贼人欢呼声起，驱马蜂拥而入。刚入城中，吴正雄见街道空旷，心中觉得有异，突听身后城门关闭，暗道不妙，只见四周屋檐人影攒动，弓箭如雨般飞下，贼人不知死伤多少。

"不好！有埋伏。"

吴正雄舞起长槊，挑落近身之箭，掉转马头，转身就逃。不晓正面杀来一将，阻他退路，此人正是统领杨昆。

吴正雄大喝一声，上前迎击，两人厮杀三个回合，杨昆不敌，转身退走。吴正雄勇猛，冲到城门，守卫军士抵挡不住，被他夺了开关，开了大门，冲出城门，清点人数，只剩二十余骑。

眼见后面数十骑追来，吴正雄正待逃窜，不料前方树林冲出一队骑兵，当先一将，白甲银盔，手持长枪向他袭来。

吴正雄见被包围，心道只有先挑了带队之将，才能向前突围。拍马便直取赵云。

赵云一勒马缰，起枪接下长槊，只见枪来槊往，两人缠斗二十回合，不分胜负。

吴正雄暗暗吃惊，这不知名的小将武艺超群，自己居然久战不能取胜，眼见身后二十余骑渐渐不敌，死伤不断，心中也是着急，虚晃一槊，便想突围，岂料对手勇猛，一时分身乏术。

两人再战三十回合，杨昆率追兵已至，加入战局，吴正雄心中更惊。此时，赵云突然使出“枪中枪”，吴正雄躲避不及，被一枪刺中左肩，他护住伤口，拍马就逃。杨昆见状，拉弓一箭射出，正中吴正雄背心，岂料吴正雄勇猛，忍痛而逃。赵云坐下白马神骏，却已追到吴正雄身后不到五丈。吴正雄料逃不过，反身一槊挑来，赵云起枪使出百鸟朝凤枪，招式极其精妙，吴正雄身负两处伤害，气力渐弱，抵挡不住，被龙胆透胸而过，翻身落地而亡。赵云上前，取了首级，命军士挂于城头，然后与杨昆率队入城。

清点人数，百骑兵马也折了三十余人，赵云托县官予以厚葬，又将乔装入城被杨昆活捉的贼人收监，待来日押回郡府。一切完毕后，命部队在真定休整。不久，此战震撼绿林，周围山贼有所忌惮，再无到常山郡内屠城抢杀的想法。

第二十一章　大战在即

昨日大胜，赵云令军士休整一日，因杨昆制订计划有功，暂提为副都统，又令李志暂代原杨昆之职，一切安排妥当，便请假归家一趟。

今日大街小巷，甚是热闹，昨天一战，已成百姓余兴谈资，有说书人更是加油添醋赞美一通。赵云一路苦笑，低头不让人认出，来到家门，见左乡右邻都在家中串门，一见赵云归来，便围了上来，扯些家常，其中尽是做媒之人。

赵云扯个理由，躲入后院，任由赵母替他抵挡。直到下午未时，赵空与范老才拉着一车货物归来，原来是夏侯兰在郡府巡逻遇到赵父，问了情况，便送了两匹大马与他拉车。

乡邻见赵空车马劳顿，不便打扰，纷纷告辞。待人走后，赵云才敢出来，赵空一见儿子，心中甚喜，归来途中早已听到昨日之战，心中尚且担忧，现在一见，心中的大石总算放下，而范老更是对赵云充满尊敬。

赵母与赵霞做好饭菜，端上饭桌，赵空取出自酿老酒，叫赵云给范老盛上，答谢范老辛苦。饭不过半，赵天送彩礼归来，见父亲、兄弟归来，喜得连敬三杯。赵天也是能干，前几天见父亲、兄弟去郡府未归，操办婚事都由他自己准备，今日父亲、兄弟归来，他喝下几杯后，便匆匆赶去女方家，商议后天迎新媳妇过门之事。

酒足饭饱，范老起身告辞，赵云也要回军营。临走时，赵母千叮万嘱，生怕儿子在军营里难待。回到营中，郡府文书已飞鸽送到，同意任杨昆为副都统，李志为统领，即刻唤二人来宣布命令，杨昆二人十分欣喜，连连道谢。

第二日清晨，赵云率军押解所擒贼人返回郡府，到了郡府，王义亲到城门迎接，并在骑兵营备好酒菜，给众人庆功。

饭桌上，赵云与夏侯兰商议，一起回真定县参加赵天的婚礼。饭后二人向王义请假，获得批准后，将骑兵营大小事务交与杨昆暂代，便朝真定赶去。

两人一路狂奔，天还未黑，便已赶到真定，夏侯兰也是多年未归，眼前熟悉的景象让他有些激动。赵云与他下马步行，谈起幼年趣事，到了家门，两人各自归家。赵云见屋门张灯结彩，推门而入，里面皆是平素相好的人家，赵云打了招呼，走到后院，也是人多，大人小孩都围着一说书人，津津有味，赵云一听，知道说的是《高祖芒砀山斩白蛇》。

突然有人轻拍他的肩膀，回头一看，见是妹妹赵霞。

赵霞笑道："爹爹在郡府给我们一人购置了一套新衣，便于明晨接嫂子过门，二哥快去试试是否合身!"

赵云道："既是爹爹所买，必然合身，不必试了。倒是明日大哥便成家了，思来人生似水，一辈子不过如此。"

赵霞撇嘴笑道："二哥当了都统，感慨也就多了！我们寻常百姓，只思每日三餐，别无所求。"

赵云叹道："现在的世道，争权夺利的人，哪里会想到老百姓的死活。我时常在想，我手中之枪，怎么才能发挥最大的作用。"

赵霞道："二哥的话，我是不懂，不过我得去招呼宾客，听说县官大人也来了，二哥也去招呼一下吧，莫要失了礼数，让外人看了笑话。"

赵云含笑点头，待赵霞离去，他便前去寻本县父母官，谈些客套话。

放下赵云归家参加大哥婚礼不提，翌日，天下发生了一件大事。

公元 190 年，曹操在陈留发矫诏给天下英雄，共同讨伐国贼董卓，很快就有十七路诸侯起兵响应，会于洛阳附近，推袁绍为盟主，据说各自安营下寨，连接二百余里，声势极其浩大。同时，洛阳城内的董卓，也派出天下第一猛将吕布，扼守洛阳门户虎牢关，一场大战即将拉开序幕。

历史的齿轮开始紊乱，生活在这个时代的人们，总会为了抱负而努力。赵云不知道，他将会走上这个乱世的舞台，在猛将如云的三国时代，发出短暂而又璀璨的光芒。

第二十二章　伐董联军

清晨，赵家大门摆放一顶花轿，赵天身穿红色喜袍，笑吟吟地骑上一匹大马，这马额头也挂着一朵大红花，站在花轿前，两边的人奏着喜乐。赵云身着新衣，抱着一个猪头，夏侯兰也来凑热闹，硬是要去当轿夫，赵霞捧着一个大盘，里面是一件玉器，三人一阵说笑。

“吉时到，起轿!”

随着赵空这么一声，两旁奏乐人用力敲打乐器，赵天马前一童子，牵着马便往前走，后面的人嘻嘻哈哈地乐个不停，迎亲队伍便出发了。

整个队伍沿着街道走走停停，行进异常缓慢。突然从后面追来一骑，边跑边大声喊道：“赵云、夏侯兰两位都统可在?”

赵云见是传令，停下脚步，问道：“如此慌乱，有何大事?”

传令下马跪禀：“郡守大人有要事与两位都统商议，令两位都统午时前赶回郡府。”

赵云眉头一皱，心想王义明知今日是他兄长大喜之日，仍派人连夜奔来寻他，看来必是十万火急之事。他将猪头交给旁人，说道：“我知道了，你且起身去官驿休息。”

传令走后，赵云与赵天等人打声招呼，叫人换了正抬轿子的夏侯兰，两人便跑回家，各自收拾，赵云取了龙胆白马，拜别父母，便出门去唤夏侯兰。

见夏侯兰的双亲也送到门外，两人也顾不得多礼，急忙拍马离去，转眼间便消失在街道上。

午时，两人一到郡府就去见王义，王义一见面就面带歉意地说道：“实在是万分紧急，误了两位都统好事。”

见两人均道无妨，王义又道：“昨夜有主公使者到，说今日有十八路诸侯在洛阳会盟，共讨国贼董卓。主公令统下诸郡，都要派出军士参战，所以我才如此。”

赵云问道："我郡依附可是袁绍？"

王义点头道："袁世三公，名满天下，且今日起兵伐国贼，乃英雄也。"

赵云道："天下汹汹，不知道谁是真的英雄，不过既然是讨伐国贼，子龙愿领常山子弟，前去助战。"

夏侯兰在一旁说道："袁绍大军，号称十万之众，我们这点人马，就算去了，也得不到重视。"

王义道："估计是凑些人数，以壮声势。不过此次正好为我们提供练兵的机会，两位都统可引领我骑兵、步兵前去。"

夏侯兰道："若是我们都去了，山贼来了，怎么办？"

王义笑道："我只是分三分之一的兵力给你们，这个不必担心。"

赵云又问："大人，我们何时出发？"

"今日十八路诸侯已经会盟，你们速回去整备，明早出兵，我在此祝联军马到功成，铲除国贼，报效国家。"

王义说完，便是躬身一拜，二人急忙回礼，再与王义告辞，各回各营，准备兵马及粮草调配。

副都统杨昆本在操练军士，见赵云归来，便走来请战，赵云也知杨昆战场经验丰富，就令他选出一百五十精骑待命，又唤李志等三个统领，令他们三人每周轮流代理都统职务。一切安排就绪，正待去吃晚饭，有兵来禀，门外有人拜帖，赵云接过一看，见是王月萱邀他到城中酒楼一聚，便起身前往，到了酒楼，夏侯兰已先到了。王月萱举杯与二人，算是送行酒，两人军务在身，不敢多饮，吃些饭菜，又聊阵童年趣事，便告辞离开。

第二日清晨，赵云、杨昆统一百五十精骑，夏侯兰及副统领统两千步兵，拜别了王义，浩浩荡荡地朝洛阳方向行去，不日便来到盟军营地。夏侯兰所带士兵被编入守护部队，每日任务就是巡逻，防止营地遭到偷袭，而赵云的骑兵则被编入一线部队，给赵云一个屯长职务（汉朝军衔最低职务之一，只能领一百士兵）。不过袁绍这人，对自己势力下的军士，还算照顾，每次战斗，总把自己的部队藏在后面，让其他诸侯的部队冲锋上前。这样一来，赵云所在部队，也没有什么机会上前线，赵云这个骑兵屯长，每日在营地与杨昆操练士兵，每周跟从曲长（汉朝军衔，领五屯士兵，共五百人）参与整个部队的共同操练，来了半个多月，日子过得也算轻闲。直到一个月后，才第一次接到出击命令，说是联军大败董卓军，杀了将军华雄，袁绍下令，全军向前推进，直逼洛阳门户虎牢关。

联军势如破竹，散乱的董卓军朝虎牢关逃窜，此时虎牢关的大门锁链缓缓放下，架在护城河上……

第二十三章 虎牢关之战

赵云跟着大部队，一路追杀溃败的董卓军，八队盟军各路出击，越杀越勇，战线已经推到虎牢关前。

虎牢关铁索吊桥已放下，溃败董卓军纷纷逃入关内。河内大将方悦，见关门开，心中大喜，领五百轻骑继续追杀，正待入关，却见关内冲出一人，马奔如飞，方悦举刀相迎，一个回合便被斩于马下。见大将被斩，河内这一队人马，丢盔弃甲，逃回关外。

阳光刺目，射在护城河粼光闪烁，吊桥上立一青年将军，身高九尺，剑眉高鼻，不怒而威，头戴紫金长翎冠，身穿黑钢虎头甲，后背大红披风，上面绣着一头雄状猛虎。胯下一匹枣红骏马，目冷鬃长，四蹄有火焰状硬毛，一看便知非凡物。

这人手提一柄方天画戟，指着天下英雄大笑道："吾乃汉温侯吕布，吕奉先。尔等叛逆安敢起兵攻打帝京？"

盟军冲出一将，答道："董卓老贼，禁锢皇帝，淫乱后宫，把持朝政，此乃国贼，你等爪牙，若不速降，必死无葬身之地。"

吕布冷笑道："你是何人？敢如此大话。"

这将道："我乃上党上将穆顺，今日奉召来讨逆贼。"

"找死！"

吕布双腿一夹，赤兔奔驰如飞，穆顺手持一柄大斧，拍马来战，两军军士，呐喊助威，怎料又是一个回合，吕布又斩穆顺于马下。盟军中又夺出一将，乃北海猛将武安国，挺枪就刺，吕布随手一戟，武安国躲闪不及，断了右手腕，连忙逃入阵中。阵中又出两将，来接应武安国，一是其胞弟武安民，另一个是徐州猛将张苋，两人上前围住吕布，怎料仍不是吕布一合之敌，双双被刺于马下。

吕布连败五将，盟军八队人马士气大降，赵云在部队后方，只见前方人马骚乱，不知为何，忙令杨昆合拢一百五十骑，见机行事。

吕布手持方天画戟，带领身后百骑冲入盟军阵中，左冲右突，如入无人之境。八队盟军，被冲得四分五裂，死者无数，以至于后来盟军中人，凡闻吕布之名，尽皆胆寒。

吕布如鬼神，所到之处只留下一堆尸首，赵云所在队伍，由于方悦被斩，其余校尉早被吓破胆，部队也就被打散了。乱军之中，却见吕布冲来，杨昆不知其底细，拍马迎去，被吕布一戟拍落，正待刺死，赵云已拍马来救，吕布反手一戟，震得赵云双手发麻，两人交手五个回合，赵云气力渐弱，心知敌不过此人，见手下军士救了杨昆，反身拍马便走。吕布也惊讶，一个小小屯长能在他手中走上五个回合，尚能全身而退，不过乱军之中，不能得知其名。

盟军八队前锋，尽皆溃败，此时盟军本队到来，黑压压的士兵如潮水，声势极为浩大。

吕布勇猛无双，又带骑兵冲入盟军本队，又斩上将五人，偏将十几人，骇得袁绍急令刚从河北调来的张郃，寸步不离。

盟军士气动摇，逃跑者不计其数，相互践踏者，又不知死伤多少。

陈留太守曹操见盟军势颓，便令夏侯惇、夏侯渊去迎吕布。两人前去交战，不到十合，双双败退，与曹洪护着曹操后退。

吕布杀得正酣，盟军诸将，唯恐与他交战，纷纷躲避。此时军中冲出一人，身高七尺五寸，皮肤白皙，手持双股剑，迎向吕布。有认识的人知他便是中山靖王之后，刘备，刘玄德。

吕布挥戟击去，刘备抵挡不住，又冲来一人，身高八尺，豹头环眼，燕额虎鬓，手持一杆丈八蛇矛，来助刘备。此人便是刘备结义之弟，张飞，张翼德，有万夫不当之勇。

吕布面露冷笑，以一敌二，渐占上风。此时又拍马赶来一人，大喊："勿伤我兄。"

这人身高九尺，鬓长二尺，面如重枣，丹凤眼，相貌堂堂，威风凛凛，手持一长柄大刀，唤作青龙偃月刀，正是刘备之弟，张飞之兄关羽，关云长。

吕布以一敌三，丝毫不落下风，一杆方天画戟，使得如天雷滚滚，猛不可言。刘、关、张也非凡人，合力而战，居然与吕布打个平手。

赵云在本阵中，查看杨昆伤势，见并不严重，便令人先送杨昆回营休息，又重整人马上前助阵，正巧遇到刘、关、张战吕布，心中佩服。

虎牢关上，有一人见吕布渐有败象，心中着急，便领军冲出，来救吕布。袁绍见状，命人去挡。此人亮甲银盔，也是勇猛，河北之将挡他不住，被杀出一条血路。赵云见此人所使枪术，居然与他一脉，同是百鸟朝凤枪，想起童渊所托，拍马而去，挺枪直刺此人。

这人正是河北枪王张绣，见赵云冲出，一枪挑去，两人你来我往，缠斗在一起，皆使百鸟朝凤枪，战了二十回合，不分胜负。张绣一枪逼开赵云吼道："你莫非是我师弟，使的可是龙胆亮银枪？"

赵云握枪平指张绣，道："你我虽无仇，但师父叫我杀你，清理门户，今日你就在此授首吧。"

张绣怒道："好个偏心的师父，当年任我如何恳求，也不肯将龙胆传我，却给了你这个毛头小子。"

赵云也不搭话，举枪再攻，张绣也不含糊，两人又战在一起。

再说吕布，与三人大战一百回合，见不能取胜，曹操等人又聚拢了惊乱的军队，心知不妙，虚晃一戟，掉马就走，胯下赤兔奔跑如飞，转眼便甩了刘、关、张，正好遇到赵云使出凤翼，将张绣刺伤，危急之时，吕布上前去抢张绣，又与赵云交手，两人战三合不分胜负。张绣趁机撤退，临走时恨了赵云一眼，甚是不服。

赵云正待追赶，吕布挥戟劈来，赵云只得回枪防守，却被这股蛮力震得坐下白马，连连后退。

吕布也不追击，只是饶有兴致地看了赵云一眼，道："当今天下，单打独斗，能在我手下十合不败，寥寥无几，今日暂且饶你一命，以后的战场上，我也不至于孤独。"说完，拍马而去，追上张绣，带着剩下百余骑，撤回虎牢关。

袁绍吃了大亏，韩馥、孔融等诸侯灰头土脸，皆无战意，便鸣金收兵，暂做休整。

曹操来见众诸侯，询问独斗张绣之将为何人。众人皆摇头不知，张郃正要开口说话，无奈旁边的袁尚瞪他一眼，他也不便多说，正好刘、关、张三人归来，袁绍也起身相迎，也就忘记此事。

赵云回到营中，清点所属，不曾折一人，便传令下去休息，等待命令。他又去看杨昆，杨昆已无大碍，见赵云进来，急忙起身迎接，问道："盟军可破虎牢关？"

赵云摇头叹道："吕布勇猛无双，真乃天下第一，盟军已被阻在虎牢关前。"

杨昆笑道："都统不必担心，吕布虽勇，却是一介武夫，我盟军计谋者不知多少，我想那吕布不久必败。"

赵云点头表示赞同，然后笑道："闲时我也得多看兵书，不然也是有勇无谋之辈。”

两人相视而笑，赵云辞别回帐，有属下来禀，有人拜见。赵云去迎，见是张郃，急忙迎入营中。

张郃笑道：“赵云兄弟还是入了袁公帐下，只是这小小屯长，真是苦了你。”

赵云也笑道：“无名小卒，得张兄如此惦记，真是折杀我了。”

张郃叹息道：“赵云兄弟，今日大败张绣，本应名满天下，只可惜当日你打晕之人，正是二公子袁尚，今日在战场已是认出你来。我见他已起杀心，此次前来，便是劝你速早离开。”

赵云抱拳道：“多谢张兄提醒，只叹这袁家三公，名满天下，不想却是如此心窄小人，若是如此，明日出战我便带队离去。”

张郃抱拳道：“赵兄一路顺风，我还有军务在身，就此告别。”

赵云送张郃到营门，见张郃离去，回到营内去找杨昆商议，拟订计划，做好万全准备。

第二十四章　战磐河，公孙瓒脱困

余下几日，袁绍屯兵虎牢关五十里处，每日只是休养生息，并未再战。

赵云与杨昆早已拟好的脱离计划，就一直不得实现。幸好不日袁尚水土不服，身上发疽，被袁绍命人先送回河北，赵云也就暂时安心，每天拉弓习剑，操练军士。

又待月余，营中皆传江东孙坚率军进攻虎牢关，不久又闻董卓烧洛阳，迫献帝迁都长安，曹操率军追击，大败而归，见众诸侯每日饮酒作乐，大怒，拂袖而去。

袁绍令军入洛阳，赵云跟随大部，来到洛阳，昔日繁华之都，现在满地废砾，已无曾经光景。

不久，声势浩大的讨董联军，在已是废墟的洛阳城，沾沾自喜，在自夸自大中解散，各回各自地盘，被世人笑其虎头蛇尾。袁绍回到河北，令军队休整，却将召来助战的军队编入正规部队，张郃想推荐赵云，又怕袁尚知道赵云所在，加以陷害。

东汉初平二年（公元 191 年），袁绍与公孙瓒谋取韩馥之地，又为分地之事交恶。袁绍命人假扮董卓军，射杀其弟公孙越，公孙瓒大怒，率精兵三万，屯于界桥之外二十里处。

袁绍屯军广川（今河北枣强县东北），针锋相对。

赵云跟随部队，来到广川，问及杨昆，公孙瓒如何，杨昆言："以'义'而名天下。"

赵云道："我观袁绍此人，虚有其表，又得时时提防袁尚陷害，一直想离开，却苦于没有机会。既然公孙瓒义满天下，不如去投，若是心系天下，我便死心相随；若也是自私之人，再走不迟。"

杨昆点头，同意了赵云的建议。

翌日，公孙瓒率部与袁绍战于界桥。

只见公孙瓒白甲披风，手持一把长枪，身后三千白马精锐，曾屡破外族，被唤作"白马从义"，身旁一将，也是白甲长披，叫作严纲，是为前阵。后部由公孙范、田楷、关靖等人压阵，共三万余人，浩浩荡荡，声势惊人，不时大喝叫阵。

袁绍率文丑、张郃、麴义等将相迎，排军布阵，又有田丰、郭图、审配等谋士立于主军帐中。

袁绍问道：“此次公孙瓒精锐尽出，特别是其三千白马骑，名震天下，诸位有何提议？”

郭图进言道：“公孙瓒善骑战，我军不可力敌，不如后退百里，挖沟筑寨，避其锋芒，再图败之。”

袁绍手抚胡须，道：“首战便退，岂不是让天下人耻笑？”

大将麴义出列禀道：“主公勿忧，我有强弩百张，可破敌骑。”

袁绍闻言微一点头，又对众谋士问道：“大家对这个提议有什么看法？”

田丰出列说道：“此计甚妙，若破其精锐，敌军士气势必大降，主公只须再派一将，率军掩杀，以雷霆之势攻之；再派一将，从右方先行，截住敌退路，公孙瓒不过瓮中之鳖。”接着审配、张郃也纷纷响应。

袁绍闻言，终下决定，他令张郃待命，等麴义破三千白马精锐后，领本部军马掩杀，又令文丑按计划，截住公孙瓒。

一切安排妥当，各将依计而行。

袁绍来到阵前，见公孙瓒，喊道：“伯圭兄，你我一些日子不见，今日为何就兵戎相见？莫非有什么误会？”

公孙瓒见袁绍不痛不痒的样子，怒道：“袁绍，你这小人，还我弟命来。”拍马直刺袁绍，身后三千白马，跟随其后，士气冲天，锐不可当。

袁绍转身回到阵中，待公孙瓒人马已近，前阵士兵扇形散开，露出一排巨弩，此弩乃攻城之物，弦长三米有余，由四个士兵方能拉动。麴义站在边上，左手令旗一挥，巨大的弩箭漫天飞舞。公孙瓒大惊，忙策马躲避，三千人马，各自躲闪，人马一多，相互撞在一起者不计其数，巨箭所杀之人，连人带马，轰得四分五裂，原来整齐的冲锋阵形，就此溃散，剩下的军士，已是心骇，腿脚酸软，无心再战。

此时张郃与麴义率军掩杀，公孙瓒反身就逃，两人跟着冲入本阵，一阵厮杀，死伤者无数。公孙瓒反身又来战张郃，两人战三十回合，公孙瓒不敌败走，正遇麴义攻来，严纲上前接下，战不到五合，严纲不敌，被麴义一刀劈死。

公孙瓒一路奔走，又闻一声鼓响，路边坡上冲下一队人马，当先之人，身材魁梧，豹头环眼，正是上将文丑，阻住去路。公孙瓒心中暗骂，挺枪就刺，文丑拍马相迎，属下士兵一阵混战。

两人战十合，公孙瓒渐渐不敌，心道：今日危矣。

此时奉命守在山坡上的赵云见状，和杨昆对视，两人既下决心，赵云拍马而下，只见白马银枪，转瞬来到坡脚。文丑正待斩杀公孙瓒，见赵云一枪刺来，忙弃了公孙瓒来战赵云，两人枪法皆是名师所传，一时奇招尽出，转眼已是二十回合，不分胜负。赵云见一时不能击败文丑，枪势一变，连连使出自创的蛇咬，打得文丑措手不及，他心中暗暗吃惊，心道曾听人说，虎牢关前，曾有一白甲小将力败河北枪王张绣，想来必是眼前之人，心中已生退意。

又战几合，公孙范、田楷等人，重新收拢了败退的士兵，来寻公孙瓒。文丑见敌众我寡，心知已经不能斩杀公孙瓒，虚晃一枪，拍马便走。赵云也不追赶，和公孙范等人合兵一处。

公孙瓒对赵云抱拳礼道："多谢壮士相助，不知壮士之名，日后也好报答。"

赵云回礼道："我乃常山人士，姓赵名云，字子龙。久闻大人孝义，特来相投。"

公孙瓒闻言，道："我知道河北之人，皆投袁绍，你为何却来投我？"

赵云道："天下大乱，不知道谁是报国之士，久闻将军孝义，所以带郡中子弟来投。"

公孙瓒大喜，又见追兵至，便令赵云等人随自己撤退。

赵云道："袁绍此人生性骄傲，好大喜功，得此大胜，必会亲自上前察看，云愿领骑兵断后，偷袭袁绍。"

公孙瓒摇头道："子龙在我危难时来投，我岂能让你涉险？"

赵云又道："袁绍新胜，士气高扬，若不引其回兵，主公难退。"

公孙瓒叹口气，点头道："我将所剩几百骑给你，不管成败，速来渤海寻我。"

赵云对公孙瓒道："多谢主公信任，云此去垫后，定不负众望。"说罢，带领杨昆，引公孙瓒身后几百骑兵，上坡绕到战场右侧。

袁绍在后阵，见公孙瓒败逃，心中甚喜，正待上前察看。

田丰劝道："战场变幻莫测，主公不可亲身涉险。"

袁绍笑道："这公孙瓒已败，前方皆是我军追兵，何自忧哉？"

说完便不顾田丰劝阻，带着卫队前进。田丰见劝不住，只得跟随其后，暗自摇头。

袁绍来到前线阵地，刚过界桥，就见右侧坡上一阵箭雨，田丰忙把袁绍拉下马，躲在一块岩石后，所带卫兵死伤大半。

指挥偷袭之人，正是杨昆。弓箭射完，赵云拍马而下，率兵冲下，所残卫兵岂能抵挡，转眼赵云已离袁绍藏身之处不到十丈。

袁绍大骇，慌乱拔剑，郭图额头冷汗直冒，田丰、沮授、审配皆拔剑在手，准备以死保护袁绍。

情势危急，又有一队兵马冲出，带头之人正是大将麴义，见袁绍受困，一箭射来。赵云拨马转身，躲过箭击，来迎麴义。

两人战三合，麴义不敌，转身就走，赵云拍马上前一枪刺入其后背。

袁绍等人见麴义战死，心中暗苦，这时又来一将，率援军至，高喊："勿伤我主。"

只见此人虎目狮鬓，身高九尺，身穿锁子精钢甲，手提一把精钢长枪，仪表堂堂。

袁绍见状，大喜道："我等无忧也。"

赵云见来人，认得是颜良，拍马去迎，两人大战三十回合，一旁厮杀的杨昆喊道："敌军援军已到，我等久战不妙，何不早退？"

赵云闻言，见袁军势大，连续刺出几枪，暂时逼开颜良，引兵撤退，颜良带兵掩杀，赵云令杨昆带大队先行，自己带数十骑殿后，此时又来一将，赵云见是退去的文丑，来助颜良。颜良文丑，勇冠三军，两人围住赵云厮杀，赵云逃脱不得，咬牙力敌，一时也能坚持几合。突然又冲出一队人马，当先之人，手持双股剑，身后紧随两人，一人持青龙偃月刀，一人握丈八蛇矛，加入战局。赵云认得此人，乃中山靖王之后，刘备刘玄德，他素与公孙瓒交好，前来助阵。赵云、关羽、张飞皆是猛将，颜良、文丑抵挡不住，逃回阵中，指挥大军掩杀，刘备见袁军势大，与赵云兵分两路撤退。

颜良、文丑怕袁绍有失，不再追赶，引兵来护袁绍回后方大营。

赵云去追杨昆，见杨昆正与一队人马交战。赵云上前，见是张郃部，知道张郃厉害，杨昆绝非其对手，忙上前喊道："张兄，先且停手。"

张郃停手，笑道："我知此部所属赵兄，所以未下杀手，赵兄可与我单独叙旧？"

赵云笑道："有何不可？"又令杨昆先行，见杨昆有担忧，便笑道："张将军与我旧识，不必担心，你且先行，我随后就到。"

杨昆领命而去，赵云与张郃单骑并行，缓慢前进。

张郃道："袁绍优柔寡断，好大喜功，又无报国安民之心，子龙此去投公孙瓒，也是条出路。不过公孙瓒虽有孝义之名，但在伐董时，观其所为，也无安民之心。"

赵云道："多谢张兄提醒。今天下诸侯混战，各自谋私，只有公孙瓒名声尚可，我先投他，观察其行，若是无大志，我便离去。"

张郃叹息道："只惜日后各自为战，我们兄弟难免阵上相见。"

赵云苦笑道："各为其主，张兄不必相让。"

张郃笑道："时辰已不早了，怕颜良、文丑追来，子龙早去吧，为兄也只能送至此处。"

赵云抱拳，礼道："儁乂兄，告辞了。"

赵云辞别张郃，快马加鞭，转眼便看到路边等待的杨昆，两人合军一处，朝渤海赶去。

磐河之战，终以公孙瓒在界桥惨败而结束，袁绍不久便获得渤海，公孙瓒被迫撤退到蓟。

正是：

磐河风起刀戟冷，血染界桥生与死。

乱世沉浮无终点，一腔热情寻仁君。

第二十五章　龙的志向

初平二年，公孙瓒磐河界桥大败，赵云殿后偷袭袁绍未果，斩了大将麴义，赶到渤海与公孙瓒会合，又撤往幽州，屯兵于蓟，整军休养。

话说幽州牧刘虞，精于仁政，以恩厚而得众心，幽州百姓甚是敬爱。

刘虞在府中闻公孙瓒不受节制，妄动兵戈，心中甚是不满，便差人来请他前去州府论事，公孙瓒便以病推辞。

到蓟不久，赵云被任命为公孙瓒的骑兵统领，率精锐骑兵五百余人，跟从公孙瓒大军与袁绍大战数次，互有胜败。后来公孙瓒又令刘备协助田楷继续进攻，不得胜，天气渐凉，两军暂罢，各自退兵。

这日，赵云在营中操练军士，有兵禀刘备来访，忙迎入营中。两人共事于公孙瓒，志向相投。

刘备入营邀约去逛街会，赵云不好推辞，便将事务交给杨昆，与他前去。

蓟城繁华，街道上人马穿梭，一派平和景象。

赵云赞道："主公治下，如此繁荣，我辈之幸。"

刘备却笑道："公孙瓒大人喜好兵马刀戟，哪能有如此能力。"

赵云奇道："那是何人所为?"

刘备正色道："州牧刘虞大人，广施仁政，爱民如子，深得幽州百姓拥戴。若是我刘备，有一天能以仁治天下，让百姓安居乐业，该有多好。"

赵云闻言，心中一震，道："如是刘大哥真要以仁的理念，来改变这个动乱的时代，子龙将终身追随，不离不弃。"

刘备苦笑道："我虽是皇室后裔，但手中无兵少将，明日就要到平原暂待，今日相邀，便是为此。"

赵云道："只要公有此大志，不必为此苦闷，仁的理念，终有一天会有机会实现的。"

刘备拉着赵云道："刘虞大人代表乱世的仁政，我观公孙瓒大人与他不和，怕日后交恶，刘虞仁厚岂是对手，子龙定要在中间调和。"

赵云点头道："公请宽心，云必保仁政所在。"

刘备对赵云行礼，道："刘玄德为乱世之仁，在此拜谢。"

赵云伸手扶住刘备，道："子龙之志，便是仁治天下，公所想，正是我的想法。"

于此，刘备之志，与赵云一拍即合。日后赵云也没有食言，果然跟随刘备南征北战，那是后话。

第二日，刘备拜谢公孙瓒，引军屯平原县，赵云送别至城外十里，方才归来。刚入军营，公孙瓒差人来传，要去城外打猎，叫赵云率百骑随行护卫。

一行人来到蓟城郊外一树林中，公孙瓒令人去赶草丛，自己握弓搭箭，等待猎物出现。

身旁一人说道："这赶起来多费劲，主公何不用火烧。"此人叫作关靖，官居长史，自幼与公孙瓒相识，又有心机，懂得见机行事，很受公孙瓒器重。

赵云在一旁闻之，忙出言劝阻："今已是秋末，雨水不济，草木枯燥，若是以火引，恐人不可控，祸贻周围百姓。"

关靖笑道："赵统领不必担心，先遣军士去四周挖坑，就算火不可控，也是无妨。"

赵云又道："森林繁茂，附近有百姓耕田，万万不可为之。"

公孙瓒似是不悦，正待说话，远处传来军士呼声，见是一头雄鹿，被众人骇得慌不择路。公孙瓒弓拉满贯，百步之外，一箭射中雄鹿，士兵尽皆欢呼。

关靖在旁赞道："好一个百步穿杨，主公箭术，可让天下诸侯汗颜，我等又何惧一个区区的袁绍？"

公孙瓒闻言，大悦，放声大笑。此时一军士快马而来，禀道："州牧大人有文书到。"

公孙瓒接过文书，也不拆开，待传令兵离去，一把将文书撕得粉碎。

赵云在旁，不知何事，关靖笑道："主公何必动怒，这刘虞无能，不必理会。"

公孙瓒怒气未消，恨道："自我磐河归来，这刘虞已是五封来信，既要我管束手下，又说我穷兵黩武，真是气杀我也。”

关靖劝道：“主公勿气，莫扫了兴致。”

“我还有什么兴致？回去吧。”公孙瓒拂袖而去，碎纸屑随风飞舞，关靖忙跟随其后。赵云令杨昆集合士兵，带队归城，途中气氛很是冷沉。

回到城中，公孙瓒令各自解散休息，赵云与杨昆回到营中，叫亲兵端上一壶烈酒，暖暖身子。

一杯酒下肚，杨昆遣散卫兵，见四周无人，方才轻轻说道：“我观这公孙瓒也非善辈，不思报国，自私自利，子龙可要离去？”

赵云轻声道：“我也常闻主公纵容士兵侵犯百姓，心中已有厌恶，只是不知还有何人可投？”

杨昆笑道：“许昌曹操，乃英雄也，当年伐董，众诸侯各有异心，只有曹操敢于孤军追赶董卓，虽被吕布所败，但其忠义之心可表，不如去投。”

赵云饮杯酒道：“尚德兄，我心中已有人选，正准备与你商议。”

杨昆问道：“子龙所说何人？”

赵云道：“刘备，刘玄德。此人与我理念一致，便是以仁治世，只惜同在主公帐下，不得相投。”

杨昆劝道：“刘备虽然自诩皇室宗亲，又有关、张二将，但其实力孱弱至极，能否在这乱世成番事业都还是未知，子龙可曾考虑周详？”

赵云点头道：“玄德公心存百姓，就为这一点，我当追随。尚德兄如何选择，子龙也绝不干涉，若是终要离开，你我兄弟，到时定要一醉方休。”

杨昆笑道：“尚德自常山追随子龙多年，怎舍背弃，若是子龙之意，我当追随。”

赵云心存感激，举酒说道：“尚德，我敬你一杯。”

两人再饮一杯，杨昆悄声道：“我们何时离去？”

赵云小声道：“玄德公离去时有事相托，要我暗地保护州牧刘虞，尽量阻止主公与其交恶。”

杨昆道：“今日打猎，我见主公已起杀心，恐子龙也无能为力。”

赵云叹息：“只有走一步看一步，时辰已不早了，尚德兄先且休息，待我去巡视回来再饮。”说罢，便整理衣甲出门去了，留下杨昆一人独饮。

赵云一路巡视，见站岗军士皆挺胸抬头，精神饱满，心中很是满意。不一会儿便来到公孙瓒房间，见灯明，正要敲门，却听到有话语声，仔细一听，知是关靖，正与公孙瓒商议，派出杀手暗杀刘虞，然后接收幽州全部军队。

刘虞之贤，天下人共敬，公孙瓒怎么敢轻起杀心，赵云心中已起怒气，右手握在佩剑柄上，但转念想到公孙瓒对自己不薄，杀之不忍，不如去与杨昆商量，想到此处，右手缓缓离开剑柄，悄悄退下。守门士兵都是他手下亲兵，也不多问，任由他离开。

赵云回到军营，杨昆尚在饮酒，见赵云，笑道："子龙今日怎么这么快便巡察归来？"

赵云快步走到酒桌前，轻声说道："我此去巡察，无意听到主公与关靖商议，要派杀手除去刘虞。"

杨昆道："早已料到会有此出，子龙将如何打算？"

赵云道："我意去蓟中相告，不知如何脱身。"

杨昆摇头，道："不可，刘虞不知子龙，你如何与他相见？"

赵云寻思片刻，道："我意半途阻刺客，杀之。"

杨昆摇头，道："今日杀，难保明日又有刺客至。"

赵云叹道："我心中尚有一计，不知尚德可愿意。"

杨昆抱拳道："粉身碎骨，莫有不从。"

赵云道："我意遣你去保刘虞，明日操练，我俩假装冲突，我假装拿剑斩你，弟兄们必来阻挡。待夜晚，我装醉酒，你拿我兵符，领常山子弟出城，去蓟中投靠刘虞。"

杨昆道："此计甚好，只是我们皆走，怕子龙寂寞。"

赵云苦笑道："国家大事，非私人感情可比，既然尚德兄同意，就委屈你了。"

赵云与杨昆交谈至半夜，方才回屋休息。第二日两人依计行事，动静闹得很大，捅到了公孙瓒处，直到公孙瓒出面方才平息。晚间，杨昆率领亲兵百骑，用赵云兵符骗了守城军士开门，朝蓟中赶去。

直到次日，公孙瓒才知道此事，命人去唤赵云。赵云酒醉未醒，心中大怒，正待亲率骑兵出城追赶，有兵来报袁绍派部将崔巨业率兵二万来犯，屯于故安城外百里处。公孙瓒顾不得处理赵云失职，急忙整顿兵马，去抗袁绍。

袁军围攻故安两日，不得攻破，公孙瓒援军到，城内守军出城夹击，崔巨业忙退兵五十里，与公孙瓒针锋相对。翌日，崔巨业率军主动出击，在公孙瓒军营前邀战，公孙瓒率军迎击。两军阵前，硝烟滚滚，鼓声震耳，两边军士，密密麻麻，士气旺盛。

只见崔巨业阵中策马奔出一将，姓王名方，手持一柄开山大斧，在阵前掠战。公孙瓒阵中奔出一将，姓杨名文，两人也不废话，战三十合，杨文斩王方于马下，公孙瓒军发出轰鸣的叫好声，士气更加旺盛。崔巨业阵中又夺出一名小将，杨文尚在自喜，不及抵抗，便被一枪刺于马下。公孙瓒望去，见此将身高八尺，面目白净，器宇轩昂，手持一把火红麒麟枪，甚是威武。公孙瓒命部将李慧上前去战，不到三回合，又被小将刺于马下。袁军士气大振，公孙瓒见折了两将，心中大怒，命令军队冲锋，自己去战这将，只见万军冲锋，杀声震天。崔巨业早有准备，命军士万矢同发，射死军士无数，又命军队冲锋，一时间杀得血流成河。

再说公孙瓒，与这将大战二十余合，气力不继，好在身边众军士上前挡住这将，方才脱身后退。崔巨业又率军士冲杀向前追赶，如尖刀插入公孙瓒军心脏，关靖见局势不对，急忙鸣金收兵，扎寨不出。

翌日，这小将来营邀战，公孙瓒军士皆露惧色，不敢应战。公孙瓒心中郁闷，在帐中骂道："此子欺人太甚!"

关靖急忙说道："主公勿忧，此将虽猛，非子龙不能力敌也。"

公孙瓒闻言，一拍桌面，恍然大悟道："我怎生没想到，立即派人回蓟，命子龙将功赎罪，星夜来助我破袁军。"

第二十六章　故安之战，韩飞丧命

翌日，小将率军又来邀战，见公孙瓒大营紧闭，不敢出门迎战，伸手搭弓，百步之外，一箭射断帅旗。公孙瓒营内发生一阵骚乱，众军士皆怒。公孙瓒脸色阴晴不定，从他年少便身披战甲，威震边疆，何时受过如此羞辱。手下部将，纷纷请战，公孙瓒一拍桌案，怒道："小儿安敢如此，我当开门奋战。"

众将领命而去，关靖却说："主公已遣人去唤赵云，何必急此一时？"

公孙瓒拿起半截帅旗，冷笑道："如此污辱，岂能避而不战？"说罢，领军出战。

袁军小将骑马在营前来回掠战，身后军士嘲笑声不断，见公孙瓒领军出营，心中暗喜。

"小辈何人？敢这般张狂，留下名来，好送墓碑与你。"

公孙瓒骑着白马，开口说道。众将围在他身后，都怒视袁军小将。

小将笑道："江湖人称，飞云麒麟枪，就是小爷我！尔等手下败将，说什么大话，你们可有小爷十合之敌？"

众人闻言皆惊，都知这飞云麒麟枪之名，此人乃枪神韩荣韩季子之子，天赋过人，不到十岁便习得家传"风花雪月寒梅枪"，后又自创一手"飞云麒麟枪"，打遍绿林罕有敌手。

关靖叹道："难怪此子厉害，原是韩荣之子，这袁家四世三公，名满天下，与韩家又是世交，也不怪韩家鼎力相助。"

公孙瓒冷笑道："颜良、文丑、张郃之辈，不也是韩荣之徒吗？今日若是在此斩了韩飞，气死韩荣老贼，岂不快哉。"言罢，便令弓箭手放箭。

韩飞也不躲避，身后士兵举盾组阵挡在他身前，矢如雨注，射得盾牌发出砰砰的声响。待箭射完，韩飞挺枪冲出，公孙瓒手下众将去挡，两军杀声震天，公孙瓒在后引军掩杀，大军将韩飞部围在其中。袁军主将崔巨业恐韩飞有失，也点齐兵马，前来接应。只见刀戈铁马，残肢断臂，杀至天黑，两军各有损伤，这才鸣金收兵，各自归营。

公孙瓒无功而返，点军整备，见又折了几将，心中烦躁，独自在帐中愁饮，夜不能寝，唤众将商议退敌之策，关靖禀道："我军连战不得胜，今已疲惫，而袁军士气旺盛，我军不如暂退城内，避其锋芒。袁军远道而来，日久必疲，我军如贯弓之箭，袁军可破。"言罢，帐中有一偏将，姓李名累，上前说道："此事不可，我军虽屡受其辱，但兵力未受其损，不如后撤至城门二十里处，扼守入城要道，与城内守军遥相呼应，令袁军不敢轻举妄动。"

见公孙瓒摇摆不定，关靖又道："军中可有能敌韩飞之将？不如先入城中，等待赵云增援。"

李累也禀道："一将之勇，岂能左右整个战局？撤入城中，被袁军包围，反陷我军于颓势，主公请三思。"

公孙瓒苦笑道："你俩此言都有道理，可这韩飞之猛，可比吕布，我军无人能敌，我看，就此退入城中，整备再战。"

众人闻言，只有关靖面露喜色，其余皆是沉默，李累摇头叹气。

第二日，韩飞又在营前叫骂，公孙瓒闭营不出，任他辱骂，晚上便偷偷拔军撤入故安城内。

崔巨业见公孙瓒撤入城中，准备固守城池，大喜，连骂道："真是天助我也，公孙瓒名不副实，不日可破。"遂令全军前推五十里扎营结寨，一面派人回冀州报袁绍，请求再起一军，长驱直入，攻占公孙瓒的蓟城。

却说赵云因失职之罪，被革职在家，每日拉弓射箭，箭术日益精进。这日接到公孙瓒命令，随即向蓟城守将借来一千军士，日夜兼程，朝故安赶去。

崔巨业围城两日，也不进攻，每日在城下叫骂，城墙的军士也不示弱，以箭雨回应。

韩飞走入帐中，对崔巨业说道："将军围而不打，有何用意？"

崔巨业笑道："我料公孙瓒有恃无恐地退入城中，必是等援兵来。"

韩飞禀道："在下愿领兵，埋伏于官道，必然消灭援军。"

崔巨业说道："小将军不必前去，我们反而可以将这股援军加以利用，先破故安，再诈援军入城，围而攻之，公孙瓒势力可全灭。"

韩飞抱拳道："将军妙计，属下这就去整备军马，等待将军发号施令。”崔巨业随后令全军休整，只留一部分疑兵迷惑公孙瓒，等待夜色降临。

夜半三更，袁军后营火光突起，人影攒动，杀声四起。

城上军士不知缘故，忙报公孙瓒。

公孙瓒等人到城头观望，大喜道：“袁军后营被劫，看来援兵已至，传令各将集结士兵，随我出战，与援军前后夹击。”

关靖道：“天色已晚，看不清城下虚实，不可妄自出战。”

李累对关靖冷道：“援军已至，我军若是缩头不出，待援军被敌击溃，我军危也。”又对公孙瓒禀道：“长史之话也不无道理，保险起见，末将愿领本部军马出战，接应援军。”

公孙瓒道：“为将者怎可让下属代自己去冒险，我当亲去，让士兵知道我和他们一起在战场。”

李累等诸将心中甚是感动，随即下城集结兵马，随公孙瓒率军出城，直奔袁军营寨。崔巨业慌忙从后营赶来，与公孙瓒交战，不敌败退，剩余袁军稍作抵抗，丢盔弃甲，逃者不计其数。此时有兵来报，说是前方援军乃平原刘备，正在前方追赶袁军。公孙瓒闻言大悦，准备亲领三千白马义从追赶，李累心中生疑，忙劝道：“刘备在平原，就算自行来救，星夜奔袭袁军后营，但他兵不过两千，怎可能击溃袁军本部大军？我觉此事有诈，不如暂时扎营结寨，待天明再探虚实。”

公孙瓒笑道：“刘备乃我同窗好友，今闻我被困故安，必然来救，我两军前后夹击，袁军岂能阻挡？今袁军大败，若不趁机追上斩杀崔巨业，难消我心头之恨。”说罢，率军拍马追赶。李累见劝不过，又恐公孙瓒有失，只得率本部军马追赶。

公孙瓒追了一阵，见前方有一队百十人马，认得正是袁军主将崔巨业，便冲上一阵厮杀。崔巨业抵挡不住，反身又逃，公孙瓒紧追不舍，来到一处险地，只见大路两旁都是起伏山坡。

崔巨业拍马奔驰，边退边喊道：“内有我部军士，尔等可敢追来？”

公孙瓒见此险地，本有疑虑，但闻崔巨业此言，大笑道：“崔巨业小儿，今日难逃一死。”遂率军士追赶。

李累所率军士，所骑马匹不如三千白马精良，赶到时公孙瓒已率兵追入，李累大惊，连忙率军疾驰，前去救援公孙瓒。

公孙瓒又追一阵，不见崔巨业身影，突闻两旁山坡战鼓声响，弓矢如雨，倾泻而下。公孙瓒军忙举盾防御，有几百士兵不及防御被当场射死。待箭雨过后，袁军从两旁山坡冲下，公孙瓒急忙带领所剩军士从原路突围。不料后方冲出一队人马，带头之人，面目俊秀，器宇轩昂，身穿黑火麒麟甲，手提一杆火红麒麟枪，威风凛凛，正是“飞云麒麟枪”韩飞。

公孙瓒知不是其对手，反身去攻崔巨业，后方李累已到，见公孙瓒被围，忙引兵来援，韩飞拍马去战李累，众军士相互厮杀，直杀得昏天暗地，火光冲天。

李累心知不敌韩飞，转身就走，韩飞引军追赶，公孙瓒部众奋力进攻，终于为他杀出一条血路。公孙瓒冲出重围时，三千军马只剩十几骑跟在其后，他见身后尽是袁军追兵，只得朝蓟城方向逃去。

崔巨业领军追赶，这时韩飞已回，手中提着李累的人头，问道：“将军可斩公孙瓒？”

崔巨业道：“可恶被他突围，我料他必是想逃回蓟城，正待去追。”

韩飞将人头抛在地上，道：“都是这贼子引我，不然公孙瓒岂能逃脱？不劳将军亲去，在下愿意代劳。”说罢，率五百轻骑，朝蓟城方向奔去。

公孙瓒一路奔走，不敢停息，加之对路况熟悉，韩飞一时追赶不上。天色渐明，公孙瓒人困马乏，正面迎来一队人马，只见带头之人，银盔亮甲，雪白披风在身后迎风摆动。

公孙瓒心中激动，大喊：“子龙救我。”

来人正是连夜奔驰，前来增援的赵云。赵云见公孙瓒衣甲不齐，极其狼狈，忙前去接应。

公孙瓒道：“幸亏子龙赶来，我命无忧。”

赵云问道：“我闻主公坚守城池，为何至此？”

公孙瓒摇手叹道：“我中袁军之计，幸亏李累众将以死相救，不然我命休也。”

赵云正待说话，却见追兵迎面而至，赵云上前去迎，韩飞勒马喝道：“公孙瓒可在？”

公孙瓒在军中骂道：“韩飞小儿，欺人太甚，今我援军已到，还不授首？”

“我就过来取你项上人头，看谁人能阻我！”

韩飞面露鄙夷，拍马冲来。

“好大的口气，待我会会你。”赵云也挺枪拍马，来战韩飞。

韩飞丝毫没把赵云放在眼里，一枪刺去，被赵云反手拨开，韩飞再起枪平扎，疾如电驰，只感枪影一晃而至。赵云侧身挡枪，反手一枪横扫，犹如狂风扫落叶，带起阵阵劲风。

两人一个“风花雪月寒梅枪”，一个“百鸟朝凤枪”，皆习自一代宗师，战得三十合，不分胜负。韩飞脸色凝重，一收刚才张狂之色，说道：“我闻有人在磐河独战颜良、文丑数合不败，莫非你就是那常山赵子龙？”

赵云勒住马头，道：“颜良、文丑之勇，几合不败，实属侥幸，不敢妄言。”

韩飞笑道：“我昨日还在想，公孙瓒手中武将尽是一堆草包，无人是我十合之敌，今日能遇到你，正好可以战个痛快。”说罢拍马攻来，出手就是成名绝技“飞云麒麟枪”，只见枪影连连，枪中蕴藏几个后招，一旦使出，有如麒麟踏火，飞云逐月，连绵不断。

赵云生性谨慎，见其枪术甚是厉害，不愿轻易力拼，策马游走攻击。公孙瓒见赵云避其锋，不敢力敌，心中焦急，又怕赵云有失，暗令军士准备，一旦赵云不敌，便掩杀去救。

韩飞边追边战，看似占尽上风，却没伤其毫毛。追杀一阵，赵云突然掉转马头，手中龙胆一挥，有如凤凰展翅，这招正是“百鸟朝凤枪”最精妙的招式——凤翼！

韩飞大惊，但他也非常人，危急时，双手握枪，去挡龙胆，被震得双手发麻。赵云再起一枪刺来，韩飞起枪去架，不想赵云枪势不变，毫无预兆地再进寸枪，韩飞躲闪不及，被刺中左肩，鲜血直流。

见韩飞受伤，公孙瓒大喜，令军士冲锋。韩飞身后五百骑兵皆是精锐，岂是赵云借来的守备士兵所能比，虽然人数不占优势，却能处于不败之势。

再说韩飞，左肩受伤，令他心生怒气，拍马与赵云再战数十合，气力渐弱，已呈败象。反观赵云，以静制动，对手疲惫，正是他反击之时。

韩飞越战越惊，知不能胜，终于放下心中傲气，说道：“今日之仇，待日后再算。”

说罢策马便走，公孙瓒率军继续追杀，又杀死数十袁军。

赵云大胜，率军马不停蹄赶到故安，正遇崔巨业率军攻城，赵云手持龙胆，一马当先，领军从袁军背后攻击。城上关靖见是赵云与公孙瓒到，下令军士出城接应。崔巨业不知虚实，忙令大军后撤。

待袁军后退，公孙瓒进入城内，关靖等人急忙迎接，公孙瓒叹道："此次都怪我不听士起之言，导致出城之兵全军覆没，若非遇到子龙，我命休也。只惜折了李累将军，日后回蓟，定要厚待其家属后人。"

关靖道："只要主公安然无恙，李累将军地下有灵，也可安息了。"

赵云上前对关靖说道："请问长史大人，城内士兵还有多少？"

关靖道："尚有骑兵二千，步兵七千，总共九千余人。"

赵云对公孙瓒道："我欲分兵出城，屯于城郊，一是与主公互为唇齿，二是扼守入蓟要道，防止袁军攻城不下，改而进兵蓟城。"

公孙瓒叹道："子龙之意与当日李累将军不谋而合，我悔不当初。"遂令赵云率军五千，翌日清晨出城驻守。

再说韩飞归营，去见崔巨业，崔巨业见他受伤，惊道："何人能伤子忠！伤势可重？"

韩飞摇头道："只伤了皮肉，无妨！今晨我已率部追上公孙瓒，不想与其援军相遇，带军之将与我年龄相若，正是当日独战颜良、文丑之人，我与他大战数十合，敌不过他，被一枪刺中左肩。"

崔巨业闻之，道："不想公孙瓒之辈，却有如此猛将，可惜至极。"

韩飞恨道："今日之败，视为大辱，明日当领兵再战，誓报此仇。"

翌日，赵云按计划出城，守在东郊的袁军忙起烽火，崔巨业带军来援，遇到公孙瓒，又一场大战。有探子报，赵云斩了东郊袁军守将，夺了据点。

崔巨业见事已至此，鸣金收兵，公孙瓒兵力不济，退入城中，与东郊据点相互支援。自此两军针锋相对，都在等待一击打败对方的时机。

再说袁绍，得到崔巨业的文书后，派张郃领军两万去攻蓟，不想蓟中刘虞出兵五万，协防蓟城。袁绍见兵力悬殊，又不想开罪刘虞，便暂时退兵。幽州府中，前来相投的杨昆说道："公孙瓒对公意图不轨，为何还要援之？"

刘虞道："战祸，百姓之苦，我于心不忍。"

杨昆拜道："公真当世之仁者。"

却说这故安城前，两军相持数日。韩飞入见崔巨业，道："两军持而不战，今我军粮见肘，若不速破故安，不出两日，只能兵退冀州，前功尽弃。"

崔巨业叹气道："这赵云非公孙瓒之辈，出城分兵把守据点，我军只得同时进攻，不然就有腹背受敌之危。"

韩飞抱拳请命道："将军勿忧，小将愿分兵去抗赵云。"

崔巨业见韩飞请战，便说道："小将军伤势未愈，何以言战？"

韩飞道："小小伤口，今已恢复十之八九，无妨。"

崔巨业又道："小将军可有把握？"

韩飞冷笑道："我命一队弓箭手藏于东郊小道旁，自己去战赵云，待数合假装不济败逃，引他追至小道，以万箭穿心杀之。"

崔巨业喜道："此计甚好，今日斩杀赵云，非小将军不能也。"随即下令集结军士，分成两队，一队万余人，持冲车、云梯等装备攻城，另一队八千余人，由韩飞率攻东郊据点，阻挡赵云援故安主城。

已是午时，赵云在营中察看地图，有兵报袁兵至，遂点兵出营迎战。

韩飞见赵云出，也不邀战，令全军冲锋，两军激战，杀声震天。赵云直取韩飞，你来我往，两人战五十余合，韩飞虚晃一枪，反身就走，袁军见主将败退，纷纷逃跑。

赵云见军士斗志昂扬，有追赶之意，却令鸣金收兵。随军司马与众小校不解，面有责色地问道："袁军败溃，我军不追，岂非贻误战机？"

赵云反问道："我与袁军，谁强？"

随军司马道："袁军连胜，兵力未损，我军连败，兵力不济，自是袁军强盛。"

赵云又道："兵法云：'以专敌分，以众敌寡。'袁军势大，崔巨业将才，何以微薄兵力攻我？"

众人闻言，恍然大悟。

再说韩飞诱赵云不成，聚拢士兵，返军再诱，赵云皆是不追，眼见约定攻城时辰已到，便令军士在小路休整，准备在此挡赵云增援。

故安城脚，袁军突至，崔巨业对众将喊道："粮草已尽，今日不胜，我等功败垂成。”遂令大军攻城，众军士奋不顾身。

再说赵云屡次击退韩飞，不知其有何阴谋，便令军士整装待发，不准有懈怠之心，突有士兵慌张来报，故安城头有信号起，赵云立即率军直奔故安。

韩飞见赵云至，笑道：“取赵云之命，正是此时，一会儿看我手起，射杀赵云。”

赵云见韩飞果然来阻，拍马率军冲锋，两人交战数十合，韩飞左肩旧伤复发，退败而去。赵云心急故城有失，挺枪追赶。韩飞回头见他中计，心中大喜，手一挥，两边埋伏的弓箭手钻出。赵云见状，暗道不妙，心中一横，拍马奔向路旁，但见弓矢漫天，密密麻麻，赵云跳下马，滚到路旁岩石后，可怜白马，被万箭穿心而亡。赵云见爱马死去，心中怒不可遏，此时身后军士已到，急忙冲杀弓箭手，以援赵云。

韩飞见赵云落马，返回来擒，不想赵云借力岩石，跃攻而来。这一枪，精妙无比，犹如苍龙腾空，霸道至极，正是他在蓟城操练兵士时，自创的一式，唤作“飞龙在天”，只是还未完善，遇此危机，随手便使出这招。

韩飞大惊，抵挡不了，被这一招飞龙在天刺透麒麟甲，赵云落地时顺势一绞，可怜一代天才俊杰，本可以在三国乱世有番作为，不想却殒命于此。

赵云一把拉下死不瞑目的韩飞，取下首级，翻身上马，率军追杀，袁军见主将被斩，成鸟兽散。赵云追至故安城，见公孙瓒危急，一马当先，从万军穿梭，枪扫云梯，如入无人之境。

崔巨业正在指挥攻城，突闻后营大乱，有逃回的军士来禀，韩飞被斩，赵云带军已至，惊得他站立不稳，偏将忙去相扶，好一阵才缓过气来，见大势已去，崔巨业不得不下令退兵。公孙瓒带兵出城与赵云合兵一处，追杀袁军，整个战场，两边人马死尸无数。至此，故安之战，终以袁军兵败而结束。

正是：

一将功成万骨枯，只惜韩飞未展图。

飞龙在天破苍穹，龙胆枪扫乱世浮。

第二十七章　救徐州，龙归大海

东汉初平四年（公元 193 年），袁绍上将崔巨业围攻故安失利，率万余残兵南归。

此次公孙瓒大胜，正待收拾战场，却闻田楷、刘备带兵来助，合兵军马一共四万余人，关靖禀道：“袁军新败，撤退之余，士气疲惫，粮食不济，此时不追，更待何时？”

田楷上前请命道：“崔巨业退兵，必经巨马水，此时正是涨水时，定阻其行程，我愿领兵前赶，在巨马水全歼残敌。”

刘备劝道：“连日战祸，百姓受其害，不如暂且休兵，专注于内政，让百姓各安其业。”

赵云附和刘备，道：“玄德公说得甚是，当务之急，应是恢复战争之损。”

公孙瓒冷笑道：“那崔巨业屡次欺我，就此放他离去，难消我心中之气。”随即令意见不合的赵云留守故安，亲选三万精兵，率一干文武直奔巨马水。

再说崔巨业，撤至巨马水，见河水大涨，下令军士砍树造筏，又亲率伏兵于要道，公孙瓒果然率追兵至，崔巨业待公孙瓒进入伏击口，先令万箭齐发，再领军冲杀。公孙瓒不知虚实，以为袁绍派援军至，忙收兵后撤。崔巨业再派一千人马来回踏起尘灰，以惑公孙瓒，待竹筏完成，部队陆续上筏，公孙瓒才觉有诈，率部杀至岸边。崔巨业尚有七千士兵等待上筏渡河，见敌至，慌忙迎击，袁军诸将奋力迎战公孙瓒军，拼死护卫崔巨业上筏撤离。

公孙瓒见崔巨业上筏离去，拍马冲到岸边，拉弓搭箭，大呼：“贼子休走。”

一箭射去，崔巨业身边亲兵急忙拿盾来护，挡下此箭。

此战公孙瓒部斩杀袁军七千有余，捷报传到故安，赵云叹气道：“七千无辜，命丧巨马，主公与仁之道，背离甚远。”随后，离去之心更加强烈。

不日，公孙瓒令刘备助田楷渡过巨马，继续南攻，又收回平原等县。冀州袁绍亲率五万精锐来助崔巨业，田楷、刘备阻挡不住，收缩兵力，据守平原。不日，有献帝使者来劝和，袁绍、公孙瓒这才休兵议和。

再说曹操之父曹嵩，在徐州遇害，州牧陶谦极力否认与其有关联。

初平四年秋冬，曹操令许昌军士，头裹白布，亲率大军三万，讨伐陶谦。曹军力强横，所过之处摧枯拉朽，连取十余城，兵逼彭城。陶谦胆寒，一边遣人备礼与曹操议和，一边逃往郯城。曹操兵临彭城下，令守军投降未果，不日攻破，屠尽全城。又追至郯城，久围不破，见军士疲惫，粮草不济，这才暂退许昌。第二年春，又起大军复攻徐州。

这日，赵云在军中观看军士演武，公孙瓒有兵来传，来到府中，见刘备立于公孙瓒旁，不知何事。

公孙瓒见赵云到，问道："近日许昌曹操复攻徐州，玄德要向我借子龙与他同去援助陶谦，子龙可愿往？"

赵云道："我闻曹操为一己之私，妄动兵戈，去年攻陶，一路屠城，尸体堵泗水而不流，此人所为，天理不容，云愿往讨此恶贼。"

刘备道："曹操势大，有子龙伴我，无忧也。"

翌日，赵云率五千骑兵跟随刘备前往平原与关羽、张飞会合，再赶往徐州。一路上，赵云见刘备善待百姓，对部下有礼有节，平原百姓知他出兵，举县来送，心中甚是感动。他暗中紧握手中龙胆，目视着前方山峦，面露微笑，他知道，这就是他苦寻的仁道，他将为实现自己的理想而战。

赵云跟随刘备向徐州出发，半途有人从后方赶来，喊道："前面可是刘备部？"

赵云回头一看，见来人身高七尺七，面目白净，背精铁双短戟，马鞍两边系长弓箭矢。赵云知非常人，上前问道："你是何人？要找玄德公？"

这人喜道："果然是玄德公的军队，我叫太史慈，字子义，北海孔融对我有恩，今被黄巾贼寇管亥围城，特命我来寻玄德公相助。"

赵云闻言，知事态紧急，道："兄台请稍等片刻，我去禀报玄德公。"

太史慈谢道："有劳。"

赵云去见刘备，刘备闻言，来见太史慈，问道："北海孔融知世上有我刘备？”

太史慈道：“玄德公仁义，天下皆知，若公不救我主，北海危也。”

刘备道：“久闻孔文举孝义，此行徐州路经北海，我岂有不救之理？”

太史慈礼道：“谢公仗义，我当前行带路。”

刘备遂令关羽、张飞加快全军步伐，解北海之危。

北海城外，黄巾军围城数日，大将管亥，身高八尺，武艺高强，已杀北海大小将领十余人，孔融帐下已无人敢敌，太史慈曾与之交战，不分胜负。

这日，管亥料北海已疲，又率军士攻城。孔融立于城头，见士气涣散，北海城危急，一旦贼兵入，百姓必受其害，大呼：“不能为民挡贼，我孔文举无能也。”

管亥在城下喊道：“孔融，城池即破，尚不投降，更待何时？”

孔融道：“尔等贼子，祸害百姓，我孔融乃国士，岂能同伍？”

管亥骂道：“士绅贵族，不知平头之苦，待我破城，必斩尔首，挂于城头。”言罢，令冲车加快撞门。

眼见城门即破，孔融靠于梁，思绪混乱，却见远处尘烟滚滚，带头之人，正是太史慈，原是刘备援军至。孔融兴奋地对守城军士喊道：“诸位莫要放弃，援军到了。”

守军闻言，相互转告，士气大盛。

刘备手持双股剑，赵云、关羽、张飞、太史慈四人跟随其后，率军冲入黄巾军后营，好一阵厮杀，黄巾军背部被袭，一击即溃，死伤无数。

管亥返兵来挡，正遇关羽，两人战十合，管亥不敌，掉头就走。关羽也不追赶，引军去破冲车，管亥聚拢军队意欲反扑，又遇张飞挺枪而来，两人战十合，管亥又退于乱军之中，张飞找不到管亥，又带队朝人多处冲去。管亥连败，心中大惊，有心撤军，正遇刘备，心喜，上前去战数合，刘备不敌，反身就走。管亥正待追杀，乱军中，夺出一人，白马银甲，正是赵云。管亥上前交战，不到七合，便被赵云刺于马下，取下首级。赵云策马喝道：“匪首管亥已诛，汝等还不投降？”

黄巾军众将见主帅被斩，阵脚大乱，各自逃窜。关羽、张飞又欲引兵追杀，刘备制止道：“多是受惑百姓，匪首已亡，饶他们去吧。”

赵云在旁闻言，心中更是敬佩。

黄巾军败退，北海解围，孔融快步下城，开门相迎，见刘备道：“多亏玄德相助，解我北海之围，救我百姓于危难间。”

刘备道：“救百姓于乱世，是备之志，文举兄切勿言谢。”

孔融笑道：“玄德仁义，还望入城休息。”

刘备告辞道：“我正待去徐州助陶谦抗曹，不便耽搁，就此告辞。”

孔融曰：“融也欲救陶恭祖，正好休整一夜，点兵与玄德同去。”

刘备见推辞不得，令部队入城，暂住一夜。

夜间孔融设席，刘备率关、张入席，又来一人，刘备认得是陶谦派出求助的糜竺，席间众人讨论徐州种种。赵云右手握剑柄，立于刘备身旁后门前，不言不语，太史慈上前道：“子龙斩管亥，乃大功，何不上座？”

赵云道：“职责所在，不敢怠慢。”

太史慈赞道：“子龙居功而不自傲，真大丈夫。我已辞别文举，明日便往扬州，不知何日能与子龙把酒言欢？”

赵云笑道：“待乱世平定，仁治天下，我等解甲归田，必能每日把酒言欢。”

太史慈抱拳道：“就此告辞，容图再见。”说罢，回家带上老母，投扬州刘繇去了。

翌日，刘备与孔融合兵前往徐州，不日到达徐州城外二百里处与田楷会合。但孔融、田楷两军，惧怕曹兵势大，依山而屯，曹操见两路军到，将五万大军分兵两处，防止腹背受敌。

孔融道：“曹军势大，操又善于用兵，不宜轻敌，不如先观其动静，然后再进兵不迟。”

刘备道：“徐州城被围数日，恐城中已无粮，备令云长、子龙领军四千，在公部下相助，自领翼德突破曹营，入城与陶使君商议破曹之计。”

孔融道：“不可，曹操猛将众多，玄德此去，太冒险了。”

关羽道：“我也陪哥哥去吧，我三兄弟自桃园结义以来，不曾分离。”

张飞大着嗓门，说道：“二哥请放心，有我前去，必保哥哥无恙。”

赵云上前说道："子龙虽是公孙瓒派来的，却心服玄德公，愿保公左右。"

刘备闻言，心生感激，道："子龙能伴我左右，刘备之幸。"

安排周详，孔融大喜，遂与田楷互为掎角之势，关羽领兵两边随时接应。

是日，刘备、张飞、赵云引一千轻骑，杀入曹军寨边。只闻一声鼓响，曹营内，骑兵步兵，如波浪涌将出来，当头一员大将，身高八尺，铁甲红披，手握一杆红缨长枪，乃是先锋于禁，字文则，泰山钜平人士，早年跟从鲍信，后属曹操，武艺高强，素得曹操赏识。

见刘备等人，于禁大喊："何处狂徒！敢攻我营?"

张飞见状，也不搭话，抡起丈八蛇矛，直取于禁。两人交战数合，赵云拍马去助，于禁败走，刘备引军厮杀，追击于禁。正面曹军又来一将，正是大将夏侯惇，接下张飞，大战数合，赵云护刘备直到城门下，陶谦见刘备旗帜，忙令人放下吊桥，架在护城河上。此时曹营又追来一将，与夏侯惇一起围攻张飞，此人赵云在虎牢关见过，正是夏侯渊。赵云道："玄德公先入城，待我去接应翼德。"

刘备道："我与翼德结义之情，岂能轻弃，你且去救，我坐镇此处，抵挡曹军。"

赵云拍马而去，夏侯兄弟以二抵一，于禁复返，又围张飞。张飞虽猛，却也抵挡不住，心中暗暗叫苦，恰是赵云援到，加入战局，拼死护张飞突围。夏侯惇、夏侯渊、于禁三人边赶边杀，棋逢对手，五人又战二十合，赵云、张飞终于突围，刘备持双股剑来接应二人，进入徐州城内。

话说刘备入徐州城，陶谦忙带一干文武下城接待，握住刘备手道："我遣糜竺、孙乾等人去请四方英雄相助，皆无音信，今见玄德来，我之幸也。"

刘备道："孔融、田楷也屯兵在外，与曹操分兵抗衡，差我入城与公商议。"

陶谦道："且入府邸相商。"

来到陶谦府中，已备好酒席，赵云、张飞立于刘备左右。见桌面酒菜朴素，陶谦有些尴尬地说道："州府被围数日，城中粮草匮乏，还望玄德勿怪。"

刘备忙道："陶公客气，备自幼编草鞋为生，哪有如此矫情。"

陶谦安排众人入座，有谋士陈登道："感谢玄德公前来相助，敢问公如何退曹？"

刘备曰："当日讨伐黄巾，备曾与曹公有一面之缘，我欲修书一封，晓之以理，劝曹公退兵。"

陈登笑道："曹操拥五万之众，又为父仇而宣天下讨我徐州，岂能罢休？"

张飞骂道："曹操那直娘贼，若不听劝，俺与子龙杀入军营，取其头颅与公等喝酒。"

席上众人闻言，皆惊愕，刘备正要呵斥，陶谦慌忙问道："玄德公身边之人，可是当日虎牢关前战吕布的张飞张翼德，与枪挑河北枪王张绣的赵子龙？"

刘备谦虚地答道："左边之人，正是我三弟翼德，右边之人，也是我弟子龙也。"

陶谦下座，敬酒道："不知是二位豪杰，快快上座，恕我不知之罪。"

张飞一屁股坐在刘备身旁，接过酒杯，一饮而下，叫嚷道："无趣、无趣，这杯太小，拿个酒壶来。"

陶谦命人端酒壶给张飞，又来敬赵云，赵云仍立于刘备身旁，见陶谦来劝，忙推辞道："云正当职，恕不便。"

陶谦几劝不得，回座对左右文武赞道："忠于职守，尔等当习之。"

刘备也赞道："子龙尽职，如磐石，不可动也。"

正待起笔修书，有兵来禀，于禁在城下邀战。张飞起身请战，赵云道："杀鸡焉用牛刀，张三哥且休息，待云去会他。"

另有徐州部将起身道："属下愿去，免于禁小觑我徐州将士。"

陶谦见是曹豹，道："于禁勇猛，不如你二人同去，有个照应。"

刘备点头对赵云嘱咐道："切莫伤其性命。"

待赵云、曹豹领命而去，张飞抱怨道："为何不让我去？子龙尚可，这曹豹可是于禁之敌？"

刘备道："我正要修书与曹操，你去杀其部将，曹操岂能罢休？"

张飞嘿嘿傻笑，说不出什么话来。

却说赵云、曹豹带兵出城，于禁已在门前来回掠战，身后步兵骑兵，一字排开。

曹豹大喊："于禁小子，欺我徐州无人？"

赵云在旁轻声道："于禁武艺高强，曹将军切不可轻心！"

曹豹看一眼赵云，笑道："赵将军莫怕，看我取于禁人头。"

赵云知曹豹有不屑之意，也不恼怒，微笑勒马一旁。

曹豹见赵云微笑不语，心中暗暗得意，手持大刀，便朝于禁奔去。

于禁见曹豹冲来，策马挺枪，一交手，曹豹心中叫苦，暗道不妙，不到三合，曹豹反身就逃。赵云见于禁追来，拍马去救，起枪挡住于禁，曹豹这才逃回阵中。于禁与赵云战十合，看不透赵云枪法，心中焦急。而赵云心记刘备之命，一直未下杀手，又缠战数合，赵云卖个破绽，引于禁来攻，回手一枪将于禁武器挑飞，于禁大惊，忙逃回阵中，曹军冲出四个小校，率军掩杀，试图杀上吊桥，攻入城中。

曹豹见势不妙，正想逃回城中，又念赵云刚才相救之情，急忙喊道："赵将军速退入城中。"

赵云见曹军势大，知难以脱身，反拍马前进，率亲兵夺入曹军阵中，手起枪落，连斩四个领头校尉。于禁见赵云勇猛，心生怯意，不敢上前迎战。

赵云趁机带军折返，与曹豹退入徐州城。

赵云率部入城，曹豹抱拳谢道："没想这于禁如此厉害，今日多谢赵将军援手。"

赵云道："你我皆为解陶公之围，何必多礼？"

两人并行入大州府复命，陶谦喜道："两位将军杀退于禁，功劳一件，快快上席欢酌。"

赵云见推辞不得，坐入席间，陶谦热情，连为两人敬酒，赵云心道："这陶谦也算忠厚之人，为何与曹操有如此深仇大恨。"

酒过三巡，刘备称要修书信，陶谦令人带至客房，赵云、张飞跟随其后。

房内仆佣已备好笔砚，刘备起笔写道："备在关外征剿黄巾，洛阳讨董贼，曾有幸拜见曹公之颜，战事紧急，不得与曹公结交。尊父徐州遇害，不知何人之责，今黄巾残寇猖獗，又有国贼董卓挟帝君于长安，曹公英雄，望大义为重，撤围徐州之兵，起勤王之师，待帝君归洛阳，再请君王断责，此国家之幸，天下之幸。"

刘备写完，交张飞、赵云视之，赵云道："公以国家大义，责曹公起私仇之兵，恐激怒曹公，不退更进。"

刘备道："曹操非常人，我想他应是懂礼之人。"

张飞道："怕他作甚，待我将信送去，若是不听，顺手取他人头归来。"

刘备苦笑道："翼德鲁莽，那曹操岂是易与之人。"

赵云道："当日虎牢关时，曹操敢于孤军追赶董卓，凭此胆气，非袁绍等人可比。徐州乃兵争之地，加之陶公常年治理，粮草充裕，人丁兴旺，不保曹公不图。若图，必然刀兵不退。"

刘备道："匹夫无罪，怀璧其罪。不论结果，莫失了礼数。"随后派人将信交与陶谦。

陶谦立即遣人将信送至曹营，曹操视之，果然大怒，此为后话。

赵云见刘备书信已送去，担心曹操强攻，又见张飞酒醉，便向刘备请命上城门监视曹军。

阳光炙热，赵云走上城墙，见躲在墙脚歇凉的士兵不在少数，值守之人正是曹豹，见赵云到，甚是高兴，两人客套一番，来到观敌台，城下曹营，尽收眼底。只见远处曹军，下营规则，巡逻军士昂首挺胸，透出一股傲气。

赵云叹道："曹操带兵如此，我联军难胜。"

身旁突有人道："曹操精于治军，善于打仗，本是乱世之能臣，却为一己之私，屠徐州之百姓，推行的乃是霸道之力。我徐州百姓深受其害，必定全力以赴，曹操纵然善战，必败也。"

赵云见说话之人，身材高瘦，眉目分明，曹豹介绍乃孙乾，字公佑，青州北海人士，素有才行。

赵云对孙乾拜道："云常读兵书，不得贯通，今闻先生之言，受益匪浅，请受我一拜。"

孙乾伸手扶起赵云，突闻城下马蹄阵阵，伸头望去，见有一人带兵来犯，乃曹军大将夏侯渊。夏侯渊到城下搭弓喊道："我军即要离去，此乃曹公给刘备之信。"说罢，一箭射来，穿透"陶"字大旗，入墙三分，城下曹军纷纷高声喝好，夏侯渊甚是得意。

曹豹捡起被射断的旗帜，惊愕道："这夏侯渊居然有百米穿墙之能，他射我军旗帜，真是欺人太甚。"

赵云高声笑道："夏侯将军小儿秉性，来而不往非礼也!"说罢，拿过身边军士之弓，一箭射去，夏侯渊躲避不及，正中头盔帽缨，城头守军也发出轰鸣喝彩。

夏侯渊伸手抹去额头冷汗，对城头赵云抱拳致敬，便率军离开。

片刻，曹军果然拔营撤退，曹豹喜道："玄德公真仁德君子，一封书信便劝走曹操。"

孙乾、赵云对视一眼，皆有疑虑。

城墙守军见曹军退，欢呼声潮起不断。

赵云令本部军马保持警戒，防止曹军使计复归，又待探子回报，曹军确实匆匆离去，这才放下心来。

陶谦得报，曹军撤退，大喜，忙贴榜安民。刘备在房中，赵云归来，将操回信呈上，刘备开封视之，自言道："孟德真君子，为国家大事而甘愿抛弃个人私怨。"

赵云道："我得探子报，曹军撤退神速，异乎寻常，应有大事，促曹公急归。"

正话间，孙乾入见，赵云忙去给刘备引见，两人一番客套后，孙乾说道："我得消息，曹操后方有吕布偷袭，所以顺水推舟，给玄德公一个人情。"

刘备道："原来如此，曹操心智狡猾如斯，我不如也。"

赵云道："曹操之智，无非有郭嘉等左右之膀，非个人之谋可定。"遂向刘备推荐孙乾。

刘备听赵云言，礼拜孙乾道："先生有才，何不做我臂膀，照亮仁治天下之路。"

孙乾忙反拜刘备，道："公佑自知才薄，只可为使君打理军资，充当说客。"

刘备、赵云正喜间，张飞入门喊道："陶公差人来请入席。"

刘备笑道："既然曹军已撤，正好可以与陶公辞行。"说罢，便入内屋换衣。

孙乾见无人，侧头小声对赵云说道："我观陶公祖软弱，徐州富庶，迟早为人所夺，主公可有代替之意？"

赵云摇头道："切勿在主公跟前提起，这与仁道相背驰。"

孙乾点头，低头叹道："只是可惜了这机会，主公寄人篱下，怎能成事？"

刘备整理妥当，一行人来到陶谦府中，孔融、田楷两路军马已入城，关羽见刘备、张飞、赵云，甚是高兴。进入席间，孔融、田楷一人一边抓住刘备手道："公此次大功一件，待与我一醉方休。"

陶谦引徐州本地士绅来谢刘备等人，其中有陈登父子、糜竺、糜芳等人作陪。

众人把酒庆贺，酒至三巡，陶谦突道：“玄德公久寄人下，可想过前程？”

刘备苦笑道：“备一生漂泊，只为兴我汉室，以仁治天下。只惜尚无立足之地。”

陶谦起身道：“我有一物想赠予你，望勿推辞。”

刘备摆手道：“你我皆是汉臣，相助本是应该，何来谢礼赠物之说？”

陶谦正色道：“我年事已高，恐无力管理徐州，膝下二子又不争气，刚与众人相商，只有玄德可以代替我，所以，我想将这徐州赠予你。”

刘备惊愕，连忙推辞道：“使不得，使不得。公这是陷备于不义。”

赵云在旁饮酒，见两人你推我让，心道：“陶公赠徐州，面色诚恳，若是刘备得了徐州，就可以脱离公孙瓒，有了自己的立足之地，实在是千载难逢之机。”想到此，见众人对刘备都有期待之色，又见孙乾、关羽与自己点头，心中暗喜，知道大势所趋。

正喜间，有军士来禀赵云，有人来寻。赵云暂告下席，独去城门，见是杨昆，大喜，急忙迎入。杨昆一进城，便道：“兄有负子龙所托，刘虞大人终忍受不了公孙瓒的傲慢，起兵十万进攻，不想因大人不许士兵误伤百姓，让公孙瓒钻了空子，大人兵败被擒，死于铡刀之下，民言幽州再无仁义。”

赵云道：“在蓟时，常闻刘虞事迹，只惜不得见其面，今公孙瓒为一己之私，不顾幽州大局而杀刘虞，如此之人，我岂能侍奉？待我回去与他辞行。”

杨昆道：“只怕公孙瓒不肯让你离去，再起祸端。”

赵云冷笑道：“我自有办法，若是实在情势所逼，我手中龙胆，谁人能阻？”

杨昆笑道：“那我先归常山，等待子龙。”

赵云安排杨昆暂住，又整备好军马，准备明日回兵，向公孙瓒复命辞行。

正是：

枪龙出水惊于禁，箭射红缨骇夏侯。

热血满腔思报国，不想公孙斩仁者。

第二十八章　人生如梦，童渊仙逝

东汉初平四年，公孙瓒灭刘虞，自此实力大盛，袁绍深惧。

再说赵云拜别刘备，率五千骑兵，返回蓟城。此时公孙瓒已移居蓟中，赵云将部队交付给守将，便欲离去，守将道："主公对赵将军不薄，今不辞而别，恐有不义，不如去蓟中亲辞主公。"

赵云寻思片刻，正点头间，有兵来报，有赵云家书一封。赵云拆开视之，脸色突变，道："本想亲去与主公辞行，不想家中来信，长兄重病，云不得不先归去，望大人替我转告。"

守将道："既是如此，我便与你告知主公，将军何时离去？"

赵云道："家兄病危，不敢耽误，马上便出发。"

守将礼道："赵将军一路顺风，早去早归。"

赵云回礼，便出门离去。他独自出城，快马奔驰，刚出蓟城范围，有人来迎，赵云见是杨昆，笑道："家书必是尚德所为。"

杨昆也笑道："我本应先回常山，突想子龙恐不易离去，便再次助你一臂之力。"

赵云谢道："让尚德费心了，只叹五百子弟，仅你我二人归还。"

杨昆叹道："为保刘虞大人，弟兄们勇不惧死，全军覆灭……"

赵云苦笑道："云私自决定，无颜对常山父老。"

杨昆道："子龙领常山子弟追寻仁道，试问谁人可责？"

两人一前一后，策马奔向常山郡。

再说常山郡守王义，每日受匪患所扰，这日又闻黄巾围城，上城头望去，数千贼众声势浩大。当先一将，黑面长髯，虎头虎脑，手拿一把金丝大环刀，耀武扬威，好不得意。

王义在城楼喊道："我常山郡乃大汉疆土，又有袁绍大人庇护，尔等安敢欺我？"

大汉圆目鼓眼，吼道："狗屁，你郡中人赵云，弃袁投公孙瓒，袁绍深恨，岂会援军救你，识相的速开城门，迎你朱达大爷入城。"

王义也知此理，心中暗暗叫苦，若不是袁绍放纵，黄巾残党岂敢如此兵临城下。见朱达在城下邀战，有一人请战，王义见是李志，道：“朱达残暴，统领小心。”

李志道：“当日得赵统领提拔，小人早知会有今日，必当全力抗敌。”言罢，率三百骑出城。

朱达跟随张角多年，武艺高强，身经百战，见李志出门，笑道：“就这么个瘦小坯子，吃不了爷爷一刀。”

李志怒道：“贼子出言不逊，吃我一剑。”说罢，拍马冲去。

朱达上前一刀砍去，两人战数合，李志不敌，策马便走。朱达追上，一刀劈来，李志回手一剑，架住刀刃，不料朱达意在活捉，一脚将他踹下马背，伸手正待擒拿李志，不想远处飞来一箭，正穿朱达伸出的左臂。朱达受疼大叫，见远处两人，前者身披银甲，斜背长枪，手握一张长弓，威风八面；后者勒马而立，也是一身长枪战甲。

李志见来人，喜道：“赵统领归来，我等有救也。”

赵云放好弓箭，挺枪拍马而来，喊道：“我乃常山赵子龙，尔等谁敢一战？”

朱达久闻赵云之名，早已气馁，见赵云到，不敢战，拍马就逃。王义忙令守军开门冲锋，一时间数千黄巾军大乱，如无头苍蝇，四处散走。李志率三百骑聚在赵云身后，跟随冲锋，杀伤贼人数百。

黄巾军败走，王义亲自下城迎接赵云、杨昆，道：“几年不见，子龙安好？”

赵云歉疚道：“云私自率众投靠公孙瓒，导致州郡受苦，云之罪。”

王义道：“追求理想，子龙何罪之有？”

赵云礼拜，随王义入城。

王义令人准备酒水，席间问道：“子龙此次回来可再带州郡骑兵，保一方平安。”

赵云摇头道：“我郡属袁绍势力，我又斩杀其多名将领，若是再统骑兵，恐袁绍怪责郡长大人，起兵伐之，我郡岂能抵挡？”

王义苦笑道：“子龙之意，确是如此。但苦于无人统领骑兵。”

赵云笑道：“大人莫急，杨昆可以担此大任。”

杨昆急道：“此事不可，尚德无才，岂能如此？”

王义笑道：“既是子龙推荐，尚德无须推辞，此事就且定下，勿再谈论。”

此后席间果然未再谈此事。

酒过三巡，赵云问道：“夏侯兰何在？”

王义道：“自与你同去讨伐董卓，就不曾有消息。”

赵云点点头，不再多问。

酒后，赵云与杨昆入住驿站，李志随后跟来，三人谈些家常，便是一夜。

翌日清晨，赵云正待与王义辞行，却听一女声喊道：“子龙昨日回来，今日又要离去？”此声娇如莺啼，动人心弦。

赵云知是王月萱，开门迎之，笑道：“萱萱多年不见，可好？”

王月萱咯咯笑道：“子龙还是这般无话可说。”

赵云长年未与女性打交道，满面通红，就算是童年玩伴，此时竟也嘴拙舌笨起来。

“子龙可知德义所在？”

王月萱见赵云窘迫，便开口问道。

赵云道：“自前去讨伐董卓，便不得音讯，我料定在袁绍处当差。”

王月萱幽然地说道：“愿他无事。子龙要去何处？”

赵云道：“我欲回真定老家探望父母兄妹，然后上太行山见我师父。”

王月萱道：“德义走了，子龙回来又要走了，只留下我一人。”

赵云道：“萱萱何必悲伤，总有时间我们三个再一起畅饮，云尚待去见州郡大人，恕我先行告退。”

王月萱道：“子龙一路顺风，常来看我。”

赵云行礼转身离去，只留王月萱独自目送。清风袭来，落下几片绿叶，歪歪斜斜落到她身旁……

不远处，一名衣着华丽、面相慈祥的妇人看到刚才一切，身后丫鬟说道：“夫人，小姐莫不是心仪赵将军？”

原来此妇人正是王义之妻，王月萱之母华氏，她笑骂道：“小丫头，你觉得赵将军如何？”

这丫鬟冰雪聪明，甚得华氏喜爱，便笑道：“赵将军武艺高强，长相俊俏，人中之龙，日后必定建功立业，姑娘岂能不心动？”

华氏笑道：“你这丫头，尽是鬼灵精怪。但此话不无道理，我当与郡长大人商量。”说罢，便转身回后院寻王义。

再说赵云辞别王义，也不愿惊动杨昆等人，独自骑马出城，守城军士见是赵云，忙开门放行。

赵云策马一路狂奔，天还未黑，便已到真定，顺路归家。赵空见赵云，心中甚喜，忙安排晚饭。赵云见家中只有父母，便问道：“我知大哥带嫂子已去冀州，但子凤何在？”

赵空吸口旱烟，说道：“你多年未归，不知霞儿去年便做了城门口李家的儿媳，明儿她知你回来，必然会过来看你。”

赵云笑道：“时间流逝，转眼流涕女娃，已是当家之人。”

赵母又端来一盘菜，说道：“子虎、霞儿都已成家，唯有子龙你打小让我操心，这次回来，与你讨门媳妇，莫耽误了终身。”

赵云神色有些尴尬，低头道：“我在家待几日，意上太行探望师父，成家之事，日后再议。”

赵母道：“不孝有三，无后为大，你已年过二十，岂有不成家之理？”

赵空笑道：“子龙今日车马劳顿，待他吃饭歇息，此事日后再谈。”

饭后赵云与父母聊些家常趣事，待二老入睡，独步在后院菜地，头顶皎月淡辉，四周虫鸣如歌。赵云深吸一口新鲜空气，脑中突然出现一道靓影，正是王月萱。赵云毕竟少年心性，不免会想到美好的事物，他摇摇头，自嘲道：“天下有倒悬之势，未见仁治天下，何谈自身之事。何不趁月下之幸，舞一出百鸟朝凤？”

想到此，他手起枪舞，身姿飘逸，直到一头大汗，方才回屋。

这日天气晴朗，万里无云，赵云起床晨练未完，听到门外吵闹，赵母唤他去见。屋中来一妇女，花枝招展，言语伶俐，正与赵母谈笑，赵云认得是远近闻名的媒婆张氏。

张媒婆见赵云至，喜道：“赵将军果然少年英俊，我在这里给你道喜了。”

“张婶，何事言喜？”赵云皱眉，心中却是莫名其妙。

赵母在旁笑道：“子龙，你张婶这次可是受王义大人所托，来提亲的。”

赵云心中一震，惊道：“女方可是月萱妹妹？”

张媒婆点头笑道：“看子龙猴急，正是你青梅竹马的月萱妹子。”

赵云脑海中浮现出那日离别，树叶纷飞，百花飘香，心中有些甜意。

知子莫若母，赵母见赵云未有反对之意，大悦，笑道：“那就有劳张婶了。”

张媒婆见事成，哈哈大笑，忙告辞要赶去郡府与女方回话。

送走张媒婆后，赵母叫赵云跟着翻箱倒柜，找出几件新铺盖，笑道：“这些是为母早为你准备的，到时大婚不必再去匆忙购置了。”

赵空笑道：“我这就去准备彩礼，我们赵家也不能失了礼数。”

赵云道：“虽说是王大人遣人来提，却不知月萱之意，待我去问了再准备无妨。”

赵空道：“婚姻大事，自古都由父母做主，既然是郡长大人的意思，萱萱那女娃也无话可说。”

赵云哑然，他暗道，必要亲去郡府，问问王月萱是否乐意。

翌日清晨，赵云策马赶往郡府，直接去见王义。王义正在办理公事，赵云不许仆人去通报打扰，自己在堂中等待。

王义忙完已经是下午，这才有仆人告知赵云在外等待多时，急忙去见赵云，道：“闻人说子龙已到多时，为何不入房唤我？”

赵云道：“我见大人公事繁忙，不敢打扰，便在此等候。”

王义赞赏地点点头，道：“子龙来此，可去见萱萱？”

赵云有些尴尬地说道：“还不曾去。”

王义笑道：“你在战场英勇无畏，在儿女情长方面却是有点含蓄。”

赵云苦笑着，无言以对。

两人正谈间，有人来报，袁绍使者到。王义慌忙出迎，赵云跟其后，见来者身材高大，白面长须，正是郭图。

王义礼道：“不知郭大人到，未能远迎，还请见谅。”

郭图见王义迎出，笑道：“郡长大人过谦了，此次主公遣我前来，还有事相求。”

王义恭敬地说道：“请屋内上坐，容我款待。”

郭图也不推辞，大步走进屋门，突然见立于王义身后的少年器宇轩昂，仪表不凡，便问道：“郡长身后乃何人？”

赵云闻言笑道：“郭大人莫非忘了界桥乎？”

郭图仔细打量，这才惊道：“果然是常山赵子龙！今日细看，果然英雄少年！”

此时郭图身后走出一人，道：“久闻常山赵子龙之名，在下高览今日有幸相见，何不与我比个高下？”

此人皮肤黝黑，身长八尺八，长得甚是魁梧，披甲戴盔，也是一条好汉。

赵云还未回话，却听郭图道："高将军何必扫了兴致？"

高览不理郭图，继续道："莫不是赵将军年少，不敢与我一战？"

赵云笑道："来者是客，本不该争强好胜，既然高将军欺云年少，云不得不作陪。"

王义正要相劝，郭图伸手拉住他，似是阻止，王义不敢开罪郭图，暗自叹息。

常山郡府演武场上，人头攒动，鼓声轰鸣，甚是热闹。

高览红披铁甲，勒马立于场上，神色嚣张，目中无人。

再观赵云，一袭银甲亮盔，坐于马上，神态平静无波。

王义令人送上木质武器，高览接到手中，掂量掂量，双手稍微用力，断为两截，遂笑道："我辈武人，百战于沙场，何必用此小童玩具？"随即令手下送上武器，只见两个壮汉，一前一后扛着一把长柄金铁巨斧，两人步履蹒跚，显得异常吃力，高览单手接过大斧，非常轻松。

赵云也换了龙胆亮银枪，漆黑枪刃透发出点点银光，甚是华美。

四周军士呐喊助威，骑兵都统杨昆率骑兵营在外围维护秩序，副都统李志有些担忧地说道："这把大斧有百斤之重，高览却能单手拿起，力量之大，恐难敌。"

杨昆笑道："之国兄可知吕布吕奉先？"

李志道："天下皆传'马中赤兔，人中吕布'。吕布之勇，天下无双，谁人不知，谁人不晓。"

杨昆又笑道："当日在虎牢关，子龙能与吕布独战数合不败，今日高览，岂能与吕布相比？"

李志道："高览也非泛泛之辈，此行挑战，必然早有预谋。"

杨昆道："不论如何，静待观战吧。"

再说演武场内，沙尘飞扬，高览、赵云同时拍马，战在一块儿，高览手起巨斧，舞得虎虎生风，霸道无比。

反观赵云，丝毫不畏其力，一杆龙胆，使得影如鬼魅，形如大蟒，绞得劲风直响。

两人战十数合，高览虽然招招霸道，却不能胜，心中暗道："这赵云果然名不虚传，今日若不除去，日后恐不利于袁公。"

想到此处，高览突现杀意，俯身一斧劈向赵云坐下马腿。这招正是高览的制胜绝招，一般对敌，砍断马腿，敌方必定狼狈落马，他再顺势一斧，死在这招的对手不计其数。

赵云坐下之马，乃斩韩飞夺来。想那韩飞，家世显赫，坐下爱骑岂会寻常，正是其父韩荣从塞外所得名曰“逐云”，奔跑如风，虽不及赤兔，却也算一方名马。见情势危急，逐云居然用后腿支持身体，半立而起，发出一声悠长的嘶叫。高览大吃一惊，见攻击落空，急忙勒马离开。

马腿落地，赵云平静的面容出现一丝不易察觉的怒气，心道：“此人好生歹毒，我见他是袁绍使者，不宜胜他，不想他反起杀心置我于死地。”想到此处，赵云一勒马缰，挺枪冲去。

高览心道：“赵云不过如此，若不是白马敏捷，刚才已被我劈死。”见赵云冲来，他也举斧去迎。

赵云举枪，一枪刺去，高览起斧去挡，架住龙胆，正好与赵云比拼蛮力，龙胆却突进三寸，直入高览肩头。见高览吃痛，赵云变刺为绞，将其挑下马背，高览落地，巨斧脱手，赵云再复一枪，直指高览胸口。

此时在楼台观战的王义、郭图，同时起身大喊：“枪下留人。”

龙胆漆黑的枪头离高览胸口仅有一寸之距，此时四周军士发出潮水般轰鸣。

李志喜道：“子龙甚是勇猛，交战不到二十合，便刺高览于马下。”

杨昆笑道：“高览虽勇，若是放在子龙尚未参与讨伐董卓之前，尚且能与之战数十合，可现在，他不是子龙五合之敌。”

李志道：“莫非子龙手下留情？”

杨昆点头道：“这高览若是与韩飞相比，算不得什么人物。”

高览面色铁青，有士兵已上前为他包扎伤口，解开肩甲，见伤口露骨，急忙上药。

赵云道：“莫怪我下手不知轻重，你若不起杀心，我也不至于如此。”

高览恨道：“是我大意，可敢与我再战一场？”

赵云笑道：“若是战场，恐高将军已是魂断沙场，何言再战？”

高览一把推开正给他包扎的士兵，提起巨斧怒道：“废话少说，先吃我一斧。”

赵云冷道：“不知好歹。”

两人再战，枪来斧往，不及三合，高览便被一枪拍在头盔上，只觉两眼一黑，正要落马，赵云催马抢来，一把将其抓过，夹于马背，逐云白马似通人性，围着沙场外圈转圈奔跑。士兵们叫好声、嘲笑声不断，有的甚至高喊赵云的名字，这是赵云作为常山第一人，应当有的荣光。

郭图脸色青绿，恨不得钻入地底，又怕高览有失，忙请王义去叫赵云。

赵云闻王义叫喊，勒住马缰，立于演武场中间，将高览扔下。只见他在阳光下，斜提着龙胆，银甲尽情反射光线，灰白肩披随风飘荡，犹如天兵天将。郭图内心又惧又怕，命人抬下昏迷的高览，不敢有半句责备。一场比武就此结束，谁料今日之战，却成为日后常山百姓茶余饭后的谈资，这是后话。

郭图令人送高览回驿馆，又受王义之邀参加宴会。

大堂之上，王义陪郭图坐于首席，其余士绅依次在左而坐，赵云、杨昆、李志等人坐于右侧。

众人饮酒谈天，郭图突然举杯道："常闻赵云英勇，今日亲眼所见非虚。当日子龙在袁公帐下时，公不知而不得重用，今日既然弃了公孙瓒，不如复到袁公帐下，何如？"

赵云回礼道："多谢大人爱戴，怎奈家中事多，暂无意远行，还望大人体谅。"

郭图笑道："实不相瞒，主公听闻赵将军归来，特遣我来相邀，赵将军若是为难，也可待事办完才去。"

赵云道："子龙何能，能得此大爱！"

郭图笑道："赵将军磐河战颜良文丑，故安城外斩韩飞。崔巨业将军兵败而归，对公孙瓒嗤之以鼻，反对赵将军推崇之至。"

赵云摆手道："都是过去事，不足以炫耀。"

郭图又对王义道："袁公尚有一事相托，不知王大人愿否？"

王义道："袁公之事，我又怎敢不从。"

郭图笑道："此乃喜事一件，袁公有子袁熙，长得一表人才，正当娶亲之年。袁公闻王大人之女王月萱，才貌双全，有意迎之，王大人勿要推辞。"

王义闻言，脸色骤变，推辞道："郭大人来晚也，前日我已将小女许配他人，望大人回去告知袁公，恕我之罪。"

郭图本非君子，听王义拒绝，便道："王小姐所嫁之人可是王公贵族？想我袁家三世为公，贵气逼人，今又有冀州等地，屯兵十数万大军，王大人该如何选择，还是多想想方是上策。"

郭图虽是笑着说话，王义却怎能不知其话中之意，尽是威逼利诱。

赵云起身道："王小姐，已是许配与我，此事是否应与云商议。"

郭图见赵云双目含怒，威风凛凛，心中大惊，再看立于身后的贴身护卫，皆露惧色，若是赵云上前，这些护卫谁敢阻挡。便笑道："原来是下嫁赵将军，真是恭贺赵将军。将军勿恼，此事我会如实告知袁公。"

赵云点头道："若是如此，有劳郭大人了。"说完，抱拳一礼，坐下身来。

郭图见赵云复坐，心中暗暗叫险，一面跟众人饮酒，一面暗中抹去额头的冷汗。

夜已深，宴会方散，赵云跟王义、郭图告辞，前往骑兵营过夜。郭图见赵云离去，心中方才落下一块大石。

赵云随杨昆、李志同行，杨昆笑道："当日在袁绍帐下，常闻这郭图乃献媚之辈，今日被子龙吓到，只怕回袁绍处必然会乱说一气，横生事端。"

赵云笑道："若不是念他们是袁绍使者，我今日定斩高览，而这郭图，乃小人也，且留在袁绍身边祸害吧。"

杨昆笑道："子龙此举正合我意，我俩想到一块儿了。"

李志也道："就怕郭图回去乱说，袁绍因此事怪罪王大人。"

赵云笑道："袁绍好面子，只要大人亲写一封书信，夸大袁绍之能，最后再将此事如实告之，再与重金送郭图，可保无事。"

杨昆笑道："子龙这些年，兵书没有白看了。"

三人边说边来到骑兵营，军士见是赵云，急忙让路问好，入了营中，各自歇息去了。

翌日正午，郭图正待与王义辞行，王义却敲门进来，两人客套几句，王义又邀其去看歌舞，趁机送礼贿赂。

再说赵云，来到后院，去见王月萱，还未踏入花园，只闻琴声缭绕，连绵不断。赵云站立倾听，品味此律，只觉小河流水潺潺，叶落清水边。突然琴音一变，秋风扫落叶，日暮斜阳孤，音中透出一种淡淡的忧伤。

赵云踏入花园小石子路，两旁花香扑鼻，王月萱一身淡黄纱衣，坐在中间冗字花庭中，双目微闭，两指抚弦，陶醉于天籁之中，清风袭来，三千黑丝风起浪，疑似天仙下凡来。

赵云站在亭中，顾自欣赏，不敢打扰。王月萱弹罢一曲，纤手微抬，轻道："子龙听我琴声如何？"

赵云有些不自然地笑道："萱萱琴韵深奥，我只能听之一二。"

王月萱道："子龙何事找我？"

赵云有些羞涩，问道："萱萱可知你我之事？"

王月萱未言，食指勾弦，轻唱道："当日佳期鹊误传，至今犹作鹊桥仙。孟姜不知夫何在，长城破溃终不悔。"唱完，道："子龙可知道我的心意？"

赵云闻言，有些愕然，脸色苍白，摇头苦笑道："月萱自比孟姜女，所等之人可是德义？"

王月萱美目轻闭，点点头道："德义自幼陪我左右，我不能负他。还望子龙成全。"

赵云叹道："你我与德义，自小相交，云这就与郡长大人推辞，子龙告辞。"言罢，赵云抱手行礼离去。

赵云孤单的身影越来越远，王月萱仍然坐在琴台，待赵云离去，王月萱轻叹一声："子龙，你日后定会遇到比我好的女子。"随手又轻抚一曲，此曲轻顿优雅，却是广陵之曲——送君去。

赵云走出后院，心中的火热已被寒冰取代，深深吸口新鲜空气，自嘲道："原来萱萱那日只是为了问我德义所在，我是自作多情了。"

赵云去见王义推却婚事，王义问由，赵云实话相告。王义道："不知女儿心事，却是我之过，不过就算子龙辞去，袁绍那边我又如何交代？"

赵云道："此事不必声张，待这段风头过了，再从长计议吧。"

王义寻思一会儿，又道："德义当年离去，未曾归来，不知尚在人间否……"

赵云摇头，神色黯然，轻声念道："孟姜不知夫何在，长城破溃终不悔……"边念边走，又不再与王义多说，便自行离去。

赵云走到府门，守卫军士将他白马牵来，他翻身上马，一勒马缰，逐云白马四蹄狂奔，转眼过城门离去。城楼守将笑道："看赵将军匆匆忙忙，定是回去准备花轿，我等就等喜酒了。"众将士欢笑起来。

再说赵云，快马加鞭，回到真定家中，此时赵霞归家，与赵母见他归来，忙笑道："二哥婚期可谈妥?"

赵云摇头，苦笑道："原来误会一场，此事莫再提。"

赵母道："媒婆都到家来，此事怎生误会？莫不是王大人悔婚?"

赵云道："月萱心中早已有人，非我赵云。大丈夫志在四方，今天下乱世，百姓危难，我辈武人，不知报国，怎能为儿女情长而误大事?"

正好赵空打铁归来，听闻此事，笑道："我儿有爱民之心，我当支持，日后家中不再催促，全凭子龙自行判断。"

当日赵云与父欢饮几杯，云道："过几日我欲回太行探望老师，多年不曾回去，不知他老人家身体可好。"

赵空道："童老年事已高，子龙当回去尽孝，待你去时，我与你母亲，多准备些新衣干果与你带去，那山上购置这些不容易。"

赵云点头称是，酒后便回屋歇息，独自一人，又想起今日之事，赵云辗转难眠，终是遗憾之事。

蓝天白云，太行山中，林密花盛，飞禽走兽应有尽有，与乱世之象，格格不入。林间小道，赵云身着灰黄布服，牵着逐云，漫步在这份宁静安详之中。一路遇到几拨贼人，赵云知都是被迫上山的穷苦人家，只是出手教训，并未杀死一人。不日，终于来到竹林村下，一步步踏上阶梯，顿感亲切。走上百步，见一黑衣中年男子，身材高大，剑眉大眼，一把金色长枪插在身前泥土中，他面朝村口，如石头般一动不动。

赵云有些防备地经过他的身旁，见此人五官有些熟悉，却又想不起何处见过。对于赵云的经过，这人丝毫不为所动。

赵云径直走入村子，村民见有人来，眼光纷纷落在赵云身上。有人说，世上最冷酷的就是时间，多年未来，村民们已是认不得他了。赵云自报姓名，众人这才认出他来，大家一拥而上，问长问短。赵云与大家谈笑一阵后，问起村外之人，众人皆面露难色，赵云也不勉强，告别众人，独自朝童渊所在走去。

穿过竹林，熟悉的小屋出现在赵云眼前，仍然还是原来的样子。刚走进院子，屋内传来童渊的声音："来者可是子龙?"

赵云心中兴奋，高兴地喊道："师父，我回来了。"

童渊推开门，刺目的阳光下，一个布衣少年跪在院子里。童渊急忙扶起赵云，不停地笑道：“子龙长高了，更加魁梧了。”欣喜之情，溢于言表。

赵云道：“徒儿一去多年未归，还请师父原谅。”

童渊笑道：“为师虽在山中，不知世事，却知子龙有德，所做之事，必不会堕我名头。”说罢，叫赵云入屋。

师徒相谈，既有寻常家事，又有天下大事，突然赵云想起村外之人，随口提起，却见童渊脸上罕见地出现一丝悲色。赵云见此，知道必有原因，也不再说，童渊却说道：“此人不是别人，正是我唯一的儿子童飞。”

赵云惊愕，回想这人确实和童渊长得相像，便问道：“子龙曾听师父说过，膝下无子，这是怎么回事？”

童渊叹气道：“都是为师当年所造之孽，终究是要还的。”

赵云见童渊面露痛苦之色，正待出言相劝，童渊却又说道：“当年天下还算太平，为师又正是年轻气盛，为了追求枪艺之极致，抛下你刚产子的师娘，独自走遍天下。那时的我，何时想过家庭孩子，待我多年后回到家时，你师娘已经因操劳重病而死，只剩下八岁的儿子，独自生活，平日上山打猎，冬季打不到野兽，就受些村民接济而活……”童渊说到这里，眼睛有些红润，又接着说道：“我忘不了，一次看到飞儿时，他那双野兽般的眼睛中充满憎恨……”

赵云知道童渊已经没有勇气再继续说下去，便岔话道：“师父还是别想了，徒儿给你带来些干果，我去端来给你尝尝。”

童渊点点头，待赵云去拿干果，他心中又浮现出尘封已久的画面。那是个冬天，洁白的雪地中，一个少年正舞起百鸟朝凤枪。这个少年长相俊俏，只是眼神中充满一股死寂。画面又一转，少年败在童渊手下，恨恨地说道：“今日你不杀我，来日等我艺成，必定要杀你。”

……

“师父，尝尝吧。”

赵云的声音惊醒了童渊，童渊苦涩一笑，此刻在他心中，再甜的干果都是苦涩难嚼。

夜幕降临，赵云端着饭，走出村口，见童飞仍在。童飞见赵云到，也不说话。赵云笑道：“肚子饿了，吃点饭吧。”

童飞睁开眼睛，冰冷地说道：“叫童渊那老匹夫再好好活过这两天，后天，我必入村杀他。”说完，从怀里掏出一个馒头，啃起来。

赵云闻言，心中暗叹，毕竟是童渊家事，自己插不了手，讨了个没趣，只得慢慢转身离去。

回到院里，童渊正背手赏月，见赵云归，道："我就知子龙定会去见童飞，在此等候。"

赵云笑道："确是如此，只是未有成效。"

童渊叹道："他对我的恨，今生难消了……"说完摇头入屋。

赵云暗道此事自己必须做些什么。

翌日，赵云陪同童渊爬上山顶，低头望去，初阳刚升，万峰重叠，雾气缭绕，好一幅风景，如木板画儿，陶醉人心。

童渊心情似有好转，说道："大汉江山，本是美奂绝伦，谁人能想，十年间便会支离破碎，只苦了百姓。"

赵云道："只叹这乱局没有个终点。"

童渊正色道："云儿，师父这一生，没有什么可以留恋的，只有两件事割舍不下，一件是这破碎山河，我老了，不能为百姓做些什么，只能依靠你去实现我的梦想。"

赵云点头，童渊又道："第二件事，就是舍不得你们，童飞、张绣、张任，还有你，你们每一个人在我心中都占有重要的位置。若是明日我不敌童飞，你不允许插手，自己做的孽，是时候还了。"话说到这里，他显得更加沧桑。

赵云严肃地说道："老师有难，弟子岂能袖手旁观？"

童渊摇摇头，道："若你承认是我弟子，敢不听师父之言？"

赵云苦笑，无言以对。

这一日，赵云陪同童渊逛遍了主峰，待太阳下山，方才回屋休息。夜月高挂，赵云坐在院口，轻轻地抚摸着龙胆亮银枪，童渊突然开门出来，笑道："子龙还不回屋歇息？"

赵云道："弟子自创一套枪术，共有七式，有的是见蛇的动作有感而创，有的却是综合百年朝风与暴雨梨花枪术，再加上自己多年战场实战的领悟所创。不过弟子愚笨，不知这七式的缺点如何修改，所以苦闷无眠。"

童渊道："你且使出与我看看。"

赵云领命，长枪一指，但见枪影连连，疾如霹雳闪电，缓如回雪流风。

待他一套舞完，童渊喜道："子龙所使之枪，立足于实战，虽然七式平淡无奇，却是招招致命，此枪术可有名称？"

赵云道：“我本欲叫七探龙盘枪，又怕有自吹之嫌，便暂叫七探盘蛇。”

童渊道：“好一个七探盘蛇，此七式尚有不足，今夜就算为师不眠也要为你完善此枪术。”

童渊乃一代宗师，七探盘蛇枪在他手中，岂有不成之理。

晨曦刺破夜幕，新的一天再次到来。童渊虽然一夜未睡，仍然沉醉于七探盘蛇枪的研究中。赵云见此，心中暗喜，偷偷提着龙胆，独自来到村口。

童飞正迎面走进村口，他的眼神如野兽般凶恶，神色仍然古井不波。

赵云上前挡住进路，道：“童飞大哥，我是童渊老师的徒弟赵云，若是你执意要取老师性命，只有踏过我的尸体。”

童飞闻言，嘴角露出一丝不屑，道：“童渊老贼怕了吗？”

赵云又闻童飞出言不逊，努力平复内心怒气，道：“子欲弑父，天地共愤，云岂能让你犯此大错？”

童飞冷道：“黄口小儿，还用不着你来教训我，滚开。”说罢，挥手一枪劈去。

赵云挺枪上前，架住童飞之枪，两人交战，各显神通，战数合，赵云心道童飞果然厉害，一手百鸟朝凤枪使得甚是精湛，心生佩服。童飞久攻不胜，见百鸟朝凤枪不能胜，招式突变，正是他多年厮杀所悟的空灵枪法，此枪以静制动，攻防一体，这把金枪，无不透出一股杀气。

两人缠战数十合，双方都不能胜。一个空灵枪法，攻便是防，防且是攻。一个七探盘蛇，攻如闪电，枪影绵绵。

童飞越战越惊，早已放下轻视之心，赵云的枪法极其凌厉，且招中藏招，枪里有枪，若不是空灵枪法攻防一体，自己早就落败。

再说童渊，专心研究枪法，突然听见门外有狗吠声，想起今日之约，唤赵云不见其影，暗呼不好，急忙奔去村口，所幸两人还在交战，只是童飞招式渐拙，已显败象。赵云假意露出一微小破绽，童飞大喜，信以为真，一枪刺去，赵云暗喜，翻手一挑，拨开枪刺，右手握枪杆底端，顺势盖下，童飞脚踏地面，借力后跃，逃过盖枪，正待反击，却见赵云枪势突变，绞得龙胆呼呼作响，童飞再也抵挡不住，金枪脱手落在地上。好在赵云未有杀心，见好便收。

童渊走上前来，道：“子龙退下吧。”

赵云略有担忧地看了看童渊，退出战圈。童渊走到童飞面前，痛苦地说道：“我知道对不起你，更对不起你娘亲，这么多年了，你还是不能原谅我吗？”

童飞恨恨地道：“你知道娘亲有多么痛苦吗？受了多少欺负，多少凌辱？”他抬起头，野兽般的眼神有一丝哀伤。

童渊心中甚是难受，他摇头道：“飞儿，我活得也够长了，是时候去下面给你娘赔罪了，给我半炷香的时间，我会给你一个交代。”童渊走回赵云面前，从怀里掏出一张折纸，道：“子龙，为师已将改良过的七探盘蛇记载在里面，拿去吧。”

赵云跪在地上，恭敬地双手接过折纸。

童渊赞赏道：“子龙真乃奇才，能悟出如此枪法，为师也只是为你补良，若是为师不知之而与你对之，胜负不可分。好好运用，收放自如，日后就算与天下无双之吕布交战，胜负也未知。”

见赵云点头，童渊又道：“张绣为虎作伥，子龙定要为我清理门户。但是，如果不是必要，就饶他一条性命。”

赵云心中已经隐隐觉察到童渊的意图，知道童渊在嘱咐后事，急道：“师父！莫非你……”

童渊面色苍白，伸手拍拍赵云的肩膀，道：“这是为师的命数，不过所幸临终前还有你在身边。”

赵云伸手抓住童渊手臂，双眼带着祈求，童渊甩开赵云，道：“莫要忘了我的嘱咐，用你手中的龙胆，为天下百姓创造一个仁世天下。”说罢，便朝童飞走去，只留下赵云跪在地上。赵云心中悲伤，右手紧紧抓住龙胆，却又不敢违背师命，他所能做的，只有等待。

童渊走到童飞面前，捡起童飞的金枪，道：“人言子弑父，天理不容，我不愿你终身活在自责与悔恨中。”

说罢，起手一枪刺向自己，童飞一惊，起身伸手来抢，童渊仍快一步，枪入胸膛，鲜血直流，看是活不成了。童飞内心仇恨终于崩溃，他搂着奄奄一息的童渊，哭道：“你这个老家伙，谁让你自杀的！我不准你死，我还要亲手杀你……”

童渊吃力地抬起手，轻轻抚摸着童飞的脸，这是他这辈子第一次，也是最后一次，微弱地说道：“我真的好想你们母子……真的……”他的声音越来越弱，抚摸童飞的右手慢慢垂下，只有脸上保持着满意的微笑。

“爹——”

童飞抱紧童渊的尸体，轻轻地喊道。他站起身，步履蹒跚地朝山下走去。

赵云仍跪着，泪水顺着脸庞落到地上，溅起珠花。

“师父！”

赵云对着童飞的背影狠狠将头磕在地上，一股鲜血顺着额头流下，赵云已经不知道是泪还是鲜血。这段时间他承受的失意太多了，先是公孙瓒斩仁者刘虞，又有王月萱拒婚，今日，童渊身亡，更如一把尖刀狠狠刺入他脆弱的心灵，他的脑海一片苍白，只有一股无力。

村民见赵云晕倒在村外，忙将他扶回村里照顾。

接下来数日，赵云都浑浑噩噩，失魂落魄。村长刘老每日开导，不见效果。

这日，赵云在屋里，将童渊房间打扫得干干净净，又将遗物整齐摆放，就跟童渊在世时一般。做完一切，他坐在院中，轻抚龙胆上的花纹，回忆着与童渊学艺的日子。

“子龙……”

突闻有人唤他，听声音甚是急切，赵云望去，见是村长孙子刘凌，与自己同辈。

赵云道：“刘兄何事紧张唤我？”

刘凌急道：“山中贼人不知为何，聚于村口，村长叫我来请子龙速去。”

赵云怒道：“贼人定是知我师父新亡，方来闹事，待我去会会。”说罢，提起龙胆，便与刘凌同去。

村口前，村民手持武器，与山贼对峙。刘村长道：“诸位围我竹林村，不知为何事？”

贼人中走出一人说道：“我闻童渊逝去，想入他屋里看看，沾些贵气。”

刘村长观之，此人身高不足六尺，额高梁小，头发稀少，目光凶恶，戴一件红色披挂，腰间左右别着两把三尖短叉，正是被誉为“太行四虎”之一的罗钱。此人心狠手辣，武艺极高，岂是太行山上平常山贼所能比。

刘村长心中叫苦，道：“童老师仙逝未有三天，怎好让人打扰居室，待过段时间头七后再来吧。”

罗钱冷笑道：“别以为我不知，童渊的尸体不在村中，今日打开天窗说亮话，我此行的目的，无非是为了童渊遗留下来的武艺。”

刘村长怒道：“童老师乃我村恩人，岂能让你如此作践？”

罗钱不怒反笑道：“本想留你们一条性命，若是如此，还是陪童渊一起去吧。”言罢，手一挥，众人蜂拥而上，村民虽然曾得到童渊操练，却无实战经验，被逼得连连后退。刘村长在村民的掩护下朝村里退去，心中暗道不妙，却见赵云从村中赶来，挡在入村竹牌前，待村民退入，便用龙胆在地面扫出一条线。

见贼人到，赵云冷道：“入线者死。”

贼人不听，一拥而上，赵云手起枪落，几个回合，入线贼人，无一生还。后来贼人见状，皆不敢前。

罗钱缓步到来，神色凝重，一对三尖短叉，早已紧握在手，上前问道：“你是何人，敢挡我道？”

此时赵云心中充满杀意，如修罗般斜视罗钱只是冷道：“入线者死。”

罗钱见赵云藐视，心中大怒，一叉刺去，极为灵活多变。赵云一枪挑去，罗钱侧身躲开，再踏一步，即已近身。长枪的优势在于距离，相反长枪的缺点也是距离，罗钱的武器短小精悍，在近距离的猛烈进攻，让赵云的枪法无法正常发挥，只有不断防御。

众贼人见罗钱越战越勇，发出一阵阵喝彩，赵云见罗钱步步紧逼，右手只拿枪身前七尺，顿时缩短了攻击距离。罗钱一惊，暗道这少年了得，再战三合，罗钱不敌，逃出线外，狼狈不堪。

赵云斜拿龙胆，也不追赶，如战神般立于线内，双目冷视众贼。

罗钱死里逃生，已是气弱，问道：“你到底是何人？如此厉害！”

赵云冷道：“童渊之徒，常山赵子龙。”

罗钱闻言，惊呼：“莫非就是斩杀飞云麒麟枪韩飞的赵云！”

赵云道：“这又如何？”

罗钱吓得后退几步，道：“不知童老是赵将军之师，我有冒昧之处，还请见谅，日后定然不敢再踏入竹林村半步。”说罢，对赵云一拜，扛着被杀死贼人的尸体，灰溜溜地离去。

村民们围上来，皆夸赵云武艺高强，不逊于童渊。晚上备席给他庆功，席间刘村长问道：“子龙日后有何打算？”

赵云道：“待师父头七过后，我当去寻张绣，之后再去投奔徐州刘备。”

刘村长道：“天下皆道刘备仁义，子龙去投，必能有一番事业。”

赵云又与村民们一一敬酒，感谢他们长年的照顾。酒足饭饱，众人各自回家歇息。

正是：

蛇历三劫终成龙，七探盘星世无双。

乱世璀璨将星现，血袍加身风起尘。

第二十九章　循琴声见貂蝉

徐州富庶，天下皆知，城中大小街市，如蛛网罗布，各业兴盛，都是陶谦遗物。

赵云再次回到徐州，当日曹操围城，哪有今日繁华光景。他本想去见刘备，却闻吕布鸠占鹊巢，趁刘备率军征讨袁术之时，夜袭徐州，现在徐州易主，已是吕布之物。

赵云恼怒，回想当日虎牢关英雄，竟是如此背信弃义的小人。好在又得知刘备又反投吕布，被安排驻扎小沛，每日招兵买马，成为袁术与吕布势力间的缓和地带。

赵云连日奔波，已是疲倦，留在徐州暂住歇息。晚上天气闷热，夜深人静时又想起过往之事，心中烦闷，独自走出旅馆，顺着一条穿城小河漫步。一路上只听蟋蟀争唱，河水潺流，不知走了多久，忽听远处传来一道琴声，婉转连绵，时而清脆如珠落玉盘，时而低回如呢喃细语，让人心旷神怡。

赵云顺着琴声，走到一座高大的府邸，却是大门紧闭，非寻常人家。这人间天籁，便在高墙深深的宅院中。音乐让赵云心头甚是舒畅，以至于余下的几日，他都会来这里听上一曲。又过几日，他终要离开，心中对深宅抚琴之人很是好奇，决定登门造访。来到门前，轻敲几声，开门的是一个仆人，身后有一老者，鹤发童颜，很是精神，见赵云气度不凡，便走到仆人前面问道："小哥至此，要寻何人？"

赵云礼道："在下姓赵名云，常山人士，前几日晚间偶过贵府，听到一道琴声，优美绝伦，心中甚喜，今日即当离去，特此前来拜访，不知可是出于老人家之手？"

老者笑道："不想却是个好琴之人，进门来谈。"说罢，侧身迎入赵云。

赵云入屋，见院内大小房屋数间，结构精致。老者将赵云迎入主屋大堂，差人沏茶，又叫人准备酒菜。

赵云忙道："老丈盛情，云心领，不必如此麻烦。"

老者笑道："子龙将军到寒舍，理当如此。"

赵云奇道："老丈何以知我？"

老者曰："当年赵小将军随玄德公来救徐州，陶使君几次宴席，老夫均参与，只是将军不认识我罢了。"

赵云道："原来如此，子龙不请自来，倒是惭愧了。"

老者笑道："不瞒赵将军，老夫姓王名陶，家婿便是曹豹。"

赵云面色突变，道："曹将军引吕布夺刘使君徐州，云不便多留。"说完，就要离去。

王陶道："赵将军留步，军国之事，与我百姓何干？"

赵云歉意道："以一人之过而迁怒于他人，是云之过。"

两人正说间，琴音又起，赵云问道："何人弹琴？"

王陶道："曹豹带来跟我学习琴艺，将军可要去见？"

赵云道："此行目的，便是拜见这琴声主人。"

王陶带路，来到后院花园，只见百花丛丛，小亭碧水，如此美景却不如亭上抚琴之人，长得百花不敢争娇，孔雀不敢争艳，明月不敢争辉，纤指轻弹，天籁孤音，动人心弦。此女身边有一女童，也是天真烂漫，美人坯子。

女子见有人至，停手笑道："红昌不知王老师到，献丑了。"

王陶上前道："红昌所弹，已成孤乐，世上何人能望其项背。我身后这位便是名震河北的赵云小将军，专程来拜见你的。"随后又对赵云道："此乃吕布将军家眷，姓任名红昌，由于我外孙女曹氏嫁吕布为次，两家为亲戚，正值盛夏，红昌便带绮玲儿到我家串门避暑。"

赵云非好色之徒，内心平静，闻王陶言，便问道："红昌小姐可是引吕布杀董卓老贼的貂蝉？"

王陶点头道："正是。"

赵云抱拳道："红昌小姐屈身于禽兽，救大汉于危难间，请受赵云一揖。"

貂蝉道："往事已如过眼云烟，赵将军可再听一曲。"

赵云点头道："求之不得。"

貂蝉又弹一曲后，道："赵将军可否帮妾身一个忙？"

赵云道："愿闻其详。"

貂蝉苦笑道："我夫奉先，虽然武勇无双，但愚昧而无大智，今天下诸侯皆恨，我知将来必败，死于乱世。绮玲乃我姐严氏之女，我不忍她随我们而去，只求到时将军能保绮玲一条性命。”

赵云道：“各为其主，只是吕布刚愎自用，反复无常，你既知他四面树敌，日后必败，为何不趁早带吕绮玲自行离去？”

貂蝉轻拨一下，只听琴音悠长，哀伤之极，幽然碎语，道：“我与奉先本是邻乡，初见于王府，相会于风波，两情相悦，不论他好坏，只为我诛董卓之情，红昌纵然粉身而不能报答，怎忍舍他独去！”

赵云叹道：“貂蝉姑娘德义双全，赵云敬佩，若是真有这日，定不忘所托。”

貂蝉甚是感激，叫吕绮玲记住赵云。既然见到弹琴之人，赵云拜别而去，能见到如此有情人，再想起王月萱，令他感慨万分。

翌日，赵云骑马离去，欲到小沛探望刘备。刚出徐州城门，见有一人立于官道，此人黑甲红披，器宇轩昂，剑眉虎目，单手斜提方天画戟，骑在赤兔马背，甚是英勇威猛，正是武勇天下第一的温侯吕布，见到赵云，露出一丝笑容。

赵云勒住逐云，龙胆在手，自虎牢关交手，两人再次相遇，这是命运的牵绊，也是三国两大猛将的最后一战。

第三十章　一吕二赵

滚滚长江东逝水，浪花淘尽英雄。上回说到，吕布在徐州城等候赵云，见赵云道："赵将军，我已在此等候多时。我投袁绍时，常闻将军事迹，曾想莫非是虎牢关故人，今日一见，果然是你。"

赵云笑道："吕将军，多年不见，承蒙还记得在下，只是你又怎知我来徐州？"

吕布道："城中皆是军师陈宫安排的眼线，又有何事不知？"

赵云道："今日你便是特意等我一战？"

吕布笑道："天下武勇之极，唯你我二人，今日一战，可分个强弱。"

赵云摇头道："天下猛将，云只是二流之色，近有关羽、张飞，远有孙策、张郃、颜良、文丑之辈，云不敢妄自尊大。"

吕布仰天大笑，道："都说赵云谦虚谨慎，准备好了，今日定要战个痛快。"

两人拍马交战，枪来戟往，兵器碰撞之声，尖锐刺耳。赵云已非当年虎牢关时，体能已是巅峰，臂力虽不能与吕布正面抗衡，但其精妙的枪法，却弥补了这点不足。两人之战，已是三国乱世之巅峰，直杀得大汗淋漓，各自使出拿手绝技。吕布这套戟法，唤为"十字奔流"，一旦使出，犹如万川破浪奔袭，威力巨大，也只有天生臂力惊人的五原郡人，方能发挥威力。

再看赵云，枪如电驰，奇招百出，一会儿百鸟朝凤，一会儿暴雨梨花，然后就是七探盘蛇。两人大战百合，赵云气力终于不足，反观吕布，眉目紧皱，一脸严肃，虽然气喘，却没有赵云严重，明显微胜一筹。

吕布一戟逼开赵云，笑道："本非战场厮杀，适当即可，赵将军意下如何？"

赵云收枪斜背，道："吕布将军还是胜云一步，云不如你。"

吕布昂首大笑，道："虎牢关一别，短短数年，不想你进步如斯。"言语中，露出赞赏之色。

赵云道：“吕将军武勇天下无双，赵云献丑了。”

吕布叹道：“什么天下无双，都是闲人无稽之谈，倒是昨日红昌所托之事，让我汗颜，原本我只想与红昌逍遥天下，只是身在乱世，身不由己。既然众诸侯都想杀我，我便拥兵自重，称霸一方，谁人能伤红昌毫毛？世人皆说我反复无常，试问七尺之躯，谁人不想有番作为，江山就只有刘家可坐乎？”

赵云摇头，看着手中龙胆，道：“人各有志，我不同于吕将军之志，只盼助仁君平定叛乱，让仁治天下之辉，照亮这个黑暗的年代，让老百姓安居乐业。”

吕布冷笑道：“你口中的仁君便是刘备吧？这人满口仁义道德，实则与曹操一般，枭雄也。只是善于伪装，收买人心而已。”

赵云道：“不论如何，只要刘备能够贯彻仁政，我定会助他。”

吕布仰天长叹，道：“我吕奉先驰骋沙场，无人能敌，为大汉除去奸贼董卓，现在树敌众多，日后若真兵败而亡……”说到这里，似是不愿再提。

赵云随后向吕布抱拳，道：“赵云不敢忘貂蝉小姐之托，就此告别。”

吕布也抱拳回礼，见赵云策马离去，低声苦笑道：“仁治天下……可能吗？”

赵云策马奔驰，思考吕布所言，心知确实如此，对吕布的印象完全改观。他心道吕布也是为了自己心中的梦想，那就是给貂蝉一个太平盛世的承诺。

第三十一章　战张绣

赵云与吕布战后数日，终于来到小沛。城门士兵盘查过往商贾，十分认真，见赵云骑着白马，手持长枪，气度不凡，问道："你是何人？入城何事？"

见士兵盘查，赵云翻身下马，礼道："在下赵云，常山人士，来小沛寻故人刘备。"

带队军官闻言，道："是来找我主，请稍等片刻。"随即遣人去告知守将。

不一会儿，有一黑面将军跑步下城，喊道："果然是子龙，今日来了，与我老张不醉不归。"

赵云笑道："张三哥当值，还喝什么酒？"原来下来之人，正是张飞张翼德。

张飞领着赵云来到县府，刘备正与关羽在校场操练军士，闻赵云到访，喜得直奔县府，笑道："我闻子龙辞行公孙瓒离去，暗叹未能相送，今日子龙到此，备之幸也。"

赵云道："公孙瓒杀仁者刘虞，与我之志背驰，云岂能留下？再者子龙有负明公所托，无颜来见。"

刘备叹道："此事不怪子龙。公孙瓒与我同窗，素来交好，我数次说之，无可奈何……"

赵云道："可叹当世仁道，只剩明公一人。"

刘备邀赵云入府喝酒，关羽练兵后也赶来，四人同饮几杯，刘备问道："子龙可有打算？"

赵云道："还有师门事未了，待不了几日，又要离去。"

刘备惋惜道："只望子龙早日前来助我。"

关羽抚须，道："子龙欲去何方？"

赵云道："听闻张绣在关外，我欲去寻他，完成师父遗愿。"

众人推杯换盏，直至更深夜重，俱都尽兴，方才散去。

第二日，张飞大早来约赵云同去招募新兵。闹市中，刘备见两人到，上前打声招呼，便又亲自登记。来参军百姓甚多，有妻送夫，老送子来，可见刘备深受小沛百姓爱戴。

赵云道："别处招兵，人头寥寥，主公招兵，百姓争相报名，可见主公的仁道，才是顺天之道。"

张飞拍云肩膀，呵呵笑道："俺老张不知什么道，只知道大哥去哪里，俺就去哪里，谁要是挡着咱们兄弟的路，就得先问问俺的丈八蛇矛允不！"

赵云点头，笑道："待我事情办完，便也来助主公之道。"

待招兵结束，刘备腾出身来，已是正午，歇息一会儿，酒足饭饱，刘备又带赵云参观关羽练兵。余下几日，皆是如此。又过几日，赵云朝刘备辞行，刘、关、张三人送至城外三十里处，刘备不舍，道："子龙此去，不知何时能见？"

赵云抱拳道："明公勿再远送，云必不背明公之志。"言罢，又与关羽、张飞一一拜别，方才上马离去。刘备远望赵云背影，久久不肯离去。

建安二年（公元197年），曹操与吕布素来有仇，在青州集结十五万大军，决意讨之，正点备兵马，有兵星夜来报，张济自关中引兵攻南阳，为流矢所中而死，他的侄儿张绣统其众，屯兵宛城，欲攻曹操。曹操拔剑，砍去边案，怒道："张绣小儿，也敢图我，欲与霸道争锋，吾必亲灭之。"遂改攻于张绣。

张绣见曹操亲征，知不能挡，举城而降。曹操辱张济之妻，张绣怒而夜袭曹营，击杀典韦、曹昂等人，迫曹操退回许昌，张绣派人与刘表结盟，暂无战事。

夕阳西下，宛城外近山岚间，赵云遥望，山风清爽，拂发而过，他的面色闪过一丝疑惑，自言道："杀是不杀？"

赵云昂起头，任由清风拂面，突然他神色一顿，一拍马臀，逐云白马四蹄如风，奔向宛城大门。

宛城，位于关中要地，直接威胁曹操统地，自曹操败退，城市防御明显加强。此刻已是傍晚，守城军士正欲闭门，忽见远处一人一骑奔来，军士上前围住，问道："你是何人？莫不是曹操的细作？"

赵云笑道："麻烦替我通报张绣，就说太行山赵云来见。"

军士急忙去报，张绣正与贾诩商讨要事，听闻军士所报，连忙出城，见是虎牢关之人，冷笑道：“不出所料，果然是你。此行是来给我送龙胆枪吗？”

赵云道：“我此行来，有两件事要做，一是告知你，师父仙去了。”

张绣闻童渊死讯，面色微变，随即又恢复常色，道：“师父去时，可有话说？”

赵云点头道：“师父临终时，甚是想你与张任。”

张绣疑道：“你莫诳我，我乃首徒，师父却连绝招凤翼与龙胆亮银枪都不肯传我，又岂会想我？”说罢，双眼死死盯着赵云手中龙胆亮银枪道：“不过既然你都来了，就把这龙胆枪留下吧。”

赵云扬头，一脸不屑道：“师父不传你，那是你心术不正，何必怨天尤人？今日龙胆就在我赵云手中，若你有本事，就来抢去。”

张绣拍马前行，笑道：“宛城屯我五万之众，你单枪匹马，还能翻天吗？”

赵云单枪指张绣道：“我此行第二件事便是清理门户，本不想伤你性命，今见你如此寡薄，终要挑你于马下。”言罢，挺枪冲去。

张绣起枪来战，出手便是百鸟朝凤，这套枪法，赵云甚是熟悉，可谓见招拆招，丝毫没有威胁。赵云心中牢记童渊遗命，终下不了决心，两人战数十合，如两头凤凰争艳，相互撕咬，没个尽头。

此时城中有军队出，来助张绣，赵云见状，连刺几枪，正是经过童渊改良的七探盘蛇。张绣战不过五合，被龙胆枪刃划伤左臂，赵云见援军已到身前，勒马离去。张绣部将前来，正要去赶，张绣不允，部将不解，张绣曰：“赵云勇猛，坐下白马神骏，就算尔等追上，可自比韩飞？”

部将低头无言以对，回城途中，贾诩迎来，同骑而行，问道：“何故不用我计，将他骗入城内？任他再有三头六臂也难逃一死。”

张绣叹道：“我虽恨师父偏心，现在他已仙去，实在不忍将师弟赵云杀之。”

贾诩笑道：“幸好只是师门之事，若是两军交战，将军如此优柔寡断，此战必败。”

张绣无奈，苦笑道：“军师之言甚是，我记在心里了。”

贾诩又笑道：“暂且忘记此事，曹操反败，我料其不久必将卷土重来，将军还是速与刘表共商退敌之策。”

张绣点头称是，这才感到左臂隐隐作痛，心中矛盾之极。

赵云奔驰一阵，见无人追赶，勒停逐云，心中澎湃，刚才明明可斩张绣，却又不忍违背师命，他叹口气，既然已经刺伤张绣手臂，大概也算清理门户了吧？可能，师父也是这样想的……

赵云突然感到心中十分失落，童渊去了，让他看到人生的短暂。他想，是该回去孝敬父母了，他双腿轻轻一夹，骑着逐云便朝家乡方向奔去。游子，是回家的时候了。

第三十二章　千里相送，一诺千金

公元 198 年，也就是建安三年，刘备投曹操，同年操起大军十万，进攻吕布。曹操围攻三个月，决水围城，吕布军中上下离心，其部下侯成、宋宪、魏续反叛，缚了陈宫投降。吕布在白门楼见敌军攻急，大势已去，于是令左右将他的首级交给曹操，左右不忍，便于公元 198 年 2 月 7 日下城投降。

吕布被捆到曹操面前，道："何不松些？"

曹操笑道："捆绑老虎不得不紧。"

吕布又道："我愿降，曹公得我，由我率领骑兵，曹公率领步兵，问天下谁人能敌？"

曹操颇为心动，正待搭话。

刘备在一旁冷笑道："曹公可记丁原、董卓乎？"

曹操随即打消招降吕布的念头。

吕布怒道："大耳儿最叵信者。"心中甚是遗憾，暗叹："蝉儿，我不能再保护你了……"

曹操遂下令杀吕布，吕布起身挣扎，左右士兵按不住，他起身撞向曹操，一旁许褚、夏侯渊上前缢杀，曹操昂首闭眼自言："孤之霸道，又向前一步了。"只可怜了一代无双猛将，临死不忘红颜。其部属陈宫、高顺亦拒降被处死，张辽则领兵向曹操投降。

曹操入城，安抚百姓，又令人去寻来貂蝉，见其惊天之貌，曹操大喜，欲收之，有郭嘉在旁道："红颜祸水，曹公莫忘董卓、吕布之败。"

曹操恍然大悟，又问道："此女如何处之？"

郭嘉笑道："我观刘备之弟关羽，甚是武勇，对刘备又很是忠心，而刘备非久居人下之辈，公又不便除之，不如送与关羽，乱去他们兄弟之义，明公看如何？"

曹操拍掌笑道："奉孝之计甚合我意，就如此办。"忽然又道："我闻吕布欲送女与袁术联姻，不知此女何在？"

郭嘉道："这倒不曾得知，我立刻下令彻查。"

曹操摇头，道："妇孺就让她去吧。"

待曹操派军士去取貂蝉送关羽处，军士来报：貂蝉已在闺房内自尽，曹操大叹可惜。

再说赵云归乡，每日与父亲赵空打铁，不问世事，有时赵天、赵霞归来，一家人其乐融融，好不快哉。这日赵云上山打猎归来，有人来寻，见赵云便道："赵将军可曾记得昔日徐州花园之约？"

赵云道："怎会忘记？"

来人道："今曹操攻破徐州，吕将军已亡，望赵将军莫要食言。"

赵云惊道："我在家尽孝，不知天下之事，若真如此，我当去徐州。"

来人道："我是吕布家将陈勇，奉夫人貂蝉之命，带吕雯（字绮玲）小姐化装逃出，已在郡府，赵将军不必去徐州。"

赵云道："既然如此，我去换身衣服，与你速去。"

赵云入屋，拜别了父母，拿起龙胆亮银枪，牵出逐云白马，与陈勇赶往郡府。

再来郡府，赵云心中那挥之不去的身影又再次出现在脑海，陈勇见他神色不对，问道："赵将军身体不适？要不歇息一会儿再进城。"

赵云摇头，苦笑道："想起一个故人，我们走吧。"

来到城门，军士见赵云拿着武器，上前来盘查，赵云不愿惊动王义等人，谎报一个名字，说是从北海过来寻亲，军士检查不出问题，便放入城。

陈勇引赵云来到城中最好的客栈，伙计急忙迎客，赵云将逐云交与伙计照看，便跟着陈勇上楼，直接走到二楼雅间。

陈勇轻轻敲门，道："小姐，我回来了。"

房门轻开，吕雯已是水灵少女，她一身白衣素裹，脸色苍白，发丝长披，甚是凄美。放赵云二人进屋后，说道："陈叔一路辛苦。"再对赵云道："赵大哥，三娘说你是英雄，不会食言，你果然来了。"

赵云道："七尺男人，话出即是，岂会不来？吕姑娘之事，我已知晓，不知姑娘有何打算？"

吕雯朱唇轻齿，道："我想去寿春袁术处，求他出兵与我父报仇。"

赵云叹息，道："袁术不会出兵，他惧怕曹操。"

吕雯轻咬下唇，道："先父在时，答应袁术联姻，将绮玲许配袁术之子，我定要去一趟。”

陈勇在旁道：“这袁术之子能是什么好货，请小姐三思。”

吕雯悲道：“我与曹贼势不两立，就算粉身碎骨，也无怨言。”

赵云与陈勇对视一眼，知道此女心意已决，绝无劝回之理，只得暂时不提此事。

夜间赵云独自站在楼顶，皎月甚是明亮，赵云回想与吕布之战，似是昨日，突然楼下有琴声起，正是貂蝉在徐州所弹之曲，只是琴声低沉，带有一丝悲哀。赵云知是吕雯所奏，暗叹道：“好一个孝女，只是乱世之争，每日都有人死去，要怪只能怪自己出生在这个烽火连天的时代。”

翌日，艳阳高照，陈勇来叫赵云，吃过早饭，两人去见吕雯，赵云道：“小姐昨夜抚琴，心中可决定好了？”

吕雯点头，对两人跪拜道：“百善孝为先，曹操杀我父母，我岂能置之不顾，绮玲恳请赵大哥、陈叔护送我前去寿春城。”

赵云、陈勇忙上前搀扶，两人见吕雯话已说到这份儿上，只得暗自叹息，各自上街去购买路途所需。刚下楼梯，却听有人说道：“子龙来郡府，为何不来探望我？”

赵云顺音看去，见是杨昆，上前笑道：“原来是尚德，你怎知晓我到来？”

杨昆笑道：“昨日你进城，早有士兵见你眼熟，跑来告知我。”

赵云也笑道：“尚德既来，正好饮酒叙旧。”

赵云叫伙计摆上酒菜，两人摆谈些家常，杨昆突然问道：“子龙此行为何事？”

赵云四顾，见左右无人，凑耳悄声嘀咕一阵，将此事来龙去脉叙说一遍。杨昆听完沉思片刻，道：“吕小姐孝义可敬，但袁术当日与吕布联姻，不过是看中吕布的军事实力，如今吕布已亡，袁术岂会再认这桩婚事？”

赵云叹道：“我已力劝，无可奈何！”

杨昆笑道：“既然如此，我就陪你走一遭吧。”

赵云摇头劝道：“此去诸多风险，尚德何必与我涉险。”

杨昆道：“袁绍遣人来管理骑兵营，实则消我兵权，待之无益。我料你此行正差人手，干脆与你同去，子龙莫要推辞。”

赵云喜道：“若真如此，有劳尚德了。”

当晚便与吕雯、陈勇商议，决定天明便出发。

第二日天明，陈勇持鞭驾驭一辆方篷马车，赵云策马行于车旁，来到城门。杨昆、李志早已等候多时，见赵云到，忙叫军士开门，李志见赵云也是亲热，直送出城十里，离别之时，对赵云、杨昆抱拳道："两位统领保重。"

赵云、杨昆抱拳回礼，便护着马车前行，一路南下。眼下正是兵荒马乱之时，路上遇到难民无数，杨昆见赵云有悲切之色，劝道："诸侯混战，受到祸害的都是百姓。"

赵云苦笑，不发一语，大路乱象，杨昆建议行小路村道，赵云从之。又行数日，来到一座村寨，由于地势偏僻，未受战祸所害，村民见赵云等人面生，不敢留住。赵云也不勉强，叫杨昆拿钱跟村民购买些干粮，又继续赶路，刚出村口，有一老人追来，赵云见之问道："老丈唤停我们，所为何事?"

老者告之，前方大山里有一伙溃兵落草，劝赵云等人改道而行。赵云等人谢过告辞，又与杨昆、陈勇商议。杨昆道："就算是官道，也会遇到贼子，不如趁夜色掩护，悄悄过去。"

赵云、陈勇从之，随之停车休息。吕雯掀开帘子，走下车来，见三人坐地靠树，礼道："三位恩人受苦了。"

三人起身回礼，吕绮玲从车中拿出水壶给三人倒水，闲聊几句，又回车中去了。

杨昆对赵云笑着说道："那吕布被称之人中之龙，不想生的女儿如此标致，观其言行，甚有教养，又知善孝，真是可惜了。"

赵云道："虽说如此，此孝义却让云肃然起敬。"

杨昆笑道："切莫由敬而生了情愫。"

赵云哑然。

天色已晚，赵云依杨昆之计，趁月色而行。一路安静，只有虫声叫嚷，两骑一车行至十里有余，突见火把起，数十人将他们围在中间，有人笑道："想趁夜经过，还是得留下买路钱。"

赵云观之，见此人一手持火把，一手提大刀，面目凶恶，得意扬扬。这人问道："车内是何人?若是女子就留下给爷爷做个山寨夫人吧。"众贼子闻言，哄然大笑。

赵云靠近杨昆、陈勇轻声说道："一会儿吕姑娘骑逐云突破，尚德与陈兄左右护卫，由我断后。"

杨昆反对道："一同来此，岂能弃子龙于不顾?"

陈勇抱拳道："莫怪我自私，赵将军保重。"

赵云点头道："时间紧迫，不要耽误时间。"

说罢，伸手搭弓，一箭射去，贼头情急，拉身旁一贼挡箭。赵云跳下逐云，喊道："照计划行动！"随即冲向众贼。

杨昆拉开车帘，将不知所措的吕雯抱上逐云。逐云似有灵性，也不反抗，杨昆一拍马臀，逐云拔腿就跑，杨昆、陈勇策马紧随，又有赵云持枪断杀，掩护他们突出包围。贼人见是美丽少女，更是疯狂追赶。

赵云上前拖住贼人，来回冲杀，挡住贼人追赶，只见枪影连连，不到半炷香时间，贼人死伤大半。

贼首胆寒，惊叫道："你既然如此厉害，为何还要同伴逃走？"

赵云斜背龙胆，冷道："我是怕血流成河，吓了吕姑娘。"

贼人已心寒，虽把赵云围在中间，却无人敢战。贼首心有惧意，不敢上前挑战，喝道："你是何人，敢留下姓名乎？"

赵云斜枪指去，傲然道："大丈夫行不更名，坐不改姓，我乃常山赵子龙也。"

贼首大惊，道："莫不是战颜良文丑于磐河，枪挑韩飞之赵云？"

赵云道："正是在下。"

贼首慌忙上前，跪拜道："自袁术称帝，劳民伤财，我等本是百姓，被强征入伍，遂逃至此落草。在下宋谦，久闻将军大名，今日得见，实是幸事。"四周之贼，皆跪拜于地。

赵云道："既已逃出，为何不解散归家？"

宋谦道："袁术匹夫，岂会留我等性命？"

赵云点头道："落草为寇，非大丈夫所为，何不另谋条出路？"

宋谦又拜道："若将军不弃，我等愿跟随将军，鞍前马后，万死不辞。"

赵云双手抬龙胆于身前，道："我赵云之枪，乃是仁义之枪，若是跟随我，注定没有荣华富贵，诸位可曾想好？"

宋谦道："我等受此乱世之苦久矣，跟随将军，平定乱世，为子孙造福，还图什么富贵？"

赵云上前去扶宋谦，道："难得你们有报国之心。"

宋谦见赵云如此礼贤下士，心中甚是感动，随即令人回山寨收拾，之后跟随赵云屡建功业，直至长坂坡战死，赵云晚年甚是想念，此为后话。

再说杨昆、陈勇护着吕雯冲出包围。

吕雯见赵云迟迟不到，怒道："你们带我脱险，却陷赵大哥于险境。"几欲回寻赵云，都被陈勇阻止。

杨昆劝道："子龙英勇，只怕姑娘有失，今姑娘既已脱险，子龙无后顾之忧，必然无妨，不久便会赶来。"

闻此言，吕雯方才安心，只是杨昆心中也在默默祈祷。

三人一路南下，来到官道，沿途也不停留，又行数日，来到一关隘。讽刺的是，此关隘本是吕布修来防御袁术，自曹操夺得徐州，回师陈留，任车胄为徐州太守，车胄上任，立即加强关隘的守备，严防袁术。

却说三人来到关隘下，军士见吕雯貌美，杨昆、陈勇手持武器，不像寻常百姓，心中起疑，忙禀报守将莱阳。这个莱阳可不简单，身高八尺三，长得虎头虎脑，祖传一手莱家刀，曾与张辽大战数十合而不败，曹操甚是器重，方才予其此前线关隘守备之大任。

莱阳在关上观之，惊艳于吕雯之貌，正想是谁家闺女，如此标致，有吕布降兵在旁告之，那左边骑马的便是吕布家将陈勇。莱阳笑道："我闻吕布有一女许与袁术之子，吕布被围，数次携女突围不成，被明公攻破，此女杳无音信。既然吕布家将护送，隘下之人必是吕雯无误，抓了献于明公，必是大功一件。"随即下楼，率数十骑出隘。

杨昆见隘门大开，有骑兵奔出，暗道不妙，忙招呼吕雯、陈勇速走。莱阳率队追赶，怎奈逐云神骏，普通大马追赶不上，莱阳心中生怒，单骑转而追赶杨昆、陈勇。见莱阳抵近，杨昆反身一枪刺去，莱阳起刀砍来，震得杨昆双臂发抖。陈勇见杨昆不敌，掉头来助，两人奋战，仍不敌莱阳，落荒而逃。莱阳正待再追，杨昆反手射出一箭，莱阳俯身躲避，杨昆、陈勇已是远去，追之不及，莱阳张口叫骂几句，只得反身回城。

吕雯只身逃出，与杨昆、陈勇失散，心中正自慌乱，却见一队人马迎面而来，带头之人，器宇轩昂，正是赵云。

赵云见吕雯一人，知有不妙，上前问之，吕雯见赵云欣喜，忙告之。赵云担心杨昆、陈勇，遂命宋谦原地保护吕雯，一人骑上逐云去寻杨昆等人。

刚策马奔出五里，便见杨、陈二人迎面而来，见是赵云，甚是高兴。

三人策马返回，一路上赵云把收降宋谦之事告之。回到吕雯处，宋谦来接，赵云介绍三人熟识，吕雯忙上前拜道："此次陷几位恩人于险地，纵然绮玲粉身而不可报。"

赵云道："我等皆是忠义之辈，此乃分内之事，姑娘何必言谢。"

吕雯心中感激，无言可表，对众人一拜，知赵云等有要事相商，自回马车去了。

待吕雯离去，赵云问道："前方情况如何？"

陈勇道："前方入九江必经之路，关隘乃当年吕将军为防袁术所建，今为曹操之关，隘中有一裨将，使一把大刀，不知怎生识得我们身份，出城来擒，我与杨昆围战不得胜，只得退逃。"

赵云又问："隘中屯有多少兵马？"

杨昆道："这不曾得知，但其麾下有精骑一队，刚才出城追击于我等。"

赵云沉默，片刻道："此隘乃徐州门户，曹操遣此人把守，必非常人，所屯之兵必是精锐，再占据有利之势，除非有敌三倍之众，攻城器械之利，我方可攻之。现我只有数十人，攻之无异于自杀，却必定要过此隘，不知奈何。"

杨昆建议道："不如改道，从关中绕行。"

赵云摇头道："且不说路途遥远，只是吕姑娘行踪，到时必入曹操耳中，逃之不易。"

宋谦立于赵云身旁，不发一言，赵云问道："樵安（宋谦字号）可有良策？"

宋谦傻笑道："我乃粗人，只听将军之命而行事。"

赵云见商量不出什么，叫众人先且退下休息。待夜深之时，赵云独自一人策马而去，刚行十里，有人来追，原来是宋谦。

赵云问道："樵安不入睡，追我为何？"

宋谦道："将军出门，何不带我同去？"

赵云哈哈大笑，便带宋谦前进至隘下，趁月夜观察四周地形环境。返程时赵云面露喜色，宋谦不知其意，问之。赵云笑而不语，回到驻地安心歇息一夜。

次日，赵云唤杨昆、陈勇、宋谦商议。杨昆见赵云清早来唤，知赵云昨夜之行必有所获，问曰："子龙莫非已有良策？"

赵云笑道："瞒不过尚德也。昨夜我观关隘左侧十里处，有一树林，植草繁茂高于人，正是伏击之地。我欲遣你二人与吕雯前去诱敌，敌军贪功，必然率骑兵追赶，引至林中，我只须生擒守将，逼其为质，此关可过也。”

杨昆、陈勇大呼好计，宋谦便命手下睡觉休整，赵云自去见吕雯，将此事告之，吕雯点头答应。赵云又道：“此事凶险，云亦不得已，吕姑娘勿怪。”

吕雯道：“赵大哥都是为绮玲之事而谋，感激不及，何来怪罪？”

入夜三更，众人依计而行，准备妥当。

翌日天明，杨昆、陈勇又护吕雯至关隘下，叫守将来见，说是有事相商。莱阳闻报，大喜，在城头见三人道：“你有何事要与我商议？”

杨昆道：“将军打仗，无非于功，功之于官，官之于钱，今我欲将吕布遗物相送，只望放我们过关。如何？”

莱阳乃豪杰，不屑于金钱，他暗道：“我出城，三人必逃，追之不过，不如假装答应，再擒不迟。”想至此，便道：“吕布有何遗物？”

陈勇答曰：“大车十斗，皆是金银，只有我知其地。”

莱阳假意道：“此事好商量，待我下城，送你们过关，只是莫要诳我，不然别怪我手中大刀。”遂带数十骑兵出关。

杨昆大呼：“匹夫带兵出城，必是图我。”便与陈勇、吕雯策马而逃。

莱阳笑道：“兵不诈何以制胜，今日尔等插翅难飞。”

三人不答，杨昆朝中逃，陈勇朝右，吕雯朝左。莱阳不追二人，只率军赶吕雯，奔驰一阵，前有密林，吕雯拍马入林。莱阳大喜，对众军士喊道：“此林繁茂，马不可快行，此女必为我所擒，送与明公，乃我等大功一件。”遂率军入林。

林中树木盘根，骏马难行，莱阳见吕雯之马低头吃草，地上腐泥又有脚印，更喜，令众骑兵下马追赶。行至深处，到一旷地，脚印不在，也不见吕雯身影，有军士进言道：“莫非有诈？”

莱阳笑道：“吕布已被明公斩首，残党皆降，何来诈？”正命军士分开搜索，突闻四周脚步声起，见被数十布衣围在其中。

莱阳笑道：“一群山贼，乌合之众，也敢图我！”

正面走出一人，虽然布衣，但仪表不凡，面目白净，右手斜提长枪，步伐稳重，朝莱阳一步步走来。

莱阳心中略有不安，大刀指其而喝道：“来者何人？”

赵云枪指莱阳，笑道：“汝已入伏，还不速降。”

莱阳冷笑，不屑道：“我乃堂堂大汉将军，岂会受你等匪寇威胁。”说罢，带军突围。

赵云上前与之交战，莱阳刀法过人，两人战十合不分胜负。赵云暗赞，心道：难怪杨昆、陈勇两人合力不胜。

宋谦引众人围攻，莱阳所带军士善于骑战，下马战力大减，被宋谦挡住去路厮杀。

莱阳见军士不断受伤被俘，心里发慌，又久战赵云不胜，刀法渐乱，露出破绽。赵云趁机刺中右臂，莱阳受伤，心中更惊，且战且退。赵云欺身上前，虚刺上盘一枪，莱阳不察，举刀去挡，不料赵云变招为枪柄扫其下盘，一下将莱阳撩倒，莱阳正待爬起，赵云上前，踏住其胸，枪尖顶其喉，终是活捉了莱阳。

残兵见莱阳被擒，只得投降，赵云令人绑了莱阳，推上前来。莱阳怒道：“贼子，士可杀不可辱，要杀便杀。”

赵云笑道：“我与将军无仇，只想将军网开一面，放我等过隘，自然保将军无恙。”

莱阳冷道：“我莱阳不受威胁，贼子休想过关。”

赵云见莱阳志坚不可摧，无可奈何。杨昆、陈勇已赶到，见莱阳不肯妥协，杨昆问被俘军士道：“你们可想活命？”

众军士哆哆嗦嗦，有人道：“谁人不贪生，自然想活。”

莱阳闻言，怒视其人，放声大骂。

众俘虏低头不语，杨昆笑而不言。

赵云问道：“尚德有何计？”

杨昆道：“既然守将不肯合作，只有靠众军士过隘。”

陈勇问道：“此将如何处置？”

杨昆道：“只有杀之，除去降兵后顾之忧，方可助我过隘。”

赵云摇头，拒绝道：“我们只为过隘，不必伤人性命。”

杨昆劝道：“时延过久，隘中必疑，非我等残忍，只是情非得已，不得已而为之。”

赵云思索片刻，道：“我欲挟持此人，过关后放之。谅隘中军士不敢攻。”

杨昆叹道：“子龙仁厚，弃上策不顾，而谋下策，怕会陷我等于不利。”

陈勇一言不语，趁众人谈论，一剑将莱阳斩杀。可惜一颗新星，在三国时代还未散发出璀璨夺目之光，就此坠落，消失在历史的云烟中。

赵云大惊，怒道："陈兄，为何如此？"

陈勇双手平摊长剑，呈于赵云前，道："莫要怪我自私，这守将性格豪迈，将军挟持于隘下，恐他唤守军来攻。我受吕将军遗托，绝不能让小姐涉险，若有得罪，请赵将军责罚。"

赵云长叹，缓气后，说道："罢了、罢了，大家速去准备，按尚德之计执行。"

随后收拾战场，杨昆从莱阳尸身搜出令牌，命人草草埋之，又选几个胆怯者带路，其余俘虏一律脱下衣甲与众人换上，俘虏们见莱阳被斩，早已心寒，甚是配合。赵云又选一件送至马车前，道："吕小姐也请更衣，此车不能过关，日后车马劳顿，请勿怪罪。"

吕雯接过衣甲，道："绮玲感戴大哥不及，何来怪罪？"

赵云闻言，抱拳离去。准备妥当，杨昆令将剩余军士绑在树干，待过关后，放出带路之人再来救之。

隘上守军见骑兵返程，有小校问道："莱将军何在？"

带队俘虏与守军之人熟悉，答道："莱将军追得那女子，抱入林中，令我等先归。"

隘上军士闻言大笑，遂开城门，放一干人等入关。入关之后，众人未入军营，直奔后隘关口，有守军问道："关外乃袁术之地，你等出关何事？"

杨昆掏出令牌道："奉莱将军之令，出关执行机要任务，尔等速开关门，勿再问之。"

守军见令牌，唯唯诺诺，开了城门放众人离去。

赵云等人又行数十里，离关隘已远，方脱去军甲，放俘虏归去。再行几日又来到一隘，正是把守汝南之关，只见关门紧闭，隘上守卫严密，见赵云等人，立即在城头道："此关已闭，禁止过往。"

陈勇喊道："我乃吕布家将，此来是护小姐来投皇帝。"

军士闻言，禀报守将乐就。这乐就已是中年，身材干瘦，却使得一手好枪，上将纪灵甚是赏识，便委与他此重任。

乐就得报，在城头观望，认得是陈勇，忙开门迎入，为众人安排好休息处，又摆酒设宴。吕雯不便出席，先回房歇息，席间陈勇又问好友雷薄何在。乐就告之，自袁术称帝，雷将军不知所终。

宴中，赵云辞行，乐就道："赵将军勇略过人，何不投皇上，成就袁家大业，日后天下一统，位极人臣，岂不快哉？"

赵云笑道：“谢乐将军劝言，只是袁公与我志向不同，恕云不能从。”

乐就遗憾道：“人各有志，只是赵将军北归，曹操关隘皆闭而不得过，只能绕行关中，这路途遥远，不如在汝南多待几日，待时局稳定再走不迟。”

陈勇也劝道：“赵将军大恩，我家尚未报答，不如等吕雯小姐嫁入袁家，大婚后再走。”

赵云正要推辞，杨昆却笑道：“两位之言甚是，我等就去汝南暂住，也可歇息，只是有劳乐将军费心。”

乐就大悦，点头笑道：“必然会安排好住处。”

宴后，赵云与杨昆回到住处，见周围军士守卫森严，赵云与杨昆对视一眼，径直走入院内。院内有宋谦带人守卫，见二人归，忙悄声道：“我等已被困住，如何是好？”

赵云道：“吕小姐可在院中？”

宋谦答道：“有军士来接，小姐不去，稍后又来两侍女服侍小姐。”

赵云点头，道：“只怕我等已入虎口了。”

杨昆一旁道：“刚才我见乐就虽颜笑，眼中却露杀机，适才替子龙答应留下，不然，恐我等已是刀下亡魂。”

赵云笑道：“还是尚德机警，不过这乐就将军既然留下我等，必有其意，我们且待观之。”

杨昆笑道：“我如羊，乐就为虎，羊虎一圈。子龙处此险境而能悠然自得，我不得不佩服你。”

又过几日，陈勇突然来访，见面便道：“诸位，大事不妙。”

众人皆问：“何事？”

陈勇执赵云手，急道：“袁术果然无耻之徒，欲拿小姐献媚于曹操。”

宋谦一旁冷笑，道：“若不是如此，也不是袁术了。”

赵云道：“此事应是机密，陈兄如何得知？”

陈勇道：“实不相瞒，我与这守将乐就乃同乡，自幼相识。那日我们到此，便令人去寿春向袁术请示，谁知袁术回文如此寡毒。乐就不忍我死于曹操之手，特而密告于我。”

赵云闻言，拍桌怒道：“这袁术卑鄙如此，难怪敢冒天下之大不韪，做出如此禽兽之事。”

杨昆问道："陈兄此来，可有脱险之策？"

陈勇道："乐就好酒，今夜我将其灌醉，偷出令牌，我等便可出关，然后直奔淮阴渡口，找民间商船渡河。"

随后自己去找吕雯告之。

计划已订，赵云等人在院中等待。天色渐黑，陈勇未到，吕雯有些担忧，问道："陈叔千万莫要有失。"

赵云安慰道："姑娘莫急。"

又过个多时辰，陈勇来到，宋谦集合手下，鱼贯而出，军士来问，见令牌，不敢阻挡。众人至关口大门，唤其开门，守军校尉有疑，下城查看，见令牌不假，正待叫传令去禀乐就，赵云见状，一枪将其刺死，宋谦遂带部下冲杀，夺下开关，终于逃出关去。

袁军鼓声大噪，惊醒了乐就，见令牌不在，怒道："匹夫，我欲救其性命，却来害我。"遂点五百骑兵出城追赶。

再说赵云等人快马加鞭，后面火光斑斓，来势凶猛，杨昆对赵云喊道："追兵渐至，我欲留此伏击。"

赵云道："我方势弱，切不能分兵，不如陈兄护吕姑娘先行，我等共同阻挡。"

"事到如此，我怎能再陷诸位于险地，袁军目标是我，还是我留下吧。"吕雯对众人俯身一拜，神情甚是严肃。

赵云道："我曾答应要护你，岂能让你入袁术虎爪？此话休提。"

吕雯苦笑，神色凄然，道："袁术不肯出兵，绮玲复仇无望，家人已逝，我岂能独活？"

赵云看一眼吕雯旁边的陈勇，陈勇会意，将吕雯拍晕，放在马上。

陈勇抱拳对众人礼道："诸位保重。"说罢拍马而去。

赵云又对属下数十人道："我等已无退路，敌军匆忙追来，虽然骑兵精锐，但数量有限，我等只有众志成城，全力背水一战，非不可胜。"遂带队反身冲回。

众人求生之心浓烈，士气旺盛，正如困狮之爪，锐不可当。乐就万没想到赵云等人不逃反攻，慌忙举刀来挡，被赵云一枪砸下马，后方夺出两名裨将，来救乐就，赵云连出几枪，刺、挑、绞、杀，极其精妙，两将抵挡不住，齐齐后退。后面骑兵上前围杀赵云，杨昆、宋谦率队来助赵云，两边人马直杀得双眼刺红，求生的欲望使众人如饿狼，早已将生死置之度外，一心杀敌保命。乐就狼狈爬上马背，赵云刺死身前敌兵，见乐就所在，又冲杀过来，如入无人之境，乐就早已胆寒，掉头就跑，弃数百骑兵不顾。众骑兵见主将逃走，更无战意，纷纷弃甲逃跑。赵云令勿追杀，众人见敌军满地尸身，尽皆放声大笑，豪气冲天。

以少胜多，杨昆甚喜，令众人换上袁军衣甲。赵云见众人虽然士气大盛，但己方损失过半，喊道："追兵前锋败，大军必跟其后，我等速退。"说罢，引残部继续朝淮阴渡口前行。又行数十里，后方传来马蹄声，赵云回头见五里开外，火光映天。

杨昆旁道："必是大军赶来，我部只有三十余人，不可抗衡。"

赵云点头，继续策马奔驰，甩追兵几里之距。连夜奔走，众马已现疲乏，杨昆喊道："我等坐骑已近力竭，生之无望，唯子龙逐云神骏，定能甩去追兵。我愿留下死战，为子龙争取时间。"

宋谦率部下皆勒停战马，聚于杨昆身后，以示意决。赵云道："将弃兵而独善其身，匹夫也，云当与诸位同生共死。"

杨昆道："君之枪，当为仁治天下扫除雾霾，岂能在此身亡？"

赵云大笑道："大丈夫何惧生死，弃尔等而去，枪既不仁，何图仁治天下？"

众人闻言感动不已，赵云又率众前进数里，只是速度渐慢，追兵更近。赵云观前方路入树林，夜风正起，树枝摆动，却是逆向南风。赵云精神一振，欣喜道："天不亡我等。"

众人不知其意，赵云令众人点燃树木，枯枝落叶遇火则盛，又遇大风，风助火势，火又借风势，顿时火光冲天，最高之焰可达数十米。风火朝南，赵云率部朝北，借火势而遁。追兵受阻，带兵之人正是乐就，适才大败弃军独逃，正遇到后军赶来，又率大军回追至此，乐就见火势顺风而来，军士惊恐，忙率军后撤几里。乐就放声大骂，有偏将禀告尚有条小路可以绕行，只是路途稍远，乐就喜道："鼠辈至淮阴渡口尚须寻船，天晓方可渡，我等追之不迟。"便令大军绕行追击。

再说赵云等人暂借火势逃至淮阴，有一岔路，众人皆不识路，不知如何选择，赵云道："我等北上，直行便是。"

果然前行数里，来到淮阴渡口，有守军在隘口，见来人问道："尔等何部？星夜来此何事？"

杨昆佯怒道："混账东西，连我们也不认识吗？刚才可有人持令牌入关隘？”

守将不及分析，随口答道：“确有一人带一昏迷女子，持令牌过关。”

杨昆再骂道：“这人乃曹操细作，盗乐就将军令牌，拐走皇上之人，速开关门，我等若是追赶不上，你难辞其咎。”

“只是我不见你等令牌，不敢开关。”

守将不知底细，又怕担责，进退两难。

杨昆道：“出来匆忙，未带令牌，却有通关文书，火光之下不能看清，你速下来观之。”守将忙率军下隘开关。

赵云见关门大开，拍马夺入，挺枪就刺，守将慌乱中抵挡不住，被一枪刺死，杨昆等人紧随其后，冲杀进来。军士见将领被斩，又不知虚实，只得各自逃命。众人通过关隘，未受更多阻挡，赵云回头望去，身后仅剩十余骑。

再行十数里，天色渐明，突见黄河之水，滚滚而逝，惊涛骇浪，水声轰鸣，淮阴渡口便在前方。

渡口之上，河风嘶吼，大浪拍石，溅河水如细雨纷飞，只一艘大船停泊于此。赵云等人来到河边，突然有人唤他，见是陈勇、吕雯，分外欣喜。

宋谦问道：“渡船何在？”

陈勇道：“时辰尚早，未有掌船者，唤之无人应答。”

杨昆道：“情势紧急，不如先上船去。”

赵云点头，率众人牵马上船，宋谦劈开舱门，里面有水手被惊醒，见来人血染甲袍，又持武器，吓得哆嗦。赵云不便细说，命水手立即掌舵起航，众水手不敢逆，慌忙去张帆起锚，将此处让陈勇与吕雯在此休息。

此时有杨昆来禀，追兵已至数里外，目视可见。赵云令宋谦去监督水手，正待与杨昆出门，吕雯道：“赵大哥……注意安全……”话音虽不清晰，却有关怀之意。

赵云朝她抱拳，转身与杨昆回到甲板，只见不远处尘土飞扬，追兵黑压压一片，不知其数。

船锚已起，索绳已解，杨昆笑道：“乐就为拿我区区数十人，竟引此大军追赶，真是折杀我等。”

赵云长叹道：“一夜之中，历经生死，容苍天垂怜，突起南风，不然我等已然战死，只可惜数十弟兄折于此地……”

正说间，乐就已至渡口岸边，见船已离岸，遂命军士放箭。黄河风大，少有箭矢上船，又见赵云、杨昆立于船头，命副将王基去射赵云。赵云突见有利箭来，一枪拨下，杨昆从马背取下弓箭递给赵云，赵云拉弓反射，百米开外，一箭射死王基，惊得乐就慌忙命军士持盾护在身前。

赵云哈哈大笑，喊道："多谢乐将军盛情款待，不必再送。"

乐就大怒，又追不得，只得跺脚大骂，眼看大船渐行渐远，只得率军撤退。

正是：

义薄云天苍龙混世，千里护送谋武双全。

第三十三章　吕雯的选择

九曲黄河万里沙，浪淘风簸自天涯。

碧蓝的天空挂着几朵白云，船顺水而行，不时轻微颤抖。连日九死一生，已令赵云身心疲惫，他安逸地靠坐在桅杆旁，尽情地享受着这份与世隔绝般的宁静，渐入梦乡，只有手中的龙胆枪刃，在阳光下焕发着银亮的光辉。

赵云在梦中回到了太行山上，童渊正传授他百鸟朝凤枪，赵云看见，童渊语气虽然严厉，但是神态中时刻洋溢着溺爱。场景一变，王月萱亭下抚琴，轻唱道："孟姜不知夫何在，长城破溃终不悔。"赵云看见，自己落寞离去的孤影。画面再变，无数袁军蜂拥而来，他率领数十骑士奋勇突围，手中龙胆枪左突右刺，不断有袁军死在枪下，军士临死前的哀号，凄厉地在耳边缭绕，他不顾一切地厮杀，袁军不断涌现仿佛没有个尽头，不知冲杀几合，手已酸麻，刺死者不计其数。又不知杀了多久，眼前都是血蒙一片，他已渐疲，想起身后军士，回头视之，只剩己孤身一骑，袁军踏尸冲来，他又挺枪冲杀，迎面而去……

赵云猛地睁开双眼，身体微颤，大口喘着粗气。

"赵大哥，你醒了！"

吕雯站在船沿护栏旁，任由河风轻抚三千发丝，一袭素衣碎花蝶。清纯脱俗，不可方物。

"无意间便深睡去，不知吕姑娘至此何事？"赵云起身行礼，神色有些尴尬。

吕雯笑道："赵大哥唤我绮玲即可。适才舱中烦闷，出来见你在此酣睡，绮玲不敢打扰。"

赵云点头，提醒道："甲板风大，绮玲妹子切莫久待。"

吕雯含笑，轻声道："多谢赵大哥关心，只是如此景致，绮玲心中顿想世人皆耻笑我父反复无常，我却想知赵大哥心中如何看待？"

赵云奇道："为何要问之于我？"

吕雯道："赵大哥受其所托而以命视之，乃真英雄也，智、信、仁、勇、严皆具，所言必无欺。"

赵云苦笑道："绮玲之言，折杀我也。"

见吕雯目露期待，他抬起头，望着天空中飘浮的白云，片刻后才道："令尊吕布，武勇无双，天下共知。且败非一时之失，始败于赤兔之珍而弑丁原，失义于天下，再败于枭雄之心而无其智，终败于貂蝉之情而穷其兵，问鼎而受诸侯所惧容。能不败乎？而云甚感动。只是滔滔江水后人之口，不得知也。"

吕雯笑道："不管后人如何说，只要有赵大哥这话也便足了。吕雯本想为大哥弹奏一曲，可惜无筝在手。"

赵云道："来日方长，定有机会听姑娘奏琴。不知之后有何打算？"

吕雯深吁气，轻叹道："此次历经生死，数十恩人为助我而遇难，绮玲不知如何报答，故愿舍去世间恩仇，自断青丝，与青灯为伴，余生为恩人孤魂祷告超度。"

赵云闻言，先惊，后急劝道："此事万万不可，还请三思。"

"此事我已决定，连日来多亏赵大哥舍命相助，不然绮玲恐已为曹贼玩物。今生能识赵大哥是我之幸，请受绮玲一拜。"

吕雯话语坚定，躬身对赵云拜下，赵云急忙去扶，吕雯起身辞之，转身朝船舱去。

"绮玲小姐！真无挽回之法？"赵云对着她纤细的背影大声喊道。

吕雯回头，抿唇一笑，摇摇头，入舱而去，只剩赵云独自立于甲板。他轻抚龙胆，暗赞道："吕布有女如此，九泉下也该知足了。"心中却有一丝惋惜之意。

大船北上，不日达白马（河南滑县附近）。赵云拿银分与船员，致歉方才离去。

有袁绍军士盘查后方准下船，众人自称商贾，军士见赵云等人气度不凡，皆带刀剑马匹，遂起疑心，上前围之，有人斥退兵众，赵云观之，此人银甲白披，容姿伟岸，正是故人张郃。

张郃见赵云甚喜，上前迎曰："今日正巧来巡渡口，不然不得见子龙也。"

赵云抱拳道："儁乂兄，别来无恙！我等只是经过此处，绝非细作。"

张郃笑道："若说子龙为间，我决然不信，此处不便，与我去营中畅饮叙旧。"说罢，拉赵云衣襟便下船去，杨昆等人依次下船，跟随其后。

赵云与张郃并肩同行，一路闲谈，至军营处，见布营整齐划一，将士精神饱满，赵云心中暗自赞叹张郃带兵有术。张郃领赵云直入中军大帐，令人准备酒菜，杨昆等人被安排另地休息，也送来酒菜。

陈勇心有疑惑，问道："子龙独去，可涉险乎？"

杨昆道："自虎牢关讨董，张将军便与子龙相交，且数次助之，无妨。"

闻虎牢关，又唤起吕雯痛苦的回忆。杨昆发觉，忙岔开话题。宋谦等人则不多想，大口吃肉，大口喝酒。

再说赵云与张郃二人，几杯酒下肚，聊起天下之事，张郃道："今袁公数败公孙瓒，焚其易京，大有横扫之势，试问天下何人能敌？子龙不如来投，你我兄弟共进退，日后也可位极人臣。"

赵云道："袁公非为民之贤主，胜败未知。"

张郃举酒饮下，笑道："袁公麾下战将百名，谋士成群，又领冀、青、幽、并四州，手握雄兵数十万，岂有不胜之理？"

赵云笑道："昔孙子讲五事，袁公占几？一不知善待于民，是为无道；二不知天地之势；三不懂将才之用；四不明法之重，何以得天下？"

张郃闻言，连饮数杯，默不作声。赵云知话已入心，举杯敬道："子龙无心，兄莫见怪。"

张郃遂举杯与赵云饮之，道："子龙所言，确是如此，我怎会怪罪。今日暂不提国事，你我二人，当年一战，不分胜负，不妨再来，相互讨教，如何？"

赵云点头答道："既然兄有兴致，云当陪之。"

张郃枪法奇妙，赵云当年对战，看不透虚实，此时再战，心中难免跃跃欲试。

两人来到营后训练场，各将校正在操练，张郃令其等暂立足四周，与赵云上场。

张郃起枪势，道："此枪名为虎头金刚枪，长七尺三寸，所使枪法名曰——风花雪月寒梅枪，子龙莫要大意。"

赵云也起枪势，道："我枪乃名龙胆亮银枪，使之枪法唤作——百鸟朝凤枪，儁乂兄，得罪了。"

大风突起，尘沙飞舞，两人眼神凌厉，透出一股战意。

杨昆等人尚在休息，听外面热闹，问而得知赵云与张郃比武，一干人等忙跟着去看热闹的军士前去观战，吕雯忧心，杨昆笑道："吕姑娘勿忧，二人切磋武艺而已。"

吕雯点头，道："是我多心了。"遂与众人前去。

沙场上，尘埃顿起，围观者只见到枪影重重，人影不知所终。看到紧张兴起，发出一声声兴奋的吼叫。

场中二人，你刺我挑，各自将枪法使得如风雷之速，杀得难解难分。张郃越战越是凝重，赵云的枪法比以前多了一份孤傲不群，这是他在屡次生死之战中所获得的傲气。

张郃突然招式一变，连续从四面狂刺十数枪，每枪都如寒雪冰锥，锐不可当。此枪一出，赵云顿感压力，手中龙胆亮银枪左右防守，甚是艰难。张郃笑道："子龙小心，下一招我定要取胜了。"

赵云也笑道："儁乂兄枪法犀利，云佩服。"

周围士兵高声叫好，吕雯面色焦急，道："赵大哥恐不能胜了。"

陈勇道："张郃虽然厉害，但子龙也非常人，胜负还未定。"

杨昆却笑道："不过是切磋而已，吕姑娘不必担心。"

再说场中，张郃脚步稳进，枪如活物，步步稳攻，处处占得先机。反观赵云，处处受制，好在奇招迭出，总在落败时反手一击，逼退张郃。

宋谦面露疑色，凑近杨昆低语几声，一副恍然大悟的样子。

张郃枪势逐渐迅猛，终将赵云逼退数步，却是不能速胜，两人已战百合，仍无胜负，只是赵云似已无力再战。

张郃道："今日已经久战，我俩不分胜负，不如到此罢了。"

赵云笑道："儁乂兄枪法精湛，子龙不敌，今日是儁乂兄胜了。"

张郃笑道："我未能打败你，何来胜负，走，战是平手，再比酒量如何。"说罢，又拉赵云去大营喝酒。

杨昆等人又回帐中歇息。半夜赵云方归，吕雯等人未睡，待赵云归来，忙来问好，赵云叫众人早些休息，第二日早些便要离去。

翌日清晨，张郃送出白马关隘，依依不舍，直至众人离去。一路上赵云与杨昆等人并骑而行，陈勇问道："赵将军昨日比试，为何留手?"

赵云笑而不语，杨昆笑道："试想让你败在属下前，你会有何想法?"

陈勇也笑道："赵将军心思缜密，佩服。"

赵云笑笑，转头见吕雯似有话要说，问道："绮玲小姐，想法可曾改变?"

吕雯摇头，道："已是决定了，现在就此别过。"

陈勇奇怪道："小姐有何决定?"

吕雯朱唇轻启，将自己的决定说出，众人大惊，陈勇更是声泪俱下。

赵云见众人无法劝说，道："常山郊外有座道庵，绮玲姑娘不如先去此削发，日后也有个照应。"

吕雯见赵云诚恳，不便推辞，只得点头同意。

见吕雯点头，一行人便朝常山郡方向走去。一路上陈勇等人轮番劝说，却也无效。不觉半月光景，来到常山郡，众人寻间客栈住宿休息，晚间明月高挂，正是中秋佳节。

赵云独自立足屋顶，月如圆盘，柔光四溢，街道小童嬉笑，赏月之人甚多。回想过去，赵云心中无比感慨，突然一阵琴声从楼下发出，只闻仙乐声声，动人心弦，一会儿如恋人倾诉，一会儿生离死别，一会儿欢喜，一会儿悲哀，让人沉浸其中，楼下路人无不停下脚步，仔细倾听这神来之乐。赵云知是吕雯所奏，此曲正是貂蝉所谱，唤作《苍月风波序》。赵云走下楼，看到吕雯端坐客栈大堂，琴师本是卖乐之人，此刻却恭敬地垂手一旁，堂中之客无不陶醉其中。

赵云见此景，心中叹道："可惜这天籁，明日便不再有了。"

……

两日后，州府郊外有道庵，名曰寒山静斋，吕雯跪在神像前。

"你可抛弃凡尘琐事？"

一老尼边拿着她的头发，边问道。

吕雯点头，老尼诵声经，剃刀斩发，寸寸青丝，落地成尘，一切缘都已断去。

赵云、杨昆、陈勇三人步下石阶，赵云道："陈兄真要在此处为家？"

陈勇苦笑道："小姐在此，我不得不在此保护，日后有空，我会来找几位喝酒。"

杨昆笑道："说定了，到时定要喝个痛快。"

赵云、杨昆慢慢走下山，陈勇目送，久久未曾离去。

下山途中，杨昆道："一代骄女，可惜了……"

赵云叹道："乱世佳人，终是强权的玩物，也许，吕雯的选择才是对的。"

杨昆闻言，愣了一下。赵云回头，望向古观，只听悠长的钟声不绝于耳……

第三十四章　再聚义，义薄云天

汉献帝建安七年（公元 202 年），夏，刘备投袁绍，进攻曹操不胜，折了颜良文丑，回到邺城。

这日刘备刚归，便去见袁绍。大殿左右，各立数十文武，袁绍端坐金色华座，见刘备，怒目而视，冷然道："斩我上将颜良文丑者，长髯枣面，手持青龙偃月刀，可是你结义兄弟关羽？"

刘备知袁绍怒气不平，自己性命难保，忙说："乱军之中，偶见曹将，果然是我二弟关羽，只是自徐州败而散，各不知其踪，备知其必不忘桃园之誓，只是不知备在明公处。备愿修书一封，唤其来投明公。"

袁绍闻言，心想：关羽之勇，胜于颜良文丑，刘备若真能唤来，平添一名猛将。

遂喜，面色稍缓，起身说："若你能招关羽来投，便可将功抵过，即刻去书家信，我遣人送去。"

"备这就去办。请明公静待佳音。"

刘备对袁绍拜揖，走出大殿，他面色虽不变，内心却长舒一口气，伸手抹去额头冷汗。

刘备走后，袁绍与众谋将议事，审配出列，进言说："刘备非人下人，公为何不趁此杀之，以绝后患？"

袁绍摆手，说："刘备乃汉室宗亲，杀之，岂不与公孙瓒杀刘虞一般，受世人唾弃。"

列中又出一人，也进言道："昔日公孙瓒杀刘虞与今日之况不同，今明公一统北方数州，刘备在这些地方又无丝毫影响力，公莫失良机，为日后留下祸患。"

袁绍视之，乃是沮授，笑道："我之敌乃曹操，刘备之辈有何患耳？尔等不必再说。"

再说刘备独自一人回官驿，大街上人声鼎沸，商贾往来，可见邺城繁华一斑。刘备心中烦闷，步行于人流，心中盘思退路，他素能察言观色，刚才虽袁绍未为难于他，但两边文武看他的目光，就如尖刀般狠狠刺向他胸膛。现在虽有关羽的消息，但张飞却仍然没有音信，刘备突然想起在雷雨中，曹操与他论英雄之旧事，苦笑自己命运坎坷，哪里是什么天下英雄。路上行人匆匆，却没有一张熟悉的面容，刘备感到一丝孤独。他继续往前走，挤入过往的人群，忽然有人轻轻碰了他的背心，刘备回头望去，见是一个身材高大的年轻人，在阳光下，露出一丝灿烂的微笑。

刘备自是认出这个浓眉大眼的青年，同样露出发自内心的欣喜，眼前这人，自然便是赵云。

赵云在刘备耳边轻声说："主公身后有人监视，云晚间来驿站寻你。"

刘备闻言，将欲吐之言吞回，装作什么也没有发生，径直朝驿站走去。

夜间，赵云偷偷潜入驿站，刘备忙将他迎入房中。

赵云抱拳行礼，说道："云私事已了，今日起当追随主公成就仁政。"

刘备伸手扶住赵云，叹道："子龙终于是来了，可惜我已经寄人篱下，手无寸兵。"

赵云见刘备心中忧愁，劝说："主公勿忧，胜败乃兵家常事，兵可以招之。"

刘备点头，欣然道："我在袁绍处，云长却在曹操帐下，于白马斩颜良文丑，虽袁绍被我一时之言所惑，但其众将不能容，恐必为其害，正思如何脱身，今子龙至，真是天助我也。"

赵云问道："主公可有脱身之计？"

"子龙可以我左将军刘备之名秘密招募军士，切莫让袁绍知晓，待我书云长之书回信，我即可假攻曹操，借接云长之名，离去。"刘备说到此，心中平静，不愧为当世英雄。

是夜二人同床而眠，两人又商量今后之计，直到三更方才睡去。

翌日，赵云受命秘密以左将军刘备之名募兵，而刘备则与平常无异，每日按时参政。

月余，有人来找刘备，备视之乃孙乾，忙起身迎之。孙乾见左右无人，交关羽回书于备，刘备拆而视之，关羽信中立誓而言，欲来寻之。刘备心喜，孙乾笑而轻言："主公可弃袁绍也。"

刘备扶孙乾，问曰："公佑可有计离之？"

孙乾道："主公可以此信与袁绍，袁绍必悦，再趁此请命前线伐曹，接应关羽，则袁绍必同意，公可脱也。”

刘备连点头，又说：“公佑可去寻子龙，将此事告之，适时待于邺城郊外。”

孙乾惊喜，道：“赵将军到也？主公此行把握，十之有七。”随后刘备将与赵云接头方式告知孙乾，孙乾告辞而去。门外有监视者，见孙乾出，跟其后，孙乾寻驿站中几个小吏，因过往都打招呼，而业已熟悉，故邀其酒馆痛饮，监视之人跟至酒馆，见众人吃肉喝酒，一个时辰未到，便觉无趣，遂离去。孙乾心喜，不动声色，待众人已醉，各自归宿。孙乾又屡次试探，皆无人跟踪，方才放心去寻赵云。

赵云每日在邻城近村招募兵士，几个村寨人口虽稀，但闻刘备招兵，投之甚多，却也招得数百军士。杨昆贿邺守军，以购买甲胄兵器。宋谦带新招军士，隐于山中，每日操练。赵云则复潜邺城，等待刘备之令。

这日，赵云在屋中读书，有小二引孙乾来拜，赵云见孙乾，喜迎入内，又叫小二送上好酒好菜。赵云敬与孙乾，两人以酒为掩，密聊所谋之事，赵云听令从之。

再说刘备依孙乾之计行，将关羽回信上交于袁绍。袁绍阅后，果然高兴，答应刘备至前线御曹，郭图出列阻止，袁绍喝其后退，郭图心中暗怒，审配、沮授等人皆摇头。刘备诺诺而退，郭图恨之，假如厕而唤守卫带兵将追杀刘备。

刘备得出城令牌，唤上简雍与义子刘封急奔出城门，守将见令牌，放其而去。见刘备出城，孙乾紧随其后，两人忙策马前行，却见后面尘埃起，即有袁军数百骑。

孙乾惊道：“不好，有兵追至。”

刘备闻言，快马加鞭，马奔如飞，追兵紧追不舍，带头之将喊道：“刘大耳休走。”

刘备感声近于耳，心中更急，却见迎面冲来一将，后有步兵数百，知是赵云至，心中宽慰。赵云持龙胆亮银枪，驱马带军冲入追兵，带队之将来战，不及三合，便被赵云挑下马，后面军士见主将被斩，丢盔弃甲而逃。赵云合拢士卒，命夺敌马匹有百余匹，军士骑之，遂命剩余步行者解散归家，只剩这百余骑兵。又到刘备前，赵云说道：“逃兵败归，此间我军速退，敌再从邺城出兵赶我则不及。”

闻言，不等士卒休整，便护着刘备、孙乾而去。

袁绍在后院正与家人赏花，郭图慌入来见，将此事告之。袁绍闻勃然大怒，问："你为何不禀我而私令人追刘备，而刘备之兵又何来？"

郭图辩道："我知公不愿杀之，然大耳贼最为叵信，其私募军士可窥其心，我岂能放虎归山，故自作主张。"

袁绍愤而怒，恨道："大耳贼，我待你不薄，安敢负我？"遂命高览率大军出城追击。

刘备等人沿小路前进半日，知袁绍追兵不可至，遂放慢速度，前方要过一山，路途甚险，赵云恐有不明之险，请之而独先行，以察敌情，部队则随刘备后至。

赵云独入山路，不久到一绝路，只见路插两崖，崖坡草木茂盛，是为伏地。赵云搭弓，向灌草丛中各处分别射出数箭，箭落而鸟惊，赵云继续上前，草中顿时冲出数十人，带头之人，头上无丝，身高体壮，皮肤黝黑，肌肉分明，手拿一把大斧，骑一匹黑马，大声喝道："那白脸汉子，留下胯下骏马，饶你性命。"

赵云见这一众褴褛之徒，笑着说："尔等也敢抢我马，且问我手中之枪。"

大汉闻言怒而率众攻之，赵云挺枪与其交战，这汉子虽有些气力，但不到三合，败退而走。众贼继续围攻，赵云拍马紧追，杀出一条血路，大汉急逃，赵云追至一座山寨，寨中又冲出一黑脸腮胡大汉，骑大马，手持长柄大刀，拍马来救。赵云视若无睹，抢先一枪透过光头大汉背心，迅速回枪来战腮胡大汉，这汉子哪里敢战，虚劈一刀，拍马就逃。

赵云也不追赶，心想："正好主公落魄无援，不如夺取山寨，一来可夺其财当军资，二来可待刘备至，也可在此休整，倒是个好去处。"随后挺枪冲入寨中，左刺右杀，寨中十几个喽啰非逃即降，赵云收编投降十余人，叫他们统计寨中财物不表。

再说刘备，率百骑缓进，当午正遇一行人来，当先之人，美须髯，万人无敌、忠义双全，右手斜提青龙偃月刀，胯下赤兔马步如腾云，身旁有一年轻小将，此人便是关羽义子关平，其后数名兵士护一辆马车，慢步而来。杨昆见状，令军士护住刘备，孙乾、宋谦拍马，正要上前盘问。

刘备远远视之，惊极而喜涕，大声喊道："来者可是吾弟云长乎?”

关羽抚须视之，认得是刘备，大喊：“哥哥，恕我来晚也。”

刘备闻言，下马快跑上前去迎，关羽翻身下马，也快步去迎刘备。两个一抱，各自欢喜，正是：万山千仞虽难行，富贵荣华虽锦衣，不及桃园结义情。

马车中走下两位佳人，正是糜、甘两位夫人，见刘备，忙呼唤，并数与关羽之德。众人也知不可久留，故令军继续前行，来到山崖小路，刘备见此地草有人高，宜伏之地，一路也不见赵云，正自揣摩，突闻有数十人从崖顶跑下，又在叫唤关羽。关羽视之，笑道：“大哥勿惊，此人唤作周仓，昨日路过此地，便投于我，我令其在此等候。”遂问道：“你在此作甚？裴元绍何在?”

周仓半膝跪于关羽前，道：“今早不知何处钻出一名白衣小将，其马甚是神骏，裴兄想夺来献与皇叔，不想此将厉害无比，裴兄敌不过三合，只逃到寨口便被刺死。我不敢与之战，只得带部下逃出，那将便在寨中住下，还请皇叔、关将军为属下做主。”

关羽扶起周仓，怒色于表，丹凤生火，说道：“裴元绍已投我军门下，岂能不讨个公道?”周仓起身，立于其后。

关羽与刘备说：“大哥，我先且去一趟。”

孙乾一旁劝说：“我等尚处袁绍势力之内，不宜在此横生枝节，理当速退，久则生变。”

刘备道：“公佑所说极是，勿再横添性命。”

关羽又说：“寨中之物，虽不多，却能为我招募军士之财，我必要夺回。”

刘备、孙乾恍然大悟，遂令杨昆拨数十军士随关羽，关羽摆手拒绝，抚胡说：“此人一人，我也当一人前去。”

说罢，双腿一夹，赤兔双腿一张，如腾云驾雾，电闪雷霆，转眼奔出数里开外，令众人惊叹不已，周仓忙拍马尾随而去。

再说赵云，令降者将寨中财物统计，金银珠宝等用箱封好，山寨虽小，财物也有半箱。正查点间，闻寨外有人叫战，赵云提枪上马，对众人道：“我即刻便归，你等莫生邪念私藏。”

众人皆唤不敢，赵云拍马出寨，刚出寨门，只见刀光寒战，一闪而至。赵云起枪便挡，刀劈枪上，只感力沉微顿。云心中生警，暗赞来者艺高，若是换了常人，岂能接下此刀。

赵云奋而复击，一枪猛然刺去，如鸷鸟之疾，至于毁折之节。

来者刀势未回，却能巧变刀势，横身平斩，欲迫赵云回枪去救，赵云毫不妥协，枪不曲不迂，直入敌身。来者见赵云若同归于尽之攻，忙回刀去挡，只是力未全部使上刀身，便仓促地接下枪刺，不得不退后，其先机尽丧。

赵云起枪，抢于主动，去看来者之貌，顿时傻眼。来者也看清赵云，也放下攻击架势。

赵云喊道："来者可是关二哥？"

关羽喜曰："果然是子龙！"

随即，两人并马一起，哈哈大笑，尽是豪壮之气。关羽问："子龙为何在此？"

赵云笑道："我与主公出邺，自请探路，遇山贼伏于灌木，欲夺我马匹，被我斩了贼首。我想将此寨中之财夺回充作军饷，也可待部队至此休整。"

此时周仓赶到，见二人并行，神态熟悉，甚是惊疑。关羽唤他过去，指赵云，说道："此人便是吾弟子龙也。"

周仓闻言，忙下马拜道："原来是威震河北的赵将军，我等真是不知好歹，敢捋虎须，还请将军勿怪。"

关羽见赵云有惑色，便将事情缘由说之。赵云知道后，惋惜地说："原来如此，只可惜了裴元绍。"

周仓引二人入寨，不久刘备至，赵云、关羽迎入。寨中添锅做饭，众军士皆有酒肉食。主房中，刘备居上正坐，关羽居左，孙乾居关羽下座，右座空，赵云于右空之下座，之下左右之位，方为杨昆、宋谦、周仓等人之位。

刘备起身，对下座诸人一拜，说道："今刘备之废，蒙诸位不弃，反在危难而投，请受备一拜。"

众人忙起身回礼，刘备又先敬一酒，众人同酌，各自吃喝。刘备突露悲色，举酒而不饮，众人问之，备曰："我等相聚，只是不知翼德何在？"

关羽叹道："我一路寻来，沿途也有打听翼德之讯，不得而获。"

"但愿翼德平安。"

刘备顿了顿，终吐出这几个字，充满担忧。

众人见状，皆默然无语，有人道："我闻南下有一偏僻小城，据说里面来了个黑面煞神，使一杆大矛，英勇无比，压迫县令，占城为王，不知是否就是张将军？"

赵云道："听起来甚像，明日行去，顺路探之。"

刘备点头从之，众人又饮一杯，恐追兵至，不敢多喝，之后散去各尽其职。

翌日清晨，赵云点军待刘备，随后焚山寨，举军朝古城方向进发。

周仓在前引路，一路直道，来到古城外郊。放眼望去，只见城高墙坚，显然才新筑城墙，城楼兵坚弩利，旌旗阵阵，上书大字"张"。

刘备兴奋，欲上前去，赵云阻其之行，说："主公勿要涉险，不知张三哥是否真在此城，若不是，楼上见我等甲胄在身，必疑有所图，军士必扩弩发机，而蹶主公。"

刘备这才停下脚步，关羽又对刘备说道："子龙所言极是，大哥乃一军之主，不可轻易涉险，且退后二十里安营扎寨，待我前去，若是三弟，我带他来见。若不是，退兵不至于慌乱。"

刘备从之，赵云令宋谦分数十骑兵持盾随关羽，自带军士护住刘备等人退至二十里，寻个背丘之地休整。

关羽带数十骑，前至城下，城楼军士张弓搭箭，宋谦率众军士举盾护住关羽。

城楼军士喊道："来者何人？此非易与之处，速速离去。"

关羽抬头，丹凤眼视敌卒，傲然喊道："尔等可知吾汉寿亭侯关羽乎？快去叫你将军与我相见。"

守军急于去报守将，守将上城，生得个牛高马大，铁塔一般，声音粗洪，上城便嗷嗷叫道："城下何人是关羽？"

关羽闻声熟悉，已知守将果然是张飞，喜道："翼德，我在此。"

张飞一见关羽，两眼凸视，冷声而言："果然是关羽，你且等我下城。"随手抓起丈八蛇矛，快步下城。

城门吊桥缓缓放下，门开，张飞骑马奔出，关羽正要上前去迎，却见张飞满脸通红，怒气冲天，举矛便刺。

"三弟，这是为何？"

关羽忙自架挡，惊诧不已。

"好你个无信之人，俺知你已投了曹操，还想来此诓吾，今日不斩你，无颜于桃园之誓。"

张飞暴喝，手中丈八蛇矛舞得虎虎生威，矛疾如风。关羽一面解释不断，一面见招拆招，张飞性格固执，听不得，一时僵持不下。

再说刘备在营中不知为何心中忐忑，有些不祥之感，正待亲自去古城察看情况，赵云来报，派出的探子发现一支部队从南来，正赶往古城方向，刘备忙叫拔寨前去接应关羽。孙乾劝道：“我现在军士不过数十，去之无用。”

刘备斩钉截铁地说：“吾与关羽兄弟也，同死有何惧？”留下家眷，率军出发。

关羽与张飞缠斗，张飞虽然鲁莽，内心仍念结义之情，出手也未太狠，关羽反斩一刀，将他逼退，喊道：“翼德，当日降曹是不得已，现在我已弃曹来寻大哥了。”

张飞正要应话，突见关羽后方尘埃飞扬，有军队至，着曹军之甲胄，遂怒道：“你果然是来图俺。”

关羽丹凤眼斜视这支军队，冷道：“我这就去斩此军之将，以明我心。”说罢，反身策马而去。

张飞亲自击鼓，助其声势。只见赤兔枣红如荼，瞬间奔驰前军，来将见关羽举刀便砍，大呼：“关羽匹夫，还我侄儿秦琪命来。”

关羽也不多说，抢先一刀将其砍死，随手取了首级，反身而回，到张飞面前，便将首级扔到地上，张飞哈哈大笑，关羽也抚胡而笑，两人之嫌尽解。此时有兵报，又有一支数百骑军至，关羽、张飞上马并行，周仓、宋谦跟随其后。只见来者旌旗蔽日，堂堂之阵，大旗上书“夏侯”二字。

关羽面色凝重，道：“翼德，来者必是夏侯渊，此人武艺高强，所统正是曹军精锐——虎豹骑，一会儿交战，务必小心。”

张飞哈哈大笑，说：“二哥勿忧，我两弟兄联手，勿说这虎豹骑，就算是吕布再世，也奈我何？”

夏侯渊率军至古城前，勒停马，其身后数百骑兵齐刷刷而停，动作整齐划一。

关羽问道：“夏侯将军，何事而来？”

夏侯渊将乌金乌挚刀平指，说：“关羽，丞相放你走，你不知念恩便罢了，为何又斩六将。”

关羽道：“非关某无情，这六将欲阻杀，实属不得不违之，还望将军回见丞相，据实而报。”

“你还是自己回去跟丞相说吧。”夏侯渊语气冰冷，面若寒霜。

张飞怒目，紧握丈八蛇矛，嚷叫：“二哥何必多说，俺老张上去一矛杀了便是。”

夏侯渊笑道："那就看你本事。"言罢，身后军士纷纷而动。关羽怕张飞轻敌，不知虎豹骑合战的厉害，忙率周仓等人紧随，此一触即发之势，有人喊道："莫要动手!"

两方人马回头见南面又来一军，大旗纷飞，原来正是夏侯惇，夏侯渊笑道："大哥快来与我将关羽擒拿。"

夏侯惇道："奉丞相口令，沿途关隘不许为难关羽。"

夏侯渊问道："丞相可知关羽沿途杀将乎?"

夏侯惇道："此事丞相已知。"

夏侯渊冷笑，怒视关羽，说："将在外，可不受命。今日不杀关羽，难泄我心头之火。"

遂上前欲战关羽，张飞起矛架住，两人单斗几合，又各自被夏侯惇与关羽拉开。

此时后方又来一队人马，只见当先之人，银甲白袍，坐下白马奔跑如飞，远甩后方本队，独自向前。此人马不停歇，直奔夏侯渊而来，夏侯惇忙上前去阻，此将手起枪落，这枪巧妙绝伦，迫开夏侯惇，正是人马合一，无丝毫停顿，马跃而起，枪随马势，朝夏侯渊一枪压下，关羽对曹操感恩，不忍其爱将折于此，起刀去救。张飞见关羽去救，又起矛去助关羽，夏侯渊也举刀去挡，只见青龙偃月刀、丈八蛇矛与铁金乌挚刀，相互重合为盾，只听当啷一声，被压得下沉三尺，夏侯渊在马背摇摆不定，幸旁边军士搀扶，方才稳住身子，未落下马。

关羽、张飞各自感到手臂微麻，皆有骇色。夏侯惇恐弟弟有失，忙立于夏侯渊前，视这将，见其皮肤白皙，浓眉大眼，长披加身，银甲泠泠，手握一把黑刃亮尖枪，说不清的潇洒，道不尽的风华，此人，正是赵云。

赵云奇道："两位哥哥为何阻我?"

张飞见是赵云，笑嚷道："好你个子龙，数年不见，如此厉害了。"

夏侯惇对关羽抱拳道："云长，我就送至此处，告辞。"说罢，忙带着满目惊惧的夏侯渊草草离去。

赵云见状，也不阻挡，此时本队至，刘备见果然是张飞，甚是高兴，忙上前，三兄弟终于相见，喜泣而拥，遂入古城。赵云又去整合军队，将张飞部属划入编制，又命杨昆去接刘备两位夫人，晚间席间，问去向，刘备欲投刘表，众人皆同。后谈白天之事，先说兄弟释嫌，又说赵云迫夏侯渊的惊骇一枪，关、张皆赞。刘备道：“世人只知吕布之猛，却不知子龙之勇。”

正是：

问一句世道沧桑，道一声风起云霄。

弹一曲江山虞歌，喝一杯琼浆玉液。

第三十五章　汝南败兵，穰山遍骨

话说刘备一行在古城重聚，皆是欢喜。随后一路尽量避开大道南下，欲投刘表，不日来到淮阴渡口。赵云等人见风景依旧，心中不免想起吕雯，感叹世事无常。

众人继续南下，途经汝南城外，此时袁术已灭，汝南已为曹操之地，刘备不敢入城，另寻道走，突闻背后马蹄声起，有一军从后赶来。刘备面色大变，说道："恐我等行迹败露，曹操派兵来赶。"

"大哥带家眷先行，由我断后。"

关羽抚须，斜提青龙刀，骑赤兔马，上前请命。赵云、张飞纷纷附和。

刘备摇头，说道："尔等与我皆是弟兄，此时有难，做哥哥的岂能独去？当与诸位同生共死。"遂拔出双股剑，勒马迎敌。

转眼追兵至，引军之将大呼："前方可是玄德公？"

刘备问道："我正是刘玄德，汝是何人？"

这将体形瘦高，身披铁甲，手持一把铁头大刀，闻刘备言，跳下马来，将大刀交给身旁兵士，跪拜刘备，道："我乃刘辟，早闻玄德公仁德，只惜不得一见。今探子报我公途经汝南，我忙点兵出城迎接。"

众人皆有疑惑之色，刘备还未搭话，赵云在旁轻声说道："此人乃曹操兵将，只恐有诈！"

关羽点头，同意赵云言语。张飞却道："有甚好怕，待我们入城，若是有诈，正好杀了这厮，夺下城池便是。"

"主公无城无兵，若他存心相投，不必再去投靠刘表，正好可以在此立足。"众人看去，原来是孙乾。

刘备点头，下马去扶刘辟，谈笑几句，便随刘辟返回汝南。刚到城门，吊桥前有一将伏地而拜，刘备不知何人，刘辟在旁说道："此人乃我结拜兄弟龚都，与我一般，愿投皇叔。"

刘备遂喜，众人入城，大摆宴席，席间刘备问刘辟、龚都城中有多少兵马。二人皆答：只有四千余人。刘备点头，举杯而敬。之后便暂居汝南，招兵买马，操练兵士。不日，有刘备旧部简雍、糜竺、糜芳来投，刘备大喜，亲自出城相迎。

公元201年，袁绍与曹操在仓亭相持，刘备在汝南暂得发展，拥兵万余人，羽翼渐丰。一日刘备召众将议事，说道："曹贼与袁本初对峙，我闻许昌空虚，有意偷袭，解救献帝，诸位可有高见?"

众人一阵议论，关羽出列，说道："大哥所言，正合我意，云长愿为先锋!"

"俺与二哥同为先锋，为大哥分忧!"

张飞生怕关羽抢了头功，忙大声叫嚷。

刘备笑道："翼德勿吵，少不得你。"

赵云笑道："两位哥哥都做了先锋，云便跟随主公同行。"

刘备遂下令全军整备，刘辟、龚都守汝南，亲统一万大军进攻许昌。

曹操刚于仓亭击败袁绍，令人探察冀州虚实，有心继续北进，忽荀彧有书信到，报说刘备趁曹操北征，亲自引兵乘虚来攻许昌。

曹操闻言大惊，留曹洪屯兵留守，每日骚扰袁绍，虚张声势。自己亲率大军前往汝南。

再说刘备进军至穰山地面，有探子报说：曹操引军杀至。刘备大惊，赵云说道："此时曹操亲至，袁绍必然在仓亭失利，曹军强盛，战而不利，不如暂退汝南，固守城池，时日一久，曹操必退。"

刘备泣道："备不忍献帝受难，此次机会难逢，若能击败曹操，便可救陛下于水火。"

赵云闻言，抱拳说道："云誓死跟随。"

刘备便于穰山下寨，众将请命，刘备道："曹军精锐齐至，不可小觑。我欲兵分三路，云长屯兵东南角，翼德屯兵西南角，我与子龙于正南立寨，三寨互为犄角以抗曹操。"

曹操兵至，刘备率军出寨。曹操下令布阵，只见旌旗阵阵，浓烟滚滚，军士分纵横之列，刀步枪兵各在一排，杀气腾腾，正是"鱼丽阵"。

"刘备匹夫，吾待汝为上宾，汝何故背信弃义，来图吾许昌?"

曹操身居阵中，以马鞭指着刘备大骂。

刘备冷笑，从怀中掏出一条镶玉衣带，大声朗诵，原来是献帝之血诏。念罢，骂道："汝名为汉相，实为国贼!我乃汉室宗亲，奉天子密诏，特来讨你这反贼!"

曹操听刘备说完，大怒，对左右喊道：“谁敢与我去讨刘备?”话音未落，阵中冲出一将，虎背熊腰，九尺之躯被鳞甲片片覆盖，此人乃大将许褚，拍马直取刘备。

刘备脸色平静，也不拔剑迎敌。许褚举斧欲劈刘备，只见一员白袍小将，从刘备身后奔出，一枪刺来，许褚见枪势迅猛，忙低头躲去。

赵云反手由刺为劈，拍向许褚，许褚举斧架住，两人枪来斧往，大战三十余合，未分胜负。此时东南、西南两处杀声大作，原是关羽、张飞引兵杀至，三处一齐掩杀，顿时突入鱼丽阵中，曹军远来疲惫，也未对两处设防，立即被冲散阵形，大败而退。

刘备回到寨中，大喜过望，对赵云说道：“今日之胜，破曹有望也!”

赵云劝道：“曹操善于用兵，一战之胜而言胜，为时尚早，还须小心行事。”

刘备含笑点头，张飞嚷道：“曹操实不可惧，待明日俺亲自杀入阵中，替哥哥擒来。”

“曹营尚有夏侯惇、张郃等大将，哥哥不可小视。”关羽从曹营归来，心知曹操良将甚多，生怕刘备有轻敌之意，忙出口告知。

刘备沉默片刻，道：“诸位之言，玄德谨记，明日之战，还望诸位鼎力相助。”众人抱拳称是。

次日午时，刘备率军出寨，至曹营前，见营门紧闭，赵云禀道：“曹军闭门不出，待我前去邀战。”刘备允诺，赵云拍马上前，大声叫骂，无人应答，赵云拉弓，一箭射入营内，只听一声脆响，曹营大旗应声而断，曹军仍然闭门不出，赵云面露疑色，勒马回到刘备身边。张飞忍耐不住，也拍马上前叫骂，正骂间，有兵来报：龚都运粮路上，中了曹军埋伏受围。刘备大惊，忙令张飞率军去救。忽又有兵士来报，夏侯惇连夜引军迂回，抄后背去取汝南。

刘备大惊，忙令关羽回兵汝南救援刘辟，关羽领命，拔寨而去。刘备退兵回寨固守。天色已晚，赵云在寨前巡视，杨昆在旁说道：“曹军准备充足，士卒精锐。只恐刘辟等不到关将军救援，城便已破。”

赵云道：“我昨日闻曹操亲至，便劝主公退兵，固守汝南，只是主公仁德，一心报国，可惜今日果然中曹操计了。”

宋谦道：“这也不然，若关将军提前赶回，正好前后夹击，夏侯悖反而大败，也是未知！”

赵云点头，苦笑道：“但愿如此。”

巡至刘备营房，见刘备独自在营中来回踱步，似有心事。赵云便令杨昆、宋谦二人继续巡查，自行步入，说道：“天色已晚，主公还未入寝？”

刘备见是赵云，脸上勉强挤出一丝笑容，说道：“战事紧急，无心睡眠。子龙来得正好，我欲退兵，又恐曹军追赶，不知如何是好？”

赵云抱拳道：“主公先退，我立率虚兵至曹营掠战。”

刘备随即整兵，赵云率数百人，出寨往曹营假意叫战，刘备引大部回汝南。

已是夜半，赵云令军士在曹营外大骂，仍然与白天一般，无人应答。杨昆曰：“曹军甚是可疑，不如破营而入，以探虚实！”

赵云道：“我自引军先入，尚德在后接应。”说罢，纵马跃枪，引一半兵士去冲营门，兵士乱刀砍烂鹿角、栅栏，赵云冲入营中，营内曹军匆忙迎战。赵云入营，见营中兵力稀少，仅有校尉数人引数百步兵在内，赵云心道：“此为曹操疑兵，主公危也！”遂勒转马头，引军去赶刘备。

追赶一阵，见山路狭窄，听闻鼓声阵阵，路旁两山尽是曹军旗帜，赵云大惊失色，杨昆道：“我们中了曹操奸计！不如后退，以避其锋！”

赵云叱道：“前方必是主公被围，岂有自己逃命之理。”拍马引军冲入。

围在路口的曹军，被赵云从背后冲入，双方士兵各执兵器厮杀。赵云见满地自军尸体，心中焦急，边走边杀，却见刘备独骑奔来，衣甲不整，甚是狼狈，许褚在后挥斧追逐。刘备一见赵云，忙大呼：“子龙助我！”

情势紧急，赵云拍马奔驰，朝许褚面门一枪刺去，许褚忙勒马躲避。赵云转身护着刘备突围，不过一里，许褚又追至，赵云对杨昆、宋谦说道：“你二人保护主公继续前进，我领一半骑兵断后。”说罢，率数十从骑去阻许褚。

许褚见赵云阻路，举斧就砍，赵云一枪格开，斧来枪去，缠斗在一起，左右从骑也相互冲锋厮杀，血肉横飞。两人战数十合，赵云见身边兵士越来越少，心知不妙，又恐刘备有失，连刺数枪，迫开许褚，勒马转身便走。转过土山，见山头火把齐明，原来曹操早在此埋伏，赵云忙立于刘备身旁，只听山头有人大呼："刘备休走，丞相在此等候多时！"

"又中曹贼计了！"刘备面露慌色，忙寻路走。左右兵士乱为一团。

赵云环视地形，见左右无路，心一横，对刘备说道："主公勿慌！随我身后。"赵云带领剩下的骑兵组成冲锋阵形，掉转马头，奋力冲锋，此时两边山头射下箭矢无数，刘备军忙举盾，无盾的顷刻被射成刺猬。赵云在前挺枪跃马，杀开条路，刘备在后追随。正突围间，许褚追至，举斧便砍，赵云力战，此刻背后又来一军，原是于禁、李典引兵追来，加入战局，双方士兵一阵混战。战场混乱，兵器撞击声、惨叫声此起彼伏。刘备见部队被曹军冲散，又寻不到赵云等人，情势危急，单马落荒而逃。

赵云被三将围住厮杀，奋力死战，四人战十数合，不分胜负。杨昆寻得赵云，大呼："子龙，主公不见踪影！"

赵云闻言，手中招式一变，左右拨开三人兵器，随手一挥，正是"百鸟朝凤枪"的绝技"凤翼"。

许褚三人不料赵云枪术如此精妙，抵挡不住，各自后退，赵云转身，纵马便走。于禁贪功来赶，赵云转身一个回马枪，于禁躲闪不及，翻身落马。

许褚、李典二人大惊，拍马来救于禁，赵云也不追杀，转身聚合杨昆、宋谦离去。

许褚下马来扶于禁，见前胸甲胄破裂，忙查看伤口，所幸护心镜挡住这一枪，于禁捡得条性命。

李典在旁，问道："这将好生厉害，又非关、张，不知是何人？"

许褚只道不知，见刘备已走远，便拔军守住山口退路。

赵云引残兵去寻刘备，凡遇自军走散兵士，都要询问刘备下落，有兵士禀道："刚才混战，主公独自往小路去了。"

赵云听后，问："小路通往何处？"

兵士再说："属下是本地人，所以知道此处地形。这小路乃寻常人家樵采所开，穿过山头，便又汇入大道。"

"主公此刻恐怕已入大道，我等不如直接突出，前去接应。"宋谦肩扛大旗，在赵云身旁说道。

赵云点头赞同，拍马便走，引军直奔大路，前行数里，听杀声阵阵，路中有两军对垒，阵中两军厮杀。赵云看去，曹军之将却是张郃，赵云心知一般兵士非张郃对手，拍马去助，还未赶至，带队校尉已被张郃枪挑下马，一枪夺去性命。

赵云大怒，抡枪砸去，张郃只感一股劲风袭来，忙转身格挡，两枪架在一起，相持不下，各自分开。

张郃见是赵云，笑道："多年不见，子龙安好？"

赵云勒马冷言，曰："儁乂兄在袁公处当差，今何故在曹营？"

张郃道："此事一言难尽，子龙何时投了刘备，今刘备已失汝南，丧家之犬，子龙跟随也无出头之日，不如随为兄一起投于曹公，日后我俩做番事业，也可名留青史，岂不美哉！"

赵云闻言大怒，叱道："儁乂兄岂不闻：忠臣不侍二主乎？此话休再提起。"

张郃闻言，脸露羞愧之色，干咳两声，苦道："此事我也是情非得已！"

赵云担心刘备，也不多言，横枪欲进，大呼："儁乂是要阻我乎？"

张郃答曰："职责所在，子龙勿怪！"

两人拍马交战，赵云一枪绞去，张郃起枪架住，低声说道："刚投曹操，不敢明目张胆放子龙过去，你我战几十合，我自退去。只是前方尚有高览埋伏，子龙一路小心！"

"不想高览也投靠了曹操？"

赵云闻言暗叹，没想到袁绍居然众叛亲离。再看张郃，心生感激，微点头，两人战几十合，张郃假意不敌，勒马从侧面退去，所属士兵跟随后撤。赵云纵马冲过，引军直奔刘备所在，又行到数里，为一峡谷，山谷上红旗麾动，漫山遍野全是曹军，赵云冲入，寻找刘备，有自家兵士见赵云，大呼："赵将军，刚才曹军大将高览斩了刘辟将军，往前追赶主公去了。"

赵云闻言，问道："刘将军不在汝南，何故至此？"

兵士道："汝南已被曹军攻破，刘将军引我们保护主公家眷至此。"

赵云急忙单骑奔去，一路冲杀，见孙乾、糜芳等人保护刘备家眷缓行，赵云上前询问刘备所在，皆言在前。杨昆兵至，赵云将刘备家眷托付于他，自己前行，又见前方两边谷口有曹军合围，遂跃枪纵马而上，曹军阻挡不了，任他突入，正遇高览，举枪欲战刘备，赵云拍马冲来，长枪直取高览。这高览一心贪功，只想活捉刘备，突闻后军有异，忙转身观望，见是赵云奔来，想起那日常山比武之事，怒由心生，横枪来迎，大叫："那日比武，我托大使斧，今日使枪必斩汝于马下，以雪前耻!"

"卖主小人，休挡我路!"

赵云纵马，直奔高览，高览一枪直刺，赵云侧身躲开，同时右手伸出，抓住高览枪身往回一拉，左手顺势捅去，这一变故出乎高览预料，躲避不及，被龙胆透胸而亡。杨昆、宋谦带骑兵赶至，突击高览后军，赵云引刘备残部复回，两边夹杀，合兵一处，高览残部闻主将已亡，弃甲逃窜。

刘备大喜，正要与赵云说话，却见张郃追至，守住山隘，路窄，骑兵冲锋不过。

刘备惊慌失措，仰天长叹，道："老天为何让我刘备受此劫难，与其兵败被擒，受曹贼侮辱，不如自刎，只叹玄德不能救出献帝!"说罢就欲拔剑自刎。赵云大惊，急忙制止，说道："容云死战，夺路救君。"说罢，便引军冲锋。

张郃见赵云冲出，心中犹豫不决，突有兵禀：谷外冲来一军，正与后军厮杀。

张郃拍马回救，正遇关羽、张飞，张郃心道："关羽、张飞乃世之骁将，后背又有赵云，恐战不过，不如离去，也卖给赵云一个人情。"想至此，拔马便走。

关、张二人见到赵云，忙喊道："大哥可好?"

赵云道："主公无恙！只是未救得刘辟将军!"

"俺也迟一步，龚都将军也被夏侯渊所杀，遂杀退夏侯渊准备回救大哥，没想中了乐进诡计，幸亏二哥赶来，与俺杀退乐进，方才迟归。"

张飞一脸怒容，咬牙切齿。

三人去见刘备，据实相告，刘备闻折了刘辟、龚都二人，泣道："都是刘备之过，害了二位将军性命!"众军士闻言皆露悲色。

此时有兵报曹军本队赶来，刘备令孙乾等人继续保护老小先行，亲自与关、张、赵断后，且战且退。曹军先锋追至，为首大将乃乐进，张飞昨日被他伏击，心生怨恨，今再相见，怒气冲天，勒马返回，持矛便突，战数合，乐进不敌，转身就走，张飞挥矛便追。刘备恐张飞有失，忙叫关羽追他回来，赵云道："二哥保护主公先走，云去便可。"不待刘备说话，挺枪便走，返回追赶张飞，行数里，见张飞被夏侯渊、乐进、张郃三将围攻，忙上前援战，两人暂时杀退三将，赵云在张飞身旁道："主公叫我来寻你，曹操大军将至，我等速退。"话未说完，三将率兵复来。

张飞鼓眼瞪着乐进，骂道："匹夫，今日张爷爷饶你一命，下次见面必取汝首级。"说罢，与赵云反身离去，三将紧追不舍，赵云、张飞边战边退，三将不敢冒进，回兵向曹操禀报。待曹操至，闻折了高览，大怒，派骑兵继续追击，张郃禀道："我大军前来，久恐袁绍看透我虚兵，今刘备已败，丞相还是先回兵为上策。"

"儁乂此言有理，只是这刘备乃吾心头大患，不能趁机斩草除根，甚是可惜。"曹操背手站在汝南城头，遥望南方，孤傲的脸上出现一丝遗憾……

再说刘备，率败军数百人，狼狈而奔，行至汉江，当地土人知道刘备，送上酒肉，在江滩旁聚饮。

赵云见众人皆愁眉不展，心想张飞气大，忙端酒去寻，果见张飞独自抱着酒坛大饮。见赵云过来，张飞大呼："子龙速来痛饮。"

赵云端酒坐在一旁，说道："我知张三哥气不过，只是胜败乃兵家常事，不必如此介怀。"

张飞大饮一口，放下酒坛，面带怒容地骂道："曹操这直娘贼，上次拿计诳大哥，害咱们丢了徐州。这次好不容易有机会北上去救献帝，又在穰山受此大败，咱们又丢了汝南，现在我等该往何处？莫非真要去投刘表？"

赵云叹口气，无话可答，只有端杯陪张飞共饮。正饮间，刘备起身，举杯大声说道："诸君皆有王佐之才，不幸跟随我。玄德无能，害得诸位无处安身。君等何不弃备而去，重览明主相投，以可求取功名！"

众人闻言，皆掩面而泣，关羽起身说："大哥此言差矣。昔日高祖数败于项羽，后得韩信，九里山一战成功，开汉家四百年基业。胜败乃兵家常事，何必自我气馁？"

张飞大嚷："曹操虽强，俺自不惧，大哥有啥好怕。"

赵云起身说道："我等追随主公，非为自身荣辱。主公当重整旗鼓，再与曹操决一死战，为死去的弟兄们报仇雪恨。"

众人听赵云言，皆起身大呼："报仇雪恨！"

刘备感动，对诸将一拜，泣道：“备有何能，受如此爱戴。只是已无安身之处，欲再去投刘表，可好？”

孙乾禀道：“我愿先往荆州，让刘表出迎主公。”

刘备喜道：“公佑前去，我自安心。”便命孙乾星夜赶往荆州。

糜竺、糜芳对刘备说道：“我军大损，急需军资，我兄弟愿意乔装回徐州，变卖家产来助主公。”遂告辞而去。

不日，孙乾来报，刘表愿接纳，刘备便告别汉水土人，率领残部朝荆州行去。赵云率部担任后军，缓缓前行，众人一脸风尘，皆是不语。杨昆、宋谦皆回望北方，赵云问道：“两位兄弟在看什么？”

杨昆苦笑着说：“此行便不知何时可以归来。”语气中夹杂着淡淡的忧伤。

赵云仰头望着蓝天，说道：“我相信，终有一天，我们会回来的！”

杨昆笑道：“主公已经走远，我们追上去吧！”

赵云点点头，纵马而奔，百余骑兵拍马跟随，蹄踏灰飞，激起尘埃飘散……

正是：

万苞齐开花叶飞，穰山内外血染土。

铁胆龙心忠护主，一腔热忱谁能阻？

第三十六章　战与火，剿灭叛逆

汉献帝建安七年，曹操在官渡以少击多，击败如日中天的袁绍后，又在仓亭再次大败袁绍。正是：滚滚长江东逝水，浪花淘尽英雄。袁绍自此一蹶不起，病死于邺城，自此消失在历史的长河中。

再说刘备，率众一路南下，去投刘表。刘表闻刘备来投，喜去迎接，却两人来劝，一人说道："刘备，非人之下者，公不可迎，城不可入，荆州不能留他。"

说话之人，身材魁梧，两目有神，乃荆州名门蔡氏家族蔡讽长子，姓蔡名瑁，字德珪。其姨父为汉太尉张温；二妹为黄承彦之妻；小妹为刘表后妻。故甚得刘表器重。

另外一人身材微矮，两眼精光，发稀，为谋士蒯良。

刘表道："刘备为我同宗，不会图我。"

蒯良说："刘备自诩而已，帝君为求其力敌曹而已，当不得真。"

刘表沉思片刻后说："不管真假，天下人皆称其有德，我就权且收留，再观其人。"然后整理衣冠，步出相迎。

正是秋初，昼热夜寒，刘备扎军在郊，只带赵云、关羽入城同去，在门外等待。刘表走出，迎了刘备，邀入屋，赵云、关羽只得安排去别院休息等待，仆人送来酒果，两人皆未食用。

赵云在屋中来回踅步，心有所思，关羽抚摸长髯，两人一直无言。又过一个时辰，刘备还未出来，关羽心中担忧，站起身便要出屋，赵云挡住，说道："将军稍待。"

关羽有些着急地说："子龙莫要挡我，不知大哥安危，我欲去看看。"

赵云急忙劝说："主公此行，便是来投，刘表岂会不知轻重，将军如此唐突，若是将其惹怒，且不说你我，切是害了主公之命。"

关羽听赵云之言，冷静下来，心里稍微有些平静，不再往外去，复而坐下。赵云舒口气，也坐在关羽对面。又过一炷香时间，有人来请，说是刘表请二人入席。赵云与关羽对视一眼，并肩走出，跟随兵士前行。直到入大殿见到刘备，方才安心。

刘表见二人姿态雄伟，甚是喜欢，忙叫人看座。刘备与其交谈甚欢，突然有兵士急忙来禀，有张武、陈孙聚众叛乱，刘表闻言大惊，忙问下座蔡瑁何人可去平叛，蔡瑁说自己只善于水战，言语间眼睛斜视于刘备。宾客下座的赵云、关羽见其不善之色，心中皆有忿色，赵云心中更是暗道不妙，刘备刚来，便被荆州将领敌视，估计日后不会好过，正思量如何是好，刘备却向刘表请令平叛。

刘表欢喜，举杯敬酒，笑道："玄德去讨，必能功成，为兄在此敬你一杯。"

刘备起身道："备此行必平此叛，以解公忧。"说罢，与刘表同饮。

蔡瑁也举杯笑道："玄德公性情中人，只是我知你败于曹操，又别于袁绍，来到荆州，兵不过百余，如何去战张武？"

刘表闻言，笑曰："是为兄疏忽了，明日可去蔡将军那里领两千军士。"

刘备忙拜谢，蔡瑁面笑皮不笑，心中已有谋略。

夜间，刘备等人去驿站休息，赵云说："这都督蔡瑁目露凶光，对主公甚是不善，恐对我等不妙。"

关羽面色不变，却是点点头，以示同意。

刘备沉吟："人在屋檐下，不得不低头……"神色无奈。

赵云叹口气，刘备这句话，让他也感到未来的路，迷茫一片……

翌日清晨，天气多云，刘备遣关羽出城回营地整备兵马，自己与赵云前往军编府要兵。

军需大殿在城左下区域，外观很是古朴，据说已有百年历史。刘备在前，赵云跟随，走上台阶，通报了军士，回报叫等待片刻，也无端来凳椅，就让站着等待。

两人一等便是近午，刘备面色无常，赵云却是颜如寒霜，目怒火气，见进出官役来来去去，唯有刘备无人理睬。

眼瞅着已是午饭时间，刘备虽然沉得住气，脸上也浮现一丝恼意。赵云低声道："如此怠慢，必有人操作，如此下去，不得领兵，我去探探，主公勿阻。"

刘备叹道："早已料到蔡瑁会如此对待，子龙若去切莫杀生。"

赵云点头，一语不发，走入门内，守门军士目露凶光，喝道："不得传达，岂能入内？"

赵云右手放于腰间佩剑柄上，冷道："我主乃荆州宗亲，所来也是奉命领军平叛，你等如此寡待，可是不服军令乎？"

守门军士冷道："我再说一遍，军要之地，没有通报，再入半步，杀。"

赵云傲然，前行一步，军士上前去围，赵云冷笑，腰间长剑出鞘，只是剑身出，则已激起一声清脆的锐音。

一军士持枪上前去刺，赵云反身一剑将长枪劈为两段，负责守卫的军官大叫，十余军士围来，赵云上前去厮杀，无人能挡，直到军官前，军官何曾见过如此勇猛之人，吓得跌坐在地。此时闻骚乱，内中走出一人，身高八尺有余，高额虎目，神采奕奕，甲胄加身，黑丝披肩，豪放狂野。此人姓甘名宁，字兴霸，本是水中大盗，后上岸从良，在此当差，后被划归黄祖，射杀东吴大将凌超，此为后话。

甘宁见有人私闯，拔出腰间双戟，去战赵云，赵云见其来势汹汹，弃了军官，回身来战。两人交手，方知对手不俗，各自出招，杀得旁人心惊胆寒。两人大战十余合，不分胜负，甘宁勇猛，为患水面数年，少遇敌手，今日偶遇赵云，直呼痛快。

又战数合，甘宁的戟法越加迅猛，赵云单剑难敌，斜眼瞟到身边有执枪者，赵云虚刺一剑，游走到后，伸手去夺，执枪军士看两人杀得精彩，见赵云欲取，不假思索地将枪递与。赵云获枪在手，眼见甘宁欺身上前，斜向疾刺一枪，枪势猛烈，甘宁并戟为叉形阻挡，众人只闻一声金属响声，甘宁只觉双手被这股冲力击得上下颤抖，身体连退数步。顿时感到对手的恐怖。

赵云单手将枪斜收于后背，发丝轻轻在额头摆动，甚是傲然。甘宁心中的战意被激起，疾冲而来，速度一起，猛地跃起，靠这股力道猛地压下，这招正是他为海贼时，之所以能为霸一方的绝技。这个甘兴霸，有两个绝招，一是使戟，称为"掠鹭荡秋"，据说这招够狠，不知曾杀死多少盘踞水面的海盗。二是射弓，据说一箭双雕不算最厉害的，最厉害的是每箭都能射入喉咙，不偏不倚。

而他现在所使便是这招"掠鹭荡秋"，不过赵云不是普通人，他也跃身去迎，长枪随身而起，人枪如一，招式之精，可谓鬼夺天工，正是曾斩韩飞的招式"飞龙在天"。

赵云跃高于甘宁，甘宁下压失手，空门大露，身势收回已是不及。赵云身如腾飞之龙，旋身而刺，卷袍劲风，枪如龙抓蓄力击，破天之极。甘宁骇然，知不可挡，架双戟去挡。

门外刘备见势，回想那日赵云骑马使出这招，关羽、张飞、夏侯渊三人方能接下此招，虽此刻赵云未借马奔之速，也怕赵云伤甘宁性命，忙边跑边喊道："子龙手下留人。"

赵云岂会不知，只见枪势改刺为压，砸在双戟，甘宁承受不住，被压得半跪，额头冷汗直流。赵云见势收力，未赴全力，枪仍压在双戟之上，甘宁目露惊恐，脸色苍白。却听木裂纹碎，发力而又突然收力，长枪承受不起，段段破裂。周围军士骇然不止，呆望赵云，赵云转望四周，无人敢正视其眼，皆低头不言。

赵云往内走去，蔡瑁、蒯越走出，见军士东倒西歪，怒斥："如此混乱，成何体统！"

军官上前禀告："回报都督，这厮不等通传，便要强行闯入，我等拼死阻挡。"

蔡瑁斜眼视刘备，冷笑几声，用讥讽的声音说："我以为是什么人，敢如此放肆，原来是刘皇叔尊驾。"

刘备面色不变，谦虚地说："我们来此半日，不见都督通传，又无人招呼，我这兄弟见我口渴，想替备讨杯茶喝，不想与侍卫兄弟误会，此都是备之错耶，还望都督勿怒。"

蔡瑁冷笑，右手按剑柄，笑道："我自是无怒，不过擅闯之罪却不可不问。"

赵云双目怒视蔡瑁，心想既然这蔡瑁已起杀心，不如趁机劫持，然后保刘备出城。

蔡瑁正要反难，一双手抓住他握剑右手，蔡瑁见是蒯越，甚是不解。

蒯越上前于蔡瑁前，笑着说："皇叔久待，确实是我等怠慢。只因每日事多，容易忘性，还请皇叔勿怪，切莫在主公面前说起。"

刘备也笑着说："怎敢责怪，备也只是想早提到兵马，为主公解忧。"

蒯越笑道："此正是大事，都督早已调聚军马，就等交付与皇叔。"

赵云在旁，暗自冷笑，心道这蒯越心智不一般，日后定要小心。

蒯越将一块兵符交与刘备，笑嘻嘻地说："已是饭点，皇叔不如入内吃点酒菜。"

刘备行礼，回笑道："急用出征平叛，就不在此耽误了，两位大人，备就此别过。”说完，便朝大门走去，赵云冷面无色，转身跟随。甘宁见赵云背影，心中甚是不服，心道必要勤练武艺，日后定报此败之恨，随即辞去职务，下野苦练武艺去了。

蔡瑁见刘备离去，一甩衣袖，问：“刚才我正要发难，异度何故拦我？”

蒯越松口气，说道：“德珪兄，刚才若不如此，你我已从阎王殿前走一遭了。”

蔡瑁不屑，冷笑着说：“此言差矣。此地数百军士，还怕这区区两人？”

蒯越叹道：“普通人自是不必忌惮，只是随这刘备而来者，唤作赵云，武艺极高，年幼时便能在虎牢关接吕布数合不败，现在正是壮年顶峰之时，就算那吕布再世，也不一定能抵挡得住，何况你我二人！”

蔡瑁脸色稍变片刻，怒道：“可恨这刘备居然有如此手下，令人生妒。”言罢，拂袖而去。

“只怕这刘备之心不轨……”

想到此处，蒯越摇摇头，跟随蔡瑁入内。

关羽回城外营中，整备军马等待刘备，久等不至，张飞怕有变，吵嚷要去城内寻刘备，关羽道：“你瞎操心，有子龙跟随，大哥岂会有事？”

张飞这才一屁股坐在地上，嘀咕几声。

直至未时，刘备与赵云方才归来。关羽、张飞忙上去迎，见所带军士皆是老弱病残，关羽知有内情，默不作声，张飞却是叫道：“这些就是刘表配给大哥的兵，真是欺人太甚。”

刘备面色冷寒，咬牙切齿，说：“都是这大都督蔡瑁刁蛮所为。”

唯赵云面有忧色，等三人埋怨完了，才说：“我方才几欲想杀了蔡瑁，只是主公现在寄人篱下，不得妄为。日后此贼必然刁难倍增。”

张飞怒气更甚，吵道：“子龙管他作甚，要是我老张去，必然一矛捅死。”

关羽叹气不断，张飞见状，好奇地问：“二哥何事叹气？”

关羽苦笑，无法跟张飞解释清楚。

刘备点齐军士，只带张飞、赵云出征，关羽送家眷入城。关羽知道刘备所虑，自己肩头责任重大，说：“大哥此行，安心平叛，云长必不负期望。”

刘备点头，道：“三弟脾气暴躁，子龙今日又与蔡瑁结仇，此事非云长不可，委屈兄弟了。”

赵云整备好兵马，将部队进行重新编制，将原有百余人编成一支亲卫骑兵队，又将刘表拨给的两千老弱残兵分为三部，张飞统左翼一部，刘备自统中间一部，孙乾辅助并管理粮草辎重。赵云统右翼，三部相互接应，以金鼓为号，进行了几天的突击训练，便拔寨出征。

刘备拔营南下，不日便兵临江夏城外，城内张武、陈孙二将早得线报，已在城外以三万兵力布阵等待。

两军相距不过几里，赵云率右翼，见敌军严阵相待，杨昆说：“敌军气盛，其众而我寡，又以虞待我不虞，只是不知我军真相，不敢来击，时间一久，见我军无后军至，必会驱兵前来，我军老残之众，必不可挡，当退而求一地利处，再图奇胜。”

赵云点头，对身旁宋谦说道：“速派传令去听主公意向，并将我部想法汇报。”

刘备在中军，得赵云部传令，对孙乾说：“子龙与你我之意一致，先退五十里安营扎寨。”

孙乾禀告：“来时我已探好，距这不远处，有高陵，我军可退于此，向阳安营，再由赵将军把守背丘之地，敌不可攻。”

刘备同意，开始部署收兵之策。

再说左翼张飞，两军对峙许久，不见动静，又见张武、陈孙在阵前，遂笑道：“这两个直娘贼，自己跑出来送死。”就待拍马前去，旁边军士忙劝道：“金鼓未响，旌旗未起，将军切不可妄动。”

张飞笑骂：“此事我自有数，不必在意。”说罢，便带左翼数百人冲杀出去。

刘备与孙乾正在谋划，突听左军鼓响，忙上前视之，见张飞一马当先，冲杀过去。“完了……”慌得刘备一个扑通，脚未站稳，幸有孙乾上前搀扶，未摔倒。

赵云在阵中，虽然惊诧，却没有慌乱，他急令杨昆率右军向中军靠近，挡在中军前防守，掩护刘备撤退，自己带数骑精锐去接应张飞。

张武见张飞杀来，笑道：“这刘备用兵，言过其实，就这老弱病残，也敢来战。”

“我看刘备必是全军至，全军冲锋，今日正是扬名之时。”

陈孙手持长刀，令下，三万军士如潮水般冲去。张飞部顿时大多军士反身逃跑，所剩不到百人随张飞被围在中间，只见人山人海，无数刀光矢弩，好在他武艺高强，丈八蛇矛杀得血肉横飞，只是敌军太众，不到片刻，张飞只剩孤身一人。

敌军士气如虹，杨昆率右军且战且退，保护刘备中军后退，赵云率百骑冲杀，宋谦在他身边，也杀得眼红。这一支精锐顿时如尖刀刺入，赵云在前，手中龙胆挥起，兵阻覆兵，将挡杀将，如入无人之境。

张飞被围，一人之力杀不出去，更是恼怒，又见敌军密密麻麻，心存必死之心，奋力杀敌。突见敌潮分开，原来是赵云率队硬是破开一个缺口，赵云身上银甲染满敌血，见张飞，喝道：“张三哥速走。”

张飞急道：“子龙来此，大哥怎办?”心中焦急，便随队冲杀。

纷纷纭纭，斗乱而不可乱也。

战场瞬息万变，杨昆率右翼且战且退，既要全力给后面的刘备争取更多的时间，又要去接应赵云、张飞，可惜这些军士老残气怯，各自逃命者众多，杨昆不得不继续向后压缩。

赵云与张飞两骑在前，余下数十骑兵紧跟其后，边冲边杀，敌军人海，杀之不尽，冲杀一阵，不知杀死多少敌卒。张飞焦急刘备安危，奋力冲杀，眼见就要突围，陈孙见状，对张武说：“刘备的两名大将被围，逃之可惜，我去擒来祭旗。”

张武劝道：“久闻刘备手下关、张、赵三将都有万夫不敌之勇，贤弟不必前去，待军士围死便是。”

陈孙笑曰：“人传之事，多是诳语，何必在意。”说罢，一拍马臀，率一支数百精锐直奔张飞、赵云。

张飞边杀边进，赵云在后压阵，指挥军士随张飞撤退，边杀边走。陈孙带队追来，身边五个小校上前围住赵云厮杀，一人用枪做刺，赵云斜身一枪将其刺死，另一个大刀横劈，又被赵云绞枪透胸，破甲而死。剩下三名尽是骇色，陈孙见折了两个校尉，心中发怒，手一挥，身后骑兵前进，助三校尉去战赵云。

凡赵云枪起，必有死伤，他心中却暗道不妙，气力已有不济，如此下去，自己岂有不败之理。又斩杀十数军士，赵云正待反身后退，陈孙大喝：“此人已经力竭，莫要让他跑了。取其头者，赏黄金百两。”陈孙话落，军士尽皆面露疯狂，士气倍增，勇敢上前去追赵云的越来越多。赵云杀得手软，众军士又围他在中厮杀，陈孙见状，心中甚喜，挥刀上前去砍，赵云早有所备，身体一歪，躲过刀芒，反手斜刺一枪，直指陈孙咽喉，可惜气力已弱，枪势之疾已慢。可就算如此，陈孙也躲避不及，被挑飞了帽缨，陈孙大骇，顾不得其他，拍马就跑出数里观战，他这一举动，自然军士锐气减弱，赵云枪使连连，军士们纷纷唯恐避之不及，逐云张开四蹄，奔驰而去，陈孙顿感脸面无存，又驱兵去追，只是哪里还赶得上。

赵云策马一路奔去，路上遇到零星追兵，见他一身赤甲血袍，也不敢来阻，有几次遇到不知死活来挡路的，皆被几枪挑死。又前行数里，见有一队军士返来，赵云见是宋谦，问道：“张将军何在？”

宋谦禀道：“张将军去赶主公，我又带队回来接应你。”

赵云勒马，说道：“敌军追击部队在后，我等速走。”说罢，引宋谦数十骑撤去。

刘备领中军退至孙乾所说之地，选高陵向阳处安营扎寨，又令杨昆率一队人马右背而守。

刘备见张飞、赵云久未至，心中担忧，在营中来回踱步，不知所措。孙乾不知如何劝待，此次大败，左、右两翼兵力俱损，就算合拢了零散溃兵，总兵力也不到千人，加上伤兵，能投入战斗的不过数百人而已。刘备心中甚烦，几次起身去营口远望，不得张、赵二人音讯，仰天长叹，忽听有马蹄声，见是张飞，喜去迎。张飞见刘备无事，放下焦急心态，勒转马头，喊道：“大哥无事便好，我又去回助子龙。”

刘备喊道：“待我引兵与你同去。”

此时一队人马奔来，原来正是赵云带队归来，刘备欣喜，张飞喊道：“幸子龙无事，都是我老张之罪也。”

众人入营，紧闭寨门。陈孙率追兵至，见刘备军依高陵而守，后有崖壁，易守难攻，又恐刘表援军至，受两面夹击，收兵归江夏。

刘备军队大败，营中士气低迷，见到赵云引数十骑兵杀入万军中，救得张飞归来，众人议论纷纷。有喜欢说书的在闲聊时将赵云拿来演义一通，说得赵云就如天神下凡一般，本来低迷的士气，不知不觉地就提升了。

刘备等人回到大营，文武左右各立，张飞走到中间，跪地而垂头不语。刘备摇摇头，片刻方才问：“翼德，你为何不等待命令，私自出战。”

“是俺老张的错，大哥该怎么处置就怎么处置吧！俺服。”张飞一脸愁云，已知今日大败是由自己所致，心服口服，自愿受罚。

刘备怒道：“临阵不听将令，此罪当斩。”

孙乾忙劝说：“张将军一时糊涂，请主公饶他一条性命。”

赵云出列，抱拳禀道：“张将军所犯之罪本是该斩，只是我军新败，军士疑惑，若此时自斩大将，岂非自毁长城？不如让张将军上阵杀敌，将功赎罪。”

刘备面色青红相生，张飞是他兄弟，他心中自是不忍杀张飞，又不得不执行军法，剩下的士兵都在等待答案，而赵云之言，不痛不痒，正好击中要害，刘备便顺水推舟，高声说道：“公佑、子龙说得有理，但是由于你的失误，上千兄弟之魂不得归故里，你必须拿命与他们报仇。”

张飞抬头，眼鼓如牛目，胡须上翘，说道：“为战死的弟兄报仇雪恨，俺万死不辞。”

此事告一段落，在场军士将此事告知其余军士，不久全军都知道此事，皆言刘备贤明，士气大涨。

赵云率军据守右背后，杨昆见赵云、宋谦至，忙迎入，三人入帐中，杨昆说：“今日之败，我军大损，敌本就十倍于我，现在更不知如何是好。”

赵云坐在椅上，叹道：“江夏之军皆是屡次与江东孙坚交战的精锐，我们只有蔡瑁拨给的老弱残兵，未打便已知胜负，只是战不战非主公可定进退。”

宋谦蹬地，骂道：“这蔡瑁贼子与主公本无相识，何必如此陷害。”

赵云冷静地说：“那日在刘表府中，我与关将军都在宴席，有兵来禀刘表只说造反，却无言兵力众寡，刘表当即要蔡瑁安排平叛，蔡瑁推至主公，刘表当即表示予兵两千。这事现在想起，原来是个陷阱。”

“何来此说？愿闻其详。”

杨昆、宋谦皆露惊色。

赵云脸有怒气，慢慢分析，说：“这刘表必是受蔡瑁惑言，心中摇摆不定，对主公，不知是收留，还是弃之。故蔡瑁正好以此算计主公，所以传令在酒宴中途，刘表喝得半醉而来，故刘表不曾问及敌情，我等却领这两千残兵，来讨张武、陈孙三万精锐，就如以卵击石，几无胜算。主公战，必败。归师，刘表定视无能。此计真是寡毒之至。”

杨昆、宋谦皆露忿色，欲将蔡瑁碎尸万段。赵云苦笑，命二人休息，独自一人在帐中思考对策，哪知一夜无眠，仍然没有好办法。

刘备据守山头，两日不见敌踪，派出探子回报陈孙确实回师江夏。刘备唤众人至中军帐内商议，围观此处地图，圈圈点点。

孙乾提出建议，说：“我军势弱，不可正面交战，只能想法将敌军诱出，再谋图之。”

刘备两眼紧盯地图，点头表示同意孙乾的建议，张飞手抓着脑袋，不知所措。赵云仔细地在心中暗记本营与江夏城之间的各条大小路径，待众人你一句我一句讨论结束，赵云方才指着地图上一个树林，道：“此处可破敌，只须能以利诱敌，可以火攻，就是风向不可知。风向若不利于我，弃火攻，待其半入，攻其无备，击杀敌将。敌乱可击之，再伪装敌溃兵诳入城去，虽然风险大，却是唯一取胜之法。”

赵云此言出，众人沉默，刘备看众人再无计划，说道：“虽然危险，但也不得不这么做了。”遂决定刘备带一队兵马充当饵兵，赵云伏兵，张飞放火，此计定也。

翌日清晨，山谷雾浓，刘备率三百军士直扑江夏，马蹄声响，旗帜飘扬，大字“刘”分外显眼，军行于城三十里处，刘备止步不前，令军士扎寨。

城头军士见刘备至，忙去通传。张武、陈孙上城头观看。见刘备军扎营，陈孙笑着说：“刘备军队被打散了，居然还带这点人跑到城外来安营扎寨，必是有诡。”

张武点头，心中也疑，说：“刘备之举，却是异常，怕是援军在后，诱我出城。我军暂不出击，待些时间，看他有何企图。”

陈孙哈哈大笑，道：“张将军所言极是，我这就命军士密切监视。”

刘备与军士下寨完毕，见城头却无所动，遂命军士做饭歇息，炊烟袅袅。陈孙在城头瞭望，大声笑道：“这刘备是来做饭野炊的。”众军士哄笑声起。

刘备见状，命骑兵在城下弓箭范围内奔跑叫骂，兵士前几日受败委屈，心中本是烦闷，此时放声大骂，更有甚者，将张武、陈孙的祖宗十八代都骂了个遍，语气不堪入耳。

陈孙令属下与其对骂，但刘备乃汉室后裔，兵士长在汉室，皇权思想已入骨髓，皆有惧色，陈孙催促几遍，方才开始叫骂。两边骂声此起彼伏，陈孙是个孝子，听闻城下不断侮辱自己长辈，心中怒不可遏。叫骂半个时辰，刘备又换上一批人，继续叫骂，如此一连几次，陈孙终于忍无可忍，提起大刀，就要下城，有校尉上前劝道："将军勿怒，还是与张将军商议。"

陈孙怒目，吼道："刘备小辈就那点人，我料他也无多少兵马，只是在摆乌龙来惑我。"

校尉还欲再劝，陈孙一把将其推开，下楼点万余兵马出城。

吊桥放下，陈孙率军冲出，刘备策马，见城中奔出士兵如潮水，黑压一片，心中大喜，忙率军士后撤，却又保持一定距离，叫兵士继续叫骂。陈孙恨不得杀死刘备，举弓去射，刘备俯身，箭从耳边穿过。陈孙见未射中刘备，心中大骂，举刀去追。刘备部顾不得再叫骂，纷纷拍马狂奔，陈孙率精锐冲在前方，不久来到一片树林，刘备军丢盔弃甲，慌忙钻入。陈孙率军至，追入林中。

赵云率部三百余人，藏于路旁林丛，见刘备率部狼狈而过，所有军士手握弓箭，等待敌军入围。赵云仔细观察草木随风倒向，见风向不利于己方，心中有数。

片刻，陈孙率军入围，军半入，赵云令伏军放箭上马，箭矢如注，顿时陈孙部大乱，赵云拍马前行，宋谦手握"赵"字大旗与杨昆左右跟随，杀入陈孙军中，陈孙见中伏，暗道不好，军队首尾不能呼应，混乱不堪。

赵云率军冲入，三百余人似狼如虎，摧枯拉朽。陈孙反身欲组织反击，赵云拍马上去一枪刺去，陈孙举刀去挡，架住龙胆，赵云返枪再刺，陈孙抵挡不住，反身就逃。赵云正要去追，被陈孙亲卫挡住，赵云与之厮杀，无人能挡，陈孙惊惶失措，混在士兵中，才到出口，一队人马挡路，带头之人，虎背熊腰，手持一把丈八蛇矛，威风凛凛，正是张飞。

陈孙咬牙，冲杀过去，张飞哈哈大笑，挥矛而上，两人战无三合，陈孙被张飞一矛刺死。

赵云率队追杀而至，见张飞已斩陈孙，笑道："三哥杀此贼，立此大功。"

张飞哈哈大笑。赵云又说："三哥勿要耽误时间。一会儿我率军假装败军，骗入城内，里应外合，城可破也。”

张飞点头，说：“子龙放心，俺随后便到。”

赵云率队换上敌军衣甲，朝江夏城奔去。

张武在府邸得报陈孙领兵出战，忙上城观看。久等不见踪影，张武心中烦躁，在城头来回踱步。瞭望台上，有兵报，远处尘埃起。张武伸头张望，见大批士兵，不成方队，散而奔跑，极为惊恐。

张武一拍墙墩，恨道：“陈将军不听吾言，必中埋伏败归。”随即下令放下吊桥，将败兵收入城中。

张武去见进城败兵，问道：“陈将军何在？”

军士皆摇头不知，张武顿时心中焦急。忙询问如何败至？军士如实汇报，张武摇头，再次暗叹。

城头军士又报有败卒回来，又放入城来，张武仍然不得陈孙消息。

赵云率部来到城郊，令众人混入溃兵中，并分开前进，两个成组，三个成行，各自散行，又相距不远，装作丢盔弃甲，旌旗落地，奔驰逃命。

张武点齐城内守军两万余人，守在城门，接应溃兵入城。赵云低头前进，微眼瞄去，见张武全身甲胄，手提钢铁大斧，胯下之马，毛灰而鲜亮，神采奕奕，四蹄轻盈，定非凡品。赵云暗暗称奇，心想定把这马夺取。逐云虽然经过伪装，白毛被污泥涂成杂色，看不出来神骏，但经过张武旁时，灰马突然嘶叫，神色甚是兴奋。张武不知其情，勒住马缰，让它安静下来。

赵云紧紧拉住马缰，逐云似有灵性，马眼对着灰马一睥，跟着赵云进城去了。一入城，赵云立即将混入的军士聚合，有校尉奉命来将溃兵聚合，建新的编制。

城外张武见溃兵已入，不见陈孙归来，知必是凶多吉少，掉转马头，准备回城。

忽有一军奔来，带头之人，正是张飞，手握丈八蛇矛，大吼：“陈孙已戮，尔等还不投降？”

张武惊诧，随即怒道：“尔等安敢如此？”遂令大军突击，只听鼓声震耳，杀声震天，张飞见张武中计，心中暗乐，冲杀一阵，便令士兵后退。

两万多人一时间无法展开，徐徐而开，张飞部就数百人，灵活机动，只要不涉阵中，便无被围之忧。

张武性格谨慎，身立大军中间，指挥进攻。这时又来一军，来人正是刘备，他手握双股剑，带数百人来援张飞。张武冷笑道：“刘备已是山穷水尽，就凭这点人能起什么风浪，他定是想诱我出去，可惜我不是陈孙。”

城中赵云，听闻外面厮杀声，知道刘备、张飞已至，翻身上马，正在整备的校官还未反应，便被赵云一枪刺毙，四周兵士惊惶，赵云高声喊道：“大汉皇叔，左将军刘备奉命讨贼，尔等速降免罪。”

士兵大多败卒，闻言纷纷响应。赵云随即收编降卒，居然也有一千余人。赵云令军士将右袖撕下，统一标记，然后冲向城脚夺取城门阀门。同时杨昆带百人去夺城头，宋谦带百人四处放火。一时间江夏城内混乱不堪，城内守军迷惑，不知所措。赵云杀到阀门口，守门小校聚人来挡，赵云一马当先，勇冠三军，无人能敌，身后军士见主将如此，士气大振，降卒抛去疑惑，勇往直前，杀声震耳。小校见势不对，跪地乞降，赵云编入军中，至此江夏城压制成功。

张武指挥军队步步逼近，刘备、张飞退去又复来相击，张武正自得意，忽有军士来报，城中浓烟滚滚，疑有火起。张武慌忙下令返军，不顾刘、张邀战。退至城下，忙唤守军小校问道：“城内何事？”

这小校为杨昆假扮，他大声喊道：“城中多处火起，疑有贼子混入纵火。”

情势所逼，张武也顾不得多问，忙唤杨昆开门。杨昆下令放下吊桥，张武急带军士奔入城中去查看情况。

张武刚入城门，吊桥复关，桥上未过军士纷纷掉落护城河中，外面两万大军目瞪口呆，不知所措，军官忙下令攻城。

张武见大门关，身旁军士不过数十人，大骇，知中埋伏，见墙头四面都是弓箭手，不知如何是好。正面慢来一军，带头之人骑白马，手提长枪，银铠白辉，煞是神气。

张武知来者不善，举斧拍马去砍，弓箭手正欲射箭，赵云一抬左手，示意不要射箭，张武方才顺利来到赵云面前，眼见大斧力重，赵云嘴角上扬，露出一丝笑意，右手握枪一挥，一切停止在曼珠沙华中……

血花飘散，张武临死都没有看清，这一枪是如何刺入自己的身体，他睁大眼睛，努力地回想一生中的点点滴滴，父母、爱人……一切都在短短数秒中，归于黑暗。

赵云抽出龙胆，在刺目的阳光下，龙胆带血的枪尖反射出刺目的寒光，冷如死神，利如千刃，谁人不心寒，谁人不动容？

跟随张武入城的数十军士目瞪口呆，纷纷下马请降。赵云将张武的大马交给宋谦带管，统计降卒，三千有余，编入军中，复又割下张武首级，命人打开城门，放下吊桥。

城外的战争还在继续，两万大军奋起攻城。刘备、张飞数百人从后杀至，主将已失，叛军虽多，却不能得到统一的指令，所以场面虽然壮观，却是各自为战，人虽众，却一时攻不下城池。

吊桥放下，攻城的叛军一愣，暂时两边休战。赵云骑着白马，缓缓走出，他左手提着人头，右手握枪，昂首挺立，眼神凌厉，被血沾满的披风轻摆，从他身上散发出一种气势，一种藐视天下的豪气。宋谦持着“赵”字大旗，立于左边，五千军士随后，就如扩弩，等待一击之利。

赵云将张武的首级抛在阵前，大声喊道：“我乃汉左将军刘备之将常山赵子龙，随我主奉命平叛，今反贼张武、陈孙已伏诛，尔等继续负隅顽抗，只有死路一条，为天下人耻笑。皇叔刘备，以仁名扬天下，诸位皆是汉民，何不早降，既可报国，也不枉失好汉一条。”

赵云此话一出，叛军交头接耳，众说纷纭，突然有一人喊道：“刘备军力卑弱，我等数万人岂有降之理。”众人看去，原是军中几个裨将。

赵云冷道：“不降即死。”言罢，拍马前去，四个裨将一齐上前。周围军士纷纷退开，为五人腾出空地。

赵云一勒马缰，逐云用力跃起，赵云随势压枪，带先裨将使狼牙棒，去挡赵云，不想枪压到狼牙棒上，他只感到一股泰山之力，从天而降，赵云巧妙地将逐云狂奔的冲击力与跳跃下降的力量，与自己的力量完美地融合，这种力量岂是凡人能承受的，这裨将立即被自己的狼牙棒压下砸死。

剩余三人分向而攻，左边一将一枪捅来，赵云挑去这枪的同时，反手一枪封喉，右将举刀猛砍，赵云封喉之枪未收，双手一抖，化为巨蟒绞杀，龙胆枪头瞬间透胸。剩下中路一将，已不敢进，反身策马就逃，见赵云紧随，反身一箭射出，赵云冷笑道：“我就知尔等鼠辈，定然如此。”一枪挑去这箭，拍马紧追不舍。这将马虽狂奔，却非逐云之速，转眼赵云已到其身后，裨将心中暗喜，悄悄从怀中掏出五根钢铁毒针，见赵云追近，反手一扔，五针俱出。

赵云眼疾手快，荡起龙胆，在身前舞出循环的圆，只听清脆的“当当”五声，毒针之疾，被化为乌有。赵云怒喝道：“贼子如此歹毒。”用力将龙胆掷出，插入裨将后背，跌落下马。赵云催马上前，伸手拔出龙胆，威风凛凛，全场叛军皆服。赵云拍马至刘备前，翻身下马，单膝下跪，禀道：“江夏贼首张武已诛，叛军皆降，请主公入城。”

刘备与张飞忙扶起赵云，刘备笑道：“此胜子龙功不可没，若没有子龙，定不能胜。”

张飞也笑道：“子龙贤弟，有勇有谋，比俺老张强多了。这次咱兄弟得好好喝顿酒，不醉不归。”

赵云道：“此胜非云一人之功，若无主公与张三哥在前吸引张武，若无诸将士勇敢杀敌，岂能有此胜，云不敢居功。”赵云说得不卑不亢，人皆赞美其性。

刘备令传令兵倍道兼程，将此大胜传到荆州城，然后合军入城，整备降卒，此战得降卒两万余人，众将皆喜。赵云又领夺张武之马来与刘备，刘备看此马目冷毛亮，甚是不凡，他轻抚这马，爱不释手，令人收入马圈，下令全军庆功。

正是：

金龙翔苍穹，枪破万人击。

谁是真英雄，看我常山赵子龙。

第三十七章　蔡瑁设计，马跃檀溪

刘备平叛获胜，至荆州将张武、陈孙首级献于刘表，刘表大喜，刘备又将降卒编制献上，刘表半推，随之接下，见有两万人，心中更是欣喜，自此对刘备再无疑惑。

刘备请辞回江夏，办理军队交接之事，刘表亲自送至门外。赵云见刘备出，拉刘备之马前来，刘表恍然见到此马，大呼神骏，甚是喜欢。

刘备见状，笑道："此马本是张武之物，您若是喜欢，留下便是。"

刘表抚摸着灰马鬃毛，更是喜欢，也不推辞，忙笑着说："就恕为兄不恭，此马我便留下了。"

刘表令人给刘备挑一匹好马，刘备拜辞，回江夏去了。刘表喜盈而乘马，一拍马背，灰马围城道奔跑，速度疾稳，更是开心不已，回到府邸大门，见有人等待。一个中年俊才，姓蒯名良，字子柔。蒯越之兄，当年刘表初来荆州，蒯良为其定下安抚荆楚的政治方向，佐其成业，被刘表誉为"雍季之论"。之后，蒯良就被刘表擢升为主簿，甚得刘表尊敬。另一个身皆儒气，姓伊名籍，字机伯，素有才华，为刘表宾客。

蒯良每日例行来见刘表，闻刘表未在，便在门外候着，却见伊籍也来见刘表，两人便摆谈一起等待。见刘表骑马而归，上前一把将刘表拉下，刘表不解，问："子柔如何拉我？不过来了正好，我知你甚会相马，快来与我看看。"

蒯良神色严肃，急忙说："此马毛皮灰白，眼角泪痕深，额头有一颗白点，正是传说中的名马的卢。"

刘表哈哈大笑，听说名马，心中更是开心。蒯良又继续说："主公勿喜，传说的卢神骏，但是骑则妨主。"

刘表闻言，莫名其妙，不知其意。伊籍感兴趣地问道："此话怎讲？"

蒯良说："张武得此马，不是身首异处吗？主公这马从何而得？"

刘表骇然，忙据实相告。蒯良冷笑道："这刘备面善心奸，是想害主公。"

刘表摇头，说："此马是我与玄德要的，非他主动送我。自无害我之心。"

蒯良道："待他归来，主公找个理由还他，若是留下自用，则罢了。若是自不骑，定然心存不良。"

刘表点头，默不作声。

刘备先去见关羽与两位夫人，之后便与赵云快马加鞭，一路通顺，不日便至江夏城下。张飞与孙乾见刘备归来，忙去迎接，刘备入府，将事情告知众人。张飞听到两万编制全部交与刘表，瞪眼吹须，叫道："凭啥要把两万军士交给他，俺们不是竹篮子打水，一场空!"

赵云笑道："三哥勿急，我已和主公商议，一会儿挑选三千壮卒，编成骑兵精锐。"

张飞这才拍着大脑门儿，笑着说："原来如此，俺老张没文化，没你们脑子灵光。"

会后，赵云、张飞去挑选士兵，选出的军士全部编入骑兵，由自己亲自操练。刘备与孙乾去整理城中户籍，统计官家的资产，做好交接工作。不几日，刘表部来接收，当头大将身高体宽，额大须长，骑一匹黄棕大马，身后数百骑兵，来到城下。刘备众人开城迎接，这将见刘备出，翻身下马，抱拳行礼，说道："在下江夏太守黄祖，奉命前来接收。"

刘备也礼道："有劳黄将军前来，备未远迎，还请见谅。"

黄祖道："这话折杀在下了，刘皇叔军势神勇，凭两千残弱就可击杀张武、陈孙，实在是我辈武人之榜样！我不得不钦佩。"

刘备连道惭愧，遂邀黄祖入城。办理交接后，刘备陪黄祖去校场看军士操练，夜间摆席为黄祖接风，刘备与黄祖很是投缘，聊得甚欢，张飞酒量大，抱坛敬酒，孙乾也在旁劝酒，黄祖喝得面红耳赤，直呼痛快。

赵云当值，未去赴宴，在城头巡视，突见一颗流星划过天际，士卒皆惊恐，赵云立足，皱眉说道："幼时听家师说过，此星古曰扫把，是颗不祥灾星。"

杨昆笑着说："天上星星无穷，掉一颗无足为奇。"

赵云笑道："是我多虑了，我去看看主公他们把黄将军灌醉没有。”

杨昆闻言，与赵云相视一笑，宋谦不知其意，问道：“两位哥哥，你们说的是什么？”

赵云一掀披风，笑着离去了。宋谦一脸迷惑，杨昆凑在他耳边说：“喝醉的人就会吐露真言，既然我们无法知道荆州集团是敌是友，正好以此探知。”

宋谦傻笑道：“没想到还有这样问情报的，你们都赶上狐狸了。”

两人放声大笑，旁边军士终是不解何意。

清晨，初阳驱散浓雾，天地一片祥和。江夏城门开，刘备率三千骑兵返回荆州，黄祖相送至吊桥下，突闻后面人声喧哗，众人回首，见是江夏百姓自发来送刘备，刘备忙下马跑去，扶住带头老者的手，与众人惜别。

赵云贴身保护刘备，严防发生不测，见官民鱼水，赵云心中暗赞。

孙乾笑问：“子龙对眼前景色可有所触？”

赵云点头，笑曰：“这是仁之政的未来，如果天下官民皆如此，就是大仁之世。”

孙乾拍拍赵云的后背，说：“主公的路还太长太长，我们还需要继续跟着仁路前进。”

赵云脸上露出期望的笑容，充满信心地说：“仁道，定然会出现。就如黑暗，总会有被艳阳冲破的时候。”

与民别后，刘备率军返程，倍道兼程，不日便至荆州城下。刘表亲自出城来接，刘备将军扎城外，孙乾建议留赵云与自己守营，刘备便带张飞入城。

赵云在营中观看杨昆、宋谦操练士兵，孙乾来找赵云，赵云笑道：“先生留我在此，怕是有目的吧。”

孙乾点头，说：“主公就这支部队，张将军性格暴躁，遇不得事。若是有不利，只有子龙可以独挡，故请子龙留下。”

赵云道：“刘表不至于如此，就怕蔡瑁挑衅。”

两人正谈话间，有兵来禀，寨外有人闹事，孙乾笑道：“看，这不就来了。”

赵云面露冷笑，说：“客来了，不得不去迎。”

营门口，有人喧哗，赵云看去，见是一个衣甲不整的大汉，正与卫兵争吵。赵云上前，卫兵见他至，便立于身后。

大汉见赵云，张口傻笑道："这个当官的，你们凭啥不让大爷进去……"

大汉嘴中的酒气混合着姜蒜气味，很是恶心。赵云皱眉头，问道："你这个汉子，这里是军营，闲杂人等进去为何？"

醉汉疯疯癫癫地说："我要进去找我的狗，你让开。"

赵云也不生气，说："你一定要进去？"

醉汉点头，一脸醉生梦死，摇摇晃晃就要进入。卫兵急忙去拦。醉汉说："你这官好不讲道理，既然让我进去，又来挡我道。"

赵云听汉子语气，思路清晰，定是佯醉，他面不改色，只是轻笑道："进去可以，只是若是找不到你的狗，可别怪我按军法处置。"

大汉顿了一下，似有所犹豫，然后下决心般地点头，赵云面露冷笑，挥手命令卫兵放行。大汉也不说话，歪歪斜斜地走入营内。孙乾立于赵云身旁，小声说："子龙何意？"

赵云笑道："先生一会儿看热闹就是。"

醉汉进入营内，东摇西走，一步一踩，左盼右顾，不时学狗吠唤几声。赵云、孙乾缓步在后，走至操场，军士杀声不断，气势如虹，醉汉看了几眼继续前进。转了一圈，又转到营门，汉子一屁股坐在地上，叫道："为何不见了呢？奇怪！"

赵云笑道："你可找到爱犬？"

醉汉眯眼说："不知为何，不见了。"

赵云哈哈大笑，说："既然如此，那是不是该我了？"

醉汉笑着说："是我眼花，打扰了。"说罢就欲离去。

赵云笑容满面，对左右大喊："将这间谍给我抓起来，军法处置。"

醉汉闻言，惊诧道："我只是寻狗而已，不是间谍。"

赵云拔出佩剑，上前说道："国有国法，家有家规，军也有军规，军营岂是人随意可进，何况你穿着甲胄，也是军人，不会不知道吧？"

大汉惊呼冤枉，赵云假意欲刺，忽然有人大喊手下留人。赵云心中暗笑，见来者是一个年轻将军，这将军见赵云剑光亮银，忙说："我是刘琦，不知贵军之威，特遣人来开个玩笑。"

"刘琦？"孙乾忙挡在赵云面前说，"这是荆州大公子，子龙还不收剑。"

赵云收剑笑道："原是大公子驾到，还请恕云无礼之罪。"

刘琦抱拳行礼，说：“多闻我叔父手下赵云将军文武双全，今日一见，果然如此，还请勿怪我无礼。”

赵云见刘琦谦卑，忙迎入营中，多谈些兵法行伍，刘琦方才离开。

送走刘琦，孙乾笑曰：“刘琦此来套近乎，必然有求于主公。”

赵云神色严肃，说：“只怕主公骑虎难下，反陷不利之地。”

孙乾道：“寄人篱下，不得不在险中求生。”

赵云点点头，正好刘、关、张三人同来，后面是马车两匹，都是家眷。赵云、孙乾迎接，发现刘备所骑竟然是张武之骑——的卢，原本送与刘表，现在居然又被刘备骑回来了。

关羽见赵云、孙乾很是高兴，下马叙旧，刘备笑道：“刘荆州已经将新野县城容我驻扎，我们立即拔军前去。”

孙乾恭喜说：“主公终于可以有地休整了。”

随后，赵云合军聚众，随刘备前往新野。

刘备来到新野，这里尚是一座小城，安顿下来，刘备便着手制定如降低税负等一系列治理措施，大多关乎民生。法令一公布，城内居民无不欢呼雀跃，尽都拥护刘备的管理。只是这样一来，每月的财政收入大幅减少，刘备心中忧愁，不知如何是好。某日接到徐州书信，糜竺、糜芳变卖了家产要从徐州来投刘备。刘备大喜，又坚持数月，糜家到来，刘备带众将出城迎接。糜家在徐州富可敌国，他们的到来，一下子解决刘备的财政问题，并给予新野迅速发展的环境。

赵云每日操练骑兵，来新野的几年里，原本三千余人的骑兵已经扩充到五千余人。看着密密麻麻的士兵，赵云脸上露出一丝罕见的笑容，他知道，这就是刘备逐鹿中原的本钱。突见有士兵急匆匆禀报，说是刘备传他急去。

赵云来到刘备府邸，径直走到议事厅，见众人都在，刘备见人齐，便说：“刚才有刘表亲笔信至，要我去荆州一叙，不知诸位意下如何？”

众人交头接耳，议论纷纷，最后意见一致，都不赞成刘备前去。

刘备犹豫不决，又说道：“我与刘表同宗兄弟，又让我在此养精蓄锐，此情备不可不去，诸位所说又不无道理，我想这蔡瑁还不至于胆大妄为。”

糜竺出列，说道：“蔡瑁在荆州权大势大，若是在暗地里下手，主公危也。”

刘备叹口气，说：“只是刘表相邀，备岂能不去，此事由不得我，只是此行小心便是。”

关羽出列请命道：“既然哥哥要去，云长愿陪左右。”

张飞也嚷道：“大哥、二哥去，岂能不带俺一块儿?”

刘备苦笑，左右为难，赵云上前禀道：“关、张两位哥哥身负全城守卫任务，曹操势力一直对我新野城虎视眈眈，若是刘表大人重病而亡，曹操必会乘虚而入，两位哥哥不在城内，如何御敌？若是丢了新野，我等又去何处安身?”

关、张闻言，相视一眼，退回列中，不再说话。刘备寻思片刻，才说：“那只有麻烦子龙与我同去了。”

孙乾、糜芳同时说道：“赵将军去甚好。”

翌日，赵云带五百骑兵保护刘备前往荆州，一路顺风，平安来到荆州城外，将军士留在城外，随刘备入城。刚进城，刘备便急去探视刘表，赵云率卫兵送至刘表府邸门口，正遇到蔡瑁急匆匆地从府内走出。见到刘备，神情有些紧张，点头算是打声招呼，急忙离去。

刘备疑惑，赵云低声说：“蔡瑁神色有异，一会儿主公进入里屋，云恐不能进，若有事，急呼便是。”

刘备不作声，微点头。

果然，赵云只能在后院入口等待，刘备嘱咐几句后便随仆人来到刘表寝屋外，刘表急唤刘备入内。

赵云斜背龙胆亮银枪，立于后院大门，神采奕奕，威风凛凛，周围卫兵早闻大名，心中崇拜。

等了许久，刘备未出，赵云心中有些着急。这时来一人，正是伊籍，见到赵云，忙上前奉茶，赵云接杯致谢，伊籍小声说：“速入后院救玄德公。”

赵云面色大变，事态紧急，也不致谢，转身夺入院子，内院卫兵为蔡瑁部下，围扑而上。赵云心急，顾不得其他，起枪就刺，卫兵虽多，又哪里挡得住，又有人知赵云威名，纷纷假装进攻，实际上让出一条路，任赵云通过。

赵云冲到后院，见到蔡瑁率数十军士正围着一个地道入口。突见赵云至，蔡瑁惊诧不已。

赵云大怒，上前厮杀，兵士抵挡不住，几合便被杀死十数人，众军士骇然，赵云一把抓住蔡瑁吼道：“我主何在？”

蔡瑁浑身哆嗦，指着地道说：“赵将军饶命，刘备已从这里去了，我未曾害得他性命……”

“地道通往何处？”

赵云的语气极为焦急。

“城……城西。”

蔡瑁已经胆寒，生怕赵云杀他。

赵云闻言，权衡再三，用力将蔡瑁扔在地上，用枪指其喉，吼道：“若是我主有什么三长两短，我定回来取你性命。”

说罢，急出府邸，上逐云奔出城去，率五百骑兵赶至城西大路，来到一条深涧，当地人唤其檀溪，檀溪这侧，有一支数百人的队伍正在返回。赵云心知必是追杀刘备的军士，废话不说，驱马奔出队伍，蔡瑁的追击队伍见来者气势汹汹，带队将军忙催军上前相战，赵云夺上前去，一枪压下，这将忙举枪来挡，哪里挡得住，被赵云直接劈翻落地，还未爬起身，龙胆枪刃已架在他胸口，赵云怒吼：“我主刘备何在？”

这将冷眼不语，以示抗议，赵云更怒，枪前递半寸，击杀此将，两军交锋，正杀得血雨腥风。赵云又去寻其副将，一个回合将其活捉，复问刘备下落，那将胆怯，忙告知刘备骑马跃过前方檀溪而去。赵云怒道：“檀溪之崖长，马岂能跃？”一枪又刺死副将，赵云又挺枪领军士冲杀，全灭这支追杀队伍，方才展开兵力搜寻刘备下落。

赵云来到檀溪崖口，见深数十里，心中焦急，军士来报未找到刘备。赵云心存侥幸，将杀死的追击队伍尸体火化处理后，又匆匆赶路，绕向檀溪对面搜寻。

第三十八章　银甲血袍寻主公

赵云带队一路狂奔，马不歇脚，人不歇气，连夜绕道至檀溪另一侧。天已黑尽，山中雾气腾腾而起，赵云在宽敞开阔地点起篝火。又派军士持火把沿檀溪上下分头去寻。

一夜无眠，军马疲惫，赵云心中焦急，如万蚁噬心，无法平静，在他心中，刘备是唯一能带领人民走向仁道的人，如果失去了刘备，则一切都成为泡影。四周不断有军士寻回来报，都无刘备消息，赵云在火堆前来回踱步，他眼中已出现一丝寒光，龙胆静悄悄地杖立在身旁，赵云斜眼冷瞄枪刃，火光映射，银光晶锋，这股杀气无形无影，四周军马皆受影响，纷纷嘶叫。逐云更是欢愉无比，战马的归宿就是战场，所以没有什么比战争还能给予战马兴奋。

天色已微亮，鱼肚渐现，赵云目光锐利，不怒自威，派出搜索的军士纷纷回归，未出寻的军士开锅做饭，已起炊烟。赵云左手一甩，将披风缠绕肩头，右手伸出一把抓住龙胆枪身，翻身骑上逐云，命全体军士在此休整，吩咐之言未绝，已拍马离去。

逐云狂奔，晨风拂面，赵云只感到冰凉无比，此刻他心中只有愤怒，一夜未寻到人，刘备恐已凶多吉少，仁政之梦随此崩塌，他现在要做的便是赶回荆州城内，用蔡瑁的人头来告慰刘备在天之灵。奔行数十里，荆州城门已在眼前，赵云紧握龙胆，拍马驱速，守门士兵上前来阻，赵云一挥龙胆扫去，两个士兵被扇飞几米。这一变故，惊动了守卫部队，大量的士兵如潮水般冲出，赵云毫不犹豫，一路杀戮，刺、崩、点、穿、劈、圈、挑、拨等枪势，循环往复，淋漓尽致。龙胆过处，无人能挡，枪下亡魂越积越多。赵云之勇，已是天下无双，纵然吕布再世，也难望其项背。

围在周围的士兵纷纷后退，圈内的尸体已经堆成小山，百余荆州兵死在龙胆刃下，赵云平指城门，喝道："此事是我与蔡瑁之事，汝等让开，我不想再添新魂。"胯下逐云半立嘶叫，犹如战神。

兵士骇然，纷纷避让，为赵云让出一条前进之路，城头弓箭手不敢放箭，怕误伤同伴。这时城外冲来一员大将，此人全身甲胄，威武霸气，手中一把大刀，拍马而来，兵士知是大将文聘，大声呐喊。文聘字仲业，武艺高强，带兵有度，勇冠三军。本在北方御曹操南下，前些日刘表召回荆州议事，正好遇到赵云来寻蔡瑁，遂拍马来战赵云。

文聘一马劈下，赵云出枪，贴刀卸力，反手用枪柄回扫，文聘确非常人，身体后倾，贴于马背，劈过枪扫后，又复起一刀，赵云使出七探盘蛇，不到五合，文聘不敌，忙策马与赵云分开一定距离。赵云冷道：“我只寻蔡瑁，不想死就让开。”

文聘也怒目而答：“蔡瑁乃我荆州大都督，你要寻他，也得看你有没有这个本事，就你一人，纵然无敌，也不是十万守军之敌。”

赵云放声大笑，声音中带有一丝凄凉，说道：“我主已被奸贼蔡瑁所害，仁政已失，我单枪匹马，又有何惧？”

文聘奇道：“你主何人？”

赵云道：“皇叔刘备，刘玄德是也。”

文聘惊曰：“昨晚才见皇叔，怎生就被蔡都督给害了？”

赵云闻言，已经死寂的理想，瞬间澎湃，欣喜问道：“你在何处见到我主？”

文聘面色诚恳地说：“昨夜经过水镜先生家，顺路去拜访。得见刘皇叔，还同饮素酒。”

赵云将信将疑，又问：“这水镜先生住何处？”

文聘答：“城外檀溪南四十余里处。”

赵云抱拳，谢道：“多谢将军告知，适才云多有得罪，还望勿怪。”说罢，转身策马而去。

文聘目送，赞道：“刘皇叔手下有此忠肝义胆之辈，未来岂有不成事之理。”他心中暗暗佩服，有心包容，令将死去的百余士兵安葬，自己去见刘表解释。

赵云回到檀溪边，士兵见他银甲血袍，逐云身上也是血迹斑斑，很是吓人，忙取水与赵云洗去甲胄上的血污。一切忙完，赵云拔军前行，依文聘告之方向，前进数十里，迎面来一人，其马奔驰如风，正是刘备。赵云欣喜若狂，勒停逐云，下马去接刘备。刘备突见军队，疑是蔡瑁追兵，心中正慌张，见带头之人是赵云，心中大石落下，也是高兴无比，勒停坐骑，下马而行。赵云至刘备前，单膝半跪，禀道：“子龙保护不周，让主公受罪了，愿受责罚。”

刘备忙扶起赵云，见赵云狼狈，知他为寻自己，一夜未睡，心中感动，半晌才哽咽地说：“让子龙费心了……”

赵云保护刘备，一路返行，路上问到此事，原来刘备见了刘表，出门正要离开，伊籍挡住他去路，并告之蔡瑁已从后门进入，躲在后院准备击杀刘备，并告诉刘备一条刘表修来防不测的秘密通道。刘备从通道逃走，来到城西，偷偷回来骑走的卢马，本想出城去寻部队所在，不料追兵速至，的卢不听刘备使唤，夺路而逃，直到檀溪边，见无路可走，深涧万丈，刘备只怨的卢果然碍主，自嘲戎马倥偬，不得志而将死，长叹仁治已无后继之人。谁想那的卢长嘶，冲跑而跃，直直跨过数丈之宽的檀溪，甩掉了追兵，一路前行，遇到一四合庄子，进入求宿，没想到居然是荆州名士水镜之家，水镜不但热情接待，还向他举荐荆州青年名士。

赵云听得心惊胆战，心中直呼万幸，一行也不再回荆州与刘表辞行，直接朝新野方向进军。

第三十九章　鬼哭神嚎，大破八卦阵

由于担心蔡瑁派人追杀，赵云下令全军倍道兼行。一路畅通直到新野县境内，军士已是疲惫不堪，方才选个小河边的树林，下令暂时遮阳休息。

部队紧绷的心，终于可以放下，兵士下马，有躺有卧，有靠树有靠石头，各自休息。赵云取水端给刘备，刘备接过一饮而下，顿时舒服多了。刘备叹口气说：“此行有惊无险，多亏了子龙，不然备恐怕难逃贼人之手。”

赵云立于刘备旁，说道：“保护主公是云的分内之事，主公不必言谢。”

刘备笑道：“子龙性格谦虚，备不知该如何是好。”

两人正谈话间，路上有人边走边唱：“步出齐东门，遥望荡阴里。里中有三坟，累累正相似。问是谁家墓，田强古冶子。力能排南山，文能绝地纪。一朝被谗言，二桃杀三士。谁能为此谋，国相齐晏子。”

歌声立即引起站岗士兵的注意，赵云看去，见此人身材不高不矮，体瘦须长，皮肤白皙，气质在外非常人也。刘备忙上前去，礼道：“先生可是卧龙凤雏？”

来人笑道：“非也、非也，山野小民单福，无聊吟唱诗句而已，不想却惊了大人。”

刘备跪拜，神色恭敬地说：“备知道先生非常人，诚邀先生同舟共济，辅佐刘备成就仁政天下。”

单福忙扶起刘备说：“山野小民岂能受此大礼，我是受水镜先生之托来瞧皇叔，既然皇叔厚待，单福就随皇叔左右。”

刘备大喜，赵云在旁也是欣喜，刘备之所以与曹操作战屡战屡败，就是因为其身边没有如郭嘉之类的谋士，不过这单福有无大智却不知道。

休息一阵，赵云令军士继续赶路。刘备将的卢与单福骑，单福坚决推辞，只得另选匹马与他。

关羽等人闻刘备归来，忙在城门迎接，刘备下马便向众人介绍单福。关羽轻抚长须，虚目不语，心中很是轻蔑。单福当然看在眼里，心中有数。

翌日，刘备起祭台拜单福为军师，单福制定了一系列的军政制度，令各将领执行。

月余，有探子报曹操遣大将曹仁、李典率军三万，从樊城出发，以吕旷、吕翔为先锋，率一万精锐先行，意图进攻新野。

刘备遂聚众商议，单福献计说："可使关将军与张将军左右迂回，主公可与赵将军正面迎击，三路合围，来敌不可逃。"

众将依计而行，赵云率骑兵精锐三千，保护刘备迎敌，前行十数里，便见山后尘高，吕旷、吕翔领军至。两军对峙，刘备在阵前大呼："尔等何人？敢犯我荆州。"

吕旷枪指刘备笑道："我乃汉将吕旷，奉丞相之命，特来杀汝等犯上自立者。"

刘备怒而骂道："尔等与曹操这个奸贼为伍，安敢自称汉将？"

吕旷怒拍马出阵，长枪一指，直取刘备，立于刘备旁的赵云，一策逐云，飞驰而去，手起枪落，吕旷坠马身亡，竟不是一合之敌。吕翔大惊失色，哪里敢出阵掠战，指挥大军掩杀，赵云拍马又前，杨昆引三千骑兵跟随突杀，龙胆左冲右刺，杀得敌阵四下分散，前后不相及。吕翔见大势已去，引军便走。不料关、张两支迂回之军至，将其围在中间，吕翔奋战，心想突围，不想正遇关羽，战三合，便被斩于马下。赵云带军至，关羽拿起吕翔首级，对他摇晃几下，赵云笑道：

"这吕翔命不好，逃到二哥刀下了。"

此战大胜，刘备引军回城，单福早已准备好酒菜与三军庆功。刘备大喜曰："若非军师之计，今日岂有如此大胜，我定要敬军师一杯。"

关羽等人已是心服，单福道："此次曹军新败，樊城曹仁必定亲自引军来。"

刘备问："当如何破敌？"

单福笑道："此事非赵将军不可成。"

翌日清晨，探子回报曹仁起大军星夜渡河来犯，意欲踏平新野城。刘备招众将商议。

单福一入大堂，刘备笑迎曰："果然不出军师所料，曹仁果然兴师前来。”

单福笑道：“昨日之计，今日可用也。”

说罢与刘备对视一笑，依计而分派任务，各将领命而去。

午时未到，曹仁大军压境，陈兵于新野城外。刘备与单福在城头观敌，见曹军前至一将，铁甲金戈，背肩黄披，正是大将李典，在城下掠战。

赵云立于刘备身后，上前请命。刘备问：“军师，可否应战？”

单福笑着说：“有劳赵将军走一遭了。”

赵云欣喜，行抱拳礼后，转身下楼，点齐三千马步兵，开门迎敌。李典正在叫骂，见吊桥放下，笑道：“乌龟总算是露头了。”

赵云率军冲出，宋谦持大旗在其侧，三千人马一字排开。赵云大声喊道：“尔等逆贼，安敢来犯？”

李典回曰：“奉丞相之命讨伐叛贼刘备，汝等自己束手就擒吧，免得脏了本将军的长枪。”

赵云笑道：“无知狂徒，就看看你可有这本事。”说罢，拍马冲出，直取李典。

李典也不甘示弱，举枪来迎，使出家传枪术，刁钻狠刺，意欲速杀敌将，以挫敌军士气。赵云岂是常人，任由李典枪术新奇，仍然临阵不惊，一手百鸟朝凤使得如千转法轮，招式变化源源不绝。

李典越战越惊，赵云使枪更甚于他，五合不到，已是胆怯，反身便退。杨昆、宋谦率军掩杀，李典军大败而退，曹军大部来救，赵云见敌众，引兵归城。

李典败归，回见曹仁，说道：“赵云果然厉害，敌军连胜，士气正旺，本部却死守城池，只派少数人马出城，战胜又不追赶，恐其有诈。而我部全城出动，樊城空虚，若是刘备先遣军队去攻，则樊城危也，不如收兵回城，再做打算。”

曹仁因吕旷、吕翔二人被斩，心中正忿，昨日出兵李典便出言阻止，今日又言，平添新怒，吼道：“你个怕死的李曼成，自己战败就罢，又来扰我士气。”遂命左右拖下去问斩，各将士纷纷求情，方才饶其一命。曹仁披甲上马，准备亲自上阵厮杀，有裨将禀道：“将军可以用阵法围敌，敌若不破，则久必城内无粮，刘备必为我俘。”

曹仁喜道：“正好有八门金锁阵围敌。”

李典心惊，又欲劝阻，副将连忙用手狠掐他手臂，李典心知其意，强忍不说。曹仁斜眼见到此景，心中怒气方才稍消，下令各将准备。

李典与副将重回统军，李典叹道："只恐樊城已失，我军若久攻不胜，必前后受敌，我有何颜回许昌去见丞相……"

副将奇道："将军怎知樊城会被刘备所夺？"

李典面色严肃地说："探子回报称其拥军不下两万，这等兵力却死守城池，说明大军必已离城，出城不击我部，必是迂回攻打樊城。"

副将这才醒悟，说："果如将军之言，我立即将军队后移至阵尾侧。"

李典摇头，曰："立即将部队移至曹仁将军左侧，以防不测。"

副将先疑后赞："将军如此人品，让人敬佩。"

曹军大部前推，交叉移动，军士步履统一，渐分为八支队伍，列军城下，又冲出一将掠战。

单福感觉有异，刘备又令赵云出城迎战，探敌虚实。赵云正待出城，单福追下城，喊道："赵将军切不可深入追击。"

赵云抱拳行马上礼，又率军返杀出城，曹将拍马来战，两军交杀，这将知不敌，引军便退，赵云勒马不追，曹军复返，又交战数合，两边各有死伤。此时八队曹军分行而动，旋转分合，有军士拍盾呐喊，声势浩大。赵云不敢轻进，又率军归城。来到城头，刘备、单福正在观望，赵云问道："曹军行动诡异，不知在布什么阵势。"

刘备神色平淡，对单福问道："曹军所摆之阵不知是何阵法？"

单福笑道："此阵叫作八门金锁。八门者：休、生、伤、杜、景、死、惊、开。如从生门、景门、开门而入则吉；从伤门、惊门、休门而入则伤；从杜门、死门而入则亡。今八门虽布得整齐，只是中间通欠主持。如从东南角上生门击入，往正西景门而出，其阵必乱。"

刘备也笑曰："军师既知，那此阵可破也。"

单福摇头说："只是不知各门所在，可令赵将军率一支机动小队，先去探阵，只须寻得其中三门所在，我便可推出全门位置，方可破阵。"

赵云领命，选五百精骑，出城探阵。曹仁见刘军出城，令旌旗摆动，指挥部队统一行动，八门金锁阵又开始转动起来。赵云回头对杨昆、宋谦说道："阵中险地，务必紧跟我身后。"

见杨昆、宋谦点头，赵云挺枪率先冲入。一入阵门，兵众不断奔走，转眼入口便已消失不见，四周兵士围来，赵云双手挥舞龙胆，无人能近其身，一路前进，身后左边宋谦高举“赵”字大旗，右边杨昆奋力杀敌，五百骑兵跟随冲杀。前方兵士越来越多，四周刀拍盾发出刺耳的金属声，五百精骑不断有死伤。赵云知道无法分神，稳步推进，边进边杀，前方迎面冲出两员裨将，一左一右，径直来取赵云。赵云脚钩马鞍，身体侧扶马身，两将未料他有此一招，赵云顺手斜刺，一枪刺去，左将手忙脚乱，被刺落马下。赵云起身，右将槊刺而来，赵云回枪拨开，举枪劈下，这将双手举枪来挡，架住龙胆，赵云由劈改为下撩，反手用枪柄将其由下至上，撩下马来，复手一枪夺了性命。

城头刘备面露慌色，城下曹军如长蛇旋转，只见到无数兵众，看不到入阵的赵云何在。单福左手轻抚自己的山羊小胡，注视着由于赵云入阵，所牵动的阵形变化，心中默默推算。

阵中赵云仍在厮杀，杨昆说道：“我部已损失三分之一，敌阵变化无常，恐我弟兄将死于此地。”

宋谦笑道：“上阵岂有不死之理，事已至此，我当奋力厮杀，死也不冤枉。”

赵云朗声说：“两位兄弟所言极是，将军难免阵上亡，现已入重围，有何可惧，不如尽力杀敌。”

听闻三人之言，众军士皆大呼不畏死，赵云大呼：“弟兄们，随我杀出一条血路。”说罢，双腿一夹，逐云四蹄狂奔，冲向敌军。

旌旗四舞，盾牌如浪，刀光剑影，甲胄矢弩，浓烟雾裹，八门金锁阵变化无常，赵云率队被困其中，左突右杀，不知身在何处。

此时艳阳高照，射在兵器上，光芒四射，赵云一杆长枪，舞得呼呼作响，无人能敌。又杀一阵，阵势旋转，又奔出一队骑兵，赵云举枪相迎，这队骑兵哪里能敌，几合便被击溃。

长时间厮杀，赵云满头大汗，伸手去抹额头，突然灵机一动，伸手将龙胆插入地上，见龙胆在地面留下一条影子。宋谦不解，问道：“将军这是何故？”

赵云心中欣喜，笑曰：“这阵中我们找不到方向，但是可以依靠阳光来指引我们向相同的方向，必然可以杀出阵去。”

杨昆道：“太阳每个时辰都在变，我们得抓紧时间。”

赵云点头，说：“就赌这次，是生是死，看天命吧。”说罢，拔出入地三分的龙胆，冲杀出去。盾兵枪兵配合组阵，挡在前方，阻挡骑兵，赵云知道只能硬冲过去，一勒马缰，逐云奋力跃起，从空落下，前蹄去踩盾牌，赵云随势劈枪，顿时将盾牌阵前排杀出一个缺口，逐云转身后踢，赵云再次借力用龙胆横扫，缺口完全打开。杨昆、宋谦随后冲上，紧随其后，盾阵守将来迎，举斧就砍，赵云架住大斧，这将用力下压斧头，想用蛮力压下斧刃，杀死赵云。赵云双手用力一顶，将其斧刃弹开，未等其再砍，一招凤翼已将其刺下马来。一路冲过几层各种阵势，随阵势如何旋转，赵云不受迷惑，只跟着龙胆插地的倒影所指前进，终于杀出一个缺口，这才发现离城池已有数里，返回城中，刘备慌忙亲率军队出城接应。

回到城中，赵云带去探阵的五百精骑，只剩下十余人，可见这八门金锁阵非同小可。

刘备令赵云休息片刻，赵云坚持要随刘备上城头去察敌情，刚上城头，一直在观察城下八门金锁阵的单福扭头说道："多亏赵将军冒死去探敌情，曹军这阵势的休、生、伤、杜、景、死、惊、开八个门，我已然知晓。"

随后又问："将军在阵中有何所见？"

赵云道："刚入阵中，敌军旋转，便无出口，里面盾牌阵重叠，马兵步兵相互接应救助，整个大阵成连锁，动一则牵全身。且刀拍盾，起音震耳，让人心神不宁，敌军来袭，如波浪，一层接一层，没个停息。"

单福点头，说："果然如我所料，入阵者，军先被夺气，将先被夺心，先乱了心神，自然不知道如何去破阵，再根据奇门遁甲之术，反复旋转，可使入阵者不知方向。"

刘备在旁问曰："这阵是否可破？"

单福笑道："既知其八门所在，焉有不破之理？"

赵云抱拳请命道："云愿再领五百精骑去破此阵，为战死的弟兄报仇雪恨。"

单福笑着说："今日将军已疲，不如休养一晚，明日午时我军精神饱满，而曹军气惰，再去破阵，我军必胜。"

赵云也知有理，便下城回营休息。

曹仁在阵中大笑，直呼痛快，见天色已晚，也鸣金收兵。李典受命打扫战场，统计下来，双方伤害居然持平，忍不住暗赞，副将也说："这赵云果如传言中一般，就算身陷八门金锁阵中，也能杀出一条血路，我军枉占绝对优势，只能打个平手。"

李典脸色严肃，心中甚是忧虑，他说道："明日之战，胜负不知，我当亲压阵脚，守卫曹仁将军。"

副将点头，说："我坚信我军必胜。"

翌日清晨，气温骤降，寒风凛冽，曹仁急于速胜，陈兵城外。

刘备一行人走上城头，这些人有糜竺、糜芳、孙乾。单福、赵云早已在城头等待，见刘备至，上前行礼问好。

刘备见赵云神清气爽，很是精神，笑问："子龙今日破阵，要带多少人马？"

赵云禀道："兵不贵益多，唯无武进。云只带精兵五百足矣。"

单福呵呵笑曰："只待子龙破阵，主公可率全城军马，掩杀而出，敌军正乱，必败无疑，毁其粮草，曹仁只得退军樊城，此时吾计可连环而使也。"

刘备点头，满意地笑道："子龙切要小心自身安全。"

城下杨昆挑选好军士，命人来报，赵云与众人告辞，下城统军。

再说曹仁在阵中，指城头大笑，对诸将说："刘备小儿，若破不开阵，再无几日，城中无粮，定败无疑，将其捆绑送与丞相，我等大功告成。"

诸将皆贺喜，唯有李典在旁默不作声，忽然有兵来禀，刘备军出城来战，各将自归其位，阵势开启，军士旋转。

赵云率军出城，冲杀入阵，直奔东南角上生门，盾、步混合交叉，合围而击，赵云猛入，杀得阻敌四分五裂，枪走马奔，血溅如雨，直杀入生门内，守门大将提刀来战，杨昆上前接战，两边厮杀混战。宋谦跟随赵云一路猛进，见杨昆久战不胜，上前去助，阵中副将来接宋谦，杀得昏天暗地，赵云争分夺秒，只领百骑独进。斜插速进，穿过生门，路过休、伤、杜、死、惊五门皆不入，直奔开门，守将欺赵云轻进，引军击杀，赵云毫不畏惧，挺枪去战守将，正副两名守将各起兵器，各出杀招。赵云左挡右刺，进如疾风，绞如大蟒，左右开弓，不到五合，挑杀两将，百余骑兵冲锋厮杀，开门阵内守军大乱，顷刻瓦解。

赵云心中痛快，放声大笑，拍马奔向正西景门，身后百骑刃利气锐，群马奔驰，带起灰尘如烟，势不可当。阵中曹仁大惊，急命旌旗指挥其余五门守军弃阵援景门。李典望阵中旌旗频繁挥舞，叹息道："我军败也。"遂合军死守曹仁所在。

城头单福大喜，连对刘备喊道："敌阵已乱，正是破阵败敌之时。”

刘备披甲戴挂，拔出双股剑，统全城之兵，冲出城去，数千守军，憋守几日，早有忿气，此时出战，无不欢喜雀跃。

八门金锁阵已乱，刘备引军杀入阵中，无人阻挡，直奔阵中主将所在。五门皆合入景门，赵云浴血厮杀，杨昆、宋谦领军来助，合军一处，以寡敌众，曹军虽然势大，却闻刘军本部朝主将曹仁进军，忙放弃围杀赵云，返军去救。赵云抓住战机，引剩余骑兵直线冲杀。

曹仁身边只有数百亲卫，他见事态紧急，慌乱上马欲退。刘备军至，曹仁咬牙拼杀，刘备持双股剑上来交战，两人相持不下，刘军众，曹仁心中暗自焦急。不几合，亲卫便被击破，曹仁被围，刘备策马大呼：“曹仁还不下马受降!”

曹仁鼓眼冲冠，心中已存必死之心，怒骂道：“大丈夫岂能降草履匹夫乎?”

刘备大怒，令军围杀，不想冲出一军，为首之将正是李典，直取刘备，刘备上前接战，两军交锋，解去曹仁之困。李典武艺高强，杀退刘备，护着曹仁撤退，五门军士援至，曹仁这才收拢败兵。

赵云率军追来，李典指挥所部来挡，曹仁怕李典有失，命军又反攻助李典，赵云与李典交战数合，李典拼死一战，却已是力有不足，曹仁大军返至，赵云见敌恢复士气，知不能敌众，暂引众骑兵撤退。

曹仁见李典，面色惭愧地说：“悔不听将军之言，方才有此大败。”

之后重整军马，点数下来，折了正副将军六名，士卒五千有余，虽未元气大伤，但军粮被夺，兵众气馁，不得不退兵回樊城。

曹仁急退，赵云与刘备合军一处，单福已到前线，见刘备欲追，阻道：“穷寇勿追，主公不可领全军追赶，只须与赵将军一千军士在后缓追，足矣!”刘备闻言道：“愧被胜利迷了心，幸亏军师提醒，不然就与曹仁一般。”遂拨一千骑兵与赵云。赵云领命，率军策马追击。

再说曹仁败兵一路倍道兼行，有探子不断回报追兵在后，往复几次。李典心中有疑，说道：“追兵一直与我军保持距离，恐有诈，不得不提防。”

曹仁才吃大亏，已不敢骄傲自满，说：“李将军说得甚是，我军只有速归樊城休整，方是上策。”

李典又说：“为防止刘军诈变，我愿率所部伏击追兵，阻其步伐。”

曹仁脸色凝重，说：“将军非赵云敌手，若是被识穿，将军性命难保。”

李典笑道：“任他赵云再强，我不与他单骑交手，情势不妙，撤退便是。”

曹仁随后点头同意，李典率本部脱队，奔前方选一芦苇地埋伏。

赵云部一路跟随曹军身后，渐入伏地。李典藏身芦苇中，见赵云已入伏地，心中大喜，拉弓搭箭，只待猎物近来射杀。

赵云见两旁芦苇茂盛，喝停逐云，见四周空寂，不免心中有疑，杨昆道：“此处芦苇高而密，最益伏兵，待我领队谨慎地搜索一番，再行不迟。”

赵云环顾四周，说：“就依你言，只是小心行事。”

杨昆领命，率五十余人下马搜索，李典暗道不好，虽然射程不可及，也不得不将箭射向赵云。此箭一出，只闻得一声锐响。

赵云冷笑曰：“果然有伏。”

率众前击伏兵。李典也率军冲出，两军交战，一阵厮杀。赵云直取李典，李典勉强抵挡几合，又躲入兵众中，赵云也不寻他，见敌兵便杀，李典部也是勇者不畏，拼死抵抗。李典又杀一阵，心道曹仁已去远，不再缠斗，引军撤退。

赵云率军追击，一路追杀，李典且战且退。又追一阵，赵云不再追击，令军暂且休整。杨昆、宋谦不解，见赵云问：“敌军狼狈不堪，我等为何在此营军，而不乘胜追击？”

赵云蹲坐在草地上，用布轻拭龙胆枪头，说道：“此是军师之意，我部接到的命令不是追击曹军，而是在此休整等候。”

杨昆奇道：“军师此为何意？莫非曹仁还会出樊城路由此处乎？”

赵云笑着说：“二位兄弟不如也坐下保养武器，与其胡乱猜测，不知其意，不如静待佳音。”

宋谦一屁股坐在赵云旁，笑呵呵地说：“既然将军这么说了，我听令就是。”

杨昆点点头，又说：“那我去叫人生火做饭，待将士养精蓄锐，以待今夜之战。”

随后各自休整不提。是夜，寒风凛凛，气温骤降，由于不准烧火，军士萎缩在帐篷内避寒，赵云独在大帐等待消息，杨昆、宋谦从外掀开门帘，疾步入内，欣喜喊道："樊城方向过来大军，只见火把甚多，不知多少人马，已到十里外的浅河欲渡。"

赵云猛地起身笑道："单军师神机妙算，曹仁果然来了，传令下去，整军出击。"

杨昆、宋谦领命，集合兵士，来到大道，正要安排伏击，却闻远处杀声一片，赵云疑惑，杨昆问曰："莫非我军追兵已至？"

宋谦心痒，在旁说："不如我们过去帮忙。"

赵云阻止道："军师只令我们在此等待，必有所恃。我们不必横生枝节，听令就是。"

宋谦无可奈何，只得带队藏于黑暗之处。

河道方向火影闪烁，杀声震耳，而大道却十分寂静。藏身于两旁的兵士虽然兴奋，却不得不安心等待命令。

赵云手轻抚着逐云柔顺的鬃毛，逐云趴在他身旁，显得非常享受。

杀声马蹄声渐渐朝埋伏处移动，老兵们热血沸腾，新兵有的额头流汗，心中既紧张，又兴奋。

不久，大片曹军溃兵逃至，狼狈不堪，骑兵步兵皆在奔驰。赵云面有喜色，杨昆、宋谦都看着赵云，士兵们握紧手中的武器，等待着赵云下令。

数批败兵经过，宋谦忍不住，想去询问，杨昆一把拉住他的手臂，示意不要去打扰赵云。

又过片刻，只闻马蹄凌乱，十数敌将保卫曹仁逃至，赵云喝道："敌将已到，诸位与我杀敌立功。"说完一勒逐云缰绳，逐云站起，赵云翻身上马，当先冲出。宋谦喜道："原来将军的目标是敌将，兄弟们冲啊。"上马紧跟赵云。

再说曹仁，不幸至极，回樊城，却是一座空城，被一把火烧散半数兵士，逃离至浅河，正在渡水，不想上流被伏兵决堤，大水一冲，使其军前后不能相顾。关羽率军击来，逼得曹仁顾不得其他，在众将的保护下向大路逃去。此时又遇赵云伏兵，曹仁胆寒，大呼不妙。

十余曹将率残兵奔向赵云部，掩护曹仁离开，赵云、杨昆、宋谦与这十余将杀在一起。两军交战，曹军连败，战斗力却未减弱，一时间双方杀得难分难解。

曹仁在数百亲卫的保护下，直线突围，赵云一夹逐云，摆脱敌将纠缠，去挡曹仁。曹仁身后亲卫军士奋力去击赵云，赵云身后兵士冲来，接下亲卫队，曹仁见已无可避，举刀来战赵云。

但见刀光寒凛而来，赵云也不畏惧，一枪甩去，架住刀刃，赵云反手颠弹，震开曹仁大刀，紧随斜刺其面门，曹仁跟随曹操数年，身经百战，见枪刺来，翻身躲开，起身之后，勒马就走。赵云拍马前追，朝曹仁背窝捅去，曹仁反身横扫，一刀劈开，逃得性命。赵云又追，曹仁内心焦急，单匹狂奔，其马速不如逐云，转眼两人相近，赵云举枪就刺，曹仁转身迎战，刀枪相撞，火花四溅，赵云冷笑，再复一枪，曹仁不知其来势，躲避不及，肩头被枪刃刮中，肩甲下滑，皮肉崩裂，鲜血直流。赵云趁其吃痛，一枪绞去，曹仁无力抵挡，眼见活不成了，左面突来一箭直朝赵云面门而来。迫得赵云回枪自救，挑飞来箭，来人已近，原来是在后方阻挡关羽的李典部至，李典为救曹仁，奋力来战，赵云接战，砍杀数合，李典不济，曹仁反身来助，赵云以一敌二，尽占上风。副将怕李典有失，率军士来助二人。赵云被里外围住，李典趁机保护曹仁退出战局，赵云暗道不妙，奋力厮杀，谁知李典部下，皆不怕死，拼命阻挡，赵云左冲右突，杀得手臂酸麻，此时后方马蹄群起，原是关羽、张飞两部人马，加入战局，顿时曹军大败，纷纷逃窜。

关羽见赵云，喊道："子龙可杀得曹仁乎？"

赵云面有愧色，说："未能留下曹仁，云之罪也。"

关羽抚须说："曹军将多，此事不怪子龙。"说罢，又追杀敌军。

天色微明，一夜奋战，曹仁三万大军，只剩百余人逃回许昌。战场上尸体横列，赵云走在战场上，除了后至兵士正费力打扫卫生，其余参战将士有坐有卧，在心里享受着胜利的喜悦，有的面色苍白，呕吐不止，这类都是新兵，第一次参加杀戮，定然会这样。赵云上前安慰新兵，他的出现让军士们很是意外，因为有将军来与士卒坐在一起攀谈的，绝对是前所未闻。

打扫完战场，收兵归返新野，将士一路凯歌。赵云抬起头，任山风吹拂，他知道，在身后的将士们，和他一样满怀着梦想。赵云伸手一拍马臀，逐云载他飞奔向前……

正是：

白马龙胆踏赤血，一腔热忱报国门。

风云烟琼征千里，银枪光慑破八门。

第四十章　再见童飞

自大破八门金锁阵后，关、张、赵三军归返新野，刘备大摆酒宴庆贺。一时间新野城内喜气洋洋，热闹无比。

单福与刘备跟诸将同饮几杯，刘备见众人喜悦，只有单福寡口无言，似是心不在焉，刘备问之原因，单福开口对刘备说道："主公勿因胜而骄，曹仁大败只身逃回许昌，曹操大怒，定会遣大军前来。"

刘备闻言，笑道："我有军师之智，亦有关、张、赵之勇，何惧曹军。"

单福苦笑，曰："我军兵力孱弱，若是曹操亲至，我等只能弃城南下。"

刘备本是红润的脸色，刹那间苍白许多。曹操这个名字压得他太久太久，其用兵之诡，用将之精，当称为诸侯第一人，收黑山张燕，破袁绍，招张绣，杀吕布，以献帝之名号令天下，独掌汉王朝大权。刘备曾经屡次与之交战，无一胜绩，迫使他无家可归，颠沛流离，只得寄居刘表门下。

单福见刘备有惧色，开口劝说："主公不必担忧，曹操西、北皆有外患，所以坐镇许昌，未必会亲来。"

刘备摇摇头，苦笑说："但愿曹操不要亲至……不然新野就完了……"

两人一时间陷入沉默。赵云端酒过来敬酒，见此情况，开口询问，刘备如实回答，赵云笑道："主公与曹操已是水火，就算今日不来，改日也必然将在沙场相见，有何惧哉？"

刘备狠喝下一杯酒，带着些许醉意说："子龙说得甚是，曹操有何可惧。"

单福抚须，笑曰："主公心已不惧，我军之幸也。"随后众人畅饮，只是心中已有疙瘩。

以后几日，赵云整军，统计所属伤亡，并接受刘备新征募来的士兵，组织与老兵一齐训练。

这日正午，赵云正在新兵中挑选精锐加入骑兵，有士兵来禀，营外有人请见。赵云问是何人？士兵只道不知，来者未多言。赵云点头，便叫杨昆暂带训练。

来到营门，一个高大身影立于门口，黑衣草履，头戴斗笠遮挡面部，见赵云来到，方才掀开斗笠。赵云一见此人面貌，惊喊道："童飞!!!"

童飞，依然和当年一样冷酷，岁月在他脸上没有留下任何印记，唯一改变的，就是他的眼神中已经没有那时的戾气。

"赵云。"

童飞轻轻地喊道。

童渊的身影在赵云心里出现，他上前说道："童大哥，是非恩怨，已经随师父的死而散了吗？"面色苍白，似是强忍激动。

童飞长叹："北风胡声，引光饲月。一封家信，谁人可与……悲哉、悲哉。"

赵云茫然，不知何言，静待他语。

童飞说罢，又道："曾经我以为杀死他，我会很开心，因为那是我的目标，可是……这些年来，我心中无时不在自责。后来，我想通了，原来，你当年所说的才是对的……"

赵云呆呆地看着童飞，感到不可思议。童飞仰天长叹，从怀里掏出一卷羊皮，起手扔给赵云，赵云抬手接下，打开一看，见上画有小人儿，使的各种枪势甚是精辟，原是一套枪法绝技。

"这是韩荣的——风花雪月寒梅枪，你杀了韩飞，韩荣岂会罢休？我听闻韩家已经依附曹操，日后必会前来杀你，你将这套枪法研究透彻，那韩荣想杀你也没有那么容易。"童飞转身离去，边走边说道。

赵云手捧羊皮卷，对童飞的背影喊道："你怎么会有这套枪法？你又为什么要帮我？"

童飞回过头，冷酷的脸庞露出一丝笑容，说："因为你是我的师弟，也算我在世上唯一的亲人。有机会我会带你去老头子的墓上，陪他喝杯酒。"

赵云闻言，眼角悄悄掉下几滴晶莹剔透的液体，心道："师父，你听到了吗？"

…… ……

第四十一章　赴西凉遇匪

朝晖映潭，护城河上粼光闪烁，鸡鸣刚起，操练场上，早已有人在此使枪。其出枪则疾如狂风；刺枪则电光石火，激起朵朵火花；绞摆灵动则雪花叠堆；刚柔相济则月光徐进；招势相生则枪人合一，挑出无数枪旋，如朵朵梅花，在刺骨寒风中傲然开放。一套枪术舞完，收势而立。周围军士这才能看清练枪之人，此人剑眉明目，皮肤白皙，不怒自威，一袭灰褐布衣，甚是英俊威武，正是赵云。

“风花雪月寒梅枪，果然名不虚传。可惜当年的韩飞太自负，若是他真把这枪法修到极致，就算我现在七探盘蛇枪大成，也不可能轻易击杀他。”

赵云伸手抹去额头上的汗水，回忆起与韩飞交手的点点滴滴，心有所思，突然他恍然大悟，又自言道：“张郃将军使的便是这路枪法，与我交手，从未使出后路枪法，看来他是有所保留。比武时，我只道自己有意相让，看来他也未全力以赴，听闻他已归附曹操，日后难免战场相见，到时各为其主，我得对他小心提防。”

赵云想到这里，有人喊道：“赵将军，好生勤奋。”

赵云回首，见说话之人乃单福，其后是笑吟吟的刘备。赵云忙将手中龙胆交与身旁兵士，上前作揖礼拜。

刘备笑曰：“此次前来，是看子龙骑兵操练，顺便看看有什么装备需求。”

赵云禀道：“上回一战，我骑兵精锐伤亡过半，云正想如何是好。”

单福抚须，佯惊说：“前些日子，不是与你编制一批新卒？”

赵云面有难色，说：“有锐卒却无良马……兵荒马乱，市场又无从购买。”

刘备哈哈大笑，说道：“子龙勿忧，我此次前来，正是要与你商量此事。”

赵云喜道：“恕子龙唐突，不知主公已有解决方法，可否告知？”

单福拍手笑曰：“我与主公正是为此事而来。”

刘备微笑，说道：“子龙可知何处战马优良？”

赵云不假思索地说：“必然是关外西凉之地。西凉马家之所以久守边境而羌人不敢打扰，便是因为其统下有数万铁骑，当年公孙瓒的白马义从，便是在西凉购置的精骑。”

刘备点头，又说：“马家家主马腾与我同涉血书锦带之谋，欲同讨曹贼，可惜事迹败露，白费了性命。现在据说由其子马超统其军队，我想去与他买些良马，想来也不会拒绝。”

赵云心中有数，抱拳请令道：“云愿亲赴西凉一趟。”

单福在旁说：“关将军手握三军脱不开身，张将军性格莽撞，去了反而误事。也只有赵将军可以去。”

赵云对单福说：“请军师放心，云必完成任务，不知何时出发，我好去准备。”

单福摇手说道：“此事不必赵将军劳心，主公早已为你准备妥当。今夜大可安心静养，明早便去吧。”

刘备、单福相视而笑，赵云也哈哈大笑，说：“看来云被军师算计了。”

已是秋中，枯叶如蝶，随风飘落，凉意阵阵。为掩人耳目，赵云一身布衣，头发向后梳理，扎成一根马尾，完全一副江湖游侠的样子。

离开新野，赵云不入曹操境地，意欲从汉中绕行，一路跋山涉水，风餐露宿，遇城不入，皆是绕行。不日进入汉中境内，袋里干粮已尽，他这才不得不入城补充。

汉中城高大耸立，城墙坚固，一条宽且深的护城河如丝带般环绕城身。赵云经过城门，被盘查一番，兵士见他无异常，遂放入城去。

城内一条大道直穿全城，八条街道纵横交错，据说此地之主张鲁，精通于道，自谓张天师，这城内规划便是其根据玄学而定。赵云牵着逐云，缓步而行，走走停停，由于未受战火肆虐，人民安居乐业，市场繁华。赵云寻了路边一个小面摊，点上一碗热水汤面，热汤下肚，甚是安逸。

嘈杂的街头突然喧闹起来，赵云抬头看去，见众人纷纷慌忙靠边，不知为何！又听马蹄声响，冲出一匹健马，马上之人，是一青年，这人长相一般却神色骄傲，一身锦袍玉带，右手高举马鞭，嬉笑叫骂道：“让开、让开，别挡本少爷的路。”

有人反应不及，被马蹄踏伤，这青年也不停下查看伤者，只是一个劲地催马速奔。赵云乃正义志士，见此霸道之事，心中大怒，身形一变，已是站在道中，挡在来者之路。这人大骂道：“你这个贱民，还不给爷滚开。”

说到此，举起马鞭就随手一抽，甩向眼中这个胆敢无视他权威的野民。

赵云嘴角些微上弯，背手冷笑。

“住手！”

此时，这青年身后传来一声女子娇叱。

这青年闻言顿了一下，高举的鞭子缓缓放下，斜眼瞟了一眼赵云，冰寒的目光刺骨。后面奔来一匹雪白无杂的白马，马上之人，一袭红衣，到前勒停马蹄，赵云瞧去，见其乌发披肩，如千尺瀑布。面容甚是姣好，可夺星光灿烂之光，可令百花低头不敢争锋。一身红色纱衣身材玲珑剔透，犹如仙女一般，清秀无比，令人不敢直视。

“张哥哥，你又欺负人了！”这女孩大眼圆鼓，瞪着青年，出声责备，只是声音宛如白灵，甚是好听。

青年面色善变，一副无奈的表情说道：“鹭妹不知情况，这个不知哪里跑出来的野崽子，平白无故来挡我路。本来想好生教训，但鹭妹既然这样说了，就不与这野小子一般见识。”

少女看一眼赵云，见其无事，一拍马臀，便飞驰而去，青年急忙赶马去追，也顾不得再来恶视赵云。

待两人远去，赵云回到面摊，摊主这才小心翼翼地说：“小伙子，你不是本地人吧？”

赵云点点头，说：“在下是河北常山人士。”

摊主将油腻毛巾搭在肩上，低声劝道：“你闯祸了，刚才这跋扈之人正是公子张卫，趁现在你赶紧出城吧，晚了怕麻烦上身。”

赵云剑眉紧锁，虽然不惧，但怕误了刘备所托，权衡利弊，最终只得点点头，购买了干粮后，便要离去。

随后赵云购置了干粮，为防止不必要的麻烦，便匆匆离城。来到城门，却见大门紧闭，兵士奔跑，赵云知道，必是有事发生。兵士劝回欲出城百姓，大批全副武装的军士向城门集中。

赵云知道出不了城，便又返回城内，寻一家旅馆歇息。城中慌乱，民不知所措。旅馆中人，皆是愁容满面，大多独饮水酒，不发一言。赵云给了银子，暂住一夜，小二送饭来，赵云问道：“小二哥，城中突然警戒，不知为何？”

小二苦笑，说：“城中出了大事，据说主公府中失窃，藏放宝贝的箱子里只留下一封书信，自称是黄巾余寇，要主公交出圣经——《道德经》，不然就要屠城。”

赵云奇道：“莫非就是古圣人——老子所传之经？这并不是什么珍奇的东西。”

小二东张西望，见无人，凑头小声说：“若是普通手抄本倒罢，主公手中的可是真本，是道家的秘宝。”

赵云暗暗吃惊，没想到这本原该藏于皇宫深院中的圣书，自从董卓火烧洛阳后，居然流落到这偏远的汉中，为张鲁所得。

小二又担忧地说：“大家都知道黄巾贼凶恶厉害，若是真攻入城来，我们百姓可就遭殃了。”

赵云忍俊不禁，放声大笑，小二不知其故，赵云说道：“张鲁手握大军，就算是真有黄巾残兵，也进不来汉中地界吧。”

小二疑惑，抓头问：“城中军队都调去守城头了，不是有敌来犯还会是什么？”

赵云摇头不语，小二讨个没趣，便自行离开了。赵云独饮，起身去看窗户，抿嘴自言曰：“张鲁定是要杀张修，完全夺取张修的军队，然后完全脱离刘焉。五斗米，真是个好借口。”

当日，官府发布消息，令百姓不许出门，全城戒严。

晚间，城中一片寂静，偶尔有狗吠。半夜，城中突然杀声起，金属撞击声中，夹杂着凄厉的嘶叫声，听起来好像置身地狱。

为了不引起注意，赵云吹灭烛火，这才推开窗户，只见城中央隐隐火光，声音嘈杂。全城居民都已被吵醒，各自在家颤抖，关门闭户，谁都怕惹祸上身。赵云叹口气，道：“战乱都是来源于人心的贪恋，就算修道者也难脱这俗世的纷争。”他摇摇头，上床入睡。

翌日，禁出令还未结束，旅馆中人心惶惶，住客尽提心吊胆，不知所措。赵云很是淡然，安心吃饭喝酒。

午时，有人打锣吆喝，宣布禁出令止，人们这才放下心来。赵云付账后，从马舍牵上逐云，行走在街道上，只见铺垫石头光滑洁净，尚有水痕，看似才打扫不久，赵云心中暗暗叹息，城门前，士兵并未刁难，任百姓进出。

一上官道，赵云伸个懒腰，活动活动筋骨，骑上逐云，双腿一夹，任其自由奔跑。前进不到两个时辰，前方有十几个黑衣人正在追杀一名士兵。赵云见那兵全身是血，却不投降，仍在奋力抵抗，心中敬佩，有心相助，拍马上前阻住众黑衣人，抱拳说："诸位不知为何，非要下此杀手？"

黑衣人也不搭话，领头人举刀就朝赵云砍来。

赵云见其无礼，面露冷笑，手中龙胆一挥，电光闪烁，血花点点……

血滴落地，众人还未看清情况，带头的黑衣男子已被一枪透胸，赵云拔出龙胆，血液又喷发四溅。

众人大怒，围攻而上，赵云持龙胆与之交战，来回厮杀，枪枪取敌性命。不到二十合，只剩一人未死，这人胆怯，拨马就逃，赵云拍马去赶，转眼近其后，这人惶恐，狂抽马臀，可惜普通马匹的奔速不过如此，逐云载赵云来到其侧，赵云伸手将其生擒，捆绑了扔在马背上。

回到士兵处，见其已经奄奄一息。见赵云至，已是死灰的眼睛突然明亮起来，他艰难地抬起手，像是有话要说。

赵云上前扶起问曰："你是有事托付吗？"

兵士努力地睁开眼睛，嘶哑地说："前方山峪……请通知……救人……"他一口咽下，扭头而亡。

赵云轻轻将他放下，兵士留下的话，虽然不是很明白，但是大致是听懂了。赵云将马背上的俘虏丢在地上，疼得这人惨叫连连，赵云一脚踏其胸口问道："你们是何人？为何事追杀军士？"

俘虏吃痛，生怕赵云下杀手，忙答道："我们原是黑山之众，受张燕将军之命前来生擒张卫，以便胁迫张鲁。"

赵云心中暗道："张燕早归顺曹操帐下，此番必是为了逼迫张鲁归降，天幸被我遇到。"想到此，又追问："张卫等人可已被你们所擒？"

俘虏摇头说："不知道，我们在狭峪伏击张卫前往西凉的军队，见有士兵冲出想回汉中求救，便出来追杀。"

赵云点头，一掌将其击晕，上马便朝前方狂奔，来到一个天然隘口，两旁山高林密，赵云不从大道入内，寻条小路爬上山去。为了察看情况，他直接来到最高之峰，从上观之，见下有两峰，人头攒动，似是厮杀阵阵。赵云仔细观看，见路旁两侧之人纷纷冲下，赵云点点头，心中有数，遂急赶往前方峰处。

来到最近的小山，杂草断折甚多，可以推测，这便是贼人埋伏之处。山下不过十余丈，赵云谨慎地查看，见黑衣人众，将张卫等人围在中间，张卫头发散乱，手持一把长剑，面色苍白，早没有昨日出城时的傲然。在他身后，那红衣少女衣衫整齐，神态自若，似乎并没有受这不利因素而影响心情。

赵云暗暗称奇，心中生起一丝警惕。他觉得这美丽的少女，绝对不一般。挡在张卫前方的卫兵越来越少，包围圈越来越紧，张卫额头上豆大的汗珠断线而落，甚是惊恐，握剑的右手也隐隐颤抖，望着身前满地的尸体，他哪里还有上前拼命的勇气。

此时，一个高大魁梧的黑衣人上前说道："你已到绝境，还不速降?"

张卫胸口上下起伏，强忍心中惧怕，说："我劝你们还是速去，待我汉中大军前来，你们想逃都晚了。"

黑衣人众哈哈大笑，那汉子上前一步，喝道："你派出突围的士兵早就死了，哪里还有什么汉中大军，你就死了这条心吧。"

张卫闻言，被惊得手脚发麻，不自觉地倒退几步，被地上石头绊脚，一屁股摔在地上，众贼哈哈大笑。少女眼中流露出一丝不屑和鄙夷。

为首之贼径直上前，摔地的张卫早已失去了勇气，忙磕头求饶。黑衣人哄然大笑，尽是嘲笑之言。跪在地上的张卫，一心只为活命，哪里还知道什么尊严，只是一个劲地磕头。

红衣少女柳眉微弯，从马背上抽出一把红缨玄铁枪。众贼惊奇，少女已拍马冲来，贼人当她女流好欺，意欲活捉，不想其枪法优美，如百灵游翔，枪影灵动，出击狠辣，贼人哪里是她对手，几合下来，已杀死几个贼人。众贼大惊，忙上前围攻，山上有弓箭手埋伏，正待拉弓射去，不想赵云在后，枪刃一闪，透胸杀敌，不过几合，尽皆杀死。

再说这少女，与贼首交手，五合不胜，四周喽啰围住，她伸手扯下外披，伸手一扔，贼首不备，被罩在其头，慌乱间正欲去扯，少女上前一枪，将其刺死。众贼惊诧，只见少女身穿刺猬精铁软甲，甲前绘有鲜艳牡丹花朵，配上少女美艳之色，犹如仙子下凡，不食人间烟火。有广闻之贼大呼："这是西凉马家的族纹!"

众贼闻言大惊失色，神情甚是惊恐，马家铁骑，据说可千里而杀将，此地之人谁敢造次，众贼鸟散，逃之夭夭。

众贼逃之夭夭，少女勒住马头，软甲上鲜艳的牡丹花纹在阳光下闪光刺目，腥臭的血液顺着红缨枪刃，滴滴答答落泥土地。她抬起头，冷艳的双目盯向右边半坡，这正是赵云所在位置。

赵云居高临下，刚才的一切尽收眼底，少女的枪法变化无常，狠稳皆得，刚柔兼顾，一看便是出自大家之手。

少女缓缓提起红缨长枪，指向赵云，挑衅之意甚浓。赵云未发一言，扔下几具贼人尸身，扛着龙胆，扭头转身离去。少女见落下尸体皆背箭袋，将长枪背于身后，心中疑惑，不知山上之人为何相救。这时张卫已上前来，问寒问暖，少女心中鄙夷，轻嗯一声，便不再理他。张卫讨了没趣，但对少女的爱慕之心更深，之后的路程，甘愿做牛做马。

这件事结束之后，见识到少女的高强武艺，赵云知道没有必要随后保护，便慢慢牵着逐云，走下山坡，回到大道，沿道前行，地势渐坦。又行十余日，青原风尘，平地广袤，赵云见草高至半膝，心中喜欢，下马步行。

天上苍鹰翱翔，不时传来几声尖锐的鸣叫。地上野鹿群奔，不时从他身边跑过。这样的景色，对他这样来自被战乱肆虐的关内人，都会感到欢愉，和谐的自然，给予人心灵的平静。就如水，至善若水，暂时他忘记了战祸与杀戮。

“人，本就应该生活在和平的时代！”

赵云躺在草丛中，仰望蓝天，白云如棉花，蓬松而洁白，风轻轻地吹，轻抚他俊秀的脸庞，荡起他如墨般的长发。他想：如果不是乱世，他也许是一个手艺娴熟的铁匠，继承了父亲的手艺，每日打铁铸物，娶妻生子，伴随家人一直到老。或者他可能会跟随大哥入城，找个堂子做个学徒，日后技术有成，也可自己开个小店。也有可能自己会是一个读书郎，投入州郡门下，做个地方官员，断些乡里之事，留个廉明之德。或者跟随童渊，在太行山中勤学武艺，待学有所成，回到常山开馆授徒。想到童渊，赵云觉得眼睛不自觉地流下一行清泉。恍恍惚惚，便入了梦乡，睡得酣甜。

不知睡去多久，赵云被一阵冷风吹醒。

此时天地已被夜幕笼罩，只有天上的月亮散发着惨淡的光芒，美幻绝伦。赵云伸个懒腰，掏出干粮放入嘴中，之后拍拍趴在旁边的逐云，逐云摇摇大头，张开嘴巴享受肥草的美妙。吃饱喝足，赵云牵着逐云缓缓而行，在银光素裹的草原上步行，也是一种惬意。

正行间，忽见前方有一点火光，并不时传来杂乱的野兽嘶叫声。

这声音赵云并不陌生，当年在太行山随童渊学艺时经常可以听见，而逐云显然变得骚动不安，这是野兽的天性，因为嘶叫的野兽是狼。

赵云知道，这火光必是有人被困，若是置之不理，必然会被狼食，这样冷眼旁观的事，他做不出来，也不屑去做。赵云翻身上马，左手勒住躁动的逐云，右手持龙胆亮银枪，双腿一夹，逐云极不情愿地迈开四蹄，朝火光之处奔去。

原野之中，火堆之处，是一个商队营地，此时四周密密麻麻的野狼，由于害怕火光，尽皆踱步不前。

二十多个武士手持利器组成人墙，守卫着颤颤巍巍躲在火堆旁边的伙计，中间一个灰衣少年，身材高瘦，皮肤白皙，五官纤秀，举手投足间透出一股文秀，此刻紧皱眉头，却无惧怕之色。旁边一白发老者说道："公子，老奴刚才去检查了药粉，驱狼粉果然被人换了。"

少年目光渐冷，狠狠地说："果然……"

老者望着群狼眼中射出的绿光，说："公子，这样待到天明，狼群必然会群起而攻，到时老奴等人拼死抵抗，你便可趁机离去。"

少年闻言，面色苍白，摇头轻说："徐伯，你老人家伺候我多年，虽为主仆，我心中早已当你为自家长辈。现入险境，我岂能一人逃去，此事莫要再提。"

徐伯心中一酸，回想起老主人临终托孤，西凉何家本是望族，只是当年董卓胡作非为，当时老主人为朝廷命官，不愿与其同流合污，终被董卓寻个理由，要屠满门，幸亏有人提前相告，老主人方才让自己带公子何俊逃出，只可惜何氏一门，只剩下这一脉人。好在公子渐渐长大，继承了父亲的才气，又得到马家的照顾，在西凉做起买卖得心应手，几年的时间已成西凉有名的商贾。不料今日受奸人暗算，将驱狼粉换成不知何物，反而将附近群狼全部吸引过来。

徐伯两眼一红，跪地悲道："老奴死不足惜，只是公子若是有什么三长两短，何家这一脉，就断了香火。待下去见到老爷，我如何交代……"

何俊眼中隐现泪花，他扶起徐伯，不知该说些什么。天色尚未亮，狼群还在等待，何俊闭上眼睛，心中浮现出一个美丽的倩影。

整个营地死气沉沉，伙计们靠在一起，同伴身体传递的热气，可以暂时安慰一下内心的恐惧。忽然狼群骚动起来，远处传来一阵喧哗，有恶狼夺命的嘶叫，也有临死的凄吼，呜呜声不绝于耳。群狼转向狂奔，众人不知其因，却见一人一马从外突来，马上黑影，手起枪落，凡三尺之狼，皆被杀死。野狼虽多，却近不了其身，这骑士一路冲杀，狼群纷纷两边逃散，让出一条通路，骑士进入篝火之地。

众人去看来人，见其面如冠玉，浓眉大眼，唇红齿白，一袭平民布衣，斜提长枪正坐于白马之上，右手轻抖，枪身污血顺势而下，犹如天神。

赵云见其装饰，知是私人卫士，在马上抱拳问道："敢问主事之人何在？"

此时众人纷纷让道，徐伯伴随何公子步出，何俊对赵云行礼，说："鄙人何俊，不知这位壮士为何而来？"

赵云翻身下马，答曰："吾乃关内人士，姓赵名云，今日偶过此地，见群狼危及诸位性命，这才过来相助。"

徐伯闻言，上前问道："壮士名作赵云，可知常山赵子龙否？"

赵云点头笑着说："在下正是常山赵子龙。"

徐伯骇然，拉着何俊一起跪拜道："刚才见将军在狼群中犹入无人之地，而毫发无损，这等英勇，天下无双，又闻将军自报姓名，我已猜测必非凡人。今天幸让我等得遇将军，还望将军保我等一条性命。"其余人见状皆跪地而拜。

赵云连忙躬身搀扶徐伯、何俊二人，说道："还请快些起来，云正是前来相助诸位的。"

待众人起身后，赵云又说："狼群现在之所以不敢进攻，是因为其天性怕火光，一旦天明，定然群起而攻之。所以在日出之前，必须突围，望诸位听从我的指挥。"

在征得众人同意后，赵云将二十余武士编成一个骑兵小队，又将剩下武器发给十几个伙计，一切准备妥当，说道："诸位，是生是死，就看你们能否有效地执行我的命令了。"

众人咬牙切齿，神情激昂，本来已死灰的心，被赵云的出现带来一丝生的光芒。

何俊触摸着手中的青铜宝剑，似乎有话要说。赵云知他有心思，便问道："公子可有疑虑？"

何俊担忧地说："这些伙计都是些生意帮手，叫他们拿武器与狼群作战，莫不是送死？"

赵云拍拍他的肩膀，说："投之亡地然后存，陷之死地然后生。

已经到了死地，他们求生的欲望早已战胜了恐怖和懦弱。”

何俊看着赵云坚毅的表情，感觉他的话如此让人信服，他点点头，不再说话。

徐伯来报，众人准备好了，丢弃商品货物，轻装只待出发。

赵云对徐伯、何俊说：“一会儿莫要离开我的左右。”说罢翻身上马，通过刚才的厮杀，逐云显然已不像刚才那么害怕野狼，显得甚是从容。

赵云令由武士组成的小分队在两翼，伙计们则在中间跟随。一切准备完毕，赵云高举龙胆，大呼：“生死存亡，就看诸位的勇气了。”

众人精神饱满，士气如虹，生的希望让他们犹如扩弩之箭，随时准备将这股力量释放。

赵云满意地点点头，两腿一夹，逐云奔跑如飞，冲向圈外的狼群。

狼群本已虎视眈眈，刚才被赵云刺死的狼尸已被分食殆尽，刺鼻的血腥味让它们兴奋不已。

赵云率众冲出，一声尖锐的狼啸，群狼一拥而起，张牙舞爪。赵云一勒马缰，逐云高抬前蹄，用力下压，当先的野狼躲避不及，被踏得口喷鲜血。狼群接续而来，赵云随手使出百鸟朝凤枪的绝招——凤翼！宽广的枪影重重叠叠，当先扑来的几匹恶狼就如被一把扇子扫过，死伤成群。赵云身后众人，已入死地，恐惧全无，双眼血红，杀意十足。数百余野狼组成的包围圈，顿时被杀出一个缺口。群狼有的不顾赵云等人，围食狼尸，赵云面有喜色，突然一声亢长的狼啸，群狼不甘地弃了狼尸，继续来追赵云等人。

赵云随音循去，见是来自狼群右边之处，转头对徐伯与何俊说道：“我已知道狼王所在，诸位继续逃离，我去杀了这只畜生便来。”说罢，一勒马头，反向冲回狼群中。

何俊年轻气盛，有心去助赵云，无奈徐伯坚决反对，只得跟随众人远逃。

赵云单枪匹马，再入狼群，犹如一道闪电，强力的突击撕裂了狼阵。渐至右侧，一块巨大岩石出现在赵云眼前，一匹体形比之群狼更为强壮的大狼坐于其上，昂头对着月亮长啸。赵云毫不犹豫，拍马便去，前方几条黑影跃起，原是几匹健硕大狼，张开血口扑来，赵云手中龙胆左右刺枪，杀死挡路之狼，奔到岩石前。

石上之狼，毛发银灰，血眼绿瞳，体格健美，正是狼王。见赵云到前，这畜生一跃而起，速如疾风，转眼已到赵云身旁，张嘴朝他颈脉咬去。赵云心如明镜，狼王的速度虽快，却逃不过他的眼睛。赵云身子一侧，避开狼嘴，同时左手伸出，准确地抓住时机，拉住狼尾，狼王受惊，转头来咬，赵云岂会给它机会，顺势一抡，将其狠狠地砸在地上，不过狼王的身体扎实，又翻身想咬赵云，赵云神色冷酷，也不停歇，继续乱砸一阵，直到狼王发出一声凄厉的哀嚎，这才停下手，此狼已是嘴里吐血，四肢抽搐，已是不行了。赵云将其提在手中，双腿一夹，逐云又朝何俊等人的逃跑方向奔去，一路所遇野狼，嗅到狼王气味，不敢阻挡，纷纷四散。赵云追赶一阵，总算赶上何俊等人，此时一群野狼已将他们围住厮杀，何俊身旁武士，十死其七，尸体被众狼啃食，情景甚是危险。赵云突至，众人大喜，徐伯更是高声喊道："赵云大人返回，狼王必然已诛，我等有救也。"

赵云单手舞枪，威力不减，一冲过来，数狼便死于枪下。群狼闻到狼王气味，不再进攻，灰溜溜地拔腿逃去。

徐伯抹去额头的冷汗，长长舒口气，何俊上前去拜赵云，赵云下马搀扶何俊，再看其身后只剩不到十人，赵云安慰众人一番，就要辞行。

徐伯怕群狼复返，有心相留，便对赵云说道："恩公独自一人，是要去何处？"

赵云回话曰："有事欲到西凉一趟。"

徐伯又道："恩公有何事，可否相告？"

赵云心道：这些人是西凉之人，若是找他们帮助，也可探出些门路。便说道："我是来购置一批良马，不知老人家可有门路？"

不等徐伯说话，何俊抢先喜道："无巧不成书，要买马必须去求西凉马家，正好我家与其是世交，恩公之事，就交给我去办。"

赵云闻言，心中欣喜，拍着何俊的肩膀说："如此甚好，那我就与公子同路，只是路有打扰，还望勿怪。"

徐伯在旁欢喜，笑容满面，说道："不打扰，有恩公同去，我等一路无忧。"

有了赵云同行，众人安稳下来，只求早些返回西凉城内，不等天明，便动身起程。

翌日正午，气温回升，刺目的阳光从天而降，众人一夜无眠，此时难免有些疲困，赵云一路保持着警惕心，生怕狼群去而复返。

草原如海，大风起，如麦浪滚滚，绿水一片，如此风景，让赵云心旷神怡。未时终于来到一个小村庄，徐伯提议："城池已不远了，今日已晚，不如在此地休息一日，待明日早晨再入城未迟。"

众人已是疲倦不堪，纷纷响应，何俊眼皮欲合，也支撑不住，徐伯便与村民商量安排住宿。粗茶淡饭后，大家与赵云唠叨几句，便自顾回房休息，赵云独自去给马匹喂食草料，逐云立在众马之间，昂首挺胸，其余马匹对它很是畏惧，不敢近其身。逐云瞟了一眼同舍的几匹母马，见是普通品种，马头一甩，甚是鄙夷，一副骄傲自得。此时见主人来喂食，一改嚣张的样子，低头不断去磨蹭赵云。

赵云伸手去抚摸它的大头，柔顺温暖的毛发非常舒适。正抚摸间，一声细微的声响从耳边传来，众马发出惊恐的声音，赵云循声望去，见有几根黑影在地上摆动而来，近身一看，原是几条黑腹毒蛇，弓形昂首，目露凶光。

赵云认得此蛇，正是常山特产之蛇，名曰"率然"，其性剧毒，就算壮实的水牛，被其咬上一口，不到半炷香时间，必定全身溃烂而死，因此当地人家皆备雄黄，以驱此蛇。赵云知其险恶，依靠长枪的攻击距离，连续送出数枪，毒蛇见有人主动进攻，四散躲避，蛇口吐芯，眼立三角，意欲反击。不料赵云枪如电光，风卷残云，几条毒蛇转眼便被斩杀殆尽。杀光毒蛇，赵云脚不停歇，一脚踢开舍门，冲出马厩，见有一黑影正疾驰而逃，可惜相距甚远，追赶不及。

徐伯、何俊等人，被声响惊扰，急忙开窗观望，见赵云手持龙胆，立于门前，纷纷出来询问。

赵云带众人去马厩看蛇尸，见其状狰狞，尽皆骇然。徐伯铁青着脸，似是担忧，说道："这不是本地之蛇，莫非有人蓄意所为？"

赵云点头，说："此蛇乃常山特有毒蛇，在此出现，必然人为，欲毒杀我等马匹。"

"不知我是得罪了什么人……居然如此狠毒。"何俊声音颤抖，双手紧握拳头，显然内心极度愤怒，他不是一个温顺的绵羊，不然也不会在商场取得如此成就。他知道，他必须反击，但是现在面对这股隐形的势力，他只有沉默，等待时机。

赵云推开木窗，让洁白的月光射入马厩内，众人不知何意。赵云大笑道："门外的朋友既然来了，就请出来吧。"

众人还未反应，便见人影攒动，四周发出唰唰的脚步声，走出二十多个黑衣人，手中皆是明晃晃的大刀。带头之人在前喝道：“我们只要何俊的人头，其余无关人员就自行离去吧。”

“你是何人？我与你何仇？非要取我性命？”何俊怒意更盛，上前质问。

黑衣首领冷笑道：“你我并不相识，只是收人钱财，替人办事而已。”

何俊也冷笑道：“不知那人出多少钱来取何某的人头，不过我愿多出一倍的酬金请你去取他的人头。”

黑衣人放声大笑，说：“出来混的肯定得讲道义，废话少说，这就来取你性命。”

何俊还欲说些什么，赵云已将他挡在身后。黑衣人打量赵云，见其气度不凡，右手斜持长枪背于身后，两腿着地有力，非普通人。心中已暗暗警惕，他手一挥，身后二十余人冲杀上来。

赵云嘴角微扬，露出一丝笑容，纵身一跃，正面而迎。

夜风突起，孤独的小山村如漂泊大海的小舟，落寞地顺风左右摇摆。赵云的长发也如蒹葭，随风荡漾，瘦弱的身体英挺笔直。

黑衣人众围杀而上，赵云起手抬枪，前进几步，枪尖递出，瞬息如暴雪漫天，银芒铺地，黑衣人虽众，却抵挡不住，交手不足三合，已折四人，在外围观战的匪首见情况并不乐观，抽刀上前助战。赵云手中一把长枪，左挑右刺，越战越猛，犹如虎入羊群，尽掌生杀大权。

赵云一枪杀死一个喽啰，瞟眼看到匪首挥刀来取，随即回抽插入喽啰胸口的龙胆，反身的同时，举顶弧线劈下，匪首未料到赵云反应如此迅速，躲闪不及，举刀来挡，龙胆砸在刀背上，其冲击力之大，匪首只感双手一麻，虎口崩裂，被劈翻落地。左右贼人见其险，欲过来救，只是枪影连绵，重重叠叠，尽是群攻之术，众贼上不得前来，匪首翻身而起，意欲后退，赵云岂能任之，飞身前跨，高腾而起，一记飞腿正中其背心，匪首再次摔地，只是这次已没有机会再爬起，因为龙胆亮银枪的利刃已透胸而过。

匪首被诛，贼子大骇，分散而退，赵云也不追赶，徐伯等人欲去追杀，赵云阻道：“穷寇勿追，眼前之事没有比保护公子还重要的。”

徐伯闻言，停下脚步，围在何俊身旁。

何俊对赵云礼拜道：“今日又得恩公相救，不胜感激。”

赵云笑道：“公子无须如此，只是怕贼子去而复返，我等不如趁夜色掩护，赶至城下。”

何俊、徐伯皆点头称是，便叫众人匆匆赶路，天未明已至西凉城下。此时城门未开，等待入城的百姓都聚集在城下，有不失商机的小贩在路旁摆个小摊子，售卖些包子稀饭。

赵云抬头望去，心中叹道：好一座雄关。

只见城墙高而坚固，城门宽而厚实，吊桥悬挂，护城河沟宽而广，河水潺潺而流，寂静的夜色中平添一丝严肃。

众人等待一阵，天色渐白，晨曦悄至。城楼上渐也热闹起来，原来换防的兵士已到，交接完毕，吊桥缓缓放下，铁制大门在锁链哗哗声中，慢慢开启，一队训练有素的士兵依着队列走出城来，守在两旁，开始盘查进出百姓。

带队军官认得何俊，上前来打招呼，又与徐伯闲聊几句，便自顾忙去。

赵云随众人来到一座府邸，院口两尊石狮，中间八阶梯，大门两旁各站两名护院，一看便不是寻常人家。

护卫见到何俊等人，忙下来招呼，原来何俊便是这府邸的主人。

赵云准备离去，何俊邀他在府里暂住，赵云推辞不了，又因为何俊承诺帮忙买马，这才留了下来。晚餐甚是丰盛，鸡鸭鱼肉，摆满一整桌，酒过三巡，众人已有醉意，方才散去。

赵云被安排在阁楼二层，站在凉台上，与楼齐高的桂花树在风中不断摆动，尽情释放花朵的香气。赵云背手仰望星空，亿万的星辰密密麻麻地排布在苍穹，一闪一烁，这让他想起了童年时与夏侯兰常一起躺在院子里，幻想着能在星空中看到仙人。

赵云坚毅的脸上浮现出一丝微笑，童年，在不经意间，离他越来越远，回首往事，似乎眨眼之间……

正是：

　　壮志凌云我胸间，龙腾破天无极殿。

第四十二章　塞外求马

“秦川中，血没腕，唯有凉州倚柱观。”

凉州，西接祁连山，东连腾格里和巴丹吉林两大沙漠，中间为河西走廊，其地势之险要，自古便是抵抗羌族入侵的最前沿。东汉政权虽然已是摇摇欲坠，但是镇守此地的西凉马家，仍然尽职尽责，特别是素有“飞将军”之称的少将军马超，一把虎头錾金枪威震西凉，羌族人更是将他视为战神，不敢越境一步，当地更有“云城奔马怒嘶鸣，白马金枪镇西凉”的说法。所以，西凉城内秩序井然，羌人汉人和谐相处，商业相对未受战火破坏，经济相对繁荣。

这日午时，赵云步行在城西有名的马市，虽然商人热情地向他推荐自己的货物，但是一听到赵云所需要的数量，皆摇头叹息，只惜自己没有这么多马匹，只能白白丢了这单大买卖。有热心人告诉他，这样数量的骏马，只有西凉马家的牧场才有。若是在此徒劳，不如直接去找马家商议。

赵云久不归新野，心中已有担忧，恨不得早购得战马归去，心中正烦躁间，听到有人唤他，转头瞧去，见是何家仆人，说是公子差来请赵云回府有事相商。

刚入府邸大门，何俊已出来迎接，赵云见他喜容满面，笑问：“公子可是有喜事相告?”

何俊哈哈大笑，说：“今日我去刺史府见马将军，将买马之事略说一遍，马将军有意卖马，只是欲与恩人见上一面，不知道将军可否愿意一起?”

赵云喜曰：“既然马匹有着落，我这个买家前去拜会卖家，天经地义，何时可去?”

“明日有羌人使者来拜见，估计要后天方可，恩人暂时休息两天，静待佳音。”何俊说话间，两人已到客厅，饭桌摆满饭菜，徐伯早在桌边等候，见二人来，忙叫仆人开席不提……

翌日清晨，赵云闲得难受，无聊中又去城中溜达，突然想起昨日有马贩提起的郊外马家牧场，跟府内人问到了大致方向，便牵着逐云独自出城去了。

在外时间越长，赵云心中就越焦急。眼看刘表奄奄一息，荆州掌权者蔡瑁又甚是敌视，加上北方曹操大军屯疆，时局瞬息万变。若是他不在这一切发生前，将马匹带回，增加刘备阵营战力，一旦曹军大举压境，刘备就凭新野城那点弹丸之地去阻挡，不过是以卵击石而已。

不知不觉间，赵云来到城郊西面三十余里处，地上的青草比之别处，长得更加粗壮茂盛，有牧人高喝扬鞭，驱养群羊。见赵云过来，热情地打声招呼，赵云也微笑着回礼，顺便与牧人打听牧场所在。

牧人鞭指前方劝道："向前不到五里便是牧场入口，只是有护卫把守，寻常人不得进入，这位小哥还是回去吧，免得徒劳无功。"

赵云与他道谢后，便径直前行。果然没行多久，就看到有长城般的栅栏一望无际，入口处站着几名全副武装的士兵，当先一个摇手示意赵云停下。

赵云知道进不去，便坐在外面通过栅栏观察里面的景色。

只听里面群马嘶叫，热闹得很，一阵抖动，万马奔驰。赵云看得心情澎湃，激动不已，心知能不能搞到这些战马，关键就在于此牧场……

赵云正饶有兴致地观看牧场中群马奔驰，不想身边来了一人。赵云转头，来者正当豆蔻年华，面容娇美，身材纤细，举手投足间释放出一种自信，唯一可惜的就是皮肤有些黝黑，但是仍然掩盖不了他的魅力。

"兄台何故在此围观？"

少年语气彬彬有礼，声音甚是好听，让人感到如春风般温暖。

赵云审视这个长得比女人还漂亮的男人，心中有一丝熟悉的感觉，却又想不起何时见过，抱拳礼道："无意路过，见草场繁茂，骏马奔腾，心中甚喜，所以驻足在此观看。"

少年看着逐云笑曰："我看兄台也是个好马之人，身旁之马，可是塞外名马——逐云！"说罢，伸手就想抚摸马背。逐云跟随赵云征战多年，早已养成傲慢的性格，见少年伸手来，抖起身子，表示不爽。

少年尴尬地缩回手，微笑着说："这马认主，倒是忘了，让兄台见笑了。"

“小兄弟看来是个相马行家，我这白马确实认主，多有得罪了。”

赵云虽然不知道少年是何人，但知道他无恶意，便轻抚逐云，让它平静下来。

少年复笑：“兄台在此看马，何不进去近距离观看？”

赵云苦笑，无可奈何地说：“牧场守卫森严，想是主人家不愿外人打扰，怎生能得进入？”

“呵呵，我叫李德，生平喜欢相马，也是听闻牧场之名而来。说了半晌还不知兄台姓名，真是罪过。”少年面带微笑看着赵云，似乎在等待他的回答。

“在下赵云，字子龙。常山人士。”赵云见少年自报姓名，也不隐瞒。

李德笑道：“赵兄可想与我一起进牧场看看里面有什么名马？”

赵云喜道：“李兄可是认得牧场主人？”

“主人不认识，但是知道有个地方可以溜进牧场，就看赵兄愿不愿意和我同去了。”李德的话语漫不经心，好像溜入人家私人地盘，可以随心所欲。

赵云心道：主公还等待着马匹，就算偷着进去，只要不做不义之事，倒是也没有什么大碍。

李德见赵云久不表态，又笑道：“赵兄弟莫不是怕了？”

赵云摇头，神色严肃地说：“我与你同去，只是除了偷看马匹外，其他事情我们都做不得。”

“我也只是看看名马，坏事是不会做的，你这就找地方藏了白马，与我去吧。”

李德语气轻松自然，转身就走在前方，赵云将逐云放去吃草，独自跟在其后。两人沿着栅栏大致走了半个多时辰，见栅栏下方不知为何破了一个大洞，李德一语不发，低头爬过大洞，赵云跟着进入。穿过栅栏，终于进入牧场，李德带着赵云径直往东方走去。

赵云疑惑地问道：“李兄如此轻车熟路，可是来过？”

“前几日我天天进来，牧场外围的路已经探明，只是中心的情况就不知道了，只是我们也没有必要去中心。”李德转头笑着回答，露出一排雪白的牙齿。

赵云心中虽然尚有不解，对这神秘的李德，却从内心有种说不出的信任。

两人又行一阵，突听不远处有马蹄声，如战场上万马齐奔。

赵云闻声，跑到一个小丘上望去，见是密密麻麻的马群，周围有一队牧马人在放马溜达。他愣了一下，随即欣喜而言："此等声势，必有万匹骏马。我当想法与主人购买三千军马。"

李德见赵云神情兴奋，笑问道："赵兄要买三千军马，虽说不多，但是只恐此地主人不愿意卖。"

赵云点头，神色坚定地说："这批马对我很重要。就算是求他，也要把这批马买到。"

"不择手段就可以弄得到，你愿意去干吗？"

李德很自然地随手轻拨发丝，注视着赵云坚毅的面孔。

"只要不违背良心，任何方法我都会去尝试。"

赵云的话语很明显否定了李德的选择。

李德抿嘴笑道："呵呵，不过是开个玩笑。时辰也不早了，我们还是暂且离去吧，免得久了被人发现就不妙了。"

赵云抬头看天色渐黑，略有不舍地与李德离去。两人原路返回，一路又聊些家常，走到外围坏栅栏处，李德正要弯身过去，赵云一把拉住他的左臂，李德一愣，赵云低声说道："行踪怕是败露了，我进来时特意做了标记，现在变化了，必是有人守候我们。"话音刚落，草丛中钻出几十个兵士，四周将两人团团围住。

带头之将拍马而来，立于圈中，横刀大呼："哪来的贼人？胆敢私入马家牧场。"

赵云看去，见这将白甲白盔，眉清目秀，身体强壮非等闲之辈，又考虑到李德瘦弱，上前一步，挡在李德前面，抱拳回道："我们只是仰慕牧场之名，进来观看一二，若有得罪之处，还请将军海涵。"

这少年将军眉头一皱，跳下马来，冷笑道："尔等可知此乃我西凉军马之根本，拆毁栅栏，私入重地，必是贼子来探。"说罢，举刀砍来。

赵云心中无奈，却也不能坐以待毙，抽出腰间佩剑，来迎这将，刀剑相交，光影如网，周围兵士纷纷呐喊助威。一交手，赵云便知此将虽然刀法娴熟，却非自己对手，卖个虚招，引小将贪胜上前，转身圆弧劈剑，惊得小将举刀来挡，被这股力量震得连连后退十余步方稳住身体。

小将头冒冷汗，心中暗道："好险。"

四周军士惊诧，纷纷上前围攻，赵云也不畏惧，只怕李德不能立敌，转身冲向围在栅栏口旁军士，几合杀退，立足缺口处，对李德大呼："李兄先走，这里有我暂且抵挡。"

"在下不善与人厮杀，就有劳赵兄了。"

李德神色平静，并未有慌乱之色，听闻赵云之言，只是对赵云抱手便弯腰穿出栅栏破口。

赵云见李德脱险，安下心来，剑指少年将军喝道："尔等何人？我与汝无仇，何必赶尽杀绝！"

这将解开肩头披风，往旁一扔，手中长枪紧握，冷漠地说："我乃马休，专门负责牧场安全，捉拿私入禁地的贼子是我的责任。"

赵云点点头，心生佩服，大声说："马将军尽忠职守，在下心生佩服，只是我尚有要事，不能在此停留，多有得罪。"

"此地岂是你想走就走，想来就来。"

马休上前又劈一刀。赵云横剑去迎，心中不愿伤其性命，招招留情。此时又奔出一将，乃马休之兄马铁，手中长枪刺出，来助马休。

赵云剑势一紧，前刺右劈，以一敌二，丝毫不落下风。马铁、马休两兄弟相互配合，互补长短，一时间分不出胜负。

赵云拖延一阵，暗想李德应该已经走远，自己也不宜多留。想到此，手中剑式突变，刚柔相济，暂时迫开马家兄弟，转身跑向栅栏，兵士合围，欲阻其路，赵云顺着冲力，猛地跃起，右脚踏在一名士兵肩上，再用力弹起，居然直接跃过栅栏。

双脚落地，便急吹口哨唤逐云，此时他心中只盼逐云就在附近吃草。果然，逐云甚有灵气，适才离开赵云后，却始终离他不远，这时闻赵云召唤，撇下可口青草，奔驰而来。

赵云心中大悦，翻身上马，剑身回鞘，一勒缰绳就要离去。此时马家兄弟已追赶出来，而他们面前劫持一人，正是刚才逃出栅栏的李德。

赵云脸上一变，勒停逐云，抽出马背上的龙胆亮银枪，目光如炬，眼神中带有一股慑人的寒气。

"放下武器，不然你的同伙就没命了。"

马铁走上前来，双脚踩在草丛上发出嚓嚓的声响。

赵云斜背龙胆亮银枪，目光从左至右，扫过众人一遍这才落到李德身上。

李德与赵云四目相对，这才耸耸肩，无奈地苦笑道："原来他们在外面也有伏兵……"

赵云心中矛盾，若是束手就擒，那么刘备托付的大任就无法完成。若是不顾李德生死，冲杀出去，又会良心不安，一时犹豫不决。马铁已走到他面前，伸手摊开掌心，说道：“把武器交给我。”

赵云俯视马铁，天生的傲气自然在他脸上流露出一股不屑。马铁见状心生怒气，举枪就刺，赵云看也不看，随手一挥，两枪相交，马铁只感到双手一震，虎口发麻，连连后退几步，再复看赵云时，眼中尽是惊恐。

周围众人尽皆失色，只有李德面色没有太大变化。

马休怕马铁有失，忙拿刀架在李德脖子上，大声喊道：“莫非你不要他的命了？”

赵云哈哈大笑，平举龙胆指向众人，慢慢移动，最后落在马休方向，笑道：“尔等岂能擒我？不如做个交易吧。放了我兄弟，我自然束手与你们擒拿。”

马休心中不爽，冷笑道：“我堂堂马家军，岂会与你这种蟊贼交易，速速投降留你条性命，等待大将军定罪。”

“若是如此，我拼了这条性命也要拉两位将军与我兄弟二人同去地府报到，一路也有个说话的伴儿。”

赵云话说得轻松，语气已透出一股寒气。

“好大的口气，今日我就与你拼个死活。”

马休脾气暴躁，见被赵云威胁，提刀上前挑战。马铁阻他，小声道：“此人臂力不弱大哥，出枪又如疾风，你我非他之敌。”

马休停下脚步，寻思一阵，对赵云说道：“那就依你所言，放了你的同伙。”

赵云点点头，不发一语，马休令人放开李德，李德低头前行向赵云走来，赵云本想与他说话，李德却不发一言从旁经过，待走到逐云身后，猛地朝兵士们扔出两个鸽子蛋大小的圆球。众人还没弄清情况，落地的圆球中溢出黑色的浓烟，马铁、马休生怕有毒，忙令众兵士后撤躲避。待烟雾散尽，赵云早已不见踪影。

再说赵云与李德快马加鞭，早已离开牧场范围，李德坐在赵云身后笑道：“赵兄此马脚程可以日行千里，马家军追不上了。”

赵云叹口气，无奈地说：“这次真是麻烦了，把马家的人得罪了……”

李德笑道：“遗憾什么？能逃出来就是最幸运的事，现在咱们先去找个地方把肚子喂饱再说。”

“我在城里有个朋友，李兄若是不嫌弃就和我去吧。”赵云心想这李德独自一人若是遇到马家人必然难逃，不如让他与自己同行，也好保他安全。

李德摇头说：“西凉可是马家的地盘，你若是去寻朋友，岂不怕把朋友害了？”

赵云闻言，恍然大悟道：“幸亏李兄提醒，不然把我朋友给牵连了。”

“我们先去城中找个客栈住下，等吃饱喝足，兄弟必然帮你张罗买马之事。”李德脸上挂着微笑，一副胸有成竹的样子。

赵云无语，心中并不尽信，只道李德诳语而已。两人共骑一马，一路李德高谈阔论，说的都是西凉的风土人情，随后又谈到天下大势，赵云听他谈吐隽雅，见识渊博，分析得头头是道，不禁对他大为倾倒。他自小刀光剑影，只有闲时才跟军中谋士学些兵法和粗浅文字。心道：“我只道他是个普通江湖人士，哪知学识竟这么高。西凉果然卧虎藏龙。”

再过一个时辰，两人来到西凉城下，正好赶上最后一批入城。进得城来，天色已晚，街上行人渐少，两人已下马步行，来到一家大酒楼，便把马系在门前马桩上。

两人进入房内，随便找张桌子坐下，小二忙过来招呼，赵云还未说话，李德先问道：“你们这里有些什么特色菜？”

小二闻言，打量两人一番，见两人衣裳朴素，加上赵云刚才打斗一番，衣服沾着些污迹，心道：“这两人衣着平凡不洁，定是才进城的土包子。”想到此，便面色得意地说：“两位客官可是来对了地方，我这里可是西凉城最好的酒店，什么菜都有……”

李德有些不悦地摆摆手，打断了小二的夸夸其谈，说道：“那就给我来一份蜜饯乳鸽，一份莲子玉谷粥，一份一品红烧熊掌，一盘甜醋西子湖鱼……嗯！我看也差不多了。”

小二听完他说的这些菜名，张着嘴巴，一时不知所措，吞吞吐吐地说：“客人点的这些菜，好多我都没有听说过……”

李德笑道：“你不是说你们酒店什么菜都能做吗？若是嫌麻烦，我们还可以加钱嘛。”

小二脸上有些燥热，见赵云腰佩长剑，又放一把长枪在桌旁，自然不敢招惹，便尴尬地笑着说：“小的不知道二位爷都是吃的行家，你们说的菜若是以前尚能凑齐一些，但现在中原兵荒马乱，我们这关外之城都是自给自足，除非将军府里，不然整个西凉都不可能凑齐这些菜的材料。”

李德假装失望地叹息说：“哎呀！真是可惜。那你们还有什么像样的菜吗？”

小二为难地说：“西凉本来吃的就是以牛羊肉为主，喝的马、羊奶酒，二位还是将就些吧！”

李德拍拍衣袖上的灰尘，无奈地说：“那就来一壶上好的青稞马奶酒，再加上三斤烤羊前腿肉，一只蜂蜜烤鸡，两斤卤牦牛肉，一盘青椒爆炒黑山羊，记住，要腱子肉。”

小二惊呼：“这么多，你们两个吃得完吗？”

李德懒洋洋地说道：“这个你不必管，只按着去做就行。”

小二转头看着同样一脸茫然的赵云，正想张口说话，李德一拍桌子，有些愠怒地说：“干什么？怕小爷没钱吗？”

小二忙赔笑离去，心道：“这小子长了一副如此俊美的样子，却是如此刁蛮任性，干脆做女子算了。”想是这么想，但不敢再多说了。

待小二离去，赵云干咳一声，说道：“这小哥其实说得没错，李兄何必在意。”

“你没发现他在瞧不起人吗？这种人你越跟他客气，他就越会狗眼看人低。”

李德脸上挂着微笑，和刚才又是另一个样子。

赵云轻声说：“李兄是文化人，何必与这种市井一般见识。”

这时酒已送上，李德对赵云笑笑，便自顾倒上一杯，一饮而尽。待牛羊肉等通通送上，摆满一整桌，李德自顾吃喝，赵云以为他很能吃，结果却是每样菜夹一口，与自己喝几杯酒，便是吃饱了。

赵云道：“李兄就吃饱了？可是菜还没有动多少。”

“我是给赵兄点的，刚才苦了你，多吃点好恢复体力。”

李德笑嘻嘻地说道，露出一排雪白的牙齿。

赵云一时无话可说，加上肚子确实饿了，便自己吃喝起来。

饭后，菜还剩下三分之二，李德拿布包上，递给赵云。小二上来结账，李德对赵云道：“赵兄，今日本想请你喝酒，刚才发现忘记带银子，哎呀！这可如何是好？”

赵云忙伸手入怀，掏出钱袋道：“我身上尚有银两，李兄不必担心。”

李德突然起身，对赵云抱拳说道：“今日多谢赵兄款待，兄弟有要事，须先行离去，后会有期。”说完，转身就走。

赵云忙道：“李兄不与我同行，恐遇追兵，待之若何？”

李德头也不回，匆匆而去，似有急事。

小二收了饭钱，对赵云道：“你这个小哥也太老实了，这人定是诈你饭吃，酒足饭饱，必然离去了。”

赵云傻笑一下，出门牵了逐云，正想找个客栈投宿一晚，不巧何俊见他天晚未归，便出门来寻他，正巧遇上，硬是要拉他回去。赵云悄声将事情缘由告之，何俊笑道：“未伤得人命，马家与我又有交情，不会有事。”赵云无奈，推托不过，只得与他同去。

再说西凉城中心，是州府所在，府邸后庭下院，梧桐树下，一位身材高大的白衣男子正在使枪，这男子眉清目秀，风神俊朗，一杆长枪在他手中，犹如大江破浪，连绵不断。又如万马奔腾，一奔千里之势。待他一套枪术使完，浑身大汗，早有婢女送上毛巾。

一直立足于旁的士兵方敢禀报，说是将军马休来见，白衣男子微皱眉头，唤马休来见。

马休进来忙将今日之事禀报，英俊男子嘴角上扬，笑道：“这件事就这么算了，这人不久会来与我见面。堂弟既然来了，今日就陪为兄吃顿饭，明早再回牧场。”

马休点点头，说：“我还有一件事要请教大哥，听说你有意把堂妹嫁给张鲁之子张卫，可有此事？”

白衣青年接过婢女端上的茶水，轻轻吹着上面的热气，道：“曹操老贼杀我父马腾，我欲兴兵讨伐，只是势单力薄，若是能与汉中和亲，大仇可报。”

马休脸色有些铁青，说道：“张卫鼠辈而已，云鹭岂能屈身下嫁？”

青年不怒反笑，喝下一口茶，道：“只要能报父仇，我想云鹭也不会反对。”

马休怒意更盛，吼道：“怕是你马超想获得更大的权力吧，牧场尚有事，恕我不便久留。”马休说完，满脸通红，径自离去。

原来这白衣青年，便是“飞将军”马超，此时他的脸色依然没有变化，只是反复地吹去茶水面上的水汽。

“大哥的心意我想是没人会明白的，包括我。”话音刚落，走入一个全身青色甲胄的少年。

马超笑道："马岱，你也不能体会吗？"

马岱摇头说："就算二姐同意，我也不会认同你们的。"

马超坐在太师椅上，长叹一声，仰头闭目。自从马腾离去，他担待的太多太多，承受的也太多太多……

月色朦胧，赵云在床上久久不能入眠，起身漫步在后院花园，想起购马之事，便忐忑不安。没走几步，便看到何俊独坐凉亭下，轻酌水酒，仰头望月，自言自语，显得十分苦闷。

赵云心知不便打扰，准备绕道而行，不想脚下有只流浪猫儿，发出一声喵叫。

何俊听到声音，回过神来，见是赵云，苦笑道："赵大哥既然经过，还请过来陪我饮一杯薄酒。"

赵云脸上露出一丝笑容，踏上亭前略有水痕的石子小路，夜蛙在两边青绿荷叶中发出嘈杂的声音。赵云走上凉亭，何俊起身迎接，两人坐定，何俊唤仆人再送上一壶温酒，起身正要亲自给赵云倒酒，赵云起身抢先给何俊倒酒，何俊连呼惭愧。

赵云心想自己虽对何俊有救命之恩，但何俊更是好生款待自己，他平生最喜有情有义之人，便笑着说："相遇就是缘分，'恩人'二字就别再喊了，若是公子不嫌弃，以后你我以兄弟相称便是。"

何俊喜道："那我以后就以大哥相称，我就先敬赵大哥一杯。"说罢，举杯一饮而尽。

赵云回敬一杯，问道："恕为兄直言，我见贤弟面带苦涩，莫非有什么心事？"

何俊沉默片刻，猛地又饮一杯。赵云见状，举杯说："贤弟若是难言之隐，为兄不问便是。"

"大哥不是外人，我又有什么不能相告之事，只是听了切莫见笑。"

何俊拿起酒壶，给酒杯盛满后，突然问道："赵大哥可有红颜知己？"

赵云端着酒杯的手轻轻颤抖一下，脑海中突然浮现出那道隐埋心底的倩影，黄色的青纱袖中，轻拨琴弦的纤指，弹出的音乐久久在记忆的空间中回荡不息。

赵云摇摇头，美好的身影瞬间崩垮，叹口气，再将酒杯送到嘴边，才发现无意间已饮去酒杯中的温酒。

何俊微笑着说："赵大哥必然与我一般，也是苦情之人。"

赵云摆摆手，露出一丝笑容，说："不谈罢了！倒是马家那边何时能与我相见？"

"赵大哥不提，我倒是忘了，明日午后，便可去将军府相见。至于三千军马之事，我想应该没有多大问题。"

何俊想起此事，忙告知赵云，心中暗呼万幸，没有耽误大事。

赵云大喜，起身抱拳说："那我先替刘皇叔谢过公子，待天下太平，定要登门拜访！"

何俊也起身回道："赵大哥如此客气，见外了。"

两人又喝一阵，夜已入深，直到徐伯来唤何俊，方才各自回屋休息。

"赵大哥可有红颜知己？"

赵云躺在床上，回想此话，心道："只叹落花有意，流水却无情，不知月萱是否等回了夏侯兰，但愿他们一生幸福……"

翌日，天气晴朗，阳光灿烂，四处随风飘落的金黄枯叶，正是秋的旋律。

吃过午饭，赵云换上一身蓝布劲装，浓黑的长发绑成马尾，露出高高的额头，腰带上的长剑已经卸下，只身与何俊同去将军府。

两人并肩同行，何俊也未带护卫，离将军府尚有一里路程，远远便听见有兵士高喊让道，路上行人纷纷立于道路两旁，赵云与何俊也站在人群中。不多时，一阵马蹄声传来，一队骑士从远而近缓缓走来，当先之人，骑一匹枣红花马，走近过来，却是一名全副武装的妙龄少女，这少女生得比花娇，比玉洁，肤如羊脂，头扎红色发带，随风摆动，一件红色背披柔顺地拖下，包裹着身上的刺猬精铁软甲，虽然让人不舍得移开目光，但她面目严肃，一身正气凛然，让人不敢轻易靠近。赵云一眼认出此女便是当日在汉中城与张卫同行之人，心道："这女子原来是马家之人，难怪那日能将贼子杀退。"再看少女背后之人，尽是全身铁甲覆体的重装骑兵，只见数百人马，步伐整齐划一，一路向前，竟然无一人回头观望周围百姓，可见军纪之严厉。四周群众纷纷攘攘，原来有羌人入境骚扰边关，这队军士便是前去讨伐的军队。待军队远去，何俊仍然呆呆望着军队离去的街道。

赵云拍拍他肩膀说道："贤弟怎么了？"

何俊回过神来，干咳一声，有些尴尬地说："不瞒大哥，这女孩是马将军的妹子，唤作马云鹭，与我自小相识，便是我心中的红颜知己，只是差距太大……今生我都是不可能了……”

赵云劝道：“贤弟才华出众，家财万贯，天下女子皆是，何必如此悲观?”

何俊苦笑一声，不发一语，转身便走，赵云知道他心烦，也不与他多说，让他独自冷静。两人就这样一路无语，直到将军府前，何俊方才强颜欢笑，说道：“我先进去将拜帖呈与马少将军，赵大哥在此等我片刻。”说完便径直穿过守卫，进府去了。

赵云去看那将军府门，上下共有十余阶梯，两边分坐一对醒狮怒目而视，雕刻得威武霸气，各有士兵数十人，手持刻有睚眦花纹的刀戟，在阳光下反射出刺目的光芒。何俊已呈上了拜帖，得到允许后，又出来迎接赵云，赵云走上台阶，四周兵器所散发的寒气逼人，何俊已经感觉到一丝异样，张望两旁兵士，心中疑惑。赵云却是背手缓步而上，似是对弥漫的杀气毫无感觉。何俊见赵云坦然，也安下心来，走在前面带路。

进入内府，里面的仆人引二人走至后院空地，赵云见地上草坪低矮，多有践踏痕迹，边角有一个兵器架，知道此为练武所在，马超约到此地相见，必有其意。仆人搬来凳椅，又送上热茶、点心，方才告退。两人等了片刻，有人朗声笑道：“刚才有军务尚须处理，怠慢了两位客人。”

何俊忙与赵云起身，喜道：“能得到少帅的亲自接待，就算等到天黑，也是在下的幸运。”

赵云随声看去，进来的是一个身材修长的白衣青年，眉清目秀，器宇轩昂，举手投足间都透发出一种自信和傲然。赵云知道，这就是威震西凉的“飞将军”马超，遂抱手拜道：“在下赵云，拜见少帅。”

马超笑道：“何公子是我家常客，不必如此多礼，两位请坐吧。”

三人端坐，马超问道：“赵兄弟可是刘皇叔的爱将赵子龙?”

赵云点头，说：“在下正是常山赵子龙，此次托何公子引见，也是有事相求。”

“哈哈，赵兄真是爽快耿直之人，凡事直来直往，不知找我有何事?”

马超见赵云不加掩饰地告知意图，心中暗暗赞赏。

赵云说道：“我主刘备，暂居荆州处于抗曹前线，但新野小县资源有限，月前又遇樊城曹仁率军来犯，虽然击退曹仁大军，但伤敌一万自损三千，眼看开春曹操老贼必然兴师，我军缺兵少马，久闻西凉盛产骏马，特来向少帅购买三千军马回去补充骑兵，以抗击曹贼。”

马超自己盛满茶水，热腾腾的茶气冒起，他面无表情地说道：“曹操在官渡一战，取袁绍而代其霸主之位，立河北数州，拥兵数十万，战将百名，他日南下，刘表之辈迟早覆灭。再观刘皇叔，尚且寄人篱下，兵少将寡，就算给你十万骏马，又能有什么用？不过是以卵击石而已。不如举兵投降，以求自保方是上策。”

赵云摇头笑曰：“少帅此话差矣，想当年令尊与刘皇叔、国舅董承等人受献帝锦衣血诏，宁为玉碎不为瓦全，此等忠贞，让天下人共仰。今少帅更是手握十万大军称霸一方，若是也投奔曹操，日后难免封侯加爵，前程无限。”

何俊见两人话语有刺，有心打岔，却不知如何说起。

马超脸色瞬间阴晴不定，右手紧握茶杯，片刻又恢复如常，吹去茶面上的一层水渍，自己岔开话题说道：“久闻赵兄武艺高强，中原之内不曾有过敌手。兄弟我久居关外不知深浅，今日得遇赵兄，有心讨教，还望赵兄莫要推辞。”

赵云笑道：“少帅既然有此雅兴，云只能陪你尽兴了。”

马超缓缓站起身，走到武器架旁，从中抽出两把红缨长枪，随手将一把扔给赵云，赵云伸手抓住枪身，脸上露出一丝笑容。

马超身形一转，摆出起枪势，双目露出一道精光，赵云斜提长枪，与马超四目相视。秋风突来，卷起蓬松枯叶，两人任狂风恣意地吹动着衣襟，蓄势等待对方露出破绽的进攻时机……

马超见赵云之势毫无破绽，心中暗赞道：“临战不乱，不动如山。常山赵子龙闻名天下，果然非虚。”

他双手一挥，喝道：“子龙兄，我就先出手了。”长枪一抖，荡起点点枪花，如梨花带雨，扑面而来。

赵云枪出左右，百鸟朝凤枪如孔雀开屏，张开一扇扇翅翼，阻挡马超晃出的朵朵梨花。

行家一交手，自然明白对手的强弱，两人你攻我防，缠斗在一起。一旁观战的何俊只觉得眼花缭乱，看不清枪影中的两人，心中暗暗担心，生怕两人相互伤了和气，又无可奈何。

再说两人战了十余合不分胜负，马超不曾遇到势均之敌，甚是兴奋，步伐变化，枪势瞬变，如果说刚才的招式是梨花盛开，那么此时的枪势就如含苞待放，看似朴实无奇的一击，却是将使用者的精、气、神三者融合为一，将人体的全部力量瞬间爆发于一点，这就是马家枪法的精髓所在。

赵云见此枪来势汹汹，心知已避不及，收枪护体，只听“啪”的一声脆响，赵云架住了此枪，顿时感到一股巨大的冲击力从枪身传递而来，震得他双手发麻，连连后退十余步方才稳住身体。

马超哈哈大笑，说道：“能从我马家绝技全身而退，子龙兄算是第一人，不过这第二枪不知还能否阻挡。”

赵云心中暗暗吃惊，这股绝对的强大力量，让他想起在虎牢关第一次遇到吕布时的情景，那时吕布的随手一枪，也是如此让他双手发麻，但是现在的他已经不是当年的少年，而且从开始交手，马超的力量并没有这么强大，只是瞬间突然爆发而已。遂笑曰：“马家枪果然厉害，但是我自信仍然可以接下这第二枪。”

马超兴致高扬，又起枪势，此招奔如迅雷，枪影随行，直刺而去。赵云全神贯注，见马超疾刺，由于吃过刚才的亏，不敢正面接下，便用枪身数次弹击马超刺来的枪头，同时身体不断退后。待马超气竭，手中长枪一挑，使出七探盘蛇枪，马超回枪去挡，赵云使的正是寸枪，马超虽然架住，不知赵云身体前递，送枪再进寸尺，不过马超并非常人，危急之时，双手一旋，长枪在手中划出一个圆圈，将赵云的枪弹开，顺手疾刺，赵云借力一跃，使出“飞龙在天”，一枪避下，马超步伐轻快，已躲开攻击范围，全身而退。赵云落地，马超复攻来，两人你攻我挡，我防你击，一个使的是马家代代相传的绝技枪法，一个使的是天下顶尖的枪术，直杀得心中大呼痛快，只急得一旁的何俊捏紧了拳头，出了一身冷汗。场中两人又杀数十合，都感到气力不济，方才各自收枪背于身后。

马超伸手抹去额头汗珠，笑道：“子龙兄好一个避实击虚的战法，孟起佩服。”

赵云面带微笑地说：“少帅的枪法过人，你我就算再战百合也难分胜负，不如今日就此为止。”

“赵兄此言甚合我意，就此打住，你我将枪上胜负留在来日，但一会儿在酒桌上我定要与你分个胜负。”

正所谓英雄识英雄，此次交手，让马超对势均力敌的赵云甚是敬重，他随手将枪交给上前的仆人，上前亲自邀请。

赵云也将枪交给仆人，对马超笑道：“少帅邀请，子龙焉能不陪。”

马超开怀大笑，又说：“子龙兄不必一口一个少帅，你我既是弟兄，日后叫我孟起便好。”

两人哈哈大笑，此时有婢女来告，饭菜已准备好了，马超便邀赵云、何俊同去饮酒。

席间马超与赵云豪饮三大碗，马超抹去腮帮酒渍，笑道：“今日得见子龙兄，确非盗名之辈。其实非我不舍卖马与你，只是这点马匹充其量不过装备三千骑兵，对刘皇叔而言不过杯水车薪。”

赵云心道：“这马超心思缜密，行事慎重，要想让他卖马，得把事态的发展预测一番。”随即严肃地说：“孟起兄，你我兄弟不说外话，曹操老贼挟天子以令诸侯，我主乃汉室宗亲，与贼乃大义之仇。再观孟起兄，令尊马腾老将军因锦衣血诏被贼所害，也是家仇之恨。我两家皆与老贼势不两立，若是因惧怕而放弃复仇，停而不前，你我七尺之躯，岂不被天下人笑话为无胆之辈？”

“依子龙兄看，如何去复仇？”马超脸色未变，心平气和，心中却是激起涟漪。倒是一旁的何俊不愿掺和国家大事，以酒力不济而由，告辞退下，在外等待。

赵云心道：“马超已被说中心里要害之处，让我再来火上浇油，此事可成也！”

待何俊离去，赵云方才说道：“曹贼新胜袁绍，后患未除，加上南有刘表坐镇荆州，西有孟起兄屯兵精锐十万，因此老贼无奈不得不亲自留守许昌，不敢随意亲征。而今刘表大人病入膏肓，命不久矣，而公子刘琦乃贤德之人，我主刘备可以辅助于他，兴荆州之兵北上。到时你孟起兄挥师东进，你攻洛阳，我取许昌，曹操必然应接不暇，不论谁先攻取一方，曹操大势已去也，功成之日，孟起兄可提曹贼项上人头祭马老将军在天之英灵。”

马超端起瓷碗，仰头一口干下，狠狠地摔在地上，瓷碗四分五裂。他抬起头，双眼如剑，表情冷漠地说道：“子龙兄说到我心里去了，此生不杀曹操老贼，我便如此碗。”

赵云见马超已激将成功，心中暗喜，也将碗中酒水一口饮下，说道：“我也与孟起兄同誓。”

空碗落地，破碎的瓷片反落地面，激起一阵声响。门外的护卫听闻两声响动，鱼贯冲入房内，马超哈哈大笑，挥手喝退众人，婢女上前又取两碗酒。

马超双手捧住碗沿，豪迈地说道：“既然刘皇叔是铁心要与曹贼决一死战，那我马孟起又有什么吝啬，明日子龙兄与我沙场点兵，我不但赠予你三千骏马，再选五百勇士随你同去抗曹。”

赵云同捧酒碗，压抑住心中的兴奋，说道：“多谢马兄支持，云代替主公在此谢过。”

“你我目标一致，定要诛杀曹贼，复我汉室。”

马超又一口饮下，英俊的面容露出一丝坚毅与兴奋……

翌日清晨，西凉城外，守城大军以方列之阵，立足城下，一阵马蹄震耳，地如抖动，数万银甲铁骑奔驰而来，策马也立城下。城门高台站立数人，中间之人，银甲白披，面目俊俏，气度不凡，特别是冰冷的双眼中散发出一股杀气，不怒自威，此人正是马超。站在他身旁的一身游侠打扮的赵云，之后有赵云在汉中见过的张卫，张卫在汉中横行惯了，哪还能认出曾经挡他道的赵云。

马超挺直身板，手一挥，身边传令兵摇动旌旗，城下军队开始行进，车马步兵退到四周，留下城前的空地。有士兵摆放数百草人后，一队数百人的铁甲重骑奔入空地，带队之人，尚是少年，但骑术精湛，行云流水，正是马岱。

马超转头对赵云说道：“我令骑兵演示一个骑兵杀阵，唤作白马阵，子龙兄素喜骑兵，可要认真观看。”

赵云心喜，忙抱拳说：“多谢孟起兄成全。”

马超哈哈一笑，不再多说。城下旌旗阵阵，金鼓声声，马岱率领骑兵分成多排纵向进攻，一接触草人队伍，各纵队开合而去，避开草人正面瞬间又从四周合击，一个回合，草人尽皆砍为两半。周围军士呼声轰鸣，尽是赞叹之声。

赵云拍手笑道：“好一个避实击虚的骑兵阵法，今日赵某开了眼界。”

“子龙一眼便看穿此阵要领，非常人之智也。”马超说完又问张卫道：“张公子可有话说？”

张卫一愣，随即说道：“马家铁骑闻名遐迩，莫说这等草人，就算曹操的虎豹骑，也是不堪一击。”

马超闻言，哈哈大笑，张卫也附和而笑，只有赵云观察到马超扭回头时，脸上露出的不屑与鄙视。

马岱率队勒马立足，对城头礼拜，正要率队离去，突闻外围士兵骚动，左右纷纷退开，让出一条通道。赵云看去，见又来一队人马，带先之人，红甲锦袍，身材玲珑有致，行至城下，勒停马蹄，得见容貌，竟是那名只有几面之缘的少女。这少女将手中所提人头扔在地上，美目扫过城头众人，娇喝道："犯我界的羌将莫哈尔人头在此，正好赶在大哥清晨练兵时前来报功。"她声音刚落，军士高呼，气势磅礴。

马超开怀大笑，令部队各自交合操练，张卫异常兴奋，上前两步，扑在墙壁上往下看，眼中已经只有这少女的存在。刚上楼来的马岱对马超一拜，又对赵云抱拳，赵云也抱拳回礼说："小将军带兵有度，行进划一，令在下开了眼界。不知小将军贵姓。"

"赵将军客气了。我是少帅堂弟马岱，你叫我伯瞻好了。"

马岱脸带微笑，真正的英雄定受人尊敬。

"鹭妹、鹭妹！"张卫喜滋滋地跑到环城石阶口，大声喊叫。

马岱冷眼瞟了一眼，面露鄙夷，冷哼一声，背身不去看张卫。

少女缓步而上，两名女兵紧跟其后，走上楼台，对张卫一笑，便径直走到马超身旁。

"恭喜鹭姐又立大功，不过下次讨贼是否该把我带上？"马岱脸上露出责怪之意，少女摸摸他头，娇声笑道："伯瞻莫急，日后有的是上阵的机会。"

马岱叹口气，对这个刁蛮的堂姐，他总是无可奈何。

马超笑容满面，对旁边赵云介绍道："此乃吾同母胞妹，叫作云鹭，虽是女孩家，却自小习得一身好武艺。"又对马云鹭说道："这是我新结交的弟兄，常山赵子龙，你可以哥哥对待。"

赵云忙抱拳施礼，马云鹭回礼后又拜道："那日多谢赵大哥伸以援手，我才未中贼子冷箭，请受云鹭一拜。"

"路见不平拔刀相助，马姑娘不必多礼。"

赵云本就不善与女子打交道，此时也无多余的语言来表达。

"哎呀！那日在崖上击杀弓箭手之人，便是这位赵兄弟。在下张卫，乃汉中张鲁之弟，日后赵兄弟若是经过汉中，定要来让我好生招待报答才是。"

一旁张卫见马云鹭对赵云似有好感，忙出声打扰，顺便让马云鹭知道他也是重情义之人。

马云鹭笑道："张哥哥说得好话，莫非忘记汉中裹鞭欲抽之事乎？"

张卫闻言，仔细打量赵云，脑海里依稀记得那日之事，面色稍有尴尬，复笑着说：“正所谓不打不相识，我和赵兄弟感情比旁人更胜一筹。”

众人再观其颜，已是笑容可掬，适才那一丝尴尬之色，早已没了影踪。

马岱脸色铁青，鄙夷地转过头，对马超辞道：“军士尚须整顿，先告辞了。”说罢，不等马超点头，转身拉了马云鹭的右手说：“我有事要跟二姐讨教，二姐莫要推却。”

马云鹭见马岱面带怒气，知他心中气闷，便与众人告辞。张卫想跟在其后，马岱回头，怒视张卫，道：“我们商谈军机大事，你也敢跟来？”

张卫愕然，一时不知如何是好。马超愠责道：“伯瞻，怎生如此无礼？还不给我道歉！”

马岱冷眼回视，拉着马云鹭便走，马云鹭只得与众人道别，临走时又回头看了一眼赵云，嘴唇微动，似乎欲言又止，马岱又催促厉害，终于转身离去了。

马超满脸怒色，却又无可奈何，对张卫说道：“伯瞻年幼，公则兄切莫与他计较。”

“没事，小孩子嘛！都会任性的。今日突感困倦，我就先回去休息了。”张卫满脸笑容，一副无所谓的样子，在征得马超同意后，便走下城去，他边走边想：“只要云鹭妹子能嫁我，就算砍我两刀我也不会介意。”

待张卫离去，马超面色微和，赵云不知是否该出言劝慰，马超却邀请他下城去近距离观看铁骑训练。对于这样的邀请，赵云自然是求之不得，遂与马超下城。

万军操练，骑兵在前冲锋，车步在后，如大浪滚滚，层层叠叠，赵云目不转睛地看着前方冲锋的骑兵，不同于普通重骑兵，全是重甲浑身，连军马都被铁甲覆盖，一般矢剑刀枪皆不能破，所过之地摧枯拉朽，无人能挡。赵云心中大为惊叹，自言道：“如此雄师，曹贼安能不破？”

马超怀抱双手，目光炯炯，甚是得意，这支骑兵部队，正是他引以自豪的西凉铁骑，心中豪气冲天，对赵云喊道：“难得子龙兄与我同来，不如一起骑马射箭，鼓励士气。”说罢，接过卫兵手中弓箭，一拍马臀，飞奔而去。赵云笑道：“孟起兄兴致高昂，云一定相陪。”也接过弓箭，双腿一夹马鞍，追随马超而去。

西凉城外，旌旗阵阵，鼓声大噪，一名骑兵手拿一块箭靶策马狂奔，衣甲被风吹得哗哗声响，突然他弯腰将箭靶插下，入地三分，随后又拍马转向返回。

待这骑兵离去，一支羽箭破风而来，发出尖锐刺耳之声，只闻“啪”的一声，不偏不倚，正中靶间红心。

一员白甲将军端坐马背，左手握着弓把，其弦不断颤抖，右手又伸向胯旁箭袋，抓住一支箭羽，在周围的喝彩声中，双腿一夹，坐下大马迈腿前奔，此刻他身形一变，在颠簸的马鞍上，拉满弓弦，右指轻放。

“唰!”

羽箭如溃堤之水，万刃之势，插入靶心，与先前那箭并排紧挨在一起。如此漂亮的射箭技巧，立即震撼了全场，围观的士兵们纷纷发出惊叹，有人情不自禁地高呼：“快看，那就是我们的飞将军——锦马超!”

这白甲将军正是马超，他策马回到赵云旁边，将弓递给赵云，笑道：“此弓为我无意从市场购得，因不知其名，我便暂时唤作‘奔雷’，是兄弟我最喜之物，子龙就拿去试试劲道吧。”

赵云笑盈盈地接过弓，试探着一拉弓弦，弦丝冰凉纤细，韧性超强，又仔细观察片刻，才开口说：“此物如此巧夺天工，绝非凡品。”又观弓面刻有一条长龙，吞云吐雾，张嘴露出叉舌，非常逼真。

“这是?”赵云突然面露惊喜之色。

“莫非子龙兄见过此弓?”马超见赵云惊喜，知他必定认识此物。

“如果我没有猜错，此乃名弓‘龙舌’，为昔日吕布之物，自吕布兵败白门楼便下落不明，世人皆言为曹操所得，不想居然在孟起兄手里。”赵云说到这里，脑海中浮现出一个朦胧的身影，洁白无瑕，如月下仙子，孤守青灯一世。

马超见赵云低头不语，心神不定，便出口说道：“子龙兄似有心事?”

赵云抬起头，笑道：“也无什么事。只是想起了一个故人。”说罢，一叉马鞍，骏马奔驰，赵云左手开弓，右手拉箭，在颠簸起伏的马背上泰然自若，只听一声尖锐的破空之音，箭头已插入靶心，周围又是一阵喝彩，立马观看的马超露出一丝笑容……

城头西侧，是马岱的骑兵营，此时他正与马云鹭策马同行。

马云鹭轻抚发丝，笑着说：“伯瞻有何事？但说无妨。”

马岱脸色铁青，心有不悦地问道：“张卫此等尿包，安能配二姐？”

马云鹭娇笑道：“我何时说过要嫁张卫了？”

“大哥不是这样想的吗？为了汉中的援助就可以牺牲二姐的幸福吗？”马岱的语气越来越激动，不待马云鹭说话，他又说道：“二姐，不如你暂时先离开西凉躲一阵子。”

马云鹭默不作声，她并不愿意嫁给一个懦夫，马岱的建议，也是一种可行方式。

此时校场嘈杂起来，两人好奇，策马奔去，只听见“嗖”的一声，原来插有一箭的靶心又添一箭，这股劲道震得箭靶左右摇晃起来。两箭射完，赵云勒马返回，双手捧弓，交与马超。

马超未接弓，笑道：“子龙兄箭术高超，与我不分伯仲，此弓就赠予你如何？”

赵云正色道：“君子不夺人所好，此神弓云不敢受。”又将弓递出。

“大哥好是偏心，我也喜欢此弓，平日连摸一下都不行，赵大哥不喜欢，你却偏要送去。”

马超见赵云推辞，只得接过龙舌弓，正要说话，却听到一声甜美的声音传来，转头一看，马云鹭与马岱不知何时来到身旁。

马超笑道：“女孩子家臂力不济，此弓你拿去不能发挥其作用。”

马云鹭伸手从马超手中接过龙舌弓，一拉弓弦，确实不能满贯，惋惜道：“我确实拉不开，那就送给伯瞻用吧。”

“二姐，这弓我早就拉过了……我的臂力也不够……”马岱脸上露出无奈的表情。

马云鹭嘘口气，将弓还给马超，转身对赵云说道：“久闻赵将军枪法如神，今日碰巧凑在一块儿，我想与你切磋一下枪术，不知将军意下如何？”她那两汪清水似的凤眼，虽然总是淡淡地看人，却有说不出的明澈。

赵云不敢直视马云鹭的眼睛，只是不知如何是好。

马超感觉到了他的尴尬，笑道：“云鹭莫要胡闹，已近午时，子龙兄与我去点三千马匹，至于你们两个，也早些收兵回营休整吧。”

赵云微带歉意地施礼，策马与马超一前一后离去。待二人离去，马岱赞道：“这个赵云，一身正气，是个难得一见的真君子。”

马云鹭笑道：“昔日你与人家又无交往，怎生知道他人品好坏？”

“我的感觉不会错的。”马岱脸上露出一股强烈的自信。

马云鹭脸上露出一丝笑容，说道：“也许你的感觉不错。”

马岱随即下令收兵，将本部军马聚归驻地不表。

正是：

千里塞外绿漫天，将军策马冰河边。

唯有马家金枪在，羌人不敢过雄关。

第四十三章　红颜薄命

“极目青天日渐高，玉龙盘曲自妖娆。无边绿翠凭羊牧，一马飞歌醉碧宵。”

草原之风似少女的性格般多变，一会儿温柔地抚摸着大地，一会儿又任性恣意地拍打着草海。

赵云昨夜与马超把酒言欢，结束时两人皆有醉意，便在将军府住下，由于三千马匹已有了着落，今夜是他到西凉以来第一次安然入睡。待太阳当空，马超派仆人来请，方才醒来，忙去大堂，马超早已等待，见赵云到了，告知三千骏马已经从牧场送至，赵云大喜，又连声致谢。

马超带赵云来到城内西门军营，三千骏马暂寄此处。赵云一眼望去，这些马皆是身躯粗壮，四肢坚实有力，体质粗糙结实，头大额宽，胸廓深长，腿短，关节、肌腱异常发达。背毛浓密，毛色复杂。非寻常之马能比。遂喜道：“不愧是西凉名马，刘皇叔有了这批马，便可组建一支真正的骑兵精锐！”

“人皆知我西凉之马优良，殊不知我西凉男儿同样优秀，若是西凉之马由我西凉男儿来驾驭，那就是名震天下的西凉铁骑。”

赵云回头，见说话之人正是马岱，忙抱拳致礼，马岱也抱拳还礼。

马超问道：“五百精壮可挑选出来？”

马岱禀道：“昨日便已选出，五百人无一不是骑术高超的老兵。”

赵云欢喜，对马岱谢道：“有劳伯瞻了。”

“赵大哥不必多礼，伯瞻尚有军务，就不陪两位哥哥。”说罢，告辞离去。

马超走到一匹马前，轻抚背毛，说道：“子龙兄何时回新野？”

“现在已是秋末，待冬去春初之时，曹贼必然起兵犯我新野，我得尽快将马匹送回，以增加战力。”赵云说到这里，脸上露出忧虑之色。

马超笑道：“你我兄弟就实话实说吧。子龙兄莫非真会以为小小新野城能挡住曹操大军吗？”

赵云知道马超心中有数，也不掩饰，摇头说：“不能。”

马超又道：“除非刘皇叔能取刘表而代之而统荆州之兵，方能与曹操一争胜负，否则自保不及，何来讨贼？”

赵云心知其意，正气凛然地说：“我主乃仁义之君，岂会窃夺同宗之物，若真如此做了，我也不会继续跟随左右。”

“唉——”

马超长叹，但心中对赵云更加敬重。

交接了人马，赵云与马超告辞，回何府与何俊道别，顺便取了寄放的逐云，两日不见，逐云见到主人，用头蹭触，很是亲热。何俊见赵云回来，甚是高兴，叫仆人安排酒菜尽心招待。翌日清晨，赵云到军营领了人马，五百骑兵果然人马覆甲，全是精锐重甲骑兵。来到城门口，马超与马岱立于城门，面带微笑地注视着赵云一行人。

赵云下马作揖说道：“赵云何德何能，让孟起如此礼送。”

“子龙武艺德行，无不让人敬佩，若是我不来送，岂不是轻待了英雄？”马超显得有些不舍，若是赵云能为他所用，他宁愿拿一半精锐和刘备交换。

两人并肩而行，赵云忽然间想起一件事，忙说：“前些日我曾私入牧场窥马，还望孟起兄原谅。”

“此事你来见我前，我便知道了，当时就下令不必追究。”马超面带微笑，轻描淡写地将此事一笔带过。

走出城门，兵士笔直地立于左右，吊桥缓缓落下，横跨在护城河上，众人走上吊桥，微风徐徐，很是美丽。

行进中的马超转头对赵云问道：“子龙兄久经沙场，阅人无数，我冒昧地请教一下，在你心中谁是天下无双的武将？”

“吕布！”

赵云闻言，沉默半晌，才吐出这两字。

“吕布吗？哈哈哈哈。”

马超放声大笑，不再深入追问。

送君千里，终须一别！赵云率领马队，缓缓地消失在地平线上，只留下送行的马超久久目送。

马岱在旁出声问道：“大哥听闻吕布之名，何故大笑不止？”

马超脸上露出一丝鄙夷，说：“吕布虽然武艺天下无双，但其人品卑鄙，哪算得上无双武将，如此儿戏，故才觉得好笑。”

“莫非大哥心中已有人选？”马岱猜不透马超的心思，却又感到好奇。

“进不为名，退不避罪，当世无双武将非常山赵子龙莫属。只可惜不能为我所用……”马超手中的马鞭指向赵云远去的方向，遗憾地勒转马头。马岱也意味深长地回头看了一眼马队离去的方向，一勒马缰，率队与马超归城。

看着身旁的马匹，赵云心中欢愉，他将五百骑兵分成四队，一队与自己在前方带路，一队在后面驱赶马匹，其余两队则在左右两面保护马队，防止有个别马匹受惊而逃离队伍。

马队离开西凉不过十余里，兵士来报，有人来求见。赵云心中疑惑，西凉除了马超、何俊，并无熟人。等访客过来，赵云一看，此人五官精细，只是皮肤黝黑，正是李德，忙下马迎接。

“赵将军还记得在下吗？”

李德大摇大摆地穿过兵士，走到赵云身前，脸上挂着微笑。

赵云欣喜地笑道：“那日李兄匆匆离去，云常惋惜，不想今日在此地遇上了。”赵云对这个知识渊博的李德极为欣赏，此刻见到他来寻自己，激动不已。

李德笑道：“赵兄此次获得了三千良马，真是可喜可贺。现在可是要赶回新野？”

赵云点头，李德又道：“我也准备离开西凉到中原去，不如与你同行，一路也好有个照应，不知道赵兄可否愿意？”

赵云笑着说：“你我兄弟，哪有什么愿意不愿意，你与我同行，我必保护你周全。”

“放心吧！不会让你吃亏的，别忘了我可是相马大师，有我在，保证你这批马安然无恙地到达新野。”

李德一副得意扬扬的样子，还故作老练地拍拍逐云的背毛，也不顾逐云用一对大眼瞪着他。

赵云挠挠头，恍然大悟地笑着说：“这个我倒是忘了，一路就要拜托李兄操心了。”

“我挺喜欢逐云，一路上让我骑吧。”李德脚踏马镫，翻身上马。

赵云被他这一举动吓了一跳，忙喊道：“李兄小心，莫被摔下来了。”

不出赵云所料，逐云顿时大怒，疯狂抖动身体，想把李德摔下，李德紧拉缰绳，双腿夹紧马鞍，任逐云折腾。赵云忙上前拉住马缰，让逐云安静下来。

李德下马笑道："真是匹烈马，我还是另选一匹罢了。"说完便自行选马去了。

赵云抚摸着逐云的大头，看着李德的背影，总有一种似曾相识的感觉。

"银装素裹扑满天，白马长嘶踏雪来。龙胆无声震当阳，一生只为太平世。"

又是大雪纷飞的季节，鹅毛般大小的冰花从雾蒙蒙的天空飘下，孤零的枯树在小山上守望着不远处的小城——新野。

城墙上已覆盖了一层冰晶，守城的将士三三两两蹲在角落，哈出热气，让双手暖和些。

突然城门内冲出一支骑兵，领头之将，头戴亮银白羽盔，身穿银色白甲，手握亮银长枪，灰色披风在风雪中左右摇摆，发出扑扑的声响，在银白苍茫的雪地中显得格外刺目。紧跟其后的数百骑兵，个个浑身铁甲，精神饱满，士气如虹，踏得道路积雪四处飞溅，惊起了树上的飞鸟，骇走了林中的野兽。

领头之将左手一挥，勒慢坐骑，后面骑兵左右分散，瞬间超过主将，纵横奔跑，相互交叉，最后又向主将本队合拢，如此来回反复操练数次，方才返城休息。

张飞一袭黑甲棉袍，只身站在大门入口的吊桥处，大大咧咧地嚷道："子龙这骑兵阵法俺从没见过，不知叫作什么名字？"

原来这领头之将，正是赵云。赵云将龙胆交给身旁的杨昆，命他先带队回营，自己翻身下马，与张飞并肩入城，边走边说："此阵唤作白马阵，是西凉马超所授。这阵势的目的是将队伍分成几支小队，左右横竖交叉进攻，能有效地小块分割敌军，插入其心脏。并敌一向，直取主将。"

"常闻西凉飞骑锦马超之名，果然非虚，此次子龙前去西凉，没与他交手比试一番？"张飞本就是武痴，听到强者相遇，按捺不住心中痒痒。

赵云微笑着说："比是比了，势均力敌。"

"势均力敌！"

张飞抬手揉揉毛孔粗大的酒糟鼻，很是兴奋。他又说道："难得今日俺老张心情好，俺们兄弟不如比试一下，当餐前热身如何？"

赵云苦笑道："三哥莫为难我了。我现在关心的是单福军师，我已归来数日，未曾见到，不知哪里去了？”

张飞听到“单福”之名，脸色变得不好看了，他鼓着眼睛，怒道：“军师已经拜别大哥离去了。”

赵云奇道：“单军师为何弃大志而不顾？”

提到此事，张飞厌恶地朝雪地吐出一口浓痰，骂咧道：“都是曹操这直娘贼，不知从哪里听得是单军师破了曹仁的八门金锁阵，居然以军师母亲性命相逼，要他前去许昌。哦！对了，军师的真名叫作徐庶，单福不过是昔日为避祸化名罢了。”

赵云闻言停下脚步，惊呼：“军师原来就是有名的游侠徐庶，徐元直？他离去多久了？”

“已有月余，那日还未入冬。现在想来已到了许昌。”张飞见赵云面露惊诧，忙问道：“子龙想到什么？”

赵云连声叹息，经不住张飞再三追问，方才说道：“我叹现在已追赶不及，徐庶军师此去反而还害了其母之命。”

“此话怎讲？”张飞瞪着一对牛眼，甚是疑惑。

赵云道：“素闻徐母刚烈，必然不会屈服于曹贼淫威，岂会写信来唤军师前去。若是见到军师去了许都，定会以死向天下人明志。”

张飞怒气冲天，恨道：“好卑鄙的曹操，待日后我必要剥皮吃肉。”骂完又不好意思地问道：“不过徐母为何要自杀？这个我没有听懂。”

“此事不说也罢，曹操诳走我军智者，来年开春必然兴兵来犯，不知主公有何对策。我得立即前去相见。”赵云对张飞抱拳，上马急去。张飞挠头喊道：“你还没有解释给俺听呢！”

此刻刘备与关羽正在州府商议要事，闻赵云求见，忙迎到门外平台，携手并进。入得议事厅，赵云将所想相告，刘备苦闷着脸说：“我与云长正是为此事烦恼，那日军师离去，曾向我引荐一人，此人乃当日水镜先生所说的卧龙凤雏其中之一，我与云长、翼德去了两次，也未得见。今日鹅毛大雪，正是那日童子所告先生苏醒之日，我欲再去一趟。”

关羽在旁，一脸闷闷不乐，说道：“我们已去两次，皆在茅庐外不得拜见，大哥乃汉室皇叔，此人也敢如此，定然沽名钓誉之辈，大哥何必执意要去。”

刘备未回答关羽，对赵云说道：“子龙如何看待此事？”

赵云思索片刻，说：“此人既然是徐庶军师全力举荐，又受荆州名师水镜先生推崇，必有其得意之处。其冷漠，说明此人不攀权贵，可见其品质德行高尚。而且古有文王渭水躬身为姜尚拉辇，便得周朝八百七十三年天下。今日主公再三去茅庐，诚邀贤士，不也是一个美谈吗？”

刘备一拍桌子，大笑道：“子龙之言正合我意，我就再去第三次，云长可愿与我同去？”

“大哥要去，云长自然跟随，我这就派人通知翼德准备马匹干粮。”

关羽虽然抱着不同意见，但见刘备要去，只得随从。

刘备点点头，又对赵云说道：“现今曹操虎视眈眈，虽是冬季不宜出兵，但是难保其不来偷袭。糜竺、孙乾等人不堪守城重任，待我等离去，新野城内大小事务不必禀报于我，一切暂时由子龙全权做主。”

赵云抱拳道：“云定不辜负主公之托。”

刘备与关羽出府离去，赵云跟从送至城门口，张飞牵马在城门等待，见刘备便嚷道：“这山野村夫再不相见，我便绑了他来见大哥，大哥何必亲往？”

刘备脸色一变，叱道：“昔日齐桓公去见东郭野人，五次才见一次，桓公且如此敬重贤德之人，汝却如此无礼。今日你莫去了，留下守城，换子龙跟我与云长同去。”

张飞被刘备呵斥一通，傻笑道：“既然两位哥哥都去，我岂能落后，还是留子龙守城吧。”

“你若要去，绝不可无礼于人。”刘备脸色稍和，也不再责怪张飞。

张飞唯唯诺诺，形态憨厚地站在刘备身后，不再多言。

刘备率卫队先行离去，张飞生怕刘备反悔不让他去，扛着丈八蛇矛，驱马紧随其后，关羽手提青龙偃月刀，对赵云抱拳礼道：“有劳子龙守城。”言罢，一拍胯下赤兔，飞奔而去。风雪仍然没有停顿，赵云立足城门，鹅毛雪花轻轻落在他的战甲上，他目送刘备一行人离去，心中默默祈祷，但愿此次刘备能得大贤。

刘备等人已远去，赵云不敢怠慢，亲自带队在城头巡视，张飞副将忙下城迎接。上得城头，赵云见士兵难耐严寒，相互依偎取暖，叫副将上前问道：“天寒地冻，为何不给站岗士兵加添厚衣？”

“禀将军，属下曾去过军资仓库，糜芳将军口口声声说没有这么多厚衣，属下也是无法。”副将一脸无奈，甚是委屈。

赵云微皱眉头，又问：“张将军可知此事？”

副将又答：“已报知张将军，将军未做批示。”

赵云点点头，心想必是张飞的火暴脾气得罪了糜芳，导致糜芳有意刁难，便令副将继续负责城池守备，自己去趟军资仓库。

军资库在县府左侧，负责管理的糜芳正在喝茶，听闻赵云前来，迎至大门石阶，一见赵云走上阶梯，就在大门口笑着呼叫：“子龙急匆匆赶来，不知所为何事？”

赵云抱拳礼道：“实不相瞒，今日主公出城寻贤，暂令子龙代掌军中事务，刚才巡城，见守城军士衣衫单薄，难耐严寒，特来请子方兄拨放一批厚衣予守军将士御寒。”

“张将军前些日子差人来过，只是物资匮乏，我前些日子将子龙骑兵营的兄弟配备整齐，就不够发放守城兵士，这是子方的失误。我已派人去荆州购置，相信近日可到新野，还请子龙兄莫要责怪。”糜芳笑容可掬，请赵云入座，亲自盛上一杯热茶递与赵云。

赵云起身双手接过茶杯，又坐下与糜芳聊几句家常。已近午时，糜芳安排兵士准备午饭，赵云又起身致谢后说道：“军中事务繁忙，不便多留，还望子方兄勿怪。”

糜芳知挽留不了，笑道：“子龙尽心尽力，乃主公之福，我佩服不及，哪能怪责。你且放心回去，三日内必将军资送达。”话落，起身相送，送走赵云后，心道：“若是张飞也如赵云般礼貌仁厚，我又何必如此。要知道，这些军资都是我糜家自己掏的腰包，我想要的也仅仅是应有的尊敬。”

赵云辞别糜芳，准备穿过东街去东门巡查，由于天寒地冻，城内道路覆盖一层冰晶，逐云蹄下有些打滑，赵云只得牵马步行。一路行人稀少，唯有菜市场还算热闹，赵云心道：“自从主公治理新野以来，新野有了一定发展，起码城中没有饿死人的事情发生。”想到这里，他脸上露出欣慰的表情，再前行数十步，突然听闻童声朗朗，似乎在诵读《诗经》。随声望去，原是一个学堂，心中想起自己幼年时也曾跟先生读过《诗经》，甚为怀念，驻足从窗帘看去，见一众学童围坐，教书之人竟是李德。待学童散去，赵云方敢与其招呼，说道：“李兄前些日不是去荆州了，为何在此？”

李德见是赵云，微笑着说：“我道是谁？原来却是赵兄。大雪纷飞，我欲在此待冬去春来，再去荆州。近日闲来无事，便在此将这些孩童聚集，免费教他们读书认字。”

赵云笑道：“李兄弟心善，赵云佩服。既然未走，为何不来寻我？”

李德摇头，说：“赵兄自己都是居无定所，我又怎敢打扰，平添麻烦。”

赵云点头说：“这倒是云招待不周了。我知道李兄知识渊博，为何不投入我军，为汉室复兴出一份力？”

“我这些文墨，只能教教孩童。若是国家之事，反而会误了大事。”李德推辞了赵云的邀请，见赵云满脸遗憾之色，又说：“我在新野没有什么熟人，赵兄若是空闲，就陪我在城内逛逛。”

“云尚要去巡视东门城防，若是李兄愿去，便与我同去，也可提些意见。”赵云闻李德之言，便开口邀请。

李德笑曰：“城楼处高，正是观雪之地。我就与赵兄同去。”

赵云心喜，牵着逐云，便要带路，李德上前伸手去摸逐云，逐云一甩大头，甚是不满。

李德笑道：“这烈马还是骄傲得很。”

赵云呵呵一笑，与李德并肩同行，一路谈笑风生，来到东门，上城楼瞭望台，看城外白雪皑皑，冰封万里，天地就如银装少女，呈现出各种迷人姿态。

如此美景，让人心旷神怡，李德心情大好，对赵云问道：“赵兄征战多年，心中可曾拥有梦想？”

赵云见李德衣着单薄，解下后背披风，盖在李德身上，说道：“梦想必然是有的，不然也不会自少年便一身戎装。”

李德也不推辞，裹上披风，笑道：“赵兄的梦想定是在这乱世立下不朽功业，让后世敬仰瞻望。”

赵云摇摇头，仰望雾蒙蒙的天空，鹅毛雪花轻轻落在他英俊的面庞。

“我的梦想就是终结这个乱世，让已经扭曲的时代回到正轨，百姓回到安居乐业。至于功名利禄，一切都是过眼云烟，我不需要。”

赵云的语气坚定无比，李德怔住了。赵云仿佛是一块磐石，他勇敢善良的梦想，让李德睁大的眼睛中出现了一丝奇异的光芒……

公元207年，也就是建安十二年冬，刘备三顾茅庐，终于得见素有卧龙之称的诸葛亮。诸葛亮在被后世推崇的《隆中对》中指出当时天下势力变化及刘备势力的发展方向，刘备佩服其才，再三相请，诸葛亮这才出山相助，从此诸葛亮走上了三国的历史舞台。

（诸葛亮字孔明，时年二十七岁。）

回到新野城，赵云忙迎出城门，接到众人，见刘备身旁有一青年儒生，身材瘦高，五官端正，皮肤白净，身穿灰布儒服，气质优雅，知道是刘备请来的贤士，上前行礼。张飞下马，拉住赵云的胳膊抢先说道："子龙贤弟我有要事与你说。"

赵云哭笑不得，只得与张飞立于旁侧，待刘备等人进城后，张飞才说道："俺还以为大哥能请出个神仙，没想是这么一个白脸小生，子龙乃大将，岂能给这种吃软饭的沽名钓誉之辈行礼？"

赵云疑惑道："此人既是荆州名士，徐庶军师又大力推荐，应该不是虚名之辈！"

张飞一脸厌恶地说道："反正俺老张不喜欢他。"

"可他毕竟是主公请来的，我们还是应该给予起码的礼貌。张三哥这两日旅途劳顿，还是早点回去休息吧。"赵云微笑着，不再多说，张飞点点头，便与赵云告辞。

第二日清晨，刘备召集全军操练，并在三军之前任命诸葛亮为军师。

解散回营，帐中摆有一张木桌，几张木凳，桌上摆上热气腾腾的酒菜。

"大哥对孔明极度信任，食则同桌，寝则同眠。现在这厮身无寸功，却又任命他为军师，反压到我们三个头上来了。"关羽一屁股坐在桌前的木凳上，满脸闷闷不乐，对身旁的张飞、赵云吐出心中的不快。

张飞鼓着眼睛，一拍桌面，嚷道："大哥一天到晚就是贤士智者，下次打仗，别叫俺哥仨去，就叫他那诸葛亮去就行了。"

赵云见二人对新任的军师很是不服，忙笑道："二位哥哥何必气伤了身体，等下次抗曹便知军师有无实才，若是有，我们正当听从指挥；若是虚名之辈，不用我们多嘴，主公自然会将他辞去。"

关羽、张飞都觉得有理，三人围桌坐下，喝酒吃肉，谈着用兵之法。

翌日化雪，太阳刺目，天气反而更加寒冷。

赵云在城外操练骑兵归城，刚回到营中，宋谦来禀诸葛军师有请。赵云心道："诸葛军师初来乍到，不知其本事如何，正好去看看。"遂只身去见诸葛亮。

来到议事厅，刘备正与诸葛亮商讨要事，见赵云至，刘备笑道：“子龙，今日又要麻烦你了。”

赵云对刘备、诸葛亮抱拳行礼，说道：“主公有事，吩咐就是。”

刘备看看诸葛亮笑道：“此事由军师安排。”

赵云又看诸葛亮，诸葛亮手拿一把羽扇，礼道：“常闻常山赵子龙之威名，果无虚传，此番有两事相托。”

赵云回礼，说：“军师言重了，下达任务，子龙定尽心竭力。”

诸葛亮点头说道：“我欲知江东之事，想派得力之人前去，赵将军可否有合适人选？”

赵云禀道：“此事不难，我有副将杨昆，机智多谋，可当此任。”

诸葛亮又道：“剩下一事，便是荆州有信使送来刘荆州之信，要主公前往荆州一见。”

赵云脸色突变，忙对刘备劝道：“上次主公前去，差点被小人谋害，此次绝对不可去。”

刘备摇头道：“刘表本无害我之心，都是蔡瑁在暗中相害，此次他命不久矣，我久居其地，恩德深厚，我怎能不去见他最后一面？”

赵云知道刘备仁德，劝不住他，只得暗叹口气，说道：“军师之意我已知晓，让我再护卫主公前去荆州，此番我定然左右寸步不离。”

诸葛亮点点头，微笑着说：“此次我也要与你同去。”

赵云又问道：“何日出发？”

刘备答道：“明日清晨便走，子龙今夜要把大小事务安排妥当。”脸色有些焦急。

赵云点头，抱拳辞道：“子龙领命，这就回营安排。”

回到营中大帐，赵云立即召集杨昆、宋谦前来交代事宜。

杨昆说道：“蔡瑁屡次三番陷害主公，此去只怕凶多吉少！子龙为何不死劝主公？”

赵云叹口气，曰：“此去可能又会九死一生，就算拼了这条性命，也要保护主公周全。”

宋谦笑道：“有何惧怕，此次我与子龙前去，情况不妙将蔡瑁击杀便是。”

“大家不必担心，此次诸葛军师也要同去，我见他自信满满，可能有所依恃。”赵云说到这里，露出一丝笑容，其实他也并不了解诸葛亮是否真有奇才。

杨昆抱拳请令道："为防万一，我也与你们同去。"

赵云摇头说："还有一事须麻烦尚德前去。"随即将诸葛亮的第一个任务传达给杨昆。

"请将军放心，尚德定不负使命。只是荆州此行定要小心。"

杨昆虽然欣然答应，但心中仍然担心不已。

赵云随后令宋谦留守新野，暂领骑兵营，之后解散，各自准备去了。

第二日，赵云一身戎装，率领西凉带回的五百骑在城门等候刘备等人，却见张飞也在此，还未开口发问，张飞已迎上来叫道："此次危险，俺得与子龙同去。"

两人等候一会儿，关羽陪着刘备与诸葛亮至，张飞忙上去请命，刘备紧皱眉头，对诸葛亮说道："我三弟从昨日闹腾到现在，干脆就让他与我同去。新野由云长一人守卫足矣。"

诸葛亮笑曰："也不是不可，只是张将军去了荆州，火暴脾气得收敛一点。"

"诸葛军师所言甚好，俺老张一定常笑，绝对不会给大哥添乱。"张飞本来不喜诸葛亮，此刻听他为自己说话，忙笑呵呵地对诸葛亮说道。

诸葛亮便对一旁的关羽说道："新野防卫，就仰仗关将军了。"

关羽丹凤眼微闭，冷哼一声，不再理会诸葛亮。刘备见状，心知关羽不服自己拜诸葛亮为军师，顾及结义之情，不知该说什么，只得摇头心中暗叹。

一行人上马，缓步走出城门，前行几日，杨昆令兵来禀，说是襄阳被东吴攻取，太守黄祖被斩。夜间扎营，刘备问众人："若是刘表问起襄阳之事，待之若何？"

张飞嚷道："自然要去攻打襄阳，俺愿为先锋，把这帮江东崽子绑来见大哥。"

刘备摇头，不理张飞，去看诸葛亮。张飞见刘备不理自己，又要发话，赵云忙拉着他的手说："我刚想起营地未巡，张三哥与我同去吧。"说罢，赵云便不管张飞愿不愿意，硬是拉着他出了刘备帐篷。

刘备叹道："这个翼德……"

诸葛亮笑曰："张将军脾气暴躁，天性如此，主公不必在意。只是如若刘景升欲要主公攻打襄阳，切不可应允，就说容待回到新野，整顿兵马。"

刘备依言，没几日便来到荆州城外。

再次来到此地，刘备心中暗叹，上次差点死于蔡瑁之手，这次他可不敢再做无准备之事。遂命张飞率众骑兵屯于城外，自己带诸葛亮、赵云入城去见刘表。入城之后，刘备骑的卢马在前，诸葛亮骑马左行跟随，赵云手提龙胆，冷目四望，杀气腾腾地护在两人身后。

刘表迎入刘备，赵云跟随，刘备假意喝退，赵云假意不允，刘表便让赵云跟从。进入府内自己房间，众人礼毕，刘表面带歉意地说："我已知道贤弟被蔡瑁设计暗害之事，当时便想杀了这厮，将头献于贤弟，但因众人求情，姑且恕之，还请贤弟勿要怪罪。"

刘备道："此事与蔡将军无关，都是下人私自为之。"

赵云闻言，面带冷色，问道："不知蔡将军何在？"

刘备见刘表脸色尴尬，假意不高兴地说道："子龙在此无益，不如到房门外喝茶等待。"

赵云知刘备之意，抱拳告辞，出房间后反手关闭房门，右手放在腰间佩剑柄上，双目冷视四方。心中暗道："若是蔡瑁再来为难，定斩不饶。"

周围护卫士兵知赵云威名，见他冷目怒视，皆感心惊。

不久刘表送出刘备与诸葛亮，告辞之后，三人投宿驿馆，刚安顿下来，听闻刘琦拜见。刘备迎入刘琦，赵云在门外担任护卫，闲杂人等一律不准入内。没几日，得知刘琦屯兵江夏去了。刘备又在荆州数日，赵云寸步不离，直到离城与张飞会合，方才松下一口气。

归途中，诸葛亮说道："那日刘景升欲将荆州赠予主公，公何故不受？"

刘备曰："景升待我不薄，怎能趁兄弟危难而夺其产业，此事莫要再提。"

诸葛亮苦笑不语，赵云则点头赞同。刘备回到新野月余，加紧屯集粮食辎重，招募新兵。

话说许昌府内，有一锦衣男子正在花园散步，这人身材不高不矮，额头宽高，目光炯炯，举手投足间无不透出一股强大的自信与骄傲。

男子面对北方，背手而站，似有所思，他伸出右手，身后有一名婢女忙端上酒盘呈上。男子端起酒杯，自言道："奉孝兄，北方已定，不日吾将南下，用霸王之道将这天下引向正轨，你在天上静静地看着吾成功之日。"他将酒缓缓倒在地上，语气中带着一丝遗憾。

“丞相，群臣已在议事厅等待。”

有护卫将军夏侯恩前来禀告，男子点点头，转过身来，眼中的忧伤已经消失不见，取而代之的是一股视天下群雄如草芥的霸气，此人便是这个时代真正的霸主曹操。

曹操来到议事厅，群臣早已等待多时，刚坐定，有人出列禀道：“丞相，听闻刘备击败曹仁将军后，气焰更盛，近日在新野、樊城招募兵马，意欲图谋不轨。今已入春季，属下愿引兵征讨，以绝后患。”

曹操冷笑曰：“昔日吾待刘备不薄，谁想却成今日大患，吾讨袁尚，刘备数次偷袭后方，意图阻吾霸业。今袁尚已戮，北方平定，剿灭刘备这个障碍势在必行。”

正要下命令，有人拜帖求见，曹操接过拜帖，翻来一看，面露喜色，忙叫兵士请入，群臣不知其故，各自狐疑。来者为两人，当先之人，已是银发鬓白的老人，其两眼炯炯有神，气质高傲，步履稳健，其挺直的身板毫无老态龙钟之色。他身后之人，正是少年英雄时，剑眉朗目，身材高大壮实，也是一身劲装。

曹操起身迎接，待礼毕后，曹操问道：“韩老先生何故前来？”

“难怪此人受到如此礼遇，看来他就是枪王韩荣。”群臣中有人低声笑道。曹操斜眼望去，只见这人浓眉高额，气度不凡，姓司马名懿，字仲达。司马懿与曹操目光相交，忙低下头去，不敢再望。曹操心道：“此人绝非常人。”

不出司马懿所料，这老者确是有枪神之称的韩荣，据说他的枪，犹如划开天幕的流星，一闪即逝，自出道以来，所向无敌，唯只有童渊能与他势均力敌。韩荣曰：“我知道丞相与新野刘备素为大敌，迟早要去讨伐，特向丞相举荐一将。”说到这里，指着身后的青年又说道：“此为我侄韩浩，得我枪术真传，就让他跟随丞相左右。”

曹操疑道：“韩老先生此举为何意？”

韩荣面露恨色，道：“刘备属下有一小将，名曰赵云，与我韩家有不共戴天之仇，故将侄儿送至，以待伐刘之日，报我儿韩飞之恨！”

曹操闻言大笑，喜道：“韩老先生来得及时，吾正有讨伐刘备之意。”遂命韩浩跟随夏侯惇出征。

此时群臣中又站出一将，禀道：“既然老师要报杀子之仇，我这有一人推荐。”

曹操见发言之人正是韩荣之徒张郃，问道：“儁乂要举荐何人？”

张郃曰：“在下部将夏侯兰，为赵云同乡好友，深知其性，此次同去必可协助以破赵云。”

张郃身后走出一人，明眸皓齿，气度不凡，此人正是夏侯兰。夏侯兰礼毕后，曹操曰：“你与赵云既是同乡好友，岂能决意讨伐？”

夏侯兰答曰：“属下信仰丞相必能终结这乱世，凡敢阻丞相霸道，我必杀之。”

曹操见他神色坚定，赞赏地点点头，衣袖一拂，夏侯兰退回列中。之后曹操又对列中的张绣问道：“昔日虎牢关前，与你交战之人，可是那赵云？”

“嗯！”

张绣轻轻点点头，唯一发出的声音都显得异常冰冷。

曹操对张绣的冷傲早已习以为常，又对群臣说道：“刘备乃世间英雄，麾下有关、张、赵三大猛将，近闻又求得荆州名士诸葛亮相助，好在其羽翼未丰，元让此去正好解吾之忧，望早报佳音。”随后任命夏侯惇为都督，李典、于禁、韩浩、夏侯兰为副将，领军十万讨伐刘备。

夏侯惇说道：“主公放心，此次必能剿灭刘备。”

“传言南阳诸葛亮素有卧龙之称，夏侯将军切不可小视。”文臣中有一人出列，此人便是荀彧。

夏侯惇笑道：“若是说关羽、赵云之辈，我尚有三分警惕，而诸葛亮这种山野村夫，我一并擒来献与丞相。”说罢，请辞整军不表。

冬去春来，万物复苏，华夏上下，一片绿意盎然。这日赵云刚操练军士归来，李德来邀赵云出城踏青，赵云推辞不得，陪他同去。

新野城外，官道两旁，尽是嫩草翠芽。李德兴致勃勃，一路欢呼雀跃，时常见到早开之花，无意间竟露出少女般的娇态，只是一闪即逝，赵云未曾发现。

“赵兄，面对如此美景，你我不如对诗一首。”李德看着手中一朵不知名的淡黄色碎花，甚是欢愉。

赵云哑口无声，片刻才尴尬地说：“在下山野莽夫，哪会什么对诗作赋，倒是扫了兄弟雅兴。”

李德略有失望之意，随后笑道：“那我们讨论兵法如何？”

“李兄真是学识渊博，赵云佩服，只是在下非贵族世家子弟，无缘得习兵法，心中所知都是从旁人口中听来的几句孙子兵法而已，又让李兄见笑了。”

赵云唏嘘长叹，遗憾之情溢于言表。

李德背手走来，笑道：“赵兄不必遗憾，虽说兵法历来只是贵族才能收藏，但是兄弟我却无意间见过两本，一本曰《六韬》，乃姜太公所著。另一本正是《孙子兵法》，为孙武所作。”

赵云闻言，惊喜道：“李兄可愿教我？”

李德微笑着说：“赵兄想学，每日可常来找我。”

“云先行谢过李兄了。”

赵云欣喜若狂，忙抱拳礼谢，正要再问，有探子回城，见到赵云，忙上前禀报。赵云见到此人，认得是刘备义子刘封，见他惊慌失措，知必有大事，果然刘封告知，有曹将夏侯惇举兵十万，从许都出发，剑指新野，不出几日便要兵临城下。

赵云闻言大惊，忙与李德告辞，翻身骑上逐云，带领报信的刘封，朝城门奔去，径直往州府去寻刘备。

李德一句话也没说，默默地注视着赵云离去的背影，春风轻拂，荡起发丝，凉爽之意丝丝沁入皮肤……

刘备闻禀，大惊，忙问计于诸葛亮，诸葛亮神情镇定，轻摇羽扇，曰：“我军三万，不能力敌。我知南阳郊外有一地，唤作博望坡，左有豫山、右有安林，此可为伏兵，夏侯惇新至，不知地形，可诱其入围，十万大军可破也。只是须借主公一物。”

刘备闻计，拜道：“军师此计，还需什么物件尽管拿去。”

诸葛亮笑道：“只需主公随身佩剑。”

刘备愣了片刻，笑道：“我知军师之意了。”遂安排高台祭天，做战前激励，在三军前将佩剑双手呈于诸葛亮，以示尊敬。诸葛亮划分各将职责，关羽、张飞冷声冷气，皆有不服之意。待诸葛亮安排完毕，周仓、刘封等人领命而去，张飞大声嚷道：“连大哥都有任务，唯独军师除外，不知军师所干何事？”

诸葛亮摇着羽扇，轻扇几下，笑道：“我在城中操办酒宴，给诸位将军庆功。”

关羽抚须闭目，一脸冷漠，张飞又要说话，赵云一把拉住他说道：“三哥莫让主公为难。”

张飞闻言，去看刘备，见刘备脸带怒气，不敢再说，只得与关羽、赵云领命而去。三人走下祭台，关羽说道：“若是不胜，再来寻他算账。”说罢，引军而去，张飞吹胡瞪眼，也拍马而去。赵云轻叹口气，也自行整备本部军马去了。

再说夏侯惇率领大军，一路南行，不日便兵至南阳，探子来禀，刘备已出新野城，陈兵博望坡外，欲在此迎战。夏侯惇哈哈大笑，又见天色已晚，便说："我说这诸葛小儿有何本事，用三万军队出城迎我军，不过以卵击石而已，传令下去，全军暂且扎营休整，待明日大破刘备。"

春夜，云雾朦胧地包裹着皓月，这不冷不热的气温，还没有将冬眠的夜虫唤醒，山野的一切还显得那么寂静。

"月萱，明日若是劝不了子龙，我们便要与他决裂为敌了，为了天下万民能够早日脱离战争的苦海，我不会手下留情的。"

夏侯兰坐在帐外一块大岩石上，抬头望着夜空的繁星。

"子龙是个明事理的人，妾身相信他会有所选择。毕竟，你们两人也不愿意在战场交恶。"王月萱站在一旁，她双蛾颦翠眉，素肤若凝脂，一件淡黄锁子甲，披在玲珑有致的身体上，透发出一丝冰艳。因知夏侯兰奉命出征讨伐刘备，便随军而来，只为阻止两人厮杀。

夏侯兰低叹一声，想起过去在常山与赵云生活的往事，心中百感交集。此时听闻有人唤他，转头一看，原来是韩浩，便笑问道："韩将军也未歇息？"

韩浩笑道："明日就要与刘备军交战，我尚有事想请教夏侯兄，刚去营中寻你，兵士告知两位在此处，便自行过来了。"

"韩将军有事找我夫君，妾身在此多有不便，就此告辞。"王月萱对韩浩躬身一拜，便先行离去。

韩浩忙回礼道："夫人慢走！"

待王月萱离去，夏侯兰方才说道："韩将军是想问赵云的事吧！"他对韩浩所来为何，心知肚明，自然一语道破。

"那就有劳夏侯兄了。"韩浩也不掩饰，哈哈大笑，一屁股坐在夏侯兰身旁，从腰间取下一个酒壶，灌下一口烈酒后，递与夏侯兰，说："此乃我家乡烈酒，唤作'槐花'，夏侯兄也尝尝。"

"我与赵云已经多年未见，现在也不知其情况。"夏侯兰接过酒壶，喝下一口，只觉一股热气下到肚里，暖乎乎甚是安逸。

韩浩笑道："我知夏侯兄夫妇与赵云乃青梅竹马的玩伴。明日在战场上，二位真能放下往日情义，与赵云交战吗？"

"我夫妻与你们韩家不同，你之所以在这里，是为了给韩飞报仇。而我们不同，这个天下已经太乱太乱了，我们相信只有丞相才能力挽狂澜，用霸道平定天下，建立一个能让百姓安居乐业的时代。为了贯彻丞相的霸道之路，我们可以付出自己的一切。”夏侯兰后靠在岩石上，透出一股坚定不移的自信。

“今日得听夏侯兄之言，甚合我意，自古将军难免阵上亡，我堂哥韩飞与赵云各为其主，战死沙场，本是军人荣誉，何来仇恨之言？夏侯兄与我一见如故，日后我就与夏侯兄一同披荆斩棘，为纠正这混乱的天下出一份绵薄之力。”韩浩从内心里并不认同被私仇蒙蔽双眼的叔父韩荣，现在听闻夏侯兰之言，正是情投意合，志向一致，他微笑伸出右手。夏侯兰起身，也伸出右手，两人双手紧握，各自哈哈大笑。

翌日清晨，夏侯惇拔营推进不过十里，见路阻一军，当先大旗为一个“刘”字，遂下令前锋布阵。

李典见刘备军容不整，心中生疑，对夏侯惇禀道：“刘备军中皆是老弱病残，恐为诱兵，都督莫要轻心。”

夏侯惇笑道：“莫要担忧，我军处于绝对优势，就算有诡计待我，又有何用？”遂拍马立足阵前。

“刘备小儿，我奉大汉丞相之命前来伐你，速速弃甲投降，随我去许都见丞相，还可留你一命。”夏侯惇手提长柄大刀，威风八面，大声叫骂。身旁有于禁、李典、韩浩、夏侯兰等将，气势汹汹。

刘备勒马正中，指夏侯惇反骂道：“曹操名为汉相，实为汉贼，尔等追随于贼，日后必为天下人所不齿！”

夏侯惇冷笑，对身旁诸将说道：“谁愿去取刘备人头？”

“属下愿往！”

夏侯惇话音未落，韩浩已拍马冲出，手中狼牙长枪直指刘备。刘备手持双股剑，去迎韩浩，交手几合，刘备气力不济，拨马率军后退。韩浩正要追击，此时又冲出上千军马，为首之将，银甲长枪，正是赵云。

韩浩冷笑，问曰：“汝便是赵云乎？”

赵云不搭话，手中龙胆舞得呼呼作响，韩浩也不示弱，一手“风花雪月寒梅枪”使得瑞雪叠叠，梅花朵朵。

夏侯兰见韩浩久战不胜，举枪上前相助。赵云见到夏侯兰，大吃一惊，一枪迫开韩浩，退到一边，喊道：“德义何故在此？”

夏侯兰曰：“我与子龙不同道路，今日沙场相见，各为其主，望莫怪罪。”

赵云闻言，叹道：“虎牢关之别后，我俩未曾相见，没想再次相见时，却是各为其主。只是月萱可知你我为敌？”

此时曹军中奔出一员白马女将，只见她红脸如开莲，素肤若凝脂，真是巾帼不让须眉。待她近来，赵云一愣，此女正是他心中无法忘怀的王月萱。

“子龙！常山郡已经投靠丞相了，你与我们回家吧，赵伯伯他们很想你。”王月萱吹气如兰，言如莺歌。

赵云闻言，脑海中浮现出一位苍老的老人，佝偻着身子，敲打着还未成型的铁器……顿时心中突然生起对家人的无比思念。

夏侯兰见赵云脸色有变，继续说道：“我与月萱拜堂成亲之时，未能通知子龙参加，我心中甚是遗憾。此次出征闻子龙在新野，月萱特意与我同来，就是为了劝你归降丞相，与我们同归故乡。现在袁绍已灭，能够统一的只有曹丞相，为了百姓能够早日脱离战祸，用你的枪为丞相开辟一条霸道之路吧！”

赵云脸色初始略有苍白，随即恢复镇静，遗憾地说道：“曹操名为汉相，实为汉贼，这样的人，就算得到了天下，百姓也不可能有太平的生活。只有我主刘备，仁德广布，方是这个时代唯一的真主。我们既然道路不同，勿要再言，尔等速退，若是执意不走，莫怪我手中的龙胆无情。”

韩浩见夏侯兰夫妇劝降失败，举枪又攻，与赵云交战。夏侯兰手持长枪，使出当日赵云所授的“暴雨梨花枪”，来助韩浩。

“子龙，得罪了！”王月萱心中犹豫不决，又怕夏侯兰有失，拔剑相向。

见夏侯兰夫妇加入战局，赵云长枪一抖，左刺右劈，枪影闪烁。韩浩、夏侯兰、王月萱三人全力以赴，仍无取胜之象。

李典知道赵云厉害，一勒马头，对夏侯惇与于禁说道：“赵云勇猛，唯恐三人有失。”

夏侯惇冷笑曰：“麻烦两位将军压阵，待我去擒赵云。”说罢，不待于禁、李典搭话，策马前奔，高举大刀，大呼：“赵云小子，还不束手就擒，更待何时？”

赵云斜眼瞟见夏侯惇举刀来战，横枪直刺韩浩，韩浩侧身躲避，赵云枪势一变，枪轨斜划出一条曲线，劈向夏侯兰，夏侯兰双手举枪格挡，被击得后退两步，王月萱一剑刺来，欲助夏侯兰，赵云随手一枪扫去，迫开王月萱，此时夏侯惇已至身前，一刀猛劈，带起风声如鹤唳。赵云毫无畏惧，脸色不变，反手一招，正是枪法中的“揉”，枪头贴在刀侧，卸去劲道。夏侯惇一击不中，复又砍去，夏侯兰、韩浩在两旁协攻，赵云回枪护体，只听“当当当”三声，一刀两枪被龙胆架住，三人用力下压，赵云知道不能力拼，翻手旋转龙胆，枪体旋转，将三人武器弹开。王月萱从侧面杀入，喊道：“子龙，你难道就一丝不顾念常山父老？”

赵云心中苦楚，答道：“自古忠孝不能两全。倒是月萱，你为什么也要披挂上阵？”

“因为兰哥相信，只有曹操才能在最短的时间内统一天下，为了终结这个破烂不堪的时代，他冲锋陷阵，妾身岂能不陪伴身旁？”

王月萱手中的精钢剑使得越来越凌厉。

赵云心中难受，虽然对王月萱手下留情，但夏侯惇复又攻来，又出一刀，此招精妙，弧线而劈。赵云忙弃了王月萱，侧身躲开夏侯惇的刀锋，此时韩浩、夏侯兰又上来助战，赵云奋力突刺一枪，迫开夏侯惇，勒马反身就走。

韩浩大喊：“赵云莫走。”拍马便追。

夏侯兰担忧韩浩有失，也紧追其后。

“德义！穷寇莫追。”王月萱勒马大呼，只是夏侯兰转眼便钻入林子，她咬咬牙，也纵马追去。

夏侯惇见三人前去，哈哈大笑，也欲追赶，李典上前劝道：“都督稍待，博望坡内，草木丰茂，恐有伏兵。”

此时听得一声炮响，本已退去的刘备又返回接应赵云，夏侯惇面带鄙视地笑道：“此等伏兵，有何可惧？”遂命全军追击。

赵云见夏侯惇举军追赶，与刘备相视一笑，且战且退。夏侯惇一心求胜，率领先锋部队，紧追不舍，渐入博望坡深处。夏侯惇等人追至坡腰，刘备复回挑战，大呼：“夏侯兰，听子龙说你欲投我？”

“刘备老贼，信口雌黄！你莫走，我定取汝性命。”夏侯兰见夏侯惇面露疑惑，心中大怒，举枪便战刘备，两人战几合，刘备败走，夏侯兰策马便追。韩浩欲上前，却被夏侯惇拦下。“这夏侯惇如此表现，显然并不信任我们。”王月萱心中有气，又怕夫君有失，也不与夏侯惇打招呼，忙拍马去赶。

韩浩面带疑问：“都督为何不让我去接应夏侯将军？”

夏侯惇答道：“夏侯兰与赵云关系深厚，不可尽信，若他假意追赶，引我等尾随入伏地，我军危也！”

韩浩大怒，叱道：“都督这般疑心，岂不让将士心寒？”说罢，抱拳一礼，拍马去追王月萱。

再说王月萱，一路追赶夏侯兰，道路曲折，见不到身影，心中不安。突见前方有马蹄声起，忙策马追去，行约数里，马蹄声至，王月萱正在狐疑，侧面钻出一人，白马银枪，原来是赵云。

“子龙！德义何在？”王月萱见赵云，知道自己中了埋伏，心知不妙，忙询问夏侯兰所在。

“萱萱……你与德义不要再深入了……”赵云叹口气，欲言又止，说罢便转身缓缓离去。

“子龙！对不起……”

王月萱静静地看着他离去的背影，仿佛昨日重现，她心中默默地念叨，不知不觉间，双眼蒙上一层薄雾，山风呼啸，掀起淡黄背披，犹如刚下凡尘的仙子。

曹军后方压阵的于禁，见山路渐狭窄，草木相接，心中起疑，对李典说道：“此处地形顺风，若敌以火攻，我军无处可走！”

李典道：“都督刚愎自用，劝阻不得，奈之若何？”

“我当再去劝告。”于禁策马前去，去寻夏侯惇。

夏侯兰追到一个更为狭窄之处，刘备、赵云已失去踪影。正遣人察看地形，韩浩追至，见不到王月萱，忙问道：“夏侯夫人何在？”

夏侯兰忙问道：“韩兄此言何意？贱内不是与大部同行？”

韩浩忙如实相告，夏侯兰大惊，欲勒马返寻。此时夏侯惇率大队至，见韩浩、夏侯兰反身回走，问道：“二位将军哪里去？”

两人如实回答，夏侯惇满脸惭愧，说道：“都怪我疑心太重，这就派人搜寻夏侯夫人。”

夏侯兰心中焦急，抱拳道：“多谢都督！不过军情紧急，德义率从骑前去即可！”说罢，纵马返回。

夏侯惇内带愧疚，举棋不定，忽闻于禁赶至，禀道：“都督慢行，此路夹于两山之间，路旁又有芦苇枯树，山风呼啸，由上至下，若刘备以火攻，我军危矣。”

夏侯惇闻言，恍然大悟，正要下令退兵，突听山腰一声炮响，山腰左右都是刘军伏兵，只见山上射下的火箭铺天盖地，又有巨石与着火草球滚落，夏侯惇身旁兵士举盾挡在身前。他忙命后军改为前军，想撤出博望坡，只是大火四起，伴随山风燎原，十万大军挤在狭窄的山道，各自混乱不堪，哪里还传达得了命令。

韩浩、于禁二人护着夏侯惇撤退，刘军伏兵已至，正是刘封、周仓，三人奋力断杀，冲出重围，又退一里，又冲出一支队伍，当先之将，腰圆臂粗，正是张飞。韩浩、于禁二人接住张飞，混战一阵，见夏侯惇退去，二人逼退张飞，追随而去。张飞大骂，只是战场混乱，火光冲天，已找不到夏侯惇踪影。

夏侯惇心中悔恨交加，所幸二将无恙追随而来，心中稍安，突见前方火光中伫立一将，原来是赵云在此阻挡。赵云斜提龙胆，周围的赤焰照射在银甲上，反射着刺目的光辉。

韩浩一见赵云，心中大喜，拍马挺枪，径直冲去。赵云嘴角微微上扬，左手一提马缰，逐云会意奔跑两步，前蹄一扬，跃身而起，夏侯惇心中大骇，想起那日在古城外，赵云也是这招，让他与夏侯渊、关羽、张飞四人协力，方才架住，忙大喊："韩将军一人抵挡不住，我等同去助他。"

于禁闻言拍马前去，赵云人马合一，借助逐云落下冲力，一枪压下，只闻一声震耳金属撞击之声，三人拼尽全力，方才勉强未落下马，只是马匹已摇摇晃晃。

韩浩面色大变，心道若是自己一人交战，哪里接得下此枪，今日如果不趁机合战赵云，恐再无取胜之望，想到此处，手中长枪直刺，用的正是"风花雪月寒梅枪"。赵云侧身避开，笑道："你便是来与韩飞报仇之人，你的枪法虽然精妙，可惜非我对手。"

韩浩怒道："今日必取你性命。"

两人再战，韩浩自幼得到枪王韩荣传授枪法，一手"风花雪月寒梅枪"尽得真传，使得如疾风剃草，又如寒梅傲雪，重重叠叠，毫无破绽。

赵云起枪相迎，一枪刺去，让韩浩大吃一惊，原来赵云使的也是一手"风花雪月寒梅枪"。

"那日夜入韩家庄，盗取我韩家枪谱之人便是你！"

韩浩怒目而瞪，原来一年前有人趁韩荣外出期间，潜入韩家偷盗"风花雪月寒梅枪"谱，在得手之后被人发现，杀害数名韩家人离去。待韩荣回来，气得咬牙切齿，虽然被盗的并非原本，但这事让他怒气冲天，为了保全脸面，禁止家族泄露出去。现在韩浩见赵云使出"风花雪月寒梅枪"，自然认定是赵云所为。

赵云也不分辩，想起童飞赠送枪谱之事，心中顿感温暖。韩浩见他不搭话，怒气更盛，一夹马鞍，又冲向赵云。

于禁喊道："敌军追兵即至，我等勿与他纠缠，冲过去吧。"

夏侯惇点点头，策马而上，三人再次合围赵云。赵云脸无惧色，手中龙胆前杀后刺，未战十合，于禁腿中一枪，吓得策马便逃，夏侯惇无心恋战，拍马也自行逃去，赵云正欲追赶，韩浩挡住去路。

赵云横枪立马，冷笑道："前方尚有关将军拦截，夏侯惇插翅难飞。"

韩浩大惊，心急如焚，拍马想绕过赵云去助夏侯惇突围，赵云策马横枪指向韩浩，喝道："汝命就留在此处吧！"

韩浩冷笑道："那就看你有无这本事。"

赵云也不搭话，拍马来攻，韩浩去迎，十合不到，被赵云卖个破绽，一枪拍下战马，战马受惊，张蹄而奔，赵云提枪，再复刺去，眼看这一枪便要结束他性命，突感身后一股劲风袭来，斜眼瞄去，见夏侯兰从背心攻来。原来夏侯兰率从骑返回寻人，未行几里便遇到迷路的王月萱，夏侯兰见她无事，方才宽心。王月萱向他说起刚才遇到赵云之事，夏侯兰闻言，大叫不好，正欲勒马去警告夏侯惇，却见后方火起，他担心夏侯惇有失，忙叫王月萱先退后，亲自率军赶来接应，正好遇到赵云挑落韩浩，忙拍马来援。

赵云大呼："我不是警告你们离去了吗？为何还要归来？"说罢，弃了韩浩，转身来战夏侯兰。

"子龙的一番好意，我心领了，但是两军对垒，岂能不战而退？"夏侯兰手中长枪呼啸，决意死战。赵云也不留情，战无两合，一枪挑落夏侯兰手中长枪，催马向前，欲活捉夏侯兰。

"勿碰我夫君！"

那王月萱怎肯离去，在后赶至，见夏侯兰不敌，忙策马来救，赵云深叹口气，道："你俩为何非要与我为敌？"语气中透出无尽的落寞。

"子龙，这也许就是长辈们口中的宿命。"

王月萱轻咬下唇，面带苦笑，手中长剑，如长虹贯日，道道华光。

夏侯兰知道王月萱不是赵云对手，爬上马背，也举枪来攻。

赵云一枪格去，挡住剑、枪，说道："你俩不应该加入这场战争，不应该……"语气甚是凄凉。

一旁的韩浩见赵云心灵已现破绽，忙脚掌蹬地，身体一跃，一枪刺向赵云。

“子龙小心！”王月萱见赵云无备，上前挡在赵云身前，狼牙枪落，韩浩已收手不及，径直插入王月萱胸口，血珠顺着枪尖滴下，犹如盛开的雪莲，异常妖异。

“不！”

赵云回过神来，单手一挥龙胆，将韩浩扇落下地，伸手搂住摇晃着正欲坠马的王月萱。夏侯兰大怒，举枪刺向地上的韩浩，韩浩大呼：“我意欲杀赵云，是尊夫人自己寻死！”

夏侯兰亲眼所见，知道韩浩所言非虚，收枪去看王月萱，见胸口冒血，已是活不成了，便立足哭泣。

赵云泣道：“为什么？为什么你要替我挡下这一枪？”

“因为我们是好朋友，不要再打了，好不好……”

王月萱艰难地伸出纤手，将两人的手拉过来，三人的手紧握一起，随后又挣扎着对夏侯兰说：“兰哥，对不起，萱萱不能再随你出征了……”

夏侯兰紧紧地握着爱妻的手，泣不成声，不断点头。王月萱微笑着看着两人，视线渐渐模糊，缓缓地闭上眼睛。

“不！萱萱，你醒醒，你不能死！”夏侯兰疯狂地摇晃着王月萱尚有余温的身体，声泪俱下。赵云退后几步，泪如泉涌，这才想起一切乃韩浩所为，再去寻时，韩浩早趁三人死别时，夺了夏侯兰之马离去。赵云反身去劝夏侯兰，夏侯兰仿佛对一切充耳不闻，突然，他伸手捡起王月萱的佩剑，泣道：“萱萱已逝，我岂能独活？望子龙将我夫妻二人合葬一处。”说罢，将剑刃朝脖子抹去。赵云大惊，不容思索，一把抓住夏侯兰握剑的手腕，大呼：“德义如此轻生，萱萱在九泉之下何以安心！”再用力一拉，夺下长剑，扔到地上。夏侯兰伏尸痛哭，此时风起，火焰如蛇腾，赵云说道：“此时风大，此地不宜久留。德义与我速走。”

夏侯兰摇头道：“只有一匹马，如何托得我三人，子龙自行离去吧。”

赵云见情势紧急，也不多话，上前一掌击晕夏侯兰，将他夹于马背，大火已近，赵云解下披风覆盖王月萱尸身，抱拳一拜，恋恋不舍地拍马离去。大火渐至，整个山谷熊熊燃烧，浓烟中的火光，仿佛照亮了整个天地。

战后的博望坡，到处是尚有余温的焦炭，赵云望着遍地的曹军尸骸，心中暗叹，他低头对夏侯兰说道：“这就是你期待的霸道吗？

要是曹操能将大权还给献帝，还会有眼前的事吗？要是你听我的劝告，萱萱还会死吗？”

夏侯兰闭上眼睛，王月萱死了，他心中的一切梦想也随之消散，极度的悲哀在心中无休止地蔓延，只剩下眼角的泪痕。

赵云知他一心寻死，便令军士捆绑住，先行带回城中。

此时关羽率队至，张飞忙问道：“二哥可曾斩杀夏侯惇？”

关羽摇头，说道：“局面混乱，四处是败兵逃窜，加上有李典率军来挡，故而未能留下夏侯惇。”

张飞惋惜地说道：“可恨被他逃了，只有子龙活捉一将，让他得了头功。”

打扫完战场，刘备收整军队返回新野，刚到城下，见到诸葛亮率糜竺等人在城门等待，关羽、张飞忙下马伏身而拜，至此众人心悦诚服。入城后，刘备朗声赞道：“子龙活捉曹军大将，此大功一件。不过此人当如何处置？”

张飞嚷道：“枭首还与曹操，岂不快哉？”

赵云忙向刘备求情，说：“此人名曰夏侯兰，与我自幼一起长大，云祈盼主公能饶他一命，由我带回营内关押。”

刘备点头，笑道：“既然是子龙所托，岂有不准之理？”

赵云抱拳拜谢后，令军士将夏侯兰押解回骑兵营。是夜，因新野大胜，刘备大摆庆功酒，宴请众将士，赵云以身体不适为由，未去参加宴会，而是独自去看望夏侯兰。见他坐在墙角，不吃不喝，目光呆滞，显然王月萱的死，将他坚定的心灵防线，狠狠地击碎。两人静坐无言，赵云知道需要给他些时间，才能慢慢冷静下来。走出关押夏侯兰的房间，赵云抬起头，望着当空皓月，心中默念：“当日佳期鹊误传，至今犹作鹊桥仙。孟姜不知夫何在，长城破溃终不悔。”随即一声长叹……

正是：

春熙缭绕万花开，烈火如歌焚博望。

乱世烟云本是梦，红颜薄命谁人怜？

第四十四章　火烧新野

建安十三年（公元208年），夏侯惇在南阳博望坡大败，与于禁、李典、韩浩逃回到许昌请罪，曹操震怒，欲以献帝之名起兵亲征。有太中大夫孔融上前直谏，曹操大怒，斩杀孔融，再无人敢言。

韩荣上前禀道：“老夫与赵云有不共戴天之仇，愿随丞相亲征。”

曹操还未说话，有将在旁喊道：“韩老先生，年事已高，恐难堪颠簸之苦。”

曹操见是大将徐晃，未做表态，韩荣朗声笑道：“若是将军不服，可出列与我比试一番。”

“怕人笑我欺你年老。”徐晃曾与赵云在常山郡有过一面之交，知道也是忠义之人，又听韩荣为私仇，而加入南征，心中甚是反感，故出言不逊。

此时列中又出一将，抱拳说道：“韩老师是我师父，徐晃将军若是要挑战，由我张郃代劳罢了。”张郃对曹操一拜，转头瞪视徐晃。

韩荣哈哈大笑，拒绝了张郃的请求，说道：“老夫纵横四海，数十年来除童渊外，再无对手，今日既然小辈欲战，还请丞相批准。”曹操点头默认，两边文武齐齐后退，让两人比试。

徐晃令人拿来武器，是一柄长柄宣花大斧，霸气十足。韩荣也叫人取来兵器，众人看去，见是一把黑杆长枪，这枪金色枪缨，闪烁不定，枪杆缠绕两条黑龙，龙身各有一字，合起来读为“无对”，枪头乌金，寒气逼人。

韩荣缓缓说道：“此为老夫爱枪，名曰‘天涯海角’，其意就是打遍天涯海角无对手，这枪只有天下无双之人才能拥有，才配使用。”

徐晃大笑，曰：“牛已吹上天了，就让我试试韩老的‘天涯海角’吧。”说罢，举斧砍去。

韩荣背手而立，纹丝不动，待徐晃攻来，身影一晃，只闻斧劈地面，发出“噹!”的一声巨响，待众人看清时，韩荣已背手站在徐晃身后。

徐晃暗惊："好快的速度！"

"使枪之人，靠蛮力相抗，不是最上乘的枪法。真正的使枪高手，是懂得借助外物之力为己用，天下会使用这种高超技巧的人没有几个，但赵云绝对算一个，所以就凭你这种人，是不可能打败赵云的。"

韩荣说完，摆出枪势，双腿蹬地，腾空而起，徐晃挥斧迎击，韩荣将涯角枪贴于斧侧，身体旋转，枪法自然变为绞杀，徐晃只感瞬间冒出一股旋涡般的力量，宣花斧脱手落地，再回过神来，涯角枪头已抵在他胸口前。

众人大骇，曹操脸露笑容，拍掌叫好。徐晃灰头土脸，冷哼一声，回到队列。韩荣对曹操一拜，问道："丞相可准我随军同去？"

曹操朗声大笑道："不愧为天下第一的枪王，可惜吕布已死，韩老未能与他一争长短。此行有韩老随军，江南焉有不平？"

遂起大军五十万南下，令曹仁、曹洪，为第一队；张辽、张郃，为第二队；夏侯渊、夏侯惇，为第三队；于禁、李典，为第四队；曹操自领包括韩荣在内的百余大将，为第五队。每队带兵十万。又令许褚为折冲将军，带三千军马为先锋，浩浩荡荡扑向新野。

却说新野大喜，正值甘夫人诞下一子，刘备夜梦北斗星，遂起名曰：刘禅，小名阿斗。正自欢喜，有荆州信使至说是刘表病重，特来请刘备前往荆州托孤，刘备问诸葛亮曰："此次我欲又带子龙前去，可否？"

诸葛亮摇头道："夏侯惇新败，曹操不会善罢甘休，子龙德艺双全，能肩负守城重任。主公可另带他人。"刘备便引关羽、张飞前往荆州见刘表。

赵云得此大任，每日巡查城门守卫，不敢懈怠。这日正在西门，有兵士带李德来见，赵云喜道："早想去找李兄，但军务繁忙，未能前去。不想李兄先来寻我。"

"恐怕赵兄想见的，是这个吧？"李德从衣袖中拿出一卷竹简，递给赵云。

赵云接过一看，简面第一竖行，刻着"孙子兵法"四个大字。心中大喜，再看第二行，写道："兵者，国之大事……"赵云将竹简收入怀里，抱拳对李德一拜。

李德笑曰："你我既是兄弟，不必如此大礼。"

"多次得李兄帮助，云实在过意不去，本想请李兄喝杯温酒，可惜军务繁忙，不能相陪，还望见谅。”赵云脸露遗憾之色。

“赵兄不必在意，等闲暇时我们再痛饮几杯。”李德抱拳告辞。

赵云突然想起什么，又说道：“云有个不情之请，不知李兄可否相助？”

李德曰：“赵兄有话尽管说。”

赵云说：“云想拜托李兄，帮我前去西凉，那日归来匆忙，有件重要物品忘在了何家。”

“赵兄之托，我必然不会推辞。”李德知道赵云既然不说是何物，也不多问。

赵云笑道：“我会派出五十名兵士保护你前去。”李德哈哈笑道：“赵兄考虑如此周到，恐怕是变相赶我离去吧。”

赵云脸色有些尴尬，傻笑起来。“前些日夏侯惇大败，曹操必定亲征，到时不止新野小县，恐怕整个荆州与江东之地，都难免生灵涂炭，你是怕我在此卷入战火之灾吧？”李德虽然肤色黝黑，但眼睛却十分明亮，很明显，他已经看透了赵云的意图。

赵云干咳一声，傻笑着说：“看来，还是瞒不过李兄。”随即正色道：“曹操大军迟早会来，李兄还是暂时回西凉避难，等我们击退曹操后，你再回来不迟。”

李德摇头道：“我平生只赵兄一个知己，大难当头，岂能独自离去，让天下人取笑？”

赵云闻言，心中感动，遂向诸葛亮推荐李德。诸葛亮试问几个问题，见李德对答如流，分析战例头头是道，心中也是喜欢，待刘备从荆州归来，推作谋士。

再说刘备引关、张归来，诸葛亮问道：“刘表病情如何？”

刘备答道：“恐命不久矣！”

诸葛亮又问：“刘表让荆州与主公，主公可曾收下？”

刘备摇头：“岂有夺兄弟家产之理。”诸葛亮叹气无语。

没过几日，关羽擒来一探子，名叫宋忠，搜出一信呈于刘备。刘备一看，大惊失色，原来刘表已逝，蔡瑁等人瞒丧不报，私立幼子刘琮为新主，意欲将整个荆州送予曹操。刘备大怒，命人将宋忠推出斩首。

又有刘琦使者伊籍送来书信，邀刘备起兵攻打蔡瑁，刘备将截下的书信与伊籍观看，伊籍惊恐，忙赶回江夏禀报刘琦。同日，又有探子来报，曹操亲领五十万大军南征，刘备大惊，向诸葛亮问计。

诸葛亮道："曹军势大，新野已不可守，我有一计可破曹军先锋。"刘备立即召集文武，听从诸葛亮调令。

不日，曹仁、曹洪率十万大军，浩浩荡荡，赶往新野。许褚带三千人马在前探路，突遇一队人马，带头之人正是刘封。两军交战，刘封不敌，引军溃逃。许褚率队追赶，来到一地，当地人唤作"鹊尾坡"。许褚见林深山高，不敢轻入，亲自爬上高坡查看，见林中不时有绿、红二旗攒动，便令人与曹仁、曹洪禀报。

曹仁得报，曰："此乃疑兵，不必理会，刘备闻我大军前来，恐欲收拾逃窜，故以此处布下疑兵，拖延时间。"

曹洪点头，说道："传令下去，今夜前务必要拿下新野。"

再说赵云，领一千五百步兵跟随刘备、诸葛亮来到鹊尾坡一植被茂密的山坡。见诸葛亮令人端来一张木桌，摆上酒具，又准备五色彩旗，不知其意。放逐云自行吃草后，赵云上前询问李德，李德笑道："子龙兄，听令就是。"

诸葛亮令赵云将士兵埋伏在山坡高处，赵云进言道："云愿再领一军，埋伏于小路，待敌入围，可从后突击。"诸葛亮笑曰："子龙之言甚好，只是我却有他意。"赵云领命，令杨昆、宋谦将士兵扇形散开，准备弓箭石块，埋伏在腰间灌木中。

春末的山里异常潮湿，晶莹的露水从植物的叶片上轻轻滴落，不时几声鸟鸣在林中回荡。突然，一阵脚步声打破了树林的宁静。赵云一看，见是周仓、糜竺等人举着红、绿旗快速经过此处，又待片刻，只闻一阵马蹄声响，原是曹军追来。引军之人，体形魁梧，豹眼虎须，身穿一套精钢锁子甲，肩披黑色披风，手握一柄开山大斧，甚是威武霸气，此人正是先锋折冲将军许褚。

诸葛亮见曹军追至，命兵士敲鼓作乐，好不热闹，许褚抬头望去，一股怒气冲上脑门。只见那山顶五彩旗飘，诸葛亮正与刘备坐在酒桌前，谈笑风生。他俩的轻蔑，彻底激怒了许褚。

"山野村夫，也敢欺我！"许褚开口怒骂，亲自下马，率军攻山。

伏在山腰的赵云见曹军被激上山，拉开长弓，一箭射下，正中一名曹军，四周刘军纷纷起身射箭，许褚见冲不上去，只得仓皇逃下山坡，退出弓箭射击范围，严阵以待。等曹仁、曹洪率大军至，再次攻山，早已人去山空，只剩下一堆插在泥土里的彩旗。许褚拔出一根彩旗，狠砸在地上，咬牙切齿地咒骂诸葛亮。

曹仁冷笑道："这又是诸葛亮摆的疑兵，传令下去，全军加快脚程，天黑之前，一定要赶至新野。”许褚怒容满面，说道：“刘备欺我太甚，料想他退兵未久，我欲率骑兵前去追赶。”

曹仁道：“将军前去，定要小心，我引大军随后便到。”许褚抱拳礼毕，勒转马头，率本部三千骑兵奔驰而去。

刘备照诸葛亮的计划，悄悄从山背小路下山，从官道撤退，刚行几里，只听后方马蹄震耳，探子来报，曹军先锋部队已追至。刘备紧握双股剑，眉头一皱，说道：“曹军骑兵追来，我部皆为步兵，摆脱不了，让我在此阻挡一阵，军师先行撤退。”

诸葛亮笑道：“主公勿恼，敌军先锋不过数千人，不足惧哉！”

“主公、军师可先行离去，由我暂阻追兵。”赵云在旁，抱拳请命。

刘备点头，嘱咐道：“子龙勿要恋战。”

诸葛亮道：“子龙一会儿勿回新野城内，在东郊与我们会合。”

赵云点头，又唤杨昆上前，拨一千军士保护刘备离去，自带五百步兵迎敌，又听李德喊道：“子龙……”

赵云回头，疑惑地看着李德，因为李德喊他的声音甚是悦耳，宛如天籁，似是少女之音。李德自觉不妙，又恢复原来的粗声，抱拳说：“一切小心。”

赵云脸庞上浮现一丝微笑，抱拳说：“李兄，莫要担心，快与主公、军师撤退吧。”说罢，转身率军迎敌。

许褚追至，见一军阻路，大呼：“刘大耳、诸葛村夫何在？”

赵云闻言，怒道：“你这匹夫，胆敢出言不逊。”一勒马缰，逐云飞奔，一枪刺去。

许褚见这一枪来势凌厉，忙举斧砸开枪头。赵云冷笑，身形一变，抡起龙胆狠劈。许褚反手，斧头回砍，撞开枪头，顺势劈下。赵云身子一侧，躲过斧刃。

两人各自勒马分开，立足对视，许褚喊道：“对方那将可是常山赵子龙？”

赵云道：“你我各为其主，何必知道姓名？”说罢，又拍马来战。

两人缠斗，枪来斧往，大战二十余合，许褚渐渐不敌，被赵云一枪挑来，躲避不及，肩头护甲被挑开。许褚大怒，狂舞大斧，虎虎生风，赵云枪法精湛，毫不相让。又战五合，刺中许褚胸口，许褚吃痛，紧拉马缰，这才没有落马。他也不看赵云，勒马转身就走，身后骑兵一拥而上，前来接应许褚。赵云拍马而上，宋谦引五百兵士紧跟赵云，奋勇厮杀。许褚捂着胸口，在骑兵保护下，夺路而逃，主将既走，剩下骑兵也无战意，纷纷勒转马头，四处溃逃。赵云也不追赶，转身引兵继续撤退，寻刘备本部去了。

许褚一路狂奔，见曹仁大军前来，勒停战马，再去查看胸口，原来护心镜已经四分五裂，许褚大骇，暗道一声："好险。"

曹洪见许褚衣衫不整，军队散乱，问道："仲康，何故如此狼狈?"

许褚神色尴尬，休息片刻才说："本要追上刘备，不想冲出一将阻挡，这将军银甲白马正是赵云，我与他大战数十合，被其一枪刺中胸口，只得暂时退兵。"

曹洪忙问："将军受伤如何?"忙唤士兵去叫随军大夫前来。

许褚摇手道："万没料到赵云这厮比之当年穰山时，还要厉害，幸亏有护心镜替我挡住一劫，现已无大恙。"

曹仁叹道："这赵云太过勇猛，日后诸位切不可与他单打独斗。"

许褚对曹仁说道："刘备步兵，行进缓慢。将军可将所有骑兵拨我，由我先至新野围攻刘备。"曹仁点头，遂拨一万骑兵随许褚奔袭新野。

赵云引军至新野城东郊与刘备会合，未见到刘备、诸葛亮，只有杨昆率五百西凉铁骑等待。原来刘备等人已去樊城，令杨昆传达命令，要赵云率军埋伏于新野东门，不久又有糜芳、刘封赶来会合，赵云下令，禁止兵士大声喧哗及生火做饭，全军静待命令。

不久，城外马蹄轰鸣，浓烟滚滚，许褚率领一万骑兵至城下，见城门大开，又无兵士守卫，心中起疑。一面派人入城查探虚实，一面驻扎城外，等待曹仁大军到来。不久，入城兵士复返，禀报城内无人，许褚便带队入城。

傍晚时分，曹仁大军至，许褚迎入城来，曹仁见城中空无一人，说道："这里百姓必是随刘备往樊城去了，现在天色已晚，各军就在城里暂住一夜，明日清晨再开赴樊城。"众人应诺，各尽其职。

天色黑尽，刘封、糜芳依计往西、南、北三门潜去，待三更后，火箭齐发。刘备离去时，早已洒下燃油，此时遇火即燃，整个新野大火冲天，犹如一个巨大的篝火，在夜中发出灿烂的光芒。

曹仁在衙内听闻外门喧哗，出门查看，曹洪赶来说："城中大火四起，我等又中计也!"曹仁又惊又怒，与曹洪寻路出城，城中兵士混乱，人马拥挤，各自逃命。许褚寻得曹仁、曹洪，高呼："四门中唯有东门未起火，将军随我来。”说完，保护曹仁、曹洪逃出东门。

赵云率军在外，见三将逃出，笑道：“果然不出军师所料。”遂拍马上前阻杀。许褚见赵云来袭，大呼：“各位小心，此人便是赵云。”说罢，拍马去战。

曹仁咬牙切齿，与曹洪同时提刀助战，两边士兵顿时混战一团。四人大战十合，不分胜负，城内又逃出数名校尉，率军来助曹仁等人，掩护三人逃离。赵云见三人逃走，心中焦急，只是数名校尉围攻，脱身不得，又战一阵，挑死三名校尉，其余人皆惧不敢战，拍马便走。赵云引军追杀，一路势如破竹，高歌猛进，杀伤曹军无数。曹仁率残兵逃至白河，人困马乏，兵士争先恐后地到河边喝水饮马，曹仁曾在此吃过大亏，忙上前制止士兵，不料上游关羽下令决堤，大水顷刻而下，卷走士兵数百。

赵云追至白河，见关羽正与几名小校厮杀，拍马上前相助，和关羽携手杀死这几名小校后，勒马问道：“二哥，曹仁何在？”

关羽说道：“天色太黑，刚才我又决堤放水冲下，许多曹兵被激水卷走，场面甚是混乱，故不见曹仁，恐已过白河去了。”

赵云闻言，连催马继续追赶，大水已过，白河水浅，赵云引骑兵涉水而渡，上岸不过数里，见张飞正引军与许褚厮杀，拍马上前去助张飞。许褚见赵云追至，心知不能力敌，虚晃一斧，反身就走，手下兵士跟随逃窜。

赵云、张飞立马白河岸边，不再追赶。片刻，关羽也至，一见张、赵二人，便赞道：“诸葛军师真乃神人。”

张飞附和道：“俺老张不得不服啊！”

“有诸葛军师这样的奇才辅佐主公，也许，我们的梦想真的会实现了。”赵云满脸笑容，关羽、张飞闻言，朗声大笑，又令兵士打扫战场，待刘封、糜芳等人率兵赶来，这才整兵一向，赶往樊城。

正是：

烈火冲天焚新野，一腔热忱为民安。

各为其主英雄汉，只望再过太平年。

第四十五章　七进长坂，天下无双

公元 208 年，也就是建安十三年，曹仁兵败新野，逃出十余里，正遇到曹操本队至。曹仁、曹洪、许褚三人去见曹操。

曹仁请罪道："诸葛亮将空城诳我，夜用火攻，我受此败，甘愿受罚。"

曹操坐于马上，面色不变，轻描淡写地说："你自幼熟读兵书，且不知军不宜轻进乎？刘备英雄，诸葛亮多智，非常人能敌，你三人且退下。"遂令张辽率军去白河上游查看，不久张辽回报，已经重筑堤坝，曹操下令全军，兵分八路前往新野……

再说樊城内，由于新野百姓自愿跟随至此，城内人口大增，治安、粮食压力也随之而来。

赵云奉命守卫城门，有兵禀：曹营使者徐庶送书信在城外。赵云迎入，见果是徐庶，上前礼毕，道："军师归来，是否还要离去？"

徐庶低声长叹："我也是身不由己……"

赵云也知他为难，便令兵士引去见刘备。待徐庶走远，杨昆在旁说道："曹操派徐公前来，必是劝主公投降，以此来安抚百姓。"

"曹操大军压境，我军历经数次大战，士兵大量损耗，新野小县兵源补给不足，我等已是危巢之卵，之后的战事将决定天下走向，有可能我等就此将成为历史的尘埃。"赵云转身遥望城外山头上的苍松，此时大风起，吹得他肩膀褐黄披风呼呼作响，虽是春夏之季，却让人感到一丝寒意，平添一分沉重。

"我们虽然号称有两万精兵，实际上可以投入战场的兵士不过七千，而曹操拥兵数十万。子龙，我们不如走吧，与其同刘备一起覆灭，不如留下一条性命，去看这个天下的未来。"杨昆在旁叹口气，现在的状况已经一目了然，他心中已经开始焦躁不安。

赵云笑道："我为仁政而追随主公数年，今主公危难之时，我岂能抛舍而去，当与主公同生共死。"

杨昆闻言，正要再劝，却听巡查经过的宋谦说道："尚德害怕，自行离去就是，我也决意留下。"

杨昆抬起头，仰望天空的白云，长叹一声，道："这场战争已经没有多大变数，但是两位兄弟既然不走，我也留下与你们战到最后一卒。"

"能有你们两位兄弟一路陪伴，是我一生中最大的幸事，请受赵云一拜！"赵云微笑着行礼，面对生死抉择，杨昆、宋谦的抉择让他感到死而无憾。

正说间，有兵士送来拜帖，赵云接过一看，原来是李德约他在城内酒馆商讨要事。

赵云心道："不知李兄有什么要事！大概是想出御曹的良策。"

赵云匆匆安排完军务便赶去赴约，来到所约酒馆，室内只有一名女子独坐。赵云一看，只见此女长发披肩，头发上束了条金带，阳光透过窗户，反射在金带上，灿然生光，身穿红色纱衣，肩上的红色披风柔顺地贴在背心上，再看她长得是肌肤胜雪、娇美无比；容色绝丽，不可逼视。

"云鹭妹妹，为何在樊城？"

赵云认得此女，正是马腾之女，马超之妹，马云鹭。

马云鹭微笑着，说："我不是在等赵兄吗。"她粗声粗气的语气，赫然就是李德的声音。

赵云目瞪口呆，半晌才道："云鹭妹妹何故女扮男装来诳我？"

"那日与你同路，我不是说过，想出来走走看看。"马云鹭微微侧过了头，斜倚椅背，一缕清声自舌底吐出，清音娇柔，低回婉转，哪里还是刚才的男人粗嗓。

赵云正色道："眼看曹操数十万大军已屯新野，情势危急，云鹭妹妹不可卷入战火，我与孟起乃兄弟，理当担起哥哥责任，你且在此稍等片刻，我这就安排兵士护送你回西凉。"

马云鹭狡黠地笑道："赵大哥不是说与我也是兄弟吗？此时兄弟有难，我岂能独去？再说主公拜我为谋士，这时离去，怕背上不义之名。"

赵云重情义，听马云鹭此言，一时竟然无言以对。

马云鹭伸出纤手，盛上一杯温酒递给赵云，道："赵大哥不必担心，我一路跟在主公身边便是。"

赵云接过酒杯，无奈地说道："不论如何，我也会全力护你周全。"

马云鹭轻声一笑，心中大为感动。此时军中来人传令给赵云，赵云闻讯，忙行礼与马云鹭告辞，马云鹭笑道："赵大哥军务在身，我也不便多留，你先去吧，一会儿我自回衙内待命。"随后送至门口。

赵云翻身跨上逐云，注视着马云鹭，欲言又止，最后抱拳离去，只是两人眼中的不舍，依稀可见。

赵云未再回头，他在马云鹭脸上依稀看到了王月萱的影子，他心中暗暗发誓，绝对不能让悲剧重演。

马云鹭仍然背着手，静静地看着赵云离去的背影，眼中流露出一丝温柔和决然……

赵云一路策马奔驰，回到城门，杨昆忙上前说道："关将军已到多时。"

赵云点头，去见关羽，关羽说道："适才徐元直为曹操信使前来劝降，被主公严词拒绝了。不日曹操必引大军来攻，事态紧急。主公下令，要我们速去准备渡船，并张榜告知百姓，有愿意跟从的便同去，不愿去的也可留下。期限是明日必须凑够船只，故急遣兵士寻子龙归来。"

赵云点头问道："江边渡船有多少？"

杨昆只道不知，赵云遂带军士出城到江边征集，两县之民看榜，皆道："当与刘皇叔同去，死又何惧！"俱要随刘备同去。

是夜，赵云又来探视关押营中的夏侯兰，夏侯兰冷眼相待，不发一言。

赵云叹道："德义，这些时日让你受委屈了，只是人死不能复生，你纵然万死，又能有何用？"

夏侯兰低着头，仍未理睬。

赵云又道："我知德义怨恨我未带回萱萱的尸身，但是当时大火随风而来，若是带上萱萱的尸身，只恐你我二人，也难以逃出。"

夏侯兰这才冷语道："你莫要多语，我的心已随萱萱死去。"

"德义，萱萱虽去，家乡长辈仍须赡养，你若轻生，在九泉之下有何颜去见萱萱？"

赵云一把抓住夏侯兰的衣领，面带怒容。

夏侯兰闻言，想起家中父母亲人，顿生归心，随即放声号啕大哭。赵云知道他的心结总算打开了，随后又道："现在不是哭的时候，曹操数十万大军即将兵临城下，今晚我便是来送德义走的。"

夏侯兰哭毕，说道："子龙私自放我离去，恐受刘备责罚。"

赵云笑着说：“此事我自会与主公请罪。”

赵云将夏侯兰送至城外，又赠送他一匹骏马。

“你和我一起走吧。我们同归常山老家，不再过问天下之事。”夏侯兰接过马缰，说话的语气中，带有一丝请求。

赵云摇摇头，道：“德义，请恕云不能相陪，我还要亲手去守护自己的理想，也许还会有奇迹发生。”

“刘备已是穷途末路，子龙，你留下又能如何？”夏侯兰有些焦急，他不愿意亲眼看到赵云走向死亡。

赵云没有再说话，他轻抽马臀，大马吃痛带着夏侯兰奔跑起来。夏侯兰忙回头，正看到赵云脸上挂着微笑，挥手与他道别，过往种种浮现在眼前，走了一里路，他心一横，勒转马头，又回到赵云身边，说道：“我俩自幼相交，亲如兄弟，我不忍舍你独去，待我回常山安排好家人便来寻你。到时留下与你一起见证奇迹吧。”

两人对视哈哈大笑，赵云抱拳道：“祝你一路顺风，请带我口信回家，便说子龙不孝，不能常陪身边。”

夏侯兰抱拳回礼，道：“子龙放心，口信我会与你带到，告辞！”说罢，策马转身离去。

“子龙，你一定要活着，直到我们再相聚的那天到来，这也许也是萱萱最想见到的事。”夏侯兰再回望赵云一人孤寂的身影，低声细语，只是他的声音只能他自己听到。

翌日，百姓扶老携幼，有人想到即将离乡背井，放声大哭，被情绪感染者甚多，顿时江岸哭声不绝。刘备在船上看到，哭道：“为我一人之故，而使百姓遭此大难，我还有何面目苟活于世？”说罢，就要投江自尽，周围忙阻止刘备。时间已到，船队开始南下，赵云站在船板上，回望百姓，有未渡者，望着离去的船队哭泣。赵云心中悲痛，手心紧握龙胆，残酷冷血的乱世，一次次击碎他的梦想，这次，将会是最后一次。

“也许，还有希望！”他坚定地抬起头，仰望天空飞翔着的鸟儿，自言自语。

船队浩荡南下至襄阳渡口，刘备军下岸上马，行至襄阳东门，见城门紧闭，吊桥收起，城头旌旗阵阵，壕沟布满鹿角。赵云见状，心中不安，令军士警戒。刘备对城楼大呼：“刘琮贤侄，我只想救百姓，并无他念，请开城门让百姓入内。”

“尔等逆贼，休想进城！”

城头有人大骂，原是都督蔡瑁，遂下令军士乱箭射下，百姓惊惶，哭喊震天，赵云大惊，忙令士兵举盾保护百姓。

关羽、张飞皆大骂不止，城中突有一将带百余兵士冲上城头，大呼：“蔡瑁、张允乃逆贼也！刘备为民来投，何故相阻！”

赵云观去，见此人身高八尺，满面胡茬儿，全身覆盖铁鳞铠甲，手握一柄双刃宽斧，健步如飞。

守城副将张允骂道：“魏延小儿，胆敢造反？”

原来此人姓魏名延，字文长，见蔡瑁不仁，带兵反助刘备。魏延勇猛，一路冲杀，如入无人之地，几步砍杀守门士兵，放下吊桥，喊道：“刘皇叔速速入城。”

此时城上冲出一将，来战魏延，魏延一见是大将文聘，心生警惕，两人大战数合不分胜负。

赵云、张飞见城门大开，横枪跃马，便要率军冲入，刘备忙命击鼓收兵，退离襄阳。魏延见刘备退去，无人接应，也拨马逃离。

赵云、张飞心中疑惑，去问刘备，刘备悲道：“我欲救百姓，不想百姓卷入战乱，故令收兵。”

诸葛亮叹气，道：“如今之计，只有先取江陵，暂避曹军锋锐。”

刘备允之，带着百姓前往江陵，正行间，有探子骑马来报说：曹操大军已屯樊城，正准备船筏，就要渡江赶来。

众将大惊，糜芳说道：“追兵不久将至，主公带百姓前行，必被曹军赶上，不如暂弃百姓，先行为上。”

赵云闻言大怒，叱道：“主公乃仁德之君，岂能做此无义之事？”

刘备赞赏地看了赵云一眼，说道：“子龙之言甚合我意。古圣人皆以人为本，百姓抛家弃乡归附于我，我焉忍背弃，子方休再胡言乱语。”

糜芳见刘备动怒，不敢再说。

诸葛亮在旁进言：“追兵将至，主公应遣云长前去江夏，请公子刘琦速起兵乘船而下，与我会于江陵。再令翼德断后，子龙保护糜、甘两位夫人及公子阿斗。”

刘备点头，遂命诸葛亮与关羽、孙乾率五百军士立即赶往江夏，关羽领命，与张飞、赵云告辞，说道：“两位兄弟，定要万分小心，保护好大哥，待我等会于江陵，定要痛饮一夜。”

张飞呵呵笑道：“二哥放心去吧！俺老张这杆丈八蛇矛可不是吃

素的，定会保护大哥周全。”

赵云在张飞旁边，笑道：“正如张三哥所说，我赵子龙拼了身家性命，也要为主公扫出一条血路。”

关羽点点头，伸手分别在张飞、赵云二人肩头狠狠拍了一下，说道：“保重！”随后提着青龙偃月刀转身便走，夕阳将他离去的身影拉得很长……

“子龙，千万不要死了。不然俺老张会瞧不起你。”张飞扛着丈八蛇矛，神色第一次凝重起来。

赵云微笑着说：“三哥放心，子龙不会让你失望的。”

“俺也率队出发，务必阻挡曹操的先头部队，本队就交给你了。”张飞跨骑上马，边叫嚷边拍马率队离去。

赵云目送张飞部向反方向奔去，他在心中只得默默祈祷。

“赵大哥，我也来帮忙吧！”

马云鹭的声音从他身后响起，赵云回头说道：“云鹭，我真后悔将你举荐给主公，让你卷入这场与你无关的战争。”

马云鹭又换上男装，她摇摇头，说：“曹操囚禁我父母多年，与我马家怎能无关？”

赵云惊问：“令尊不是已经被曹操杀害了吗？”

马云鹭又摇头，道：“赵大哥不是外人，我也不相瞒，其实那是我哥哥为了消除影响，故意诳骗军士，激励部队为统帅报仇的意志。”

赵云这才恍然大悟，又说道：“待曹军至，云鹭万勿离开主公左右，我必当拼死拖延追兵。云军务在身，这就要前去保护二位夫人。”

马云鹭娇笑道：“子龙哥，你要万分小心。千万莫忘了，你还欠云鹭一个承诺！”

赵云翻身骑上逐云，笑道：“我记得，等天下太平了，我定会陪‘李德’兄云游天下，去寻找世间宝马！”说罢，往队伍后方奔去，周围骑兵纷纷跟从……

再说曹操分兵八路进攻樊城，却见城中空荡，刘备已逃，遂命军士制造船筏渡江，来到襄阳，蔡瑁与刘琮开城投降，献出荆州九郡及在编军士数十万，曹操大悦，号称百万大军。又闻刘备携百姓逃窜，行进缓慢，遂点齐五千虎豹骑，星夜追赶，百万大军随后，隐有平定江东之势。

刘备带着百姓一路南行，赵云率五百骑兵将一辆马车围在中间，跟着队伍前进。天色已近傍晚，人马疲乏，刘备见前方有一县，问是何处，简雍在旁说是当阳，刘备遂下令在当阳休整。简雍又劝刘备弃民先走，刘备执意不肯，百姓闻之，尽皆落泪。

休整不到一个时辰，近侍端来热水，刘备接过，还未饮下，骑马哨兵来报，曹军追兵至，刘备大惊，仓促迎敌。

曹军大队至，有降将文聘带队追来，刘备手持双股剑，大骂："叛主之人，日后在九泉之下有何面目去见刘景升？"

文聘面露羞愧，勒马离去。

再说赵云，见曹军骑兵密密麻麻，不下数千人，万马奔腾，浓烟滚滚，军中立一黑旗，上用金丝绣虎豹相争，看起来栩栩如生。

杨昆在旁说道："此军名为虎豹骑，乃当世骁锐。"

赵云脸色平淡，对杨昆、宋谦二人说道："樵安，率二百骑，护着马车前行，务必保护两位夫人安全，尚德与我断后。"说罢，手持龙胆，策马朝追兵迎面冲去。

杨昆正要离去，宋谦喊道："尚德稍等。"杨昆回头看去，宋谦双手恭敬地将"赵"字大旗交给杨昆，笑道："请让我部军旗在战场上尽情飘荡吧！"

杨昆接过大旗，立于马前，对宋谦抱拳一揖，道声："保重！"转身追逐赵云而去，只听他手中的"赵"字大旗在风中呼呼作响。

曹军追至，数千骑兵蜂拥而至，瞬间把赵云部湮灭在人海中，赵云勒马，左冲右杀，但追兵太多，哪里阻挡得了，心中焦急。此时朝他冲来一队兵马，当先之将，名叫张旭，河北人士，使一柄开山钺，当年也在袁绍手下当差，曾与高览齐名。他认得赵云，见赵云在乱军中，抡起开山钺，便去挑战。

赵云冷哼一声，手起枪落，使出的正是"百鸟朝凤枪"的绝技"凤翼"，张旭不知底细，格挡不及，便被一枪刺中腰部，赵云反手将其挑下。这时曹军中又冲来一将，大呼："杀我兄长之贼，拿命来。"喊声未停，人马已到，刀光一闪，疾如狂风！此人叫作杨明，为张旭的结拜兄弟，善使大刀，甚是英勇。

赵云也不搭话，一枪格开大刀，不等杨明反应过来，再复一枪，刺入杨明胸口，回手一拉，杨明应声落马。赵云连杀二将，见四周兵士混战，只得边杀边走，反身去寻杨昆，冲杀一阵，见杨昆孤身，正被一名曹将带兵围杀，情势危急，赵云上前去救。

这将手持一柄长斧，见赵云前来，惊道："我两位哥哥何在?"原来此人叫作朱慈，也是张旭结拜兄弟。

"业已诛杀!"赵云语气冰冷，手握龙胆，英气逼人。

朱慈大惊，随后声泪俱下，弃了杨昆，怒吼着冲向赵云，聚集全力，一斧劈下。赵云送枪贴斧面，卸去力道，瞬间发力，回手拖枪，横铲其腰，朱慈吃痛，露出破绽，赵云再出一枪，杀落下马。

"我兄长尸身何在?"

朱慈落地未死，却又爬起，用手撑地，勉强半跪，嘴中吐出几字。

赵云一指东北方，未再说话，朱慈闻言，面向东北方拜道："二位兄长，可惜我们都不能履行誓言，活着看到一个安定的天下……"说罢，低头断气而亡。杨昆解下披风，铺在朱慈身上，与赵云一同对尸体一拜。

赵云道："战场混乱，只恐夫人有失，我等速去寻樵安。"拍马南行，杨昆手挥大旗，跟从其后，聚拢本部军士，赵云回视，不足百人，心中暗道："虎豹骑果然名不虚传!"

赵云一路南走，路遇数股追兵，赵云心系主母，直往前冲，行走数里，见两位主母所乘之车，斜倒路旁。

赵云心中惊惶，下马查看。见车轮已散，轮轴断口整齐光滑，似为刀斧所劈，再揭开车帘，已空无一人。

赵云吃惊，大声呼唤宋谦名字，无人应答。杨昆说道："樵安必为敌兵追上，我们可沿途返回寻找。"

赵云上马，对身后将士喊道："我欲再返敌阵，恐是九死一生，尔等愿去便随我，不愿者自行前奔，去寻主公。"说完，拍马反身而去。杨昆不发一言，勒马跟随，数十骑兵无人离去，尽跟其后。

赵云奋力厮杀，向前推进，正遇百姓逃命，上前去打听，有人指西北方向，赵云谢过，又奔西北，行不过一里，一队人马迎面而来，带头两将。左边使长锤者，乃高览堂兄高平，右边使镏金镗者，是其弟高槐，这两兄弟武艺高强，也算河北一号人物。

赵云勒马大声喊道："我主母何在?"

高平欺赵云兵少，戏谑道："恐怕已入我家丞相铜雀台了。"

赵云见高平出言不逊，抬手一枪扎去，高平未看清枪影，两眼一花，翻身落马，主将交手，两边骑兵立即相互厮杀。

见折了高平，其弟高槐惊怒，狂舞镏金镗砸下，不料赵云先他一步，翻手抡枪硬是从侧面将他连人带马砸翻在地。高槐摔得四脚朝天，正想爬起，赵云岂容他起身，一枪捅个对穿。

虎豹骑不愧是曹军精锐，两将虽死，士兵仍然死战不退，好一阵厮杀，尽是骑兵间迎面对碰。赵云边杀边行，寻常士兵哪里挡得住他，终于杀出一条血路，往北方奔去。一路死尸遍地，尽是平民百姓，赵云咬牙切齿。正行间，突听有人唤他，杨昆循声找去，见简雍躺在地上，爬起不得。

赵云上前搀扶，问道："简先生跟随主母左右，为何在此？主母何在？"

简雍说道："我们遇到追兵，宋将军不敌，命我们弃了马车，自带两位主母逃命，我恐敌军追至，叫主母混在百姓中，自行带兵引诱，敌军果然追赶上来。我不敌敌将，被一枪刺中大腿，跌落下马，不敢动弹。"

赵云遂令两名骑兵护送简雍退去，简雍急道："子龙不与我同去？"

赵云曰："主公将夫人公子相托，今日军中失散，云有何面目去见主公？不如前去决一死战，务必寻回主母公子。请先生报与主公，我上天下地，也要将主母与小主人寻来，若是寻找不到，愿战死沙场！"说罢，继续前行。

简雍虽被两位军士搀扶，仍然对赵云远去的背影一拜，道："世人皆知关羽义薄云天，却莫知赵子龙也不遑多让。"

赵云行进数里，前方马蹄滚滚，原来曹军先锋第二营追至。为首两将，一人手持三尖刀，高头大马，唤作晏明，另一人手缠长鞭，叫作晏腾，两人见赵云率十余骑兵迎面冲来，皆面露冷笑，双双拍马上前。

赵云心系两位主母及小公子的安危，哪里有心在此耽搁，双腿一夹，逐云张蹄跃起，举枪砸下，晏明举刀来挡，只闻一声闷响，栽落下马。晏腾一抖长鞭，猛地抽来，赵云伸出右手一把抓住长鞭，左手一枪绞刺而去，晏腾忙侧头躲避，赵云枪路一转，正好中其后脑。这一系列动作只是眨眼之间，看得曹军士兵目瞪口呆，赵云带队，正要突入，曹军又冲出一将，此将也是白盔银甲，气度不凡，身后一张大旗，上书"河间张郃"。

张郃勒停坐骑，抱拳说道："子龙兄，多年不见，别来无恙！"

赵云横枪一指，朗声问道："儁乂兄，也要来拦我？"

张郃笑道：“各为其主，子龙兄，莫怪我。”

赵云点头，说道：“那就得罪了。”挺枪便战，两人皆是使枪高手，大战二十回合未分胜负。张郃属下骑兵纷纷围杀，杨昆身负几处刀伤，对赵云喊道：“子龙，只剩你我二人，不宜再战，权且退去吧！”

赵云闻言，心知不妙，虚晃一枪，转身就走，张郃也不追赶，勒马而立。

赵云与杨昆二人一路前行，路遇一队百姓，扶老携幼，哭泣而行。

赵云大喊：“主母可在？”见无人应答，策马便要往长坂坡而去，却听百姓中有人喊道：“赵将军哪里去？”

赵云勒马问道：“你是何人？”

这人答曰：“我乃刘使君帐下护送车仗的军士毛仁，因被箭射倒，所幸被百姓所救。”

赵云便询问两位夫人消息，毛仁说道：“刚才恰好看到甘夫人蓬头赤脚，相随一伙百姓妇女，投南而去。”

赵云闻言，也不顾毛仁，急忙拍马往南奔去。迎面遇到一支兵马，赵云认得带队之人，正是韩浩。

韩浩铁甲金盔，右手握枪，左手提着一颗人头，见赵云仅两骑至，仰天大笑，也不多话，将人头扔给赵云。杨昆上前接下察看，见是宋谦之头，大悲而泣，拍马去杀韩浩，早有士兵围上，将他围在中间砍杀，杨昆手中长枪抵挡不住，被拦腰折断，遂舞起军旗力战，被曹兵一拥而上乱刀砍死。杨昆忠烈，至死仍然紧紧握住军旗不倒，曹兵皆心生敬佩，没有推倒其尸体。可叹杨昆，从常山追随赵云多年，却是死于此乱军之中。

见折了杨昆，正被敌兵围攻厮杀的赵云脸色苍白，拍马前冲，以一抵百，无人能挡，曹兵惊骇，纷纷退避，让出一条路让赵云径直来到韩浩身前。韩浩持狼牙枪，哈哈大笑，说：“赵云，没想到吧！你也会有今日之难。”

赵云怒道：“只恨那日在博望坡未早斩杀于你，反而害死了萱萱。”

“王月萱是因为救你才死的，不过后悔之事已是过去，现在，我要为折于你手的韩家众人报仇，你就死在这里吧！”韩浩挺枪立马，他知道单打独斗非赵云对手，便令兵士先行围杀。

“今日便是死战，也要斩杀于你。”

赵云拍马交战，手中一杆龙胆亮银枪，犹如金龙吞日，苍鲸入海，在乱军杀得血肉横飞，断肢铺地。数百曹军，硬是不能近身一步，韩浩亲自上前交战，使出“风花雪月寒梅枪”，直取赵云。

赵云怒气冲天，见韩浩来攻，手中龙胆一晃，但见梨花带雨，龙啸傲天，弃守为攻，“百鸟朝凤枪”“风花雪月寒梅枪”“七探盘蛇枪”，三种绝世枪法夹杂而出，让人看不透枪出何方，攻往何方。

韩浩大骇，漫天枪雨让他心胆生寒，身体不由自主地拨马就跑。赵云拍马前追，兵士阻挡不住，赵云追至韩浩背心两尺，韩浩反身一枪直刺，赵云起枪格开，反手一枪横扫，枪尖划过咽喉，只见一股鲜血从韩浩脖子激烈喷出，韩浩面露不甘，落地而亡。赵云弯身捡起狼牙枪，奋力扔上半空，待落下时，龙胆扫去，只听砰的一声，狼牙枪应声而断，赵云仰天大呼：“诸位兄弟，萱萱，我与你们报仇了。”

周围兵士见韩浩被斩，纷纷来战。赵云回头看一眼杨昆的尸身，抱拳一拜，猛地回头，拍马便走，一路冲杀，无人能挡。

赵云冲出重围独行数里，只见一伙百姓，数十男女，相携而走。

赵云喊道：“甘夫人可在？”

甘夫人在人群后方望见赵云，放声大哭。赵云忙下马，插枪半跪，道：“使主母失散，陷之于险，云之罪，只是糜夫人与小主人何在？”

甘夫人哭啼道：“我与糜夫人混在百姓中步行，途中遇到数支军马，不知何时被冲散了。糜夫人与阿斗不知现在何处。”

赵云起身道：“我先护送夫人离去。”正言间，百姓惊恐不安，原来又遇到一队军马。赵云拔枪上马查看，见当先马上绑着一人，正是糜竺，背后有一大将，长得腰宽体大，神色得意，率军千人，乃曹仁部将淳于导，刚拿住了糜竺，正欲解去献功。

赵云大喝一声，拍马而跃，直取淳于导。淳于导慌忙迎战，抵挡不住，被一枪刺死落马。赵云又挑断糜竺身上绑绳，夺得两匹大马，遂请甘夫人上马，淳于导部下纷纷围来，赵云举枪力战，一路向南，终于杀开条血路，护着甘夫人与糜竺直至长坂桥前，却见张飞提着丈八蛇矛，威风凛凛地立于桥头。

张飞见赵云前来，大叫：“子龙！有人说你北上反投曹操？”

赵云道：“我去寻找主母与小主人，因此北上去找寻，何言我反投曹操?”

张飞笑道:“俺也是不信,刚才又得简雍相告子龙涉险,担忧不已。”

赵云面露悲切,说:“只可惜我两位兄弟……”

张飞叹道:“待我等重整旗鼓,再与两位兄弟报仇。”话语到此,见有曹军追来,又催促说:“子龙莫再拖延,速带嫂子去见大哥,这里有俺断后。”

“糜夫人与小公子尚未找到,我还得返回去寻。”赵云摇头,语气坚定,勒马转向。

甘夫人喊道:“赵将军此去,望万分小心。”

糜竺在旁叹道:“此行莫说万分,就是千万分小心,也是九死一生,赵将军之忠义,让人敬仰。”说罢,对赵云背影一拜,自领甘夫人去见刘备。

赵云又入曹阵,迎面遇到一员小将,长得身高八尺,体格魁梧,乃曹操侄儿夏侯恩,因自恃武勇,一路向前猛进,只顾着杀人争功,此刻见到赵云,以为是迷路的溃兵,伸手挥剑就砍,赵云起枪挡去,只见火花溅射,再回视龙胆枪身,居然被砍出一个缺口。赵云大惊,细看敌将手中之剑,剑尖刃锋,剑身平滑如镜,隐隐现出青、红二色,赵云心道:“怕是把名剑,待我夺来。”想到此,催马上前,夏侯恩一击被阻,傲气瞬间化为怒气,挥剑来战,两人交手,不到一合,赵云一枪刺落夏侯恩,夏侯恩从骑惊骇,自行逃去。赵云弯腰伸手夺过长剑,仔细察看,见剑柄上有金嵌“青釭”二字,赵云大喜,原来传闻曹操有名剑两柄,一曰“倚天”,为曹操自佩;二曰“青釭”,由曹操贴身近卫所背负。这两剑不知为何材质所制,皆削铁如泥,锋利无比,此时被赵云偶然所得,能不欢喜?遂插剑入鞘,提枪又杀入重围,虽然孤骑,却无半丝畏惧,边杀边行,一路凡遇百姓,便问糜夫人消息。再行数里,又遇曹军三营,领头之人,正是曹洪,见赵云独骑,心中大喜,拍马引军追赶。赵云见前方曹兵人头攒动,不知其数,遂心一横,不退反进,径直朝曹洪奔来。

曹洪举刀就砍,赵云冷笑,枪如凤舞,交战几合,曹洪力竭不敌,被赵云一枪刺中腿侧,曹洪惊惧,拍马便逃。从骑聚集上来围攻赵云,掩护曹洪退去,只见枪影连连,繁星点点,杀得从骑四下逃窜。赵云纵马,又待冲入营中,突然只感一股劲风飞来,赵云挑枪拨落,原是一支羽箭。从来箭方向望去,见营中有两将,左边一个黑壮者又在搭弓拉箭，此将名为曹成，人称“赛养叔”，其箭法出神入化，据说能一箭射下两只大雁。右边一个高瘦者叫作曹顺，人称“盖潘党”，为曹成师弟，箭术不在曹成之下。

曹成见一箭未中，又放一箭，赵云侧身躲开，拍马就走，曹成恐赵云离开射程，也拍马去赶。

曹洪怕他有失，忙喊道：“赵云厉害，将军勿追，恐其有诈！”

一旁曹顺笑曰：“将军莫虑，我师兄出道十余年，谈到射箭对敌，未遇敌手，将军与我静待佳音即可。”

曹洪闻言，自行传随军郎中包扎腿伤。

再说赵云纵马，不时弯身避箭，回望曹成追来，赵云嘴角稍弯，将龙胆夹于马背，猛地取下鞍侧长弓，转身搭箭射出。

曹成正从箭袋抽箭，反应不及，被一箭射中面门，当场身亡。

赵云拍马复回冲营，早有曹成从骑回报，曹顺惊怒，拉弓便射，赵云策马狂奔，曹顺连发数箭未中。赵云瞧准时机，反手回射，正中曹顺右肩，曹顺吃痛，伸手欲拔右肩之箭，不想赵云已策马近身，一枪透胸。

曹洪正在包扎腿伤，突闻前方有兵士惊叫，遂叫亲卫去探，返报赵云已杀曹成、曹顺二将，正一路冲杀过来。

“这赵云乃神人乎！”

曹洪惊叫一声，顾不得腿伤才包扎一半，忙唤左右搀扶上马，纵马便逃。主将尚且如此，军士更无心阻挡，纷纷避让。

赵云直线冲过三营，继续北上，又遇零散百姓，问之糜夫人消息，有人说道：“夫人抱着公子，左脚受了枪伤，行走不得，只在前方残墙内躲避。”

赵云闻言，连忙追寻。前行数十步，见是一个村庄残骸，零散有些未塌的土坯墙，赵云勒马喊道：“糜夫人可在？我乃主公帐下赵云。”

“果然是赵将军，我在此处。”

靠里一堵土墙后面，传来糜夫人的哭声。

赵云听了，过去一看，糜夫人怀抱阿斗，坐在墙下枯井旁啼哭。赵云连忙下马伏地而拜，道：“让夫人受难，此云之过，请夫人速速上马，我保夫人去寻主公。”

糜夫人望一眼赵云，说道：“赵将军把马给我，你又如何走得？”

赵云道：“夫人勿忧，我自步行死战。”

糜夫人摇头，望着怀中的阿斗说：“不可。将军岂能无马？妾身别无所求，只望将军可怜他父亲飘荡一生，只有这点骨血，将此子护送与他父亲，妾死而无憾。”

赵云说道：“夫人不必多言，请速上马。”

糜夫人怕拖累赵云，再三不肯。此时传来一阵马蹄，赵云望去，见是一支曹军，前方之将，名叫刘辅，体如金刚，手握大斧，正四处掠人揽功。

赵云怕他发现糜夫人与阿斗，轻声对糜夫人说道：“夫人且待，云去去便回。”说罢，上马奔出，刘辅见状，怒目而视，举斧相迎，赵云手起枪落，只一个照面，刘辅落地而亡，身后从骑惊惶不安，勒转马头而走。赵云也不追赶，又回寻糜夫人，只见夫人弃阿斗于地，对赵云一拜，翻身投入枯井而亡。

赵云见糜夫人自尽，恐曹军盗尸侮辱，下马推倒土墙，掩去枯井。再抱起阿斗，低头察看孩子乖巧的面容，赵云温柔地笑道：“云必死战，定要将你送回主公身旁。”

想到此，赵云伸手解开勒甲条，取出护心镜，将阿斗抱护于怀，又解下肩披包裹，之后提枪上马。早有两将，得知刘辅死讯，各领步军前来，将废村包围。这两将一人叫作王雄，人称“钻天龙”，善使双刀。另一人叫作王飞，号称“入地蛟”，使一把朴刀。两人见到赵云，大呼：“那将莫走！”一左一右，夹击赵云。

赵云见四周都是兵士，一时走脱不得，反身与两人交战，赵云以一敌二，毫不逊色，战不过三合，赵云故意露出破绽，王飞争功，一刀砍去，赵云见他中计，反手一枪透体绞落。王雄大怒，挥舞双刀猛砍一通，赵云使出崩枪，反力弹开双刀，顺手一枪扫去，王雄后仰躲避，赵云中途变扫为刺，龙胆枪头插入喉咙，回手抽枪，鲜血迸溅。二将皆亡，兵士自乱，赵云遂一路往南冲杀。

再说曹操率大部追至，亲自在景山观战，见到一将，所到之处，威不可当。曹操忙问左右，正遇曹洪瘸腿归来，听闻曹操询问，报道：“此人便是常山赵子龙！”

曹操还未说话，护卫在旁的韩荣上前道：“原来是我韩家仇人赵云，老夫愿亲往诛杀。”

曹操点头，笑道：“韩老先生自去便是。”

韩荣也不多话，转身握枪纵马，奔下山去。曹洪道：“赵云勇猛，韩老先生毕竟年岁已高，恐非敌手！”

曹操遂哈哈大笑，说：“赵云虎将，吾甚喜欢，只是活捉不易，就让韩荣与他决一雌雄。若是赵云取胜，恐已力竭，正好捉拿；若是韩荣取胜，便可大肆褒奖，让韩家门徒效忠于我。”

曹洪道：“丞相高见！”

曹操又说：“传令下去，若遇赵云，勿放冷箭，将其生擒与吾。”

左右领命，派出传令通告各部。

再说赵云，一杆龙胆亮银枪，杀得天昏地暗，正走间，前方又一支军马拦路。赵云看去，又是张郃。张郃喊道：“子龙兄，刘备已是穷途末路，眼见天下将在曹丞相的意志下迎来一统。再看刘备，已是穷途末路，不堪一击。你现在单枪匹马，十死无生，何不改投丞相，你我兄弟齐心协力，也可封官受爵。”

赵云也不搭话，提枪就刺，张郃拍马相迎，两人大战二十余合，张郃从骑里外层层包围两人，赵云生怕惊吓怀中阿斗，逼开张郃，夺路而逃。

张郃拨马追击，赵云行未两里，逐云四脚踏空，原来地上有一陷阱，顿时连人带马，落入险境。

张郃大喜，原来适才与赵云交战不追，就是为了挖此陷阱，专待赵云归返时，趁机追拿。

赵云落陷阱，心未慌张，两腿一蹬马背，跃出坑外，张郃挺枪再战，赵云大喝，再不留情，拔出青釭宝剑，枪剑同出，疾刺如风！周围兵士不知被砍倒多少。张郃大惊，使出浑身解数，仍占不到先机，此时只听一声马嘶，逐云已从坑中跃出，赵云跨上逐云，复攻张郃，又战数合，张郃力竭不敌，连连后退。赵云也不追赶，拍马冲出，直入中军，背后忽有二将大呼：“赵云休走！”赵云回视，见是马延、张顗二将追来，这两人都是袁绍旧部，故而认得。赵云见中军帅旗就在身旁，持青釭宝剑砍断，大旗断落，砸向二人。赵云拨马又走，前方又有两将阻路怒喊：“赵云小儿，敢毁我军旗，留下命来。”

赵云冷笑道：“焦触、张南，尔等背主求荣之辈，也想留我。”

原来焦触、张南也是袁绍旧部，两人闻言又羞又怒，各持兵器来战。此时马延、张顗追至，加入战局，周围曹兵，一拥而上，把赵云围得个里三层外三层。

赵云被围在中间，空间狭窄，生怕伤到怀中阿斗，便将龙胆夹于马背，只是挥舞青釭宝剑乱砍，剑锋所过之处，鲜血直流，一身银甲已染成血红，甚是妖异。

马延等将大惊失色，四人战不过赵云纷纷后退，兵士更是抵挡不住，赵云杀出一条血路，策马奔出，四将畏惧赵云武勇，皆不敢追。赵云一路奔驰，不料淳于琼、淳于安、淳于普三将早在此埋伏，见赵云至，合围偷袭赵云。赵云神色镇定，一个照面便用剑砍死淳于普，夺过金顶枣阳槊，剩下两将大惊，又拍马来战，赵云转身一槊捅去，淳于琼侧身躲避，赵云近身，一剑劈死，又夺一槊，淳于安见折去两位同胞兄弟，又悲又怒，提槊刺来，赵云持槊挡开，挥手又是一剑劈死，伸手再夺一槊，三槊在手，放声大笑，周围敌兵惊骇，纷纷逃离。赵云抛出三槊，砸死兵士数人，拍马冲入辕门，一剑又砍断一旗，辕门压阵十将，群起而攻，赵云收回青釭，舞枪勒马夺路而走。诸将心生畏惧，纷纷勒马不前，十将只得一将追来，大呼："子龙莫走，我有话说。"

赵云回视，认得是常山旧部李志，问曰："尔何故在曹营？"

李志道："常山已是丞相之地，我部自然编入曹营。"

赵云横枪指道："尔勿来劝降，我念尔为同乡旧识，故就此离别。"说罢，拍马而去。

李志赞道："子龙忠义不贰，多劝无益。"遂独自勒马归营。

曹操在景山之上，见赵云所过之处，将阻将亡，卒挡卒灭，罕见地露出惊喜之色，对左右说道："如此猛将，若是为吾所得，天下何愁不平？"

再说赵云一路猛进，暂时甩开追兵，已是血满征袍。正行间，山坡下又撞出两队人马，乃夏侯惇部将，上庸守将钟缙与望陵太守钟绅，一个使大斧，一个使画戟，大喝："赵云还不下马受擒！"

赵云冷笑一声，挺枪就刺，钟缙先拍马冲出，挥大斧来迎，两人交战，不到三合，赵云一枪将钟缙刺落马下，夺路而走。钟绅持戟追赶，逐云力疲，被他追上，钟绅提戟便刺向赵云背心，赵云反身格挡，架住画戟，钟绅用力压下，欲以蛮力相拼。赵云咬牙，用力一推，枪、戟暂分瞬间，左手脱枪，拔剑就砍，钟绅双手举画戟架去，不想青釭之利，岂能阻挡，顿时戟断身死，甲破胄裂。赵云斩杀二将，收回青釭，复又南走，却见前方曹军密集围来，率先大将，人高马大，穿一身锁子金刚甲，肩披黑色背披，上绣一下山猛虎，甚是威武，那将只道："赵将军，还记得我徐晃乎？"

赵云勒马，道："莫不是当日常山校场比试之人？"

徐晃朗声大笑，说：“赵将军单枪匹马，能在百万军中来去自如，丞相甚是喜爱，已在前方安排大军擒你，赵将军插翅难飞，不如弃枪投降，日后也可谋个功名。”

赵云横枪，说道：“各为其主，不必多言。”说罢，一枪劈死挡路校尉，顺手夺走校尉手中钢鞭，纵马就走。徐晃大怒，手提长柄两刃斧，追上赵云。赵云感到背后有劲风袭来，转身一枪刺去，枪斧相交，火花四射，四周从骑又围上来。赵云早已杀得眼红，左手钢鞭，右手龙胆，一路拼杀，徐晃全力以赴，阻挡不住，心中暗暗吃惊。赵云冲出，回见徐晃又追来，心中无名火起，不退反进，起手便是“百鸟朝凤”之绝技“凤翼”。徐晃见此枪，招式精妙，不可力战，反身纵马躲避，赵云毫不犹豫，抛出手中钢鞭，飞掷砸中徐晃后背护心，震得他趴在马鞍，狂吐几口热血。赵云拍马上前，正欲刺死，从骑誓死护卫，徐晃趁机拍马逃出，赵云杀开拦路从骑，纵马追上，举枪刺出。眼看徐晃难逃一死，此时飞来一支箭矢，赵云不得不弃了徐晃，回枪挑落，徐晃捡了一条命，自此凡遇赵云，皆心有余悸，不敢争斗。

再说赵云放眼去寻放箭者，见有一将，身穿金甲，跨黑色骏马，手提一把三叉方天戟，威风凛凛。此将叫作越兮，乃山东隐士越老夫子的儿子，曹操为得此人亲往越宅求之，据说越兮当年曾在濮阳独战吕布数百回合不分胜负。

赵云见此将气度不凡，敌军众多，久战不利，勒马便走。越兮纵马追来，截下赵云厮杀，两人大战数十合，不分胜负，赵云掩杀一枪，夺路就走。

曹操稳坐帅营，在景山观战，左右禀道：“赵云已如龙上浅滩，置生死于度外，一路连杀大将数十，猛不可当，丞相若再不下令放箭，恐突围而去。”

曹操放声笑道：“吾有韩荣、张绣、越兮，赵云插翅难飞，尔等不必多虑。”遂叫侍卫端上茶水。

众人不敢再言，只得立足观看。

赵云甩开越兮，只得换路突围，途中阿斗醒来，哇哇大哭。赵云知孩子肚饿，将干粮用水化为粥状喂之，阿斗吃足，方才睡去。行至半坡，迎面遇到一军，赵云一看，顿时火冒三丈，原来挡路的不是别人，正是同门师兄，有北枪王之称的张绣。

“赵云，速速下马受降。不然，定斩不赦！”

张绣白甲银盔，勒马横枪，声音冷漠。其身旁左有胡车儿，右有刁麟翔两名部将。

“你这为虎作伥之辈，也敢来见我！来得正好，我今日便替师父清理门户了。”赵云冷笑，跃枪拍马。

胡车儿上前接下，两人战数合，刁麟翔见胡车儿不敌，举铁棒来助，赵云左右突刺在前，绞杀在后，尽是“七探盘蛇”精华，二人招架不住，张绣拍马加入战局。赵云以一敌三，枪法不乱，游刃有余。战数十合，胡车儿偶露破绽，赵云岂会放过，一枪刺死。刁麟翔举棒猛抡，赵云拔出青釭宝剑，一剑砍断铁棒，再复一剑，连人带马，劈为两半。张绣回马，手中金枪斜刺，赵云挥枪相迎，两人使的皆是“百鸟朝凤枪”，直杀得昏天暗地，从坡上杀到坡下，又从坡下杀到山后，足足二百余合，让人眼花缭乱，不知所以。又战百合，赵云使出“七探盘蛇枪”，越战越勇。反观张绣，其招式见穷，见赵云的枪势层出不穷，心中生怯，高手对敌，岂容有一丝分神，顿时便被赵云一枪刺中右臂，挑破手甲。

张绣吃痛，右手一松，赵云趁机举枪压下，张绣单手握不住金枪，被一枪拍中头盔，只感两眼一黑，头脑欲裂，翻身落马。赵云上前，握枪欲刺，突然想起童渊临死嘱咐，强忍怒气，说道：“今日放你离去，日后若在战场相遇，定取你性命！”终归是下不了手。

“赵云，你知道我为何这么恨你？你我皆是师父的徒弟，我恨你为什么抢走应该属于我的龙胆亮银枪，我恨师父为何如此偏心，独将绝技‘凤翼’传你！不然，你岂能胜我！我恨啊……”

张绣抬起头，神色有些失常，尽是疯狂之语。

“不！你错了。我在山上几年，师父时常会念叨你的名字，会给我诉说师兄幼年学艺的往事。师兄，你错了，你不应该有这么重的私欲，当年若不是师父为了去董卓麾下寻你，也不会与我有这段机缘。你今日所败，也非师父所传‘凤翼’，而是败在我自创的‘七探盘蛇’枪下。”

赵云摆头叹气，神色黯然，想起童渊，难免心头难受。

“哈哈哈哈哈哈哈！自创的……原来是自创的……哈哈哈哈！师父……师父……徒儿错了，真错了……”

张绣闻言，瞬间崩溃，声泪俱下，朝太行山方向疯狂跪拜。人生本就是一场梦，当你沉浸在金色迷离之中时，就已经走错了路，最后拼命想抓到的，仅仅是你本来可以伸手轻易得到的那根稻草。

赵云长嘘，心知不能久留，也顾不上张绣，勒马离去。路上怕孩子气闷，忙拉开裹在阿斗身上的披风，这孩子早已醒来，也不哭泣，只是睁着一对大眼，可爱地盯着赵云，赵云爱怜地对他做了一个鬼脸，阿斗咯咯大笑，赵云很是喜欢。突听有人大呼："赵云小儿，可认得老夫韩荣乎？"

韩荣与童渊齐名，赵云焉能不知，举目望去，见有一老者勒马立于坡前，身旁只有数骑，此人正是韩荣。韩荣身穿金色甲袍，鹰目高鼻，斜提一把黑杆金丝长枪，全身散发出一股肃杀之气。

赵云一身是胆，岂会惧韩荣之名，遂横枪指道："我望汝老迈，不想交战，速退一旁。"

"哈哈哈哈，好个不知天高地厚的小辈，就算你师父童渊再世，也不敢对老夫如此说话。你杀我子韩飞，适才又戮我侄韩浩，此等大仇，老夫今日便在此与你了结了。"

韩荣举起涯角枪，拍马冲来。赵云纵马去迎，与韩荣边战边道："两军交战，各为其主，凭什么你韩家杀得别人，却不准别人杀你家人。你这老匹夫如此霸道，今日倒要看看，是你杀我赵云，还是我赵云杀你韩荣。"

韩荣大怒，使出"风花雪月寒梅枪"，韩荣不愧为一代宗师，同样的枪法，在他手中施展开来，威力大增，犹如冰封万里，白雪皑皑，枪中带风，风刮梅碎，朵朵梅花瓣儿飞散。

赵云暗暗吃惊，心道："这韩荣果然名不虚传，自我出山以来，只遇到两个大敌，第一个是吕布，第二个就是这韩荣。想那吕布完全是靠蛮力制胜，而这韩荣却是与我一般，全靠技巧制敌，我得万分小心，莫要露出破绽，我命虽不足惜，只是怀中的小主人不能被曹军抢去。"想到此，使出"百鸟朝凤""七探盘蛇"。

两人大战，枪来枪往，韩荣几名从骑在旁，只看到枪影无数，听到两马嘶叫。赵云出枪似潜龙出水，收枪如猛虎入洞，杀得韩荣也暗中惊叹："此子如此厉害，难怪能杀我儿韩飞。若今不杀他，恐此生无望。"遂使出全身解数，意欲速杀赵云。

两人战百合，杀得沙尘滚滚，突听一声刺耳金属声响，本损于青釭剑之利的龙胆，再也承受不住涯角枪的激烈撞击，随声断裂，枪头旋转着插入地面。赵云大惊，龙胆亮银枪是童渊留给他最珍贵的礼物，此时断裂，犹如他心中的火山，瞬间爆发。赵云狂怒，手中半截枪杆向韩荣掷去，随手抽出青釭宝剑奋力砍去。

韩荣挑去枪杆，格枪架剑，青釭剑砍在涯角枪上，发出“当”的一声，涯角枪居然丝毫无损，明显材质比龙胆更胜一筹。韩荣回枪反刺，迫开赵云，舞枪绞杀。赵云拍马近身，举剑乱砍，直杀得手臂发麻。

赵云久战不胜，恐追兵大队追至，此时怀中阿斗突然啼哭，让他更是焦急。脑中灵机一动，想出一个制胜之法，连砍数剑，迫开韩荣，勒马转身便走。

“赵云小儿莫走，留下命来！”

韩荣不知是计，以为赵云因折了龙胆，受惊而逃，遂拍马跃枪直追。赵云斜眼瞟去，见韩荣追至，收剑入鞘，取下长弓，反身便射。韩荣冷笑，一枪挑下箭矢，复又追赶。不料赵云已勒转马头，驱马猛跃，手举青釭宝剑，随势劈来。韩荣大惊，方知赵云假逃，为时已晚，只得咬牙举枪硬挡。

“当！”

只闻一声巨响，赵云借助逐云跃起下落之力，可谓雷霆万钧，韩荣凭个人之力，哪里抵挡得了？好在涯角枪坚不可摧，这股力量透过枪身压下，韩荣胯下黑马承受不住，被压翻倒地，抛下韩荣滚落一旁。韩荣翻过几次，卸去冲力，复又起身，赵云一蹬马背，跃身而起，高举青釭一剑劈下。韩荣毕竟年迈，气力不济，已是强弩之末，再挡赵云一剑之威，终于承受不住，一口热血从口中喷出，半跪在地，已无再战之力，一代枪王的历史就此终结。

赵云见韩荣白发苍苍，一副老态，哪里还有刚才目空一切的骄傲。赵云反手收剑回鞘，转身就欲离开。

“你就这么走了？不杀老夫吗？”

韩荣苍老的声音从赵云背后响起，让听者有种说不清的凄凉。

赵云转身，摇头说道：“你本已暮年，杀之不义。”

“杀之不义……哈哈哈哈……童渊，现在我俩终于分出了胜负。最后还是你赢了、你赢了……”

韩荣仰头大叫数声，又吐出几口鲜血。

赵云叹口气，又欲离去，韩荣却突然大喊：“赵子龙，跪下接枪。”

赵云愣了愣，冷道：“你虽年迈，却非我长辈，何故言跪？”

韩荣摇摇晃晃地站起身，靠着插入地面的涯角枪，稳住了身体，又对赵云说道：“老夫与童渊本是同门之谊，当年你师祖分别将‘风花雪月寒梅枪’和‘百鸟朝凤枪’传我与童渊，命我二人苦练绝技。随着年龄日增，我与童渊在不知不觉中，共同爱上了师父的女儿。我为了获得师父的赞赏，拼命修行，终于在最后的比武中打败了童渊，但是就在获得这把天下第一名枪的同时，师父却宣布要将她嫁给童渊，我心疼万分，在童渊洞房花烛夜时，独自离去。后来，我却听闻童渊居然抛妻弃子，让她在孤独中死去。我恨，我真的恨，我恨师父，为什么要将她许配给这个不解风情的童渊；我也恨自己，为什么当时那么懦弱，不敢挺身反对；我更恨童渊，为什么要这样对待她……”

说到这里，韩荣神情激动起来，又吐出一口鲜血后，心知自己已是油尽灯枯，不再多说，直接抽出长枪，双手平摊，大声说道：“此枪乃我门之宝，名曰天涯海角，意为打败天下无敌手，今日由我传给师弟童渊门下之赵云，在此以告慰师祖在天之灵。赵云还不速速下跪接枪！”

赵云虽然疑惑，但韩荣之色绝非做作，正犹豫不决。韩荣见赵云不跪，怒道：“老夫将死之人，何必诳你！”

赵云遂跪下，韩荣将天涯海角枪，郑重地放在赵云手中。

“自此天下再没有大汉枪王韩荣，赵子龙，你才是天下无双、天下无双……”

韩荣对天连喊数声，终于垂头而亡。

赵云手拿天涯海角枪，感受到枪身传来的杀气，知道韩荣所说不假，伏地一拜，起身上马离去。

走下坡来，赵云拍马狂奔，一路又遇数将，皆死在涯角枪之利。再往南行数里，便可到达长坂桥，赵云正暗中欢喜，不想路中又遇一将引兵阻路，原是刚才交战的越兮。越兮见赵云至，大呼：“赵云休走，吾已在此等候多时，只要在这里杀死你，那天下无双的名头就该属于我越兮。”

赵云闻言，也不搭话，手握涯角枪，上前冲杀，越兮引军迎来，曹兵一拥而上。赵云枪若出水蛟龙，行如下山猛虎，直杀得曹兵血肉横飞，哭天喊地。越兮大怒，手握三叉画戟，奋力猛刺，他心知赵云连战，早已气力不济，故而一鼓作气地进攻。

赵云虽已疲倦，但枪法不乱，左杀右刺，越兮讨不得好，退回乱军之中，等待可乘之机。赵云边杀边进，涯角枪攻击范围之内，已躺满数十曹军尸体，兵士惊骇，见他一人一马，全身沾血，形象狰狞，凡进攻之人，皆非一合之敌，众人退而不前，更有甚者，转身就跑。见无人阻挡，赵云仰天大笑，拍马就走，此刻正面又有一将阻路，铁甲钢盔，手握一把长枪，大呼："赵云休走，敢与我张文远一战乎？"原来此人便是大将张辽。

赵云快马加鞭，纵马前奔，张辽迎上，一枪刺来，赵云侧身躲过，回手绞去，逼开张辽，拍马便走。张辽复又出枪，两人缠斗，直杀得难解难分，战数十合，张辽不敌，暗暗惊叹，又战数合，赵云一枪挑去张辽头盔，吓得张辽连忙勒马后退。赵云正欲上前诛杀，此时越兮突然从后冲出，一戟劈向赵云后背，不料赵云早有防备，转身右手单手横枪扫去，架住三叉画戟，同时左手拔剑砍去，连戟带人，劈为两半。张辽听见越兮惨叫，回头一望，见越兮已亡，惊得大叫一声，落荒而逃。

曹操正在景山与左右商讨下步进军之事，有骑马传令来报，赵云又斩杀韩荣等将。

众人皆惊，不久又有兵报，越兮等将被斩，众人大骇，目目相觑。曹操手中茶杯不知何时脱手落地，瓷器破裂发出一声清脆声响，随即曹操大笑，曹仁不解，询问道："赵云斩杀我军数十大将，丞相反而发笑，不知为何？"

"吾笑刘备何德，能有这等猛将相随。不日我大军压境，刘备必败，到时这赵云，定会为吾所用，想到能得此良将，吾安能不笑？兵书皆言：穷寇莫追，吾偏要迫刘备，传令曹仁、李典、夏侯惇、夏侯渊、乐进、张辽、张郃、许褚八将，整为前锋，与吾一同追击刘备。"曹操面向南面，目光凝望远方，神色自若，又带有一丝期待。传令兵领命而去，左右众臣皆神色喜悦，躬身齐贺，只有徐庶面无表情，似乎心有所思……

再说赵云，怀抱阿斗，孤身从百万大军中冲出，来到长坂桥前，大呼："张三哥援我！"

张飞见赵云一身血甲，奔驰而来，大叫："子龙可找到糜夫人与公子？"

赵云掀开血披，露出阿斗，说道："幸不辱命，找回了公子，只是糜夫人已投井自尽了。"

张飞长叹，突闻马蹄声起，见是文聘引军追至，说道："子龙速将公子送至大哥身前，俺来断后。"

赵云抱拳道："有劳三哥！"说完，拍马而去。

张飞扛着丈八蛇矛大笑道："该让俺老张也活动活动筋骨了。"

…… ……

赵云过桥，前行二十余里，见有兵士站岗，大呼："主公可在？"

兵士忙答道："主公便在前方树林休息。"

赵云拍马前行，果见前方有一树林，勒停逐云，正准备下马，突感一股劲风，直刺面目。赵云大惊，忙起枪挡住，见有一人，眉清目秀，皮肤黝黑，虽是文官打扮，一杆长枪却使得呼呼作响，招式精妙。赵云忙抹去脸上血污，喊道："云鹭妹子，请先停手，我是你赵大哥！"

原来偷袭之人，正是女扮男装的马云鹭，自与赵云分别，一直在刘备身旁，见情势危急，不再掩饰武艺，提枪一路护卫刘备，刘备因她是赵云所荐，也不责问，任她跟在身旁。退至此处，刘备等人在此歇息，马云鹭便自行在林外警戒，突见来一骑，全身沾血，见不得面目，手中长枪又非凡品，以为是曹军追至，故而偷袭击杀。

"子龙！真的是你！我真怕你回不来了……"

此刻见是赵云，马云鹭喜极而泣，抛枪落地，顾不得赵云衣甲上的血污，一把搂住赵云。赵云忙护住怀里的阿斗，神色尴尬，马云鹭也发现不妥，忙放开赵云，脸色微红。赵云忽道："适才被曹军重围，公子啼哭。现在没有了动静，怕是不保了。"马云鹭闻言，上前帮他解下阿斗，赵云抱在怀中，掀开血袍，见阿斗气色红润，正呼呼大睡。两人长嘘，放下心来。赵云问道："云鹭，请带我去见主公。"

马云鹭点点头，神色忸怩，引赵云入林，前方领路，不敢回头去瞧赵云。

刘备与众人正在休息，听闻赵云至，忙起身大呼："子龙！是子龙来了！"

赵云上前，双手将阿斗递与马云鹭，对刘备伏地而拜，说道："子龙之罪，纵然万死犹轻！糜夫人身受重伤，怕连累于我，不肯上马，趁我斩杀敌将之时，投井而死。云只得怀抱公子，一路厮杀，突出重围而来，所幸公子无事，云尚有颜面来见主公。"

旁边糜竺、糜芳得知妹妹死讯，跪地号啕大哭。

刘备见赵云全身是血，衣甲不整，接过马云鹭怀中阿斗，向地上掷去。马云鹭身手敏捷，一把接住阿斗，倒把熟睡的阿斗惊醒，哇哇哭泣。

赵云惊问："主公这是为何？"

刘备泣曰："为了这个孺子，险些害我失去一个同生共死的兄弟！"

赵云心中感到一阵温暖，泣拜道："子龙万死不能报主公知遇之恩！"

不久张飞返回，刘备闻他烧毁长坂桥，大吃一惊，忙下令起程，连夜南逃。

夜色撩人，苍穹中繁星点点，一行百余人匆忙赶路。赵云与马云鹭并肩同行，一路无言。马云鹭见赵云神色呆滞，知他定是为了杨昆、宋谦的惨死难过，磨蹭一阵，终于鼓足勇气，问道："子龙哥，你的龙胆亮银枪呢？"她这样说，就是为了分散赵云的注意力。

赵云闻言，愣了下，有些失落地说："断了……"说到此，赵云发现损害龙胆的两把武器，现在都为自己之物，一阵唏嘘。

马云鹭遗憾地摇头，随后又安慰说："我小时候，母亲有一天突然不见了，我到处寻不到，大哥跟我说，妈妈已经成为天上的星星，所以每当我伤心难过时，都会抬头看看星星。子龙哥不如抬头看看，也许杨大哥与宋大哥已经成为永恒的星星，在空中静静地望着你。"

赵云听了马云鹭的话，抬头望去，见满天星斗，心中默念："尚德、樵安两位兄弟，如果你们真的变成了星星，请在天上默默地陪伴我一路向前，奔向我们共同梦想中的仁世！"

赵云突然感到双臂发麻，一时手软，手中涯角枪脱手落地。马云鹭下马拾起，关心地问："子龙哥，你怎么了？"

赵云愣了愣，苦笑道："双臂无力，大概是白天使力太多，休息一下便好。"

马云鹭道："明日你不可以再战了。不然你的手臂会承受不了。"

赵云摇头，说："若是敌兵追至，只有一战。尚德、樵安尚不惜命，子龙何惜双臂！走吧，我们到主公身边去。"说罢，接过马云鹭手中的涯角枪，拍马就走。

马云鹭心中敬佩，拍马跟从。

……　……

翌日，刘备一行至汉津，正命张飞寻船，忽闻后面尘土飞扬，旌旗阵阵，刘备大惊，道："前有大江，后有追兵，奈之若何？"

赵云勒马请命，道："主公勿忧，我愿率全部兵士与曹军死战。"

刘备点头道："仅百余兵士，恐不能御敌。"

张飞叫道："我与子龙同去，只须拖延一段时间，待江夏援军便可。"

赵云说："三哥不可，你我皆去，若是曹军突入，主公无人保护，又如何应对？"

张飞点头，叫道："多亏子龙提醒，你瞧俺这榆木脑袋！"

刘备点头，说道："子龙言之有理，那就有劳子龙前去御敌，翼德与我寻找渡船。"

赵云抱拳，便要离去，马云鹭勒马上前对赵云劝曰："昨日奋战，又一夜赶路未眠，你已双臂乏力，不可再战，不如由我代劳。"

赵云微笑着说："多谢李兄关心，云已无大碍。"说罢，引一半兵力，前去断后。马云鹭恐赵云有失，对刘备、张飞抱拳一拜，纵马跟随。

再说曹操，亲率五千虎豹骑追来，只见他左右立数十员大将，各自威风堂堂。曹操指前方，笑道："前方便是汉津渡口，刘备逃至此绝地，自寻死路，尔等谁先擒刘备，官升三级，再赏黄金百两。"

"我等必拼死捉拿刘备。"

众将雀跃，蠢蠢欲动。忽见前方有一军奔来，引军之将，银甲亮盔。一见曹军，拍马独出，大呼："吾乃常山赵子龙，谁敢与我一战！"语音落下，曹军皆有惧色。

曹操欣喜，大声喊道："吾常闻赵将军英勇，昨日当阳一战，果真举世无双，操甚是敬佩！你主刘备，诳称皇叔，实属编草贩履，欺世盗名之辈，今已山穷水尽之末路，将军不如投我大汉，与我一起平定战乱，何如？"

赵云斜提涯角枪，勒马在阵前来回走动，听曹操劝降，冷笑道："你莫来诳我，天下谁人不知你曹孟德，名为汉相，实为汉贼，昔日徐州，汝兵过之处，生灵涂炭。我主刘备，仁名天下，百姓皆从，迟早引兵直捣许昌。我劝你还是速速退兵回去，交权与献帝，到时各方诸侯自来朝拜献帝，天下自然平定，也可保你一条性命。"

曹操大怒，对左右说道："谁与吾去取赵云？"

左右闻言，鸦雀无声，无人敢战，曹操再问，曹仁、李典、夏侯惇、夏侯渊、乐进、张辽、张郃、许褚八将拨马出阵。赵云面色不改，一提涯角枪，就欲上前，此时有人喊道："八位大将合战一人，曹丞相名震天下的虎豹骑，真是骁勇无比啊。"

原是马云鹭追至，她这一席话夹枪带棒，让曹仁八将各自脸上发红。曹操朗声答曰："赵子龙昨日单骑在长坂坡斩杀我大将数十，兵士数百，在百万大军中，如入无人之地，此番勇猛，莫说场中八人，就算八十人，也是应该。"

曹仁等人闻言，想起昨日长坂，心有余悸，并排横列，各持兵器，就欲一战。

"赵云，昨日你杀我师父韩荣，你我兄弟之谊就此了结，今日休怪我长枪无情。"

张郃首先拍马冲出，韩荣之死，让他甚是愤怒，此时己方人多势众，欲与赵云决一死战，为师父报仇。

张郃既出，众人鱼贯而行，一拥而上。马云鹭骂道："一群不要脸的东西。"举枪就欲上前，不料赵云上前将她挡在身后，说道："战场杀敌，是云之事，云鹭妹子在后观战即可。"说罢，挺枪拍马，迎上前去。

马云鹭心中焦急，不顾赵云之言，挺枪而上，两边正欲交战，只听曹军背后鼓声大震，喊声震天。曹操转头一看，见有十几艘大船，正要靠岸，当先之船，甲板立一大将，枣面青袍，手执青龙偃月刀，坐下赤兔马，原来是关羽，去江夏借得军马一万，来援刘备。

曹操大惊，即对众将说道："关羽在后出现，恐吾等又中诸葛亮之计了。"遂鸣金收兵，命大军速退。曹仁等人勒马欲走，却见张郃独自奔向赵云身前，两人交战，正在厮杀。夏侯惇道："恐张儁乂有失，尔等先退，待我去救他。"

李典道："我当同去。"两人反身去寻张郃。

"子龙，我也知情势所逼，但杀师之仇，不共戴天，我若不拼死杀你报仇，难报师恩！但我心中，你仍然是我张儁乂的兄弟，这也是命运所使，你莫怪我。"张郃边杀边说，显然很不舍得两人这段友情。

"我不会怪你，换作是我，同样会为师报仇。"赵云当日听闻袁绍兵败，张郃降曹，就知两人迟早会有此战，只是心中仍然叹息不已。

两人皆不留情，两杆长枪犹如大蟒，各争胜负，战数十合，张郃技穷，枪法渐乱，一不留神，被赵云挑去头盔，张郃大惊，拍马便走。夏侯惇、李典正好赶至，生怕赵云追杀张郃，忙纵马来接。赵云勒马不追，只是默默地看着张郃离去，他心中突然想起与张郃为友的点滴，心中百感交集。

“子龙哥，敌兵已退，我们回见主公吧！”

马云鹭声音在他耳边响起，赵云这才回过神，望见马云鹭一脸担忧，赵云脱口说：“谢谢你，云鹭。”虽然只是简短的五个字，却让马云鹭脸上绯红，所幸脸上抹有黑粉，赵云看不到她的窘态。

“子龙兄，以后就让云鹭跟随左右吧！也可助你一臂之力。”

马云鹭知道杨昆、宋谦离世，赵云内心孤独，便小心翼翼地说，神情很是期待。

赵云听出其意，怦然心动，突然想起现在时局，只得严肃地拒绝道：“我赵云一身没有富贵，只为理想而驰骋！说不定哪日便马革裹尸，云鹭之言勿再提起！”

“将军上阵，岂有无亡。云鹭知道子龙所忧……”

马云鹭虽然微笑着，言语中却带着一丝失落。

赵云叹口气，岔开话题，继续说道：“怕曹军复返，我们速去寻主公，上船之后，方才算离开险境。”说罢，拍马便走。

马云鹭微微点头，纵马跟在赵云身后，望着赵云背影，心中有些遗憾。两人一前一后，回到刘备身旁，张飞笑道：“这个李德，婆婆妈妈像个女娃。”

赵云见马云鹭神色尴尬，哈哈大笑，遂将她身份告诉众人。刘备惊道：“我与马腾乃故人，所幸未使侄女受伤！”

此刻关羽、刘琦下船来接刘备，刘备担心曹操本部大军至，忙引余部上船。船队顺水而行，渐渐驶离江岸，众人紧绷的心方才缓和下来。刘备站在船头，关、张、赵伫立身旁，四人皆面朝当阳方向，身后站立百余残兵。

刘备伏地而拜，身后百余人纷纷伏地，刘备泣道：“诸位将士，幸蒙诸位死战，刘备方才苟活一命，诸位在天之灵，请受刘备一拜。”说完，磕头而拜，拜完后又继续说道：“各位乡亲父老，刘备何德，让你们弃家追随。只叹刘备无能，让你们受此大难。”说罢，又率众人磕头再拜。想起那命丧当阳的数千英灵，众人皆泣，有人号啕大哭……

傍晚，江风呼啸，船头刘字大旗被吹得呼呼作响。赵云独自站在船尾，遥望着北方，马云鹭怕他着凉，上前将一件披风递给赵云，问道：“子龙哥，有心事？”

“云鹭还未入睡？这几日害你跟着我们九死一生，赵云心中甚是自责。”赵云接过披风，认真地说道。

马云鹭斜靠船沿，微笑着说：“这是云鹭自己的选择，有何苦之说？”

赵云这才注意到她已经卸去脸上黑灰，恢复了原本的纯美。两人四目相对，脸上各自露出一抹红霞，马云鹭忙岔开话题说道：“曹操百万之众，主公还能有希望吗？”

赵云闻言抬起头，仰望着天际的晚霞，说：“主公的仁政不能就此凋谢，我赵子龙手中的长枪，要为主公战到最后一兵一卒。倒是云鹭，你不应该继续待在这里，到江夏后，我便令人送你回西凉。”

马云鹭没有说话，她知道刘备能战胜曹操的希望非常渺小，以至于一直自信的赵云也抱着必死的决心。但是她不会走，哪怕死亡就站在她的面前。因为这里已经有一个让她无法离去的理由……

夕阳西下，长江巨浪，猛烈拍打着岸边的礁石，汉津渡口像在暮光中独自沉吟的老人，独自述说着过去的故事，奔腾的江水悄悄从它身边经过，一直延伸至赤壁滩上……

正是：

血染征袍透甲红，
当阳谁敢与争锋！
古来冲阵扶危主，
唯有常山赵子龙！

（罗贯中）

当阳草，当阳草，点点斑斑如血扫。借问当时何事因？子龙一战征旗倒。

曹公军将魂魄飞，杀入重围保家小。至今此血尚犹存，不见英雄空懊恼。

（司马光）

后　　记

《三国猛将赵云传》暂时告一段落了。这本书我从构思到动笔，又到完结，总共花了将近十五年的时间。准备期间我熟读了《三国演义》，自学了《孙子兵法》，又在许多网站写文练笔，发文总量共计百万字以上。

有读者曾问我，为什么你笔下的人物都是硬汉？我总会笑着告诉他们，因为我曾经是名军人，我热爱军营，虽然最终无奈地踏上归乡的路，但是我的心仍留在部队里。在我心中，我永远是一名战士，崇尚男子汉，不畏惧强权，不害怕危险；对朋友有情有义，爱恨分明；为了自己的目标，勇敢向前，永不放弃。我创作的激情，便是为了书写男子汉的故事而存在。

赵云这个人物，是我最喜欢的历史人物。记得第一次看《三国演义》时，我就被赵云在长坂坡的英勇所征服，后来又看了《说岳全传》《云别传》等书，自此就梦想能够有一本更加全面描写赵云的书。随着年龄的增长，我对赵云这个人物的认识越来越深刻，赵云之所以能够拥有这么大的人气，并不仅仅是由于其武艺多么厉害，而是他拥有极其高尚的品德，这些东西都是我们现代人应该学习的。

在这本书的写作过程中，我得到了赵云吧许多朋友的鼓励与支持，可以说本书是在他们的建议中逐渐完善和成熟的。虽然剧情只到长坂坡就结束了，但如果大家支持，相信之后的故事在将来仍然会与大家见面。本书作为小说体，难免有对人物的艺术加工和演绎之处，希望大家能够阅读愉快。最后，感谢中国文史出版社的薛媛媛编辑与远在长沙的刘希兄弟大力支持，本书才有机会跟广大读者见面。还有中国作协、贵州省的老前辈叶笛老师，在重病手术后，不顾伤口的疼痛，为本书题字，令我很是感动，在此祝老人家身体早日康复。

曹　伟

2015年5月于贵阳

图书在版编目(CIP)数据

三国猛将赵云传 / 曹伟著. -- 北京 ：中国文史出版社，2015.9（2025.9 重印）
（跨度传记文库）
ISBN 978-7-5034-6126-2

Ⅰ. ①三… Ⅱ. ①曹… Ⅲ. ①长篇历史小说-中国-当代 Ⅳ. ①I247.5

中国国家版本馆 CIP 数据核字(2023)第 071174 号

责任编辑：薛媛媛

出版发行：**中国文史出版社**
社　　址：北京市海淀区西八里庄路 69 号院　邮编：100142
电　　话：010-81136606　81136602　81136603（发行部）
传　　真：010-81136655
印　　装：廊坊市海涛印刷有限公司
经　　销：全国新华书店
开　　本：720×1020　1/16
印　　张：18.75　　字数：280 千字
版　　次：2015 年 9 月北京第 1 版
印　　次：2025 年 9 月北京第 7 次印刷
定　　价：56.00 元